Christine Brückner

Die Stunde des Rebhuhns

Christine Brückner

Die Stunde des Rebhuhns

Aufzeichnungen

Ullstein

Die Deutsche Bibliothek - CIP-Einheitsaufnahme
Brückner, Christine:
Die Stunde des Rebhuhns : Aufzeichnungen / Christine
Brückner. - Frankfurt/M. : Berlin : Ullstein, 1991
ISBN 3-550-06309-1

Satz: Fotosatz-Service Weihrauch, Würzburg
Druck und Bindung: Mohndruck, Gütersloh
Printed in Germany 1991
ISBN 3 550 06309 1

›Wer schreibt, bezieht immer den,
der es entgegennehmen soll, ein . . .‹

Ludwig Marcuse

Traum: Ich stand in einer Gruppe von Menschen, keiner war mir bekannt. Wir betrachteten gemeinsam ein Holzgerüst: flachgehobelte Balken lagen so aufeinander, daß eine Spinne entstanden war. Jeder sollte in der Weise auf ein Balkenende klettern, daß der, der am anderen Ende stand, nicht in Gefahr geriet. Wir griffen uns Steine, um das ungleiche Gewicht auszugleichen. Das Gerät stand nahe am Erdboden, nicht in schwindelerregender Höhe. Wir kletterten von der Mitte her auf die Balkenenden zu, bewegten uns behutsam, warfen Ballast ab und standen dann, die Arme seitlich erhoben, und hielten Balance. Wir blickten uns im Uhrzeigersinn an und stellten fest, daß jeder für eine Stundenzahl stand, ohne zu wissen, an welchem Punkt es 12 Uhr oder null Uhr war. Für wen war es zu früh? Für wen schon spät? Diese Unwissenheit machte uns übermütig. Wir lachten, bewegten die ausgebreiteten Arme, und dann schwankte das ungefestigte Gerüst, und wir verhielten uns wieder vorsichtig. - Ich wachte froh und ausbalanciert auf.

In der Nacht vor meiner Geburt - im Dezember 1921 - platzte der Kessel des Badeofens. Das Pfarrhaus, 1732 erbaut, war sehr kalt, nur in wenigen Räumen gab es Öfen. Das Wasser stürzte die hohe Treppe vom ersten Stockwerk ins Erdgeschoß hinunter. Mein weltferner Vater wußte nicht, wo sich der Haupthahn der Wasserleitung befand. Also erhob sich meine Mutter ein letztes Mal und machte der Wasserflut ein Ende. Wenig später erblickte ich das Licht der Welt; an einem Wintermorgen um 8 Uhr wird es nicht hell erstrahlt sein. Wie man auf die Welt kommt, daran soll man erkennen können, wie das künftige Leben verlaufen wird. Ich habe mich beeilt, daran teilzunehmen, eine rasche Geburt, aber: immer dicht an den Katastrophen vorüber. An dem alten Pfarrhaus hängt nun eine Tafel, auf der mein Name steht, vorerst ohne Lebensdaten.

Vogelstimmen in der Luft! Man vermutet Kenntnisse bei mir, fragt mich oft nach Art und Namen. Wenn ich die Vögel nicht kenne, sage ich: Schreivögel! Sind es nur wenige, nur einer, sage ich: Baumpieper! Und gestern, gestern haben wir Kraniche gesehen! Hunderte von Kranichen, langbeinig, langhalsig. Alles, was ich über sie weiß, gefällt mir: Sie leben in der Paarungszeit zu zweit beieinander, beide sind von gleicher Größe und Schönheit, beide brüten. Zwei Eier, die Nachfolge ist gesichert, sie werden nicht aussterben, sie werden aber auch nicht überhandnehmen; sie fliegen nicht dort, wo ihnen Flugzeuge gefährlich werden könnten, wo sie den Flugzeugen gefährlich würden. Nie habe ich den Tanz der Kraniche gesehen: wenn sie aufeinander zuschreiten, sich verbeugen, die Flügel spreizen und hochspringen. Vermutlich würde ich den Blick abwenden, ich bin kein Zuschauer.

Bei dem ›Du‹, das in diesem Buch so oft auftauchen wird wie im ›Glücklichen Buch der a. p.‹ und wie im ›Schwarzen Sofa‹, handelt es sich um meinen Mann, Kühner, auch so taucht er oft auf, als: Kühner.

Ich habe mir angewöhnt, bei kleinen und bei großen Schwierigkeiten und Unannehmlichkeiten zu sagen: Es ist nicht so wichtig, oder auch nur: Es ist nicht wichtig. Will man mir ein Buch, das nicht vorrätig ist, bestellen, sage ich: Danke, so wichtig ist es nicht. Dieses ›Nicht wichtig‹ dringt durch Fugen und Poren, plötzlich weiß ich nicht mehr: Was ist mir denn überhaupt noch wichtig? So kann man nicht leben! Es ist wichtig, daß der Toast frisch ist, und es ist wichtig, daß ich meine Geldgeschäfte in Ordnung halte, Briefe beantworte, daß die Tulpenzwiebeln in die Erde kommen und an genau die Stellen, an denen sie mich im Frühling erfreuen werden. Ich darf mir den Satz: ›Es ist nicht wichtig‹ nicht durchgehen lassen.

Ein Anruf. Ein Termin im November soll ausgemacht werden. Ich nehme den Kalender zur Hand und sage bereitwillig und erfreut: Das paßt mir gut, in der Woche liegt nichts vor, bedienen Sie sich! Ich trage Tag, Stunde, Ort und Anlaß ein und lege den Hörer auf, setze mich wieder an den Schreibtisch und stelle fest, daß ich den Kalender des kommenden Jahres benutzt habe, im laufenden, im davonlaufenden Jahr sieht es anders aus. Längst hat der Termin eine andere Eintragung, nun muß alles rückgängig gemacht werden. Den Kalender des nächsten Jahres habe ich vorerst mit Tesafilm zugeklebt.

Die Literaturbeilagen der großen Zeitungen. Da denke ich immer, auf der Speisekarte gehören die Beilagen zu den Nebensächlichkeiten.

Alles, was blüht, welkt

Ich habe die ›Erzählung in Briefen‹ von Ricarda Huch ›Der letzte Sommer‹ aufs neue gelesen. 1910 ist sie zum ersten Mal erschienen und seither immer wieder neu aufgelegt worden. 19. Jahrhundert, Schauplatz Rußland, der Landsitz eines Gouverneurs.

Ricarda Huch macht vom Recht des Autors Gebrauch, sich schöne Schauplätze zu suchen, sich mit schönen Menschen zu umgeben, die außerdem klug sind, sensibel, mit guten Manieren.

Der Gouverneur ist bedroht, er hat – der Studentenunruhen wegen – die Universitäten schließen lassen, er ist ein Machthaber, widersetzt sich dem Fortschritt, aber ein sympathischer Mann, der von der Richtigkeit seiner Handlungen überzeugt ist; seine liebenswürdige Frau nennt ihn in ihren Briefen ›mein Unsterblicher‹. Er besitzt zwei hübsche, heitere Töchter und einen Sohn. Auf dem Landgut wird man das Ende der Unruhen abwarten. Zum persönlichen Schutz hat man Lju engagiert, er wird dem Gouverneur als Sekretär dienen. Auch er ist intelligent, charmant, gutaussehend, anpassungsfähig; er spielt seine Rolle als Schutzengel so gut, daß alle sich in ihn verlieben, auch der Leser, wie überhaupt alle ein wenig verliebt sind, in den Sommer, in das Leben. Die schwärmerische Jessika schreibt unter einen ihrer Briefe: ›Alles, was blühen kann, blüht!‹ Der Leser liest zwischen den Zeilen: Alles, was blüht, welkt, vergeht. Über der Idylle liegt ein Hauch Einsamkeit, Trauer, alle scheinen zu spüren: Dies ist der letzte Sommer. Der Leser weiß es von der ersten Seite an, Lju ist ein Luzifer, er wird den Gouverneur töten. Zwischendurch vergißt man die mörderischen Absichten, wird daran erinnert, denkt immer wieder: Das kann er doch nicht tun!

Lju schreibt Briefe über die möglichen Todesarten, die Töchter schreiben über Lju und den Sommer, und die Mutter schreibt, alle schreiben Briefe, nur der Gouverneur nicht, er hat seinen Sekretär, dessen Anwesenheit begrenzt ist. Die Anschaffung einer Schreibmaschine wird erwogen, sie gilt, wie das Automobil, als ein Zeichen der Fortschrittlichkeit. Lju erkrankt! Noch ein Aufschub. Dann reist er ab und läßt die Schreibmaschine zurück. Den letzten Brief schreibt der Gouverneur eigenhändig auf der neuen Schreibmaschine, seine Frau beugt sich liebevoll über seine Schulter. Sein Vorname beginnt mit ›J‹. Mit ›J‹ endet der Brief, endet das Buch. Den Anschlag verübt er selbst. Ein Buchstabe tötet. Was für ein intelligenter, dichterischer Einfall!

Vielleicht berührt mich dieser kleine Roman besonders, weil ich mich mit dem Terrorismus in der Bundesrepublik beschäftigt habe, mit Studentenunruhen fing es ja an. Hundert Jahre Menschheitsentwicklung liegen dazwischen. Auch diesmal spüre ich wieder den Zauber, die Trauer, das Unabänderliche, aber stärker als früher nehme ich wahr, was für ein erzählerisches Kunstwerk dieses kleine Buch ist.

Einer der weniger bekannten Romane von Ricarda Huch beginnt mit dem Ausruf: O Leben! O Schönheit! Darin sehe ich heute keine schwärmerische, neuromantische Feststellung mehr, sondern den inständigen Wunsch oder sogar den Befehl: dieses Leben mit Leben zu füllen, Schönheit wahrzunehmen, Schönheit zu schaffen, zu beschreiben, was es nicht gibt, was es aber geben könnte und sollte.

Eine Pfarrerin schreibt mir. Sie liegt in der Klinik. Viele Briefe, die ich erhalte, wurden in Krankenbetten geschrieben. Sie ist zwanzig Jahre jünger als ich, wir haben die gleichen Vornamen, auch sie stammt aus einem Pfarrhaus, untergründig schwingt dann immer so ein Ton heiter-melancholischen Einverständnisses mit: Sie und ich, wir wissen Bescheid, was das heißt – eine Pfarrerstochter, man bleibt das ein Leben lang. Sie schreibt über die Verletzbarkeit. Der Brief trifft mich in einem Augenblick, in dem auch ich verletzt wurde, was ich ihr aber nicht mitteile, einem einzelnen nicht, was ich öffentlich leichter eingestehe: meine Verletzbarkeit.

›Ich bin verletzbar‹, schreibt sie, ›durch Schweigen und Gleichgültigkeit. Wenn man in seinen Predigten nicht nur theologische Richtigkeiten weitersagt, sondern dies mit Worten zu tun versucht, die von Herzen kommen, um zu Herzen zu gehen, jedenfalls doch unter die Haut, und wenn man sich zudem in langen, einsamen Nachtstunden um die richtige Form bemüht, die Worte abwägt, den Klang der Sätze – ein liebevolles Kunstwerk soll es möglichst werden –, was nicht immer zur eigenen Zufriedenheit gelingt, schon weil der Sonntag naht, graut –. Wenn man also viel von seinem Innersten hergibt, preisgibt, hingibt, und die Antwort ist Schweigen, dann möchte ich wohl in den Wald laufen und mich für lange verstecken . . .‹

Hätte ich sie an das Gleichnis vom Sämann erinnern sollen? Man weiß nicht, wo man wirkt. Ob überhaupt? Auch ich weiß das nicht, aber mir schreibt man es, nicht einmal selten.

Kaum hatte man mich mit Hilfe eines Preises in die Literatur hineinkatapultiert, hieß es: Wir brauchen Fotos, die sich zur Wiedergabe in der Presse eignen! Ich machte mich auf, ging zu einem Photographen, nicht zu irgendeinem, sondern in ein Atelier, Düsseldorf, Königsallee. Man muß diesen Photographen mit ph schreiben, modern war er nicht. Ich hatte mein graues Samtkleid angezogen, ein wenig Make-up, das Haar schulterlang und gut frisiert. Ich wurde betrachtet, abgeschätzt, auf einen Polsterstuhl vorn rechts auf die Kante gesetzt, ein paarmal noch den Oberkörper gedreht, die Schultern zurück, ein Tischchen davor, die Scheinwerfer eingeschaltet. Es fehlte noch etwas! Ich gefiel dem Photographen nicht. Er verließ das Atelier, kam mit einer langen Schnur aufgereihter Perlen zurück, die mir aus der Hand fließen sollten. Warum, fragte ich, warum Perlen? Dies soll kein Bild für eine Schmuckzeitschrift werden. Wenn schon ein Attribut, dann doch bitte ein Buch. Ein Buch? Ein Buch! Man war ratlos, überlegte, suchte. Es fand sich ein Band Karl May, eine frühe Ausgabe. Zum ersten Mal hatte ich einen Karl-May-Band in der Hand. Auf dem Foto sehe ich aus wie eine Frau, die sich mit einem Karl-May-Buch langweilt. Das Bild hing längere Zeit seitlich im Schaukasten.

Inzwischen wird die Szene ›Verleger überreicht Autorin das erste Exemplar ihres neuen Buches‹ regelmäßig im Bild festgehalten, und ich sehe auf den Bildern aus wie eine Autorin, die nicht weiß, was sie zustande gebracht hat, und besorgt ist, was Kritiker, was die Leser davon halten werden. Im Augenblick der ersten Erleichterung und Freude ist nie ein Fotograf zur Stelle. ›Blicken Sie Ihren Lesern ins Auge!‹ verlangt man. Das tue ich schreibend doch immer. Niemand retuschiert mehr ein Foto, lebensnah sollen die Bilder sein, nur jenes erste offizielle Bild, als ich jung und eine Düsseldorferin war, das wurde bis zur Unkenntlichkeit retuschiert.

Erfahrungen einer Beifahrerin

Für das erste Honorar, das ich mit meinem ersten Roman verdient hatte, kaufte ich das erste Auto. Das wäre nicht erwähnenswert, wenn in jenem Roman nicht die Heldin bereits auf Seite 14 von einem Auto tödlich überfahren würde. Der Fahrer des Wagens erweist sich als unschuldig; nie geklärt wird, ob jene junge Frau absichtlich oder unabsichtlich vor das Auto gelaufen ist. Es bestehen also Zusammenhänge. Noch heute sind meine Romanhelden trotz erhöhter Aufmerksamkeit ihrer Erfinderin ständig in Gefahr, im Straßenverkehr umzukommen. Auch Golo Quint, von seiner Mutter Maximiliane und mir innig geliebt, hat sich, siebzehnjährig und ohne Führerschein, an einem Apfelbaum zu Tode gefahren.

Mein erstes eigenes Auto! Ein Kabriolett, außen schwarz, innen rot. Wir nannten es liebevoll ›das Handtäschchen‹, weil man es bei jedem Regenguß zu und bei jedem Sonnenstrahl aufmachen konnte und mußte. Ich wurde eine Beifahrerin, eine gute Beifahrerin. Ich konnte Autokarten lesen, sagte rechtzeitig die Abzweigungen an, beschrieb anschaulich die Landschaft, schob dem Fahrer die angezündete Zigarette zwischen die Lippen, fütterte ihn mit Weintrauben, schrie in Augenblikken der Gefahr niemals auf, sagte aber notfalls leise: Rot! Ich gab keine Kommentare zum Fahrstil ab, machte nie Vorschläge, wo eine günstigere Parkmöglichkeit bestanden hätte. Nie ist ein ›Siehst du!‹ über meine Lippen gekommen. Ich besitze eine angeborene Hochachtung gegenüber dem Fahrer eines Fahrzeugs, die ich bis heute beibehalten habe, beides habe ich mehrfach gewechselt. Ich schwieg, wenn Konzentration erforderlich war, fing ein kleines Gespräch im Plauderton an, nichts, was ablenkte, nichts, was langweilte. Hin und wieder ein anerkennendes Wort. Meine Leistungen als Beifahrerin sind in Neapel erprobt, aber auch in San Francisco, in New York. An das ungeschriebene Gesetz, daß ein Beifahrer weder über Fahrstil noch Autotypen, noch Straßenverkehrsordnung mitreden kann, habe ich mich gehalten.

Mein Vater hatte sich Ende der zwanziger Jahre eine Kutsche angeschafft, ein geschlossenes Coupé aus der fürstlichen Remise, eine Krone am Wagenschlag. Pferd und Kutscher wurden von einem Bauern gestellt. Die kleinen Töchter liebten die Kutsche, sie stand in der dämmrigen Scheune, eignete sich zum Versteckspiel, und wenn sie sonntags hervorgeholt wurde, durften wir hoch auf dem schwarzen Wagen sitzen. Meine Mutter dachte fortschrittlicher, aber bei der Frage Kutsche oder Auto hatte ihre Emanzipation ein natürliches Ende. Beide, Vater und Mutter, besaßen jeweils einen reichen Bruder. Zweimal im Jahr hielt ein großer Wagen vorm Pfarrhaus unterm alten Nußbaum, ein Chauffeur mit Mütze stieg aus und öffnete dem reichen Onkel den Wagenschlag. Ob Konkurrenz zwischen einem ›Horch‹ und einem ›Maybach‹ bestand, weiß ich nicht, andere Autotypen kannte ich gar nicht. Damals entstand in mir die Vorstellung, daß eine Kutsche von einem Kutscher und ein Auto von einem Chauffeur gelenkt wird. Noch heute kommen mir oft Zweifel, ob wirklich jeder Mensch zum Autofahrer geboren ist. Ob man fahren lernen kann, wie man laufen lernt, nur später.

Es besteht zwischen einem Fußgänger und einem Autofahrer keinerlei Konkurrenz; wer der Überlegene ist, steht fest. Die meisten Menschen, das gilt für Männer und Frauen, wirken am Steuer und auch in unmittelbarer Nähe ihres Wagens überzeugender als auf ihren eigenen Beinen, was man an der Art, wie sie ungelenk über den Parkplatz gehen, beobachten kann. Beim Zuschlagen der Wagentür, beim Spiel mit dem Autoschlüssel erkennt man dann gleich: Klasse! Dieser

Mensch ist Klasse. Welches andere Wort des Lobes könnte ich benutzen, ohne die Wagenklasse zu nennen? Wer je die Utopie einer klassenlosen Gesellschaft im Sinn hatte, muß erkennen, daß es eine wagenklassenlose Gesellschaft nie geben wird. Manch einer wagt sich ohne Auto gar nicht auf die Straße.

Ein neues Auto konnte ich kaufen, einen neuen Fahrer dafür zu finden erwies sich als immer schwieriger. Aus der Wagenhalterin mußte endlich eine Wagenlenkerin werden. Ich bin nicht uneinsichtig. Eines Nachts saß ich dann am Steuer meines Wagens. Durch mein falsches Fahrverhalten war der Verkehr zum Erliegen gekommen. Ich konnte weder rechts noch links abbiegen, konnte nicht nach vorn und nicht nach hinten entkommen, es wurde gehupt, Fenster wurden geöffnet, es beugten sich Köpfe heraus, Hände erhoben sich drohend gegen mich. Ich tat das einzig Mögliche: Ich stieg aus, ließ den Schlüssel stecken, schlug die Wagentür zu, nahm das Nummernschild ab und ging auf und davon. Befriedigt von meinem Verhalten wachte ich auf und fiel, wenige Stunden später, durch die Fahrprüfung. Wieder schlug ich die Wagentür zu; diesmal erkannte ich den Wink des Himmels: Laß die Hände vom Steuer!

Später hat mich dann Kühner davon überzeugt, daß eine Geschwindigkeit von fünf km/h dem Menschen angemessen sei. Wenn es schneller mit ihm vorangehen sollte, wäre er mit Rädern oder mit Flügeln ausgestattet. Das menschliche Wahrnehmungsvermögen entspricht dem seiner angeborenen Geschwindigkeit. Auch darin sind wir uns einig. Ohne gesetzliche Regelung, nur der eigenen Einsicht folgend, haben wir im Laufe der Jahre unsere Durchschnittsgeschwindigkeit von fünf auf vier km/h gesenkt; seither sind wir länger unterwegs, die Abnutzung ist entsprechend geringer. Wir legen bei unseren Wanderungen alle zwei Stunden eine Rast ein, am Waldrand, am Flußufer, auf einer Felsnase: Wir halten ein Picknick. Der Wein macht uns müde, die Gefahr, zuviel zu trinken, ist nicht gegeben, wenn man die Flasche im Rucksack hat tragen müssen. Eine Siesta! Wir strecken uns im Halbschatten aus, schlummern ein wenig, und dann hängen wir uns erfrischt die Rucksäcke wieder um und ziehen weiter, auf Sandwegen, auf Graswegen. Wir atmen die Waldesluft, hören Vogelstimmen, nehmen Falter und Käfer wahr. Wer da doch mitwandern könnte! Was weiß ein Autofahrer schon vom Glück des Wanderers! Dann setzt Landregen ein, dann hat man eine Blase an der Ferse, dann ist der Wanderweg asphaltiert und der Gasthof, in dem man einkehren wollte, hat Ruhetag. Ein Mißgeschick nach dem anderen, und beim erstbesten Lieferwagen, der vorüberfährt und uns mit Dreck bespritzt, sagen wir: Wer da doch mitfahren könnte! Wie gut läßt es sich mit dem Auto wandern! Auf der Peloponnes, in der Provence, in Umbrien, in Dalarna - ein ganzes Buch haben wir darüber geschrieben, es hat unsere Reiseerfahrungen zum Thema: ›Erfahren und erwandert‹. In jener glücklichen Zeit hatten wir noch die Wahl: Mit dem Auto? Oder zu Fuß?

Bis zu dem Unfall, der beinahe tödlich verlaufen wäre, bei dem der schuldige Fahrer das Weite gesucht hat und uns schwer verletzt auf einem Sturzacker liegen ließ. Vom Schreck gelähmt, ohne Unfallerfahrungen hatte mein geliebter Wagenlenker den Fuß nicht vom Gaspedal genommen. Erst alle die beschriebenen Unfälle, dann der am eigenen Leib.

Inzwischen sind wir umweltbewußt. Damit erklären wir, warum wir keinen Wagen besitzen. Die Autofahrer, denen ich mein Leben anvertraue, sehe ich mir kritisch an. Wenn ein Tachometer auf 160 km/h steht, fasse ich nach dem Haltegriff und verstumme, bei 180 km/h breche ich in Tränen aus. Wenn sich die Fahrgeschwindigkeit immer weiter von der Richtgeschwindigkeit entfernt, riskiere ich ein leichtes Räuspern, das ich durch krampfhaftes Lächeln abzuschwächen suche. Auf den Rausch der Geschwindigkeit muß ich verzichten. Es überrascht mich, daß niemand von meinen Beifahrererfahrungen profitieren will, sie gehen über die Erfahrungen des Autofahrers weit hinaus, der nur den eigenen Fahrstil kennt und für den besten hält, selber in der Rolle des Beifahrers unerträglich ist, mich aber trotzdem fragt: Haben Sie etwa Angst gehabt? Wenn ich zurückfrage: Sehe ich mitgenommen aus?, werde ich nicht immer verstanden.

Ich kenne viele Fahrer, viele Fahrweisen, männliche und weibliche, alte und junge, Choleriker, Sanguiniker, Phlegmatiker. In wieviel Wagentypen habe ich schon gesessen! Von der ›Ente‹ bis zum ›Jaguar‹. Landrover und Wagen, die den nächsten TÜV nicht bestehen werden. Wie viele Möglichkeiten, einen Sicherheitsgurt anzulegen, wie viele bequeme und unbequeme Arten, einen Wagensitz vor- oder zurückzuschieben. Alle diese Erfindungen, einen Wagenschlag zu öffnen! Dieser Ideenreichtum kann nur von einem Beifahrer mit langer Fahrpraxis gewürdigt werden. Über bleifreies Benzin und den Einbau eines Katalysators läßt auch ein Waldgänger mit sich reden.

Ich bin keine undankbare Beifahrerin. An Lob lasse ich es nicht fehlen. Wenn das Ziel erreicht ist, löse ich eigenhändig den Gurt, bleibe aber manchmal sitzen, lächle den Fahrer an, verstärke das Lächeln, bis er merkt: Ich sähe es gern, wenn er jetzt ebenfalls ausstiege, mir die Wagentür öffnete und die Hand reichte, um mich aus der Tiefe seines bewunderungswürdigen, jugendlichen Autos emporzuziehen. Wir könnten uns im Stehen voneinander verabschieden, eine kleine dankbare Umarmung wäre leichter anzubringen als im Sitzen. Aber das liegt natürlich an meinem Baujahr.

Traum: Ich arbeitete in einem Trupp strafgefangener Frauen beim Gleisbau, irgendwo in Sibirien; an Kälte erinnere ich mich nicht. Es traf ein Offizier in zaristischer Uniform ein, sehr groß, sehr schön, sehr zurückhaltend. Er winkte mich heran, zog einen Schlüsselbund aus der Tasche, mir schienen es hundert Schlüssel zu sein, einen davon hielt er hoch und sah mich bedeutungsvoll an: Dies ist der Schlüssel! Und ich fragte: Wozu und wozu die anderen Schlüssel? Er tat meine Frage mit einer Handbewegung ab, breitete auf dem Boden eine mehrere

Quadratmeter große Leinwand aus, auf der die Umrisse der Kontinente eingezeichnet waren. Er zeigte auf eine Stelle im östlichen Rußland und sagte: Dort! Und ich wußte: Dort würde ich ihn treffen, dort besaß ich den Schlüssel. – Dieser schöne, geheimnisvolle Mann hinterließ ein Gefühl der Sehnsucht. Ich wachte ungern auf.

›Kommt ein Enkel geflogen‹, schreibt Nanna F., die ich ›Nanna mit den drei n‹ nenne, kurze Zeit eine Leserin und dann sehr bald eine Freundin. Die meisten meiner Freunde habe ich mir erschrieben. ›Sieht er nicht aus wie Christoph im Blaubeerwald? Blaue Hände, blaue Söckchen, blauer Hosenboden. Aber auch duftende Marmelade im Glas, und die schicke ich Ihnen nun und das Foto dazu. G. und das Kind gehen vor mir her, und plötzlich sind 25 Jahre wie ein Film zurückgespult. Er legt seine Hand noch genauso auf den Nacken des kleinen Jungen wie damals. An G.s Figur hat sich nicht viel verändert, die Schultern etwas gebeugter. Damals der Sohn, heute der Enkel und: die gleichen Fragen nach Schachtelhalm und Dickmaulrüßler . . .‹

In einem Kinderbuch habe ich einmal – leichtsinnig! – geschrieben: ›Wer mir zehn weitere Hilfs-Sätze schreibt, der bekommt ein Buch.‹ Und nun gehen hier Briefe mit solchen ›Hilfs-Sätzen‹ ein, und ich schicke ein Buch als Belohnung. Oft kommen diese Briefe nicht von Kindern, sondern von Erwachsenen. Alle Sätze beginnen mit: ›Wer . . .‹ Immer sind es Ratschläge, die schwer oder überhaupt nicht zu befolgen sind. Das sieht dann so aus: ›Wer zehn Röcke hat, gebe wenigstens einen oder zwei ab.‹ – ›Wer keinen Asylanten oder Aussiedler aufnehmen kann, unterstütze sie anders.‹ – ›Wer keine Kinder hat, helfe anderen bei den Schularbeiten, Ausländerkindern vor allem.‹ – ›Wer von Natur mutig ist, ermutige andere.‹ – ›Wer nachts wach liegt, bete auch für andere.‹ – ›Wer Eingemachtes schon ein Jahr lang aufbewahrt hat, verschenke es vor der neuen Ernte.‹

Die Hilfssätze der Kinder lesen sich anders. ›Wer die Sprache der Tiere versteht, übersetzt sie denen, die noch taub sind.‹ – ›Wer lachen kann, steckt den an, der böse geworden ist.‹ – ›Wer freundlich sein kann, ist zu den Knurrigen freundlich. Ich bin nämlich oft knurrig!‹. . .

In einem Brief, der aus Luxemburg kommt, zitiert eine Leserin ein paar Sätze aus ›Jauche und Levkojen‹. »›Wenn man alt ist, alt genug, meine ich, so wie du und Großmutter eines Tages, dann sollte man stehenbleiben und Wurzeln schlagen. Als Baum sollte man noch eine Weile weiterleben und nicht gleich unter die Erde müssen und mit einem Stein beschwert werden.« Dieser Aphorismus hat mich beeindruckt. Wie schön, erfreulich und tröstlich zugleich, wenn liebe alte Menschen als Bäume noch eine Weile weiterleben könnten. Unser Waldbestand wäre somit nicht mehr gefährdet. Man würde keine Bäume mehr fällen, aus Angst, es könnte sich um einen geliebten Menschen handeln . . . Ich wünsche Ihnen viel Mut beim Weiterschreiben Ihres Buches . . .‹

Weiß man denn, wo man wirkt? Das sagen wir oft, das eine Mal überrascht, das andere Mal erheitert. In einem Brief lese ich: ›. . . Vorgestern ist unsere Katze gestorben. Ganz plötzlich wurde sie aus unserem Leben gerissen durch einen Autounfall. Wir hatten sie im Alter von acht Wochen geschenkt bekommen und sie nach einigem Überlegen auf den Namen »Maxi« getauft. Maxi als Abkürzung von Maximiliane. Damals las ich gerade den zweiten Band Ihrer Poenichen-Romane und war begeistert von der Maximiliane. Lesend am See liegen, Äpfel essend, Bäume umarmend, Kraniche hörend – mit Maximiliane konnte ich mich identifizieren. Ich habe in den Büchern gelebt und noch heute denke ich manchmal: Was würde Maximiliane in dieser Lage tun? Während eines Bandscheibenvorfalls las J., mein Ehe-Freund, Ihre Poenichen-Romane, als Heilmittel, wie er sagte. Es ist schön, wenn in einer Partnerschaft beide dieselben Bücher kennen. Wir können noch heute gemeinsam mit Maximiliane leben ... Ja, und nun ist Maxi tot, noch keine 48 Stunden. Dabei wohnen wir in unserem Dorf in der zweiten Reihe. Eine Stichstraße führt zu unserem alten, gemieteten Bauernhaus. Als wir Maxi um Mitternacht suchten - ich kann nicht schlafen, wenn nicht alle im Haus sind -, sahen wir vier weiße Punkte in der Dunkelheit leuchten, auf der anderen Seite der Dorfstraße. Sie war schwarz und hatte weiße Pfoten! Sie lag ganz entspannt, ohne jegliche äußere Verletzung; sie war noch warm, als wir sie ins Haus trugen. J. hat sie gründlich untersucht. Spät in der Nacht haben wir sie dann im Garten unter einem alten Wacholder begraben. Bald werden die Zinnien blühen, ich werde sie ihr aufs Grab stellen, denn Zinnien wollte ich damals in der Gärtnerei kaufen, als mir ein kleines schwarzes Katzen-Wollknäuel über die Füße sprang. Ich dürfe die Katze gern mitnehmen, sagte die Gärtnerin zu mir. In zwei Wochen hätte Maxi Kinder bekommen, was wir zunächst gar nicht wollten, wir ließen sie, als sie rollig war, nicht aus dem Haus, aber ihr Fortpflanzungstrieb war derart stark, daß sie uns entwischte und erst zwei Tage später wiederkam. Allmählich wurde sie immer runder, und ich mußte wieder an Maximiliane denken. Ich bin übrigens 32 Jahre alt. Habe nach dem Abitur als Gärtnerin im Garten- und Landschaftsbau eine Lehre absolviert und dann das Studium der Landespflege begonnen. Ich erzähle gern allen Menschen, daß Gärtnerin der schönste Beruf der Welt ist ...‹

Meine erste Heldin war Gärtnerin, und sie starb mit 32 Jahren, bei einem Autounfall.

Der befristete Wechsel zu einem anderen Verlag erfolgte einvernehmlich, ein Fehltritt der so treuen Autorin. Zu diesem schmerzlosen Seitensprung überredete mich eine Lektorin des

Hoffmann und Campe Verlags, die ich inzwischen ›Jutta‹ nenne, zu der eine herzliche Freundschaft entstanden ist. Sie wünschte sich einen ›hübschen kleinen Prosaband‹, ausgestattet mit den Bildern eines namhaften Künstlers, der dann zu meinem Wohlgefallen Horst Janssen hieß. In einem der ersten Briefe taucht bereits der Titel ›Wenn du geredet hättest, Desdemona‹ auf und auch einige Anmerkungen: Ich denke an eine Rede der Gottesmutter Maria, die alle ihre Worte ›in ihrem Herzen‹ bewegte, aber auch an Gudrun Ensslin. Eva Braun im Führerbunker, während Hitler sein politisches Testament diktiert. Eine Rede der Nora an ihren Mann: die Stunde der Wahrheit, die vielleicht die Flucht aus dem Puppenheim hätte verhindern können. Kriemhild und Brunhild vorm Portal der Kathedrale, falls das nicht zu einem Rede-Duell führen würde.

Einige Wochen später: ›. . . in jedem Monat eine Rede, das wird mir doch geraten? Sind wir uns darüber einig: Ungehaltene Reden ungehaltener Frauen, im Gegensatz zu »Wenn du geschwiegen hättest!«.‹ Zum ersten Mal taucht der Untertitel des Buches auf, der später als Titel der Theateraufführungen diente. ›Ich hoffe, daß ich den Ton treffe und nicht alle diese Frauen wie c.b. reden, sondern einige pathetisch und andere elegisch und zornig und aufsässig und sentimental und auch einmal kitschig. Ich werde aufpassen, daß jene Leser, die keine Zeile der Sappho gelesen haben, die Shakespeares »Othello« allenfalls als Verdi-Oper kennen, genügend Informationen erhalten und Lust bekommen, nun Fontanes »Effi Briest« zu lesen, und sich endlich mit den Terroristen beiderlei Geschlechts auseinandersetzen. Soviel wie nötig, aber nicht mehr an Information.‹

Eine Bekannte schrieb, nachdem sie von meinem Projekt gehört hatte, daß sie keine Lust habe, Katharina von Bora wie Christine Brückner reden zu hören, oder auch Eva Braun wie Christine Brückner oder Christine Brückner wie Eva Braun. Das ist ein Gesichtspunkt, der einleuchtet, er ist entmutigend, er trifft auf alles und jedes, was man schreibt, zu. Man kann mich für kurze Zeit irritieren, aber wirklich beeinflussen lasse ich mich nicht, ich lasse mir ein Projekt nicht ausreden. Aber es ist schade, wenn man die kleinen Aufschwünge, die mich kurze Zeit beleben, mit solchen Äußerungen behindert.

Im Februar brach ich mir bei Glatteis das rechte Handgelenk. Ich bin keine linkshändige Frau. Ein paar Zettel aus jenen Monaten liegen noch in den Mappen. Auf einem steht in unbeholfenen Druckbuchstaben: ›Bist du sicher, Martinus?‹ Auf einem anderen steht: ›Laura sagt: Habe ich denn gelebt? Hast du mich nur erfunden?‹ Bei diesen Schlußsätzen der pestkranken Donna Laura an den entflohenen Petrarca ist es geblieben. Kühner sagte: Links schreibst du leserlich. Das Diktiergerät konnte ich nicht handhaben. Ein Schock. Mein Lebensnerv war getroffen: Ich konnte nicht mehr schreiben. Es gab Komplikationen, schmerzhafte, langwierige Behandlungen. Aber dieser Schock bewirkte, daß die Schlaflosigkeit ein Ende hatte. Wenn jemand über Schlaflosigkeit klagt, empfehle ich einen komplizierten Bruch des rechten Handgelenks.

Als ›kleines Problem‹ taucht in der sonst heiteren Verlagskorrespondenz ›Die Rede einer Ungeborenen‹ auf, sie trägt den Titel ›Die Reise nach Utrecht‹. In meinem Antwortbrief steht: ›Sie nennen es ein kleines Problem?‹ Diese Ungeborene ist in jeder Hinsicht ungehalten, es ist die einzige problematische Rede, die Ärger und Widerspruch hervorrufen könnte. Muß denn alles, was ich schreibe, glatt und harmonisch sein? Es ist eine Seite des Problems, die nie erwähnt wird. Der Paragraph 218 aus der Sicht der wirklich Betroffenen.

Im Antwortbrief stand dann: ›»Die Reise nach Utrecht« schicke ich Ihnen zur geeigneten Weiterverwendung zu . . .‹

Sorgfältig ausgestattet ist diese Rede bald darauf als Sonderdruck erschienen, die Herausgabe besorgte meine Maler-Freundin. Durch ein quadratisches Fenster im Umschlag erblickt man einen Kokon. ›Die Reise nach Utrecht‹ wurde vornehmlich von Theologen und Ärzten gelesen, wurde in Fachzeitschriften nachgedruckt. Einige Sonderdrucke liegen noch hier, ich verschenke sie zögernd. Im Zusammenhang mit den Eintragungen dieses Buches wird sie sich anders lesen, weniger unmittelbar.

Die Reise nach Utrecht

Rede einer Ungeborenen

Keine Angst, ich werde dich nicht mit ›Mutter‹ anreden, obwohl es für unser Verhältnis kein anderes Wort gibt. Niemand hat dich für das, was du getan hast, angeklagt. Jetzt tue ich es. Du konntest dir mich nicht leisten, ich weiß, diese Antwort hattest du parat, für den Fall, daß dich jemand fragen würde. ›Das war einfach nicht drin‹, so drückst du dich aus, wenn du mit dir selber sprichst. Ich hätte dir Unkosten und Unbequemlichkeiten gemacht, täglich, Jahr für Jahr. Du hast dich daher für diesen kleinen medizinischen Eingriff entschieden. Dreihundertfünfundsechzig Mark, in bar. Mehr war ich nicht wert. Die Fahrtkosten nach Utrecht und zurück kamen dazu.

Hätte sich übrigens mein Vater – wie sollte ich ihn sonst nennen? – nicht an den Unkosten beteiligen müssen? Ich war schließlich auch seine Angelegenheit. Du hast mich ihm unterschlagen. Früher mußten Männer Alimente zahlen, wenn sie die Frau, die sie geschwängert hatten, nicht heiraten konnten oder wollten. Ihr Frauen habt in den letzten Jahrzehnten vieles erreicht. Ihr habt die Männer entmündigt, als ihr die Verantwortung auf euch genommen habt, wie ihr das nennt. Ihr habt sie zu Lustobjekten und Erzeugern erniedrigt, ihr benutzt sie zur Zucht. Wolltest du euer ungebundenes Verhältnis nicht belasten? War es Rücksicht oder Vorsicht? Ihr beide sprecht freimütig über alles, nur über mich habt ihr nicht gesprochen. Statt dessen bist du zu deiner Mutter gegangen in deinen Nöten. Von Geldnöten war die Rede.

Plötzlich hast du dich deiner Mutter entsonnen. Mutter wird mir schon helfen! Dabei hast du in den letzten Jahren nichts weiter getan, als dich von ihr abzunabeln.

Man konnte meinen Nabel übrigens schon sehen, allerdings nur unterm Mikroskop. Wir beide, du und ich, waren schon durch ein Fädchen miteinander verbunden. Mein Leben hing an diesem Faden. Alles muß man dir erst sagen! Hältst du dich wirklich immer noch für feinfühlig? Du verwechselst feinfühlig mit empfindlich.

Deine Mutter hat nicht einmal gefragt, sie wußte anscheinend gleich Bescheid. Sie fürchtet sich vor den Auseinandersetzungen mit dir. Sie hat nur wenige Sekunden gezögert. Sie hat sich überlegt, ob sie nun sagen sollte: ›Ach, Kind, was habe ich damals bei dir alles ausprobiert! Wir haben uns immer in acht genommen, wie dein Vater es nannte. Dein Vater hat tagelang nicht mit mir gesprochen!‹

Hast du nie über deine eigene Existenz nachgedacht? Bildest du dir wirklich ein, ausgerechnet du wärst ein Wunschkind gewesen, ein Kind der Liebe, sehnsüchtig von Mutter und Vater erwartet? Deine Eltern haben sich damit abgefunden, noch ein viertes Kind zu bekommen. Weiterer Familienzuwachs. Hätten sie etwas gegen dich unternommen, hättest du nie gelebt! Erst als du kräftig gegen den Bauch deiner Mutter getreten hast, hat sie so etwas wie Erwartung und Freude empfunden. Ich konnte mich noch nicht protestierend bemerkbar machen.

Du bist übrigens kein bezauberndes Kind gewesen und später auch keine liebevolle Tochter, dafür eine kostspielige. Deine Eltern finanzierten dir das Studium. Deine Mutter hat dir diese Reise nach Utrecht bezahlt und lediglich gesagt: ›Ich will dir doch helfen, Kind!‹ Selbst diesen Satz hast du als Einmischung empfunden. Der Arzt in Utrecht hat dann ebenfalls von ›Hilfe‹, ärztlicher Hilfe, gesprochen.

Irgendwo gibt es bereits ein Wesen männlichen Geschlechts, das eines Tages zu mir, einem Wesen weiblichen Geschlechts, gesagt haben würde: ›Ohne dich kann ich nicht leben!‹ Was wird aus dem? Wer soll mich bei ihm ersetzen? Hast du denn gar nicht weiter gedacht als: Einmal Utrecht und zurück?

Mein Vater - oder soll ich von Hans-Martin sprechen? - skizziert mit leichter Hand, du studierst Kunstgeschichte, vieles spricht dafür, daß ich eine talentierte Malerin hätte werden können. Du hättest meine Kinderzeichnungen stolz herumgezeigt. Im Kindergarten wäre ich bereits aufgefallen. Später wären meine Bilder in den Gängen der Schule ausgestellt worden, und eines Tages hättest du, eine ehemalige Kunstwissenschaftlerin, die Vernissage deiner Tochter eröffnet. Dein Wunsch, malen zu können, hätte sich in mir erfüllt. Meine beiden Großväter sind Lehrer, die pädagogische Begabung wird sich auf mich vererbt haben, ich hätte eine Dozentur und später eine Professur für anatomisches Zeichnen in Karlsruhe bekommen. Oder hättest du nicht von deiner eigenen Tochter überflügelt werden wollen? Ich wäre vermutlich eine schöne Frau geworden. Die blauen Augen des Vaters, deine dunklen Haare, seine kräftigen Zähne, deine Nackenlinie, die er auf eurer Italienreise mehrmals mit der Nackenlinie der Frauen auf den Fresken des Piero della Francesca verglichen hat.

Vielleicht hätte ich geahnt, wie schlecht meine Lebenschancen standen, und wäre ein liebenswürdiges Kind geworden, hätte selten geweint, wenig Mühe gemacht, hätte dich oft und grundlos angelacht, wäre zärtlich und anhänglich gewesen. Vielleicht.

Aber es kann natürlich genausogut sein, daß ich dir mein Leben nicht gedankt hätte. Vielleicht hätte ich den Vorwurf erhoben, daß du mich ungefragt der Welt ausgesetzt hast, die ja so verlockend nicht ist. ›Warum hast du mich nicht gelassen, wo ich war, im Nichts?‹ Erkennst du den Satz wieder? Du hast ihn an deinem letzten Geburtstag bei einer eurer Auseinandersetzungen zu deiner Mutter gesagt. Nicht gesagt, du hast geschrien!

Du warst die einzige, die mir eine Lebenschance hätte geben können. Ich bin nicht wiederholbar, wie du dir einreden willst.

Mag sein, daß dir eines Tages ein Kind in deine Lebenspläne paßt. Zur Abrundung deiner Persönlichkeit und zur Selbstfindung. Aber mich hast du verloren. Das wird dann ein ganz anderes Kind sein, mit völlig anderen Chromosomen und Genen. Vielleicht wird es einen anderen Vater haben.

Zu dem augenblicklichen Zeitpunkt war ich dir hinderlich. Dir wurde meinetwegen übel. Soll ich mich dafür entschuldigen? Das Examen hättest du aufschieben können, mich nicht. Eine Anstellung wirst du so bald nicht bekommen. Ich hätte deinem Leben einen Sinn gegeben, altmodisch ausgedrückt. Du fühlst dich oft sehr allein? Sogar wenn du in den Armen deines Freundes liegst, bleibt da ein Rest Einsamkeit. Monatelang wären wir beide zusammengewesen, nur wir beide. Vielleicht hätte mein Vater mir das Leben gerettet und gesagt: Mit diesem Kind hätten wir eine gemeinsame Aufgabe, für die es sich zu leben lohnt. Er sagt doch so oft: ›Lohnt sich die Anschaffung?‹ – ›Wer soll später unsere Renten zahlen?‹ hat er auch schon gefragt.

In Utrecht kennst du nur die beiden Wartesäle, den des Arztes und den Wartesaal am Bahnhof, wo du noch Kaffee getrunken und ein Stück Butterkuchen gegessen hast. Im Zug bist du dann gleich eingeschlafen. Der Schaffner hat dich am Arm gepackt, und da bist du zum ersten und einzigen Mal erschrokken. Vor dem Zugriff eines Zugschaffners! Du hattest das Gefühl, Unrecht getan zu haben. Hast du Utrecht verstanden? Die Worte sind sich ähnlich. Du wirst später, immer wenn du das Wort Unrecht hörst, an Utrecht denken. Und umgekehrt. Gegen das Unbewußte kommst du nicht an. Deine Fahrkarte war in Ordnung, der Schaffner ging weiter, aber du konntest nicht wieder einschlafen. Ist dir der Gedanke nie gekommen, daß auch Lebewesen wie ich registriert werden? Der Paragraph 218 sei nicht mehr in Kraft? Dein Trumpf sticht nicht! Du hast meinetwegen nicht viel auf dich genommen, eine Heldentat war es nicht, obwohl du stolz auf deine Selbständigkeit warst. Keine Zuchthausstrafe für die Frau, die ihre Leibesfrucht abgetrieben oder die Tötung durch einen anderen zugelassen hat. Bis vor wenigen Jahren war der Versuch noch strafbar. Die Gesetzesänderung war nötig, natürlich! Nur für mich nicht. Für mich war sie tödlich. Früher hättest du mit mir Pech gehabt, jetzt habe ich mit dir Pech. An mich muß man doch auch einmal denken! ›Paragraphen!‹ hast du gehöhnt. Du hast dir ein verächtliches Lachen angewöhnt. Hängt das mit Utrecht zusammen? ›Mein Bauch gehört mir!‹ Mit diesem Spruch haben die Frauen auf den Straßen demonstriert. Der Spruch ist falsch! Neun Monate lang hätte dein Bauch mir gehört und nicht dir, er hätte mir als Unterschlupf gedient. Männer sind immer nur wenige Minuten an euren Bäuchen interessiert, oder sagen wir, eine Stunde lang. Hat dein Freund wirklich gar nichts bemerkt? Hat er nie gefragt: Stimmt was nicht? Das eine muß man dir zugute halten, du hast keine Weltanschauung vorgeschoben. Du hast mich nicht mit drohenden Atomkriegen und einer sinnentleerten Zukunft in Zusammenhang gebracht.

Du rauchst nicht, du trinkst wenig, kein häufiger Partnerwechsel. Eigentlich sah es so aus, als ob ich mit dir Glück haben würde. Er und du, ihr habt sogar einmal von ›Ehe‹ gesprochen, nicht im Zusammenhang mit mir, aber auf jener Italienreise, im Land des Piero della Francesca. Dort habt ihr mich im Schatten einer Schirmpinie gezeugt. In der Nähe des Trasimenischen Sees. Ich bin kein Bettkind. Ein Mittagskind. Ihr kamt aus Arezzo und wolltet nach Monterchi, wo es eine Friedhofskapelle mit einem Muttergottesbild des Piero della Francesca gibt. Am späten Nachmittag hattet ihr die Kapelle gefunden, eine Wärterin schloß euch die Tür auf. Ihr standet aneinandergelehnt vor dem Bild, eine schwangere Maria, das Gewand über dem gewölbten Bauch aufgeknöpft, mit der rechten Hand verbarg sie den Leib und wies zugleich auf ihn hin. Du warst voller Freude, du machtest deinen Freund auf das ›verblichene Mandarinblau‹ des Gewandes aufmerksam, auf die runde Stirn, die schmalen Augenbrauen. Du hast gesagt: ›Wie allein sie ist!‹ Du hast von ›befreundeten Farben‹ gesprochen, von Farben verstehst du etwas. Dann habt ihr noch über Chancengleichheit, euer Lieblingsthema, geredet. Piero della Francesca, der Schuhmachersohn aus den Bergen, wird Ratsherr in Arezzo . . .

Als du den Wagen auf dem Feldweg zurücksetzen wolltest, bist du in den Graben gefahren. Teile der Karosserie waren verbeult. Ihr habt einander angeschrien, und du bist weinend in den Weinberg gelaufen. Daran erinnerst du dich? Euren Streit hast du nicht vergessen? Um das defekte Auto hast du geweint, um mich hast du nicht geweint. Die Reparatur des Wagens war teurer als die Reise nach Utrecht. Ihr habt in Florenz in der Bahnhofshalle übernachtet, in euren Schlafsäcken. Als es hell wurde, hat die Bahnpolizei euch verjagt. Rucksacktouristen! Du bist dickköpfig, du wolltest allein mit der Bahn zurückreisen. Mein Vater ist nachgiebiger als du. Ihr habt euch wieder versöhnt. Auf der Rückfahrt habt ihr eine Reise nach Amsterdam geplant, du wolltest unbedingt das Rijksmuseum besuchen.

Wann wollt ihr fahren? Über Pfingsten? Vielleicht fragt er dich dann an der Abzweigung nach Utrecht: Lohnt sich ein Abstecher nach Utrecht? Gibt es da etwas Besonderes zu sehen? Und dann wirst du erröten und mich verraten. Bis dahin hast du mich vielleicht auch schon vergessen. Das eine sage ich dir: Ich werde mich in Erinnerung bringen! Ich werde dir im Traum erscheinen, aber auch bei Tag! Du brauchst Papiertaschentücher und gehst in eine Apotheke, mußt ein wenig warten und stehst unmittelbar vor einem Plakat. Du erkennst mich allerdings erst auf den zweiten Blick. Ich bin zweiundzwanzig Wochen alt, älter bin ich nicht geworden. Ich sehe aus wie eine Blüte, man muß nur Augen für meine Schönheit haben.

Im Vorübergehen blickst du in einen fremden Kinderwagen: Das Lächeln des Kindes wird nicht dir gelten. Nachts wirst du aufschrecken, weil du meinst, das Weinen eines Kindes gehört zu haben, aber es war nur die Katze des Nachbarn. Auch das Miauen einer Katze ist mir recht, um mich bemerkbar zu machen. Du liebst Bäche und Bachufer, arglos beugst du dich über eine gelbe Wasserlilie und erkennst mich wieder, ich sehe der Blüte, die du aus der Apotheke kennst, sehr ähnlich. Ich bin nur eine Woche älter geworden inzwischen. Du hast die Turnschuhe ausgezogen, sitzt im Gras und hältst die Füße in den Bach, da siehst du Kaulquappen. Seit Jahren hast du keine Kaulquappen mehr gesehen. Du rufst wie als kleines Mädchen: ›Pillepoppen!‹ Du fängst dir eine, sie zappelt in deiner Hand, sie ist gerade dabei, sich in einen Frosch zu verwandeln, besitzt noch den Schwanz, aber auch bereits Vorderbeine, und wieder erkennst du mich. Ich bin ein Entwicklungsstadium weiter. Übelkeit steigt in dir auf. Du wirst eine unbestimmte Abneigung gegen Schwertlilien und Kaulquappen bekommen, die sich auf Bäche ausdehnen wird. Krankhafte Abneigungen werden die Folge sein. Irgendwann wird ein Psychotherapeut eine Analyse mit dir machen müssen und dabei frühkindliche Traumata feststellen. Auch er wird nicht herausfinden, daß ich die Ursache bin. Steht mir nicht Vergeltung zu? Mir, der Ungeborenen aus Utrecht?

Ich habe viele Möglichkeiten, mich bemerkbar zu machen! Du liest gerne Gedichte, manchmal liest du deinem Freund eines vor. Du hast ein Bändchen mit Gedichten von Nelly Sachs zum Geburtstag erhalten, du liest, zunächst arglos, das Gedicht ›Chor der Ungeborenen‹. Das Wort ›ungeboren‹ berührt dich nicht weiter, gegen diese unmittelbaren Angriffe bist du gewappnet. Aber dann die letzte Zeile: ›Wir kommenden Lichter für eure Traurigkeit!‹ Und da läßt du das Buch sinken, Traurigkeit steigt in dir auf, und du ahnst nicht, warum. Und wenn dein Zuhörer dich fragt, ob du nicht weiterlesen möchtest, sagst du: ›Nein‹ und legst das Buch zur Seite und rührst es nie wieder an. Ich versuche nichts weiter, als ein wenig Licht in dein Unbewußtes zu bringen. Das wirst du mir gestatten müssen!

Im Wartezimmer des Frauenarztes, den du gewissenhaft zweimal im Jahr aufsuchst, erscheine ich dir wieder. Die Bilder an den Wänden erregen deine Aufmerksamkeit. Du betrachtest eine der großen Farbaufnahmen aus der Nähe, siehst zunächst nur ein schönes Eirund in lichten Farben. Dann erst erkennst du, daß ich es bin, die sich in der Flüssigkeit herumtreibt. Du siehst das Rückgrat, den rosafarbenen Kopf, statt der Arme trage ich winzige Flügel. Alles ist bereits angelegt, mein Geschlecht, die Haarfarbe, die Form meines Mundes.

Hast du gestern die Zeitung gelesen? Irgendwo in den Vereinigten Staaten von Amerika hat ein Laboratorium schließen müssen. In der Konkursmasse befanden sich Tausende von Föten, in Containern aufbewahrt, zu Versuchszwecken. Man war noch im Zweifel, ob man sie christlich beerdigen sollte oder nicht. Die Meldung stand auf der Kulturseite der Zeitung. Hast du einmal darüber nachgedacht, wo die Föten aus Utrecht bleiben? Hast du nur bis Utrecht gedacht? Ihr saßt zu neunt im Wartezimmer, neun Frauen zwischen zwanzig und vierzig, deutschsprachig, aber keine sprach, als hättet ihr euch nichts zu sagen. Eine von ihnen hat gestrickt. Du hast den Arzt belogen. ›Sechs Wochen‹, hast du gesagt. Du wolltest ihm erklären, daß du durch deine Magisterarbeit so sehr in Anspruch genommen seist, aber er hat sofort abgewinkt, deine Erklärungen waren ihm gleichgültig, er kennt alle Erklärungen. Er hilft Frauen in ihren Nöten, mehrsprachig, notfalls lateinisch. Der Eingriff dauerte nicht lange. Eine Routineangelegenheit. Dein ›Danke, Herr Doktor‹ klang dankbar und überzeugend, als hätte er dir in einer schweren Krankheit beigestanden.

Ich frage mich wirklich, ob das, was du vorhattest, wichtiger war. Du wirst ein durchschnittliches Examen machen, aber auch eine hervorragende Note würde dir nicht zu einer Anstellung verhelfen. Deine Eltern werden dir ermöglichen, auch noch zu promovieren, und werden deinetwegen auf die Erfüllung eigener Wünsche verzichten. Du wirst es ungerührt annehmen. Es ist ihre Pflicht, dir einen guten Start ins Leben zu ermöglichen. Wo steht das Museum, dessen Leitung auf dich und deine Kenntnisse gewartet hat? Wo der Verlag, der eine promovierte Kunsthistorikerin einstellen wird? Wovon träumst du? Die einzige, die auf dich gewartet hat, bin ich. Ich war deine Lebensaufgabe! Ein paar Jahre lang hätte ich dich gebraucht, und du hättest mich gebraucht. Du hättest endlich einmal Wurzeln schlagen können. Ich muß nach Hause, mein

Kind wartet! Vielleicht hätte ich dich geliebt? Das gibt es, daß Töchter ihre Mütter lieben! Und manchmal hättest du gedacht: Wie gut, daß ich damals nicht nach Utrecht gefahren bin...

Es hätte noch eine andere Möglichkeit gegeben, mich zu retten. Unmittelbar nach der Geburt hättest du mich zur Adoption freigegeben. Du hättest mich vorher nicht einmal anzusehen brauchen, kein Blick! Das ist vorgesehen. So unbeliebt sind Kinder gar nicht. Manche Frauen lassen künstliche Befruchtungen vornehmen, um schwanger zu werden. Du hättest nie erfahren, in wessen Hände ich gekommen bin. Ich hätte sicher sein können, daß diese neuen Eltern in guten Verhältnissen lebten, mich sorgsam und liebevoll aufziehen würden. Meine Lebenschancen hätten sich durch eine Adoption noch verbessert. Aber mich, um die es ging, hat man nie gefragt. Ich wollte leben.

Wäre Franziska nicht ein schöner Name für mich gewesen?

Meine Mutter hat ihren Töchtern den Roman ›Ut mine Stromtid‹ von Fritz Reuter an langen Winterabenden vorgelesen; das erste Stück Weltliteratur, das mir zuteil wurde. Hawermann, Braesig, Fru Pastern, Pomuchelskopp, Linning und Minning, die gehörten alle zu meiner Kindheit in einem Pfarrhaus auf dem Lande. Ein Roman aus der Mitte des 19. Jahrhunderts, in mecklenburgischem Platt geschrieben. Eine Zumutung? Allenfalls eine gewisse Anstrengung, bis man sich eingelesen hat, aber dann nur noch Lesefreude. Man kann das Buch auch in hochdeutscher Sprache lesen, dann ist es immer noch ein großartiger Roman, aber schade wär's schon.

›Es ist allens nur 'n Övergang‹, wie Inspektor Braesig zu sagen pflegt, wie auch ich zu sagen pflege. Fritz Reuter gehört zu meinen Lehrmeistern, mehr als Theodor Fontane. Wenn ich mir ein Lesevergnügen bereiten will, greife ich nach ›Ut mine Stromtid‹.

Bußtag. Man hat sich angewöhnt, nur noch Bußtag zu sagen, Bußtagskonzert. Von Beten ist nicht einmal mehr die Rede. Wer wird denn büßen?

Die beste Telefonnummer

Man sieht meiner Bibel an, daß sie oft benutzt wird, aber sie gibt keine Auskunft über die Benutzerin; nichts weist darauf hin, daß es meine Bibel ist. In anderen Büchern streiche ich unbekümmert das an, was mir für meine Arbeit wichtig ist, mag sein, daß auch da Rückschlüsse möglich wären. In der Heiligen Schrift streiche ich nichts an, das mag zunächst Scheu vor ›Gottes Wort‹ sein, das ich von klein auf zu respektieren gelernt habe; ich wage wohl auch nicht zu entscheiden, ob dieser eine Satz wichtiger ist als der andere.

Neben meiner Bibel steht die Bibel, die von meiner Mutter benutzt wurde und nach ihrem Tod in meinen Besitz übergegangen ist. Manchmal blättere ich darin, sehe ihre Anstreichungen, entziffere ein Wort, das sie an den Rand geschrieben hat; ihre Hände zitterten seit den schweren Luftangriffen, bei dem schwersten hat sie dann alles, was ihr einmal wichtig war, verloren. Wer ihr später diese Bibel verschafft hat, weiß ich nicht, eine Dünndruckausgabe, der Einband von einer Hülle geschützt, einige Seiten aus der Leimung gelöst. Die Anstreichungen stammen aus den letzten Jahren ihres Lebens. Drei Jahrzehnte war sie eine umsichtige Pfarrfrau gewesen, nun war sie schon lange verwitwet, fand mal hier und mal da Unterschlupf, bis ich sie dann in unsere Wohnung nach Düsseldorf holen konnte.

Am Rande von Johannes 16, Vers 22, der unterstrichen ist, steht: Erster Sonntag in Düsseldorf, Matthäuskirche. ›Und ihr habt auch nun Traurigkeit; aber ich will euch wiedersehen, und euer Herz soll sich freuen, und eure Freude soll niemand von euch nehmen.‹

Ich erinnere mich . . .

Sie lebte nun nicht mehr bei Fremden und unter Fremden, sondern bei ihrer Familie, in räumlicher Enge, aber nicht in innerer Nähe, die sie benötigt hätte. Damals hatte ich meinen ersten literarischen Erfolg, der mich irritierte und sie freute. Sie hatte niemanden, mit dem sie hätte reden können, über Alter, Angst, Einsamkeit, Krankheit, Tod. Sie hat mit Gott im Dialog gelebt, sie hat ihn gefragt, er scheint ihr geantwortet zu haben, auch dafür gibt es Beweise in Form von Bleistiftstrichen. ›Doch es wird nicht dunkel bleiben über denen, die in Angst sind.‹

Ich blättere die dünnen Seiten um, erschrecke, wenn da ein Wort über den Streit von Brüdern angestrichen ist und am Rand, gut lesbar, steht ›oder Schwestern‹.

Ein Lehrbuch. Ein Lebensbuch.

Bei Jeremia, bei Salomo, den Psalmen verdichten sich die Anstreichungen, aber auch in den Offenbarungen des Johannes und im Buch Sirach. ›Der ist reich, der da arbeitet und sammelt Geld und hört auf und genießt es auch.‹ Warum hat sie das angestrichen? Wir hatten endlich ein eigenes Dach überm Kopf, sogar ein Auto, ein Telefon. Mein erster Roman hatte mir großen Erfolg gebracht. Aber habe ich das genossen? Hat sie mich gemeint, die so unruhig war? Wer spricht da zu mir? Die Stimme meiner Mutter? Hat sie auch an die gedacht, die später in ihrer Bibel lesen würde? Ein Buch gibt über seine Benutzer Auskunft. Sie war lange Jahre leidend. In den Monaten vor ihrem Tod saß ich, wenn es dämmerte, an ihrem Bett und sang einen Choral, das tat uns beiden gut, mehr an Kontakt war uns nicht möglich. Sie war damals über achtzig, und ich war noch nicht vierzig, die Entfernung war groß.

Während ich mich erinnere und in ihrer Bibel blättere, fällt mein Blick auf einen Vers aus dem 138. Psalm, den sie angestrichen hat. ›Wenn ich dich anrufe, so erhörst du mich und gibst meiner Seele große Kraft.‹ An den Rand hat sie geschrieben: ›Die beste Telefonnummer‹.

Manchmal beantworte ich Leserbriefe mit einem Taschenbuch, in das ich Grüße schreibe, manchmal nehme ich aber auch einen Sonderdruck; nur selten wähle ich ›Die Reise nach Utrecht‹. Ich bin verantwortlich für das, was ich mit meinen Büchern anrichte. Was veranlaßte mich, einer Leserin aus Sachsen, die ich nicht kannte, diesen Sonderdruck zu schikken? Der Schrifttyp ist nicht leicht zu lesen, aber das ist der Text auch nicht. Diese Fremde antwortete mit einem langen Brief, den ich für wichtig halte, den auch andere lesen sollten. Sie schreibt: ›Der Titel versprach mir einen Reisebericht, aber die Radierung auf dem Umschlag erinnerte mich sofort an etwas anderes. Es war gut, daß ich allein war, ohne Tränen verlief es nicht, weil es an die Substanz ging. Es berührt den dunkelsten Punkt meines Lebens, aber ich habe gemerkt, daß ich nun endlich darüber reden kann. Ihnen möchte ich es gern sagen, falls Sie Zeit haben, meine Beichtmutter zu sein. Ich hatte mir immer mehrere Kinder gewünscht. Unsere beiden Kinder wurden in den 60er Jahren geboren, bei jeder Schwangerschaft waren meine Augen in Gefahr, der Augendruck schnellt unberechenbar in die Höhe. Dann wurde ich noch einmal schwanger und freute mich zunächst sehr, aber niemand wollte die Verantwortung übernehmen, man malte mir aus, daß mein Mann für drei Kinder und eine blinde Frau würde sorgen müssen. Ich lief zu mehreren Augenärzten, jeder sagte, daß das Risiko groß sei. Wir entschlossen uns schließlich zur Unterbrechung. Im Krankenhaus wurde man behandelt nicht wie der letzte, sondern wie der allerletzte Dreck. Das Gesetz gab es erst seit einem halben Jahr. Wir waren an dem Tag neun Frauen. Ich meine heute, daß ich die einzige war mit einem medizinischen Grund, aber das denkt wohl jede, daß ihr Grund wichtig ist. Ich war 36 Jahre alt, ich fühlte mich nicht zu alt für ein Kind. Ich kam als erste an die Reihe, ich muß in der Narkose laut geschrien haben. Die schlimmste Zeit kam erst danach, ich habe das nicht verarbeitet, sondern verdrängt, habe mich verachtet und wie eine Mörderin gefühlt. Innerlich war ich wie erfroren. Mit keinem habe ich darüber gesprochen.

Ich konnte in keinen Kinderwagen blicken, keine kleinen Kinder ertragen, jede Nacht träumte ich, daß meine Tochter ertrinkt, nie träumte ich von unserem Sohn, immer nur von der Tochter. Ich schlief wenig, wachte schweißgebadet auf. Wenn ich noch einmal schwanger würde, wollte ich den Gashahn aufdrehen. Ich bin ziemlich sicher, daß ich es auch getan hätte. Mein Mann hatte es nicht leicht mit mir, aber so richtig nachfühlen konnte er es bestimmt auch nicht. Ich habe dann später noch studiert, auch Psychologie, man hatte auch in diesem Land begriffen, daß es seelische Krüppel gibt, daß viele Krankheiten von der Seele ausgehen. Das war der größte Gewinn meines Studiums: Ich dachte nach und fing an aufzuarbeiten. Vieles hat sich damals in Tränen aufgelöst. Meine Tochter erwartete dann ein Kind, ich habe dieses Kind angenommen wie ein eigenes. Ich bemühte mich, die anderen Enkel genauso zu lieben, aber innerlich stand mir dieses Kind immer am nächsten. Ich kann die Welt nun wieder optimistischer betrachten. Noch immer ist diese Unterbrechung der dunkelste Punkt, aber ich bin doch nun soweit, daß ich meine, ich hatte keine andere Wahl. Und Sie sehen, ich kann endlich mal darüber schreiben. Die Vorwürfe der Ungeborenen haben es für mich viel schwerer gemacht. Für die Entscheidung war kein Karrieredenken und kein Wohlstandsdenken ausschlaggebend. Männer sind da wohl nicht so sensibel; für meinen Mann war die Sache vorbei und erledigt, er ahnte überhaupt nicht im entferntesten, wie es in mir aussah. – Genug! Ich danke fürs Anhören . . .‹

Verständliche Gedichte schreiben. Aber dann verläßt mich der Mut. Das schöne Einvernehmen, das zwischen dem Autor und seinen Lesern im Laufe langer Jahre entsteht, ist den Kritikern unbekannt und vermutlich auch unverständlich. Darf der Gedanke an Kritiker mich behindern?

Wir haben uns eingerichtet,
alles hat seinen Platz:
Das Bett, der Schreibtisch, auch
der Bleistift an
seinem Platz.
Keine Anschaffungen mehr, keine
neuen Grundstücke. Wir
nehmen Rückfahrkarten, mieten uns
ein und kehren dorthin zurück, wo
alles an seinem Platz steht, wo
die Zeitung auf
dem Frühstückstisch liegt und
das Ei wachsweich ist.

Schaffen wir das Jahr 2000?

›Das Jahr 2000‹ als Buchtitel. Da fehlt doch etwas hinter der Zahl, eine nähere Angabe! Da fehlt doch ›n. Chr.‹ oder der etwas verschwommene Begriff ›nach unsrer Zeitrechnung‹. Wer das Jahr 2000 wichtig nimmt und als Zäsur im Ablauf der Jahrhunderte betrachtet, der muß überlegen, daß er eine christliche Zeitrechnung benutzt, seit zweitausend Jahren, das ist eine lange Zeit, in der vor kurzem erst ein ganzes Tausendjähriges Reich Platz hatte.

Bei der Wende vom ersten zum zweiten Jahrtausend hat man mit dem Weltuntergang gerechnet. Hinweise darauf stehen in den Offenbarungen des Johannes. ›. . . Und wenn tausend Jahre vollendet sind . . .‹ ›. . . diese lebten und regierten mit Christo tausend Jahre.‹ Daß die abendländische Christenheit die Prophezeiungen der Bibel wörtlich genommen hat, ist den Menschen später als ›mittelalterlich‹ und ›abergläubisch‹ erschienen. Seit sie ›aufgeklärt‹ sind, haben sie nicht mehr daran geglaubt, daß das Wort ›tausend‹ wörtlich zu nehmen sei. Warum also jetzt der Zahl 2000 Bedeutung zuerkennen?

Als man mich bei einer Silvester-Umfrage nach meinen Erwartungen für das Orwell-Jahr 1984 fragte, habe ich geantwortet, daß ich weder über prophetische Gaben noch politische Einsichten verfüge und daß ich als Zeitmaß nicht Orwell benutze, sondern die christliche Zeitrechnung und daher annähme, daß auf das Jahr 1984 das Jahr 1985 folgen werde. Oder auch: So Gott will. Unsere Großeltern benutzten noch das allgemeinverständliche Kürzel ›s. G. w.‹, das heute unverständlich ist. Ich habe ein christliches Weltbild, das ich mir nicht zertrümmern lasse. Die Welt, in der ich lebe, ist nicht mit einem Urknall entstanden, das kann und will ich mir nicht vorstellen. Genausowenig kann und werde ich mir vorstellen, daß sie mit einem Urknall endet. Danach lebe ich, versuche ich zu leben; so schreibe ich, oft beunruhigt, aber im ganzen doch getrost.

Es gibt nicht nur die allgemeingültige Zeitrechnung; die persönlichen Lebensdaten sind für den einzelnen von größerer Bedeutung. Die Welt hat für mich mit meiner Geburt angefangen, und sie wird – für mich – mit meinem Tod enden. Ich habe die Statistik befragt und erfahren, daß ich das Jahr 2000 n. Chr. nicht erleben werde, wenn ich mich an das Durchschnittsalter der Frauen meines Jahrgangs halte, die ja viel mitgemacht haben, die viel überleben mußten.

In meinem Buch ›Überlebensgeschichten‹ habe ich authentische Lebensläufe von Menschen erzählt, die noch einmal davongekommen sind, deren Schicksal ›Deutschland‹ hieß. Heute denke ich: Mit dem Überleben muß und wird es ein Ende haben, das ›Über‹ muß weichen, muß aus unseren Vorstellungen gestrichen werden. Von Über-leben kann in Zukunft die Rede nicht mehr sein, nur noch von Leben oder der Vernichtung allen Lebens.

Während ich jetzt an meinem Schreibtisch sitze, nachdenke und Notizen mache, wird es draußen Frühling. Auf altmodische Weise zählen wir unser Leben nach Lenzen, ›wie viele Lenze noch‹? Ein sanfter Regen geht nieder. Man könnte an diesem Aprilmorgen das Gras wachsen hören. Man kann den Veilchen beim Aufblühen zusehen, man riecht die Erde. Wie in jedem Frühling fühle ich mich ausgeschlossen. Alles begrünt sich. Wieso nicht ich? Keine Blätter an den Fingerspitzen. Keine Knospen. Nichts! Statt dessen immer nur Worte. Aber Worte sind doch auch Lebenszeichen!

Bei Fontane endet ein Frühlingsgedicht mit den Zeilen: ›Es wagt's der alte Apfelbaum: Herze, wag's auch du.‹ Kein Ausrufungszeichen, ich habe noch einmal nachgesehen, als Befehl hat er es nicht gemeint, er war ja ein Skeptiker. In jedem Frühling, der für meine Ungeduld zu spät und zu langsam kommt, zitiere ich diesen alten Apfelbaum und ermuntere andere und auch mich selbst. Aber wenn ich mich nun umblicke – wo sind die alten Fontane-Apfelbäume geblieben? An den Chausseen blühen sie nicht mehr; niemand, der die Äpfel ernten wollte, die Bäume gelten nur noch als Verkehrshindernisse oder Todesfallen für Auto- und Motorradfahrer. In den Dörfern gibt es kaum noch Grasgärten mit alten, unrentablen Apfelbäumen; in den Obstplantagen stehen Apfelbäume der Marke ›Golden Delicious‹ in Reih und Glied und werden geschlagen, bevor sie alt werden. Kein Trost bei Fontane? Die Apfelbäume haben ja immer herhalten müssen, das fängt im Paradies bereits an; am Baum der Erkenntnis hingen Äpfel. Und dann Luthers vielzitiertes Apfelbäumchen ...

In meinem Garten wird geblüht, aber es wird nicht Frucht getragen. Demnächst wird der Goldregenbaum blühen, der Flieder, der Jasmin, die Rosen, aber das bringt ja alles keine Frucht. Wieso habe ich denn nie einen Apfelbaum gepflanzt? Das Weltende vor Augen, täglich und stündlich frei Haus geliefert durch alle TV-Kanäle. Wir müssen aus dieser Endphasenstimmung heraus! Die Lust am Untergang führt uns darauf zu. Tag für Tag schreibe ich dagegen an. Bücher sind keine Tranquilizer, das weiß ich. Es gehört Zukunftserwartung dazu, an einem Buch jahrelang zu schreiben und zu wissen, daß ein weiteres Jahr vergehen wird, bis es gedruckt und mit einem Umschlag versehen im Schaufenster liegt, bis Leser darauf aufmerksam werden, es vielleicht kaufen, vielleicht auch lesen, das zieht sich über Jahre hin, und dann möchte man außerdem noch, daß das betreffende Buch auch in zehn oder zwanzig

Jahren in einem Buchregal steht. Und plötzlich merke ich: zwanzig Jahre! Da sind wir dann schon ein Stück im nächsten Jahrtausend, das nicht mehr zu meiner Lebenszeit zählen wird, aber doch zu der meiner Bücher. An dieser Stelle setzt mein persönlicher Überlebenswille doch wieder ein. Ich möchte etwas von meinen Erfahrungen, meinen Erkenntnissen in das nächste Jahrtausend einbringen. Deshalb schreibe ich, schreibe gegen die Vergänglichkeit und Vergeblichkeit an. Warum sonst Bildbände auf bestem Papier? Warum denn Leinen- und Ledereinbände? Bibliophile Ausgaben?

Vielen Künstlern fehlt heute das Gefühl für Dauer, das doch zur Kunst gehört. Man braucht nur die Bilder der ›Jungen Wilden‹ anzusehen; sie malen drauflos, aus dem Bauch, wie es heißt, gleichgültig, ob die Leinwand präpariert ist, ob die Farben halten werden. Ein Rahmen lohnt nicht. Aber ist das nicht auch wieder nur eine Mode? Eine Zeiterscheinung? Als solche vielleicht typisch? Wird man in fünf Jahren anders malen? Sorgsam vielleicht, sogar im klassischen Sinne schön, aus dem Gefühl heraus, daß unsere Welt nichts so nötig hat wie Verschönerung, was ja auch einmal zu den Aufgaben der Kunst gehört hat. Als Caspar David Friedrich seine Bilder malte, herrschte die Cholera in Europa, wurde die Schlacht von Austerlitz geschlagen, kamen eine halbe Million Menschen im Rußlandfeldzug um. Nie wäre im Lauf der Geschichte Anlaß gewesen, Schönes herzustellen. Wie sähe die Weltliteratur aus, wenn sie sich nur an das gehalten hätte, was auf der Welt gerade geschehen war?

Das Modewort ›No future‹, aus Amerika bezogen und bei uns mit ›Null Bock‹ übersetzt, ist ein Schlagwort, das mich zusammenzucken läßt, das mich trifft, aber nicht betrifft; eine der modischen Strömungen, die über uns hinweggehen, nachdem sie Schaden angerichtet haben. No future, das wirkt auf meine Generation, wahrscheinlich auch noch auf die folgende, entmutigend, lähmend. Gegenkräfte müssen sich bilden und werden sich bilden, aus Trotz oder aus Lebensfreude, je nach Temperament.

Darauf vertraue ich, daß die übernächste Generation leben will, glücklich und weltumspannend leben! Und daß sie den Widerspruch und den Wahnsinn einer Rüstung zur Vermeidung eines atomaren letzten Krieges erkennt. Die ganz Jungen werden es nicht zulassen, daß der Planet Erde wegen der unterschiedlichen Auffassungen darüber, was Glück ist, in die Luft gesprengt wird.

Ich habe Fontane und Luther beiseite gelegt und habe in den Offenbarungen des Johannes, mit denen das Buch der Bücher endet, weitergelesen. Von Atheisten schreibt er und vom Untergang der Welt, aber dann schreibt er von dem neuen Himmel und der neuen Erde, von der Hütte Gottes bei den Menschen, die sein Volk sein werden, jener Gott, der ›abwischen wird alle Tränen‹. Da möchte man doch die Christenheit des ersten Jahrtausends beneiden, die daran glaubte, daß sich diese Weissagungen erfüllen werden.

Aber mit der Wende vom zweiten zum dritten Jahrtausend n.Chr. hat das nichts zu tun.

Der Frühling kommt aus Cadiz

Ich bin für Ordnung, auch bei den Jahreszeiten. Winter im Winter und Frühling im Frühling. Was für ein unnötiger Ehrgeiz der Floristen, uns zu Weihnachten Gladiolen aus Südafrika einzufliegen. Weißen Flieder – wozu das? Christrosen im Dezember und Maiglöckchen im Mai!

Manche schneiden am Barbaratag Zweige vom Kirschbaum, hegen und pflegen sie, rauben den Staren und Amseln köstliche Süßkirschen, pfundweise! Wozu die Eile? Kaum ist der Schnee weg, was sieht man im Vorgarten: die ersten Schneeglöckchen! Diese tapferen Vorboten des Frühlings haben sich allen kommerziellen Verführungen widersetzt; niemand versorgt uns im August mit Schneeglöckchen. Kaum hat man sie gezählt und in Briefen und per Telefon von ihnen berichtet, da kommen schon die ersten gelben Fürwitzchen hervor, deren Familiennamen ich nicht kenne. Nahe der wärmenden Hauswand sprießen bereits die ersten Krokusse, zunächst die gelben, aber bevor man sie vorführen kann, werden sie von den vitaminhungrigen Amseln verspeist. Was reizt sie an der Farbe Gelb? Die männlichen Amseln sind gelbschnäblig, sind da bereits andere Triebe im Spiel?

Eines Morgens ist alles vorbei, der Vorvorfrühling, der in den Vorgärten stattfindet, ist zu Ende: Es schneit. Ich gönne mir einen Besuch im Gewächshaus, es steht im Park Wilhelmshöhe, nahe beim Schloß, eine berühmte frühindustrielle Eisen- und Glaskonstruktion. Schon im Kassenraum blühen mir Narzissen und Primeln entgegen. An den Wänden: blühende Kastanienbäume! Illusionsmalerei, die mich erfreut. Noch eine Tür, und dann: Mimosen, Kamelien, Azaleen, Rhododendron, übereinander, untereinander, ein Rausch an Farben und Düften, schwindelerregend. Wo bin ich? In einem Treibhaus? In einem Übertreibhaus!

Solche Ausschweifungen gestatte ich mir allenfalls einmal im Jahr, das Gewächshaus verdirbt die Maßstäbe, wir befinden uns hier in Nordhessen. Die Jahre, in denen ich dem Frühling bis ins Tessin entgegenfuhr, sind vorbei; ich bin ruhiger geworden. Zurück zu den sieben tapferen Schneeglöckchen, die den Winterrückfall überstanden haben.

Der Frühling kommt aus Spanien, aus Cadiz, mit dreißig Kilometer Tagesleistung reist er von Südwest nach Nordost. Seine Fortschritte beobachtet man abends auf dem Bildschirm. Baumblüte an der Bergstraße! Mit überhöhter Geschwindigkeit, im Galopp, erreicht er dann plötzlich Nordhessen. Die Luft riecht anders, schmeckt anders. So schnell kann man nicht blicken und nicht zählen. Wo hat man im November noch rasch eine Handvoll roter Tulpen versteckt, die Zwiebeln meine ich. Es ist wie ein Ostereiersuchen. Hätte man die Rosen beschneiden sollen? Auf drei Augen nach Gärtnerart? Ich halte nichts von Beschneiden! Bei uns wachsen die Rosen mannshoch, man muß sich nicht bücken, um daran zu riechen. Wir sitzen hinter einer Rosenhecke den lieben langen

Sommer lang. Ich zähle mein Leben nach Sommern, nicht nach Lenzen. Wie viele noch?

In den Vorgärten blühen inzwischen die Forsythien und die Mandelbäumchen, ein wenig übertrieben, meine ich; das blüht und blüht und bringt doch nichts, keine einzige Mandel im Herbst. Da sind mir die Kirschbäume doch lieber und die Apfelbäume. Diese blühenden Apfelgärten im Mai! Ich rede nicht von unserem Garten, unser Garten ist ein Gärtchen. Der erste Löwenzahn! Die ersten Gänseblümchen, jetzt ist es Zeit, eine ›Grüne Soße‹ herzustellen, das hessische Nationalgericht, von Goethe gelobt. Was fehlt, gibt es bei der Marktfrau: Schnittlauch, Pimpernell, Borretsch, den eigenen Löwenzahn, ein paar Gänseblümchenknospen dazu; elferlei Kräuter sollen es sein, dazu fetter saurer Rahm, frische Pellkartoffeln. Man riecht nicht nur, daß Frühling ist, man schmeckt ihn auch, hat ihn zwischen den Zähnen: Sauerampfer! Wir essen zum ersten Mal auf der Terrasse, einen wärmenden Heizstab im Rücken. Der Garten ist noch durchsichtig, alle Nachbarn können uns sehen. Statt ›Guten Tag‹ rufe ich ihnen ›Frühling‹ zu. ›Du übertreibst‹, sagt Kühner.

Die Nachbarn im Frühling! Während des Winters hat man sich nicht gesehen, und sobald das Buschwerk sich begrünt, wird man sich nicht mehr sehen, aber jetzt, bei diesen Kontrollgängen, da sieht man sich, tauscht seine Beobachtungen über die Winterschäden aus, verkündet seine Triumphe. Der Lavendel schlägt aus! Großherzig biete ich Ableger an; unter allen Büschen blühen die Veilchen. Es ist nicht leicht, die ersten Veilchen im Garten anzusiedeln, aber noch schwerer ist es, sich ihrer zu erwehren. Wie kommt es, daß Veilchen so gut bei uns gedeihen? Die Amseln nisten! Mehrere Rohbauten haben sie bereits, weil ungeeignet, aufgegeben. Nisten ist ein Vertrauensbeweis. Unser Feuerdorn ist absolut katzensicher. Die erste Hummel! Der erste Kohlweißling. Nein – zwei Hummeln, zwei Kohlweißlinge, und die Enten im Park: paarweise. Und die Schwäne: paarweise – das führt jetzt zu weit.

Während ich noch staune, bewundere, zähle, harken und hacken die Nachbarn bereits.

Ich bekomme Aufforderungen, weitere ›ungehaltene Reden‹ zu schreiben. Nicht immer kann ich widerstehen. Eva – das fängt doch schon im Paradies an!

Bleib stehen, wenn ich mit dir rede, Adam!

Redest du nicht mehr mit mir, Adam? Ich möchte mit dir plaudern. Gott hat uns beide gestraft, aber nun brauchst du mich nicht auch noch mit Schweigen zu strafen! Wir haben nicht gelernt, miteinander zu reden. Wir hätten die Sache mit dem Apfel durchdiskutieren sollen. Ich ahnte doch nicht, daß du so leicht zu verführen bist. ›Iß, Adam!‹, und schon beißt du zu. Ich langweilte mich. Langeweile macht neugierig. Man kann das auch als ›Suche nach Erkenntnis‹ bezeichnen. Wolltest du wirklich immer weiter an Blüten riechen, im Quell baden, neben mir im Schatten der Bäume ruhen und dich anschließend vom Ausruhen ausruhen? Bis in alle Ewigkeit? Es geht uns seit der Vertreibung doch gar nicht schlecht. Ich muß jetzt spinnen, aber ich spinne mein Garn gern. Daß ich mir die Finger blutig spinnen soll, ist mir nicht aufgetragen worden. Es plaudert sich gut beim Spinnen. Bleib stehen, wenn ich mit dir rede, Adam! Soll ich mit dem Spinnrocken neben dem Pflug herlaufen? Mußt du denn von früh bis spät pflügen? Wir sollen säen und ernten und uns vermehren. Wenn ich heute abend mein Fellkleid ausziehe, bin ich so nackt wie im Paradies, und du auch! Wir werden uns lieben und vermehren, falls du nicht zu müde bist. Ich werde die Kinder unter Schmerzen zur Welt bringen, aber wir werden dann nicht mehr so allein sein. Dreh dich um, Adam! Man kann sich doch umdrehen, wenn man die Hand am Pflug hat! Du bist stur. Du bist ein Langweiler. Du bist zwar der erste Mann, aber deshalb doch nicht der beste. Es wird in

Zukunft noch andere Männer außer dir geben. Nicht immer dieses paradiesische Einerlei.

Mir kommt da ein Gedanke: Im Paradies zu leben wie Adam und Eva, das war nicht schwer, aber jetzt! Unter den veränderten Umständen! Gott hat uns aus unserm, ich meine aus seinem Paradies vertrieben, aber Er hat uns nicht verboten, uns hier auf der Erde ein eigenes Paradies zu errichten. Vielleicht hat Er das sogar gewollt, als Er uns erschaffen hat? Ein Mann und eine Frau bauen sich ein Paradies auf Erden auf. Sie machen das Schlechte besser, das Häßliche schöner. Sie arbeiten und sie ruhen sich von der Arbeit aus, sie lieben sich, sie vermehren sich. Oh, Adam! Wir beide werden . . . Adam!

Adam, wo bist du?

Eros in der Ehe?

Als ich den Plan faßte, ›ungehaltene Reden‹ zu schreiben, fragte ich mich zunächst, ob Frauen nichts zu sagen hatten oder ob man sie nicht zu Worte kommen ließ. Oder ob man das, was sie gesagt hatten, nicht für wert hielt, aufzuzeichnen und zu bewahren. Katharina Luther! Eine gebildete Frau, von guter Herkunft, sie stand einem großen Hauswesen vor: Witwen, Waisenkinder, Scholaren, Gesinde und der Reformator am Tisch, täglich. Seine Tischreden sind berühmt geworden. Man kann annehmen, daß seine Frau auch einiges zu sagen hatte. Aber: Katharina, geborene von Bora, war keine aufsässige Frau. Sie sagt: ›Wenn du morgen zu den Scholaren sagst, was ich heute in unserer Schlafkammer zu dir gesagt habe, dann soll es mir recht sein. Sind wir ein Fleisch, dann wollen wir auch ein Geist sein.‹ So ist es gemeint. Frauen verschweigen zuviel, sind zu leicht gekränkt. Ich frage mich, ob Frauen sich immer genügend Mühe geben, sich verständlich zu machen. ›Keiner versteht mich‹, dahinter verschanzen sich Frauen oft, auch noch heute.

Es gibt auch das Gegenteil. Man hatte uns zu einer Tagung

eingeladen. Das Thema hieß: ›Absoluter Anspruch des Eros – Bescheidung in der Ehe? Mann und Frau in der zeitgenössischen Literatur.‹ Wir sollten lesen und wir sollten diskutieren. Eros in der Ehe, das war in Frage gestellt. Tagungsort war eine Burg, hoch überm Main gelegen, es war Mai, kurz vor Pfingsten, abends sang die Nachtigall, wir saßen beim Frankenwein. Wir trafen später als die anderen Tagungsteilnehmer ein, lasen einige Abschnitte aus dem ›Glücklichen Buch der a. p.‹ mit verteilten Rollen, es ging um Liebe, anhaltende Liebe, von ›Bescheidung‹ war nicht die Rede. Dann folgte die Diskussion. Da war eine Dozentin aus Wien, Philosophin und Psychologin, sie meldete sich als erste zu Wort und benutzte ein Vokabular, das ich mehr erahnte als verstand. Ich entgegnete betroffen, daß ich hoffte, mich verhört zu haben – weiter kam ich nicht, das Publikum klatschte, offensichtlich erleichtert. An diesem Abend fiel kein obszönes Wort mehr. Ob mit dem Aussprechen von dem, was ich persönlich für unaussprechlich halte – sexuelle Schamlosigkeit –, Verständigung erreicht werden kann? Viele der schreibenden Frauen scheinen das anzunehmen, die Neugierde der Leser gibt ihnen recht.

Das Tragische an meinen ›ungehaltenen Reden‹ ist, daß sie nicht angehört werden, das ist aber auch ihr Witz, vornehmlich ist es aber tragisch. Martin Luther schläft, während seine Katharina ihre klugen Überlegungen über Denken und Tun und Beten anstellt. Die Terroristin Gudrun Ensslin hat im Gerichtssaal geschwiegen und redet erst jetzt, unmittelbar vor ihrem Selbstmord, gegen die Wände der Stammheimer Zelle. Christiane von Goethe wird von der Oberstallmeisterin Charlotte von Stein gar nicht vorgelassen, sie sitzt im Vorzimmer und redet sich ihre Kränkungen von der Seele. Klytämnestra hält ihre Rede an der Bahre des Königs von Mykene, den sie hat ermorden lassen. ›Laßt mich mit ihm allein!‹ befiehlt sie. Effi Briest, von ihrem Mann wegen Ehebruchs verstoßen, sagt, was sie ihm hätte sagen sollen, zu ihrem tauben Hund Rollo. Der Hetäre Megara laufen die Athenerinnen weg, obwohl es um Frieden oder Krieg, um Leben oder Tod geht. Sie beendet ihre Rede mit: ›Es wird alles beim alten bleiben.‹ Nur Desdemona, sie redet und überredet; Othello tötet sie nicht. Aber sie benutzt die alten bewährten Mittel der Verführung.

Damals habe ich Petrarca-Sonette gelesen und mich um die Geschichte der Päpste in Avignon gekümmert; ich habe die blutige Geschichte der Atriden in mehreren Versionen gelesen und auch die Stammheimer Protokolle. Aber dann mußte ich alles Angelesene vergessen und mich auf die Intuition verlassen. Gewissenhafte Leser haben mir mitgeteilt, daß es am Fuße des Lykabettos keine Eukalyptusbäume gegeben habe, diese Bäume seien erst Jahrhunderte später aus Australien nach Griechenland gekommen; Goethe sei im Jahr der Erkrankung seiner Frau Christiane nicht in Marienbad, sondern in Wiesbaden gewesen, und zur Zeit der Urchristen habe es in Jerusalem noch keine Klagemauer gegeben ...

Wer dieses Buch zu einem Frauen-Buch macht, verkennt die Absicht der Autorin. Ich bin keine Feministin. Auch Männer sollten diese Reden lesen, vielleicht sogar etwas daraus lernen. Frauen sollten sie, in Auszügen, ihren Männern vorlesen, es darf ja auch gelacht werden. Es wird nicht scharf geschossen.

Als ich am Morgen nach einem Autorenabend auf dem Bahnsteig stand und auf den Zug wartete, der mich eine Lese-Station weiter bringen sollte, ließ eine junge Frau ihre Kinder stehen, lief auf mich zu, sagte: ›Ich bin so eine Effi Briest!‹ Nichts weiter – und lief weg, zurück zu ihren Kindern. Sie wird Ärztin gewesen sein, ich hatte bei einem Ärztekongreß gelesen.

Vor der Buchmesse fragte man mich und andere, worauf es eigentlich ankomme beim Bücherkaufen und Bücherverkaufen. Ich antwortete: Auf den Leser kommt es an und auf den Autor, der aber nicht schreiben soll, was die Leute lesen wollen, sondern so schreiben sollte, daß der Leser lesen will, was er schreibt. Jeder, der zu lesen gelernt hat, muß doch davon zu überzeugen sein, daß er Wichtiges aus Büchern erfahren kann,

Hilfreiches. Er kann sich unterhalten lassen, das ist sein gutes Recht. Mit einem Buch in der Hand braucht er sich nicht vorzustellen, daß er dasselbe zu sich nimmt, was Millionen anderer Menschen, die vorm Bildschirm sitzen, zur selben Zeit konsumieren. Als Leser ist er allein mit seinem Buch, und wenn er Glück hat, befindet er sich in guter Gesellschaft. Er kann sich mit seinem Buch unter einen Baum oder ins Bett legen; dieses Buch verschafft ihm Unabhängigkeit, vermindert seine Einsamkeit und erleichtert es ihm, sich einem anderen Menschen verständlich zu machen, indem er ihm daraus vorliest, Sätze anstreicht oder nur einfach sagt: Das mußt du lesen! Wenn das Buch danach ist, dann hat der Leser etwas zum Nachdenken, zum Weinen, zum Lachen; seine Gefühle, die den Tag über verkrampft waren, werden gelockert, seine Gedanken beleben sich. Man hätte ihm im Kindergarten und in der Schule schon beibringen müssen, wie wichtig es ist zu lesen. Also kommt es auch auf die Lehrer an! Und dann muß man den unkundigen, aber willigen Leser beraten und darf ihm nicht die Bestseller-Listen an die Wand hängen. Demnach kommt es auch auf die Buchhändler an! Die Bücher müssen so ausgestattet sein, daß der Leser neugierig wird, das muß nicht durch törichten Witz oder farbliche Lautstärke der Buchumschläge geschehen. Es kommt also auf die Ausstatter an, und es kommt auf das Fingerspitzengefühl der Lektoren an, die Neues entdecken, und auf den Mut und den Übermut der Verleger kommt es an . . .

Es kommt auf uns alle an, die wir von und für Bücher leben. Was für ein schöner und brauchbarer Gegenstand, so ein Buch: leicht verpackbar, nahezu unbegrenzt haltbar, man kann es in die Tasche stecken, kann es verleihen, kann es ungelesen im Regal als Dekoration verwenden.

Das Buch, das ich in diesem Jahr zur Messe trage, ist für mich das wichtigste unter den zigtausend Neuerscheinungen. Wenn ich dann, nach der Messe, wieder am Schreibtisch sitze und an der Neuerscheinung eines kommenden Jahres schreibe, werde ich überzeugt sein, daß das nächste Buch noch wichtiger sein wird. Ohne Wahnsinn geht das alles natürlich nicht.

Gewitter ziehen auf, ziehen ab, unverrichteter Dinge. Anderswo ist das anders, da ertrinken Menschen in Kellern, da schwemmen Wassermassen Autos in den Rhein. Soviel Unheil, das uns nicht trifft, nicht betrifft. Monatelang schien es mir, als ballte sich alles Unheil über uns zusammen. Schreibt das Peter Huchel? ›So schönes Wetter / Und ich noch dabei.‹ Was für ein einfacher und einleuchtender Satz.

Vittoria Colonna oder Der wache Traum des Herzens

Auf der Insel Ischia habe ich zum ersten Mal den Namen der Marchesa Vittoria Colonna gelesen, über einem Sonett des Michelangelo. Zwei Zeilen aus einem seiner Sonette habe ich als Motto für einen Roman benutzt, der auf Ischia spielt. ›Flieht, Liebende, die Liebe! Flieht das Feuer ... Flieht schon beim ersten Blick!‹ Ich bin durch die zerfallenden Gemäuer des Castello gestiegen, habe versucht, mir die Gemächer der Marchesa vorzustellen. Wo war ihr Lieblingsplatz? Blickte sie übers Meer? Blickte sie über Pinienwälder, blühende Gärten? Lagen Schiffe im Hafen, Fischerboote, gab es Pferde und Lasttiere, ist sie ausgeritten, zum Epomeo vielleicht, um die Sonnenuntergänge zu sehen, den Aufgang des Mondes, das Aufziehen der Sterne? Sie lebte im Zeitalter der Entdeckungen, das Weltbild weitete sich. Die Insel ist vulkanisch, das teilt sich den Bewohnern mit, es bricht wieder aus, was nicht tief genug vergraben war, behauptet die Ich-Erzählerin in meinem Roman, sie spricht von der korallenfüßigen, der schrecklichen, schönen Insel. Für Vittoria Colonna ist sie der Ort ihrer ›Amor post mortem‹. Wahre Liebe ist eine enthaltsame Liebe, die es ermöglicht, den Gatten zum Himmel zu erheben, zur Sonne zu erklären und zu verklären. Sie schreibt ›tiefempfundene

Sonette und Kanzonen im Stile des Petrarca, Liebeslyrik, in der sie den frühverstorbenen Gatten feiert‹. So oder ähnlich schreibt es seit Jahrhunderten ein Lexikon vom anderen ab. Stellen wir heute höhere Ansprüche an das Leid? Uns reimt sich so leicht nichts mehr. Kein Strom der Tränen. Ohne Ironie versagt sich uns der Reim; wir brechen die Zeilen, um nicht durch den Rhythmus verführt zu werden. Eigentlich möchten wir alles im Konjunktiv, der Möglichkeitsform, mitteilen. Das Fragezeichen ist unser meistbenutztes Satzzeichen. Wir leben in einem Zeitalter des Zweifelns. Und da frage ich nun: Hat diese Vittoria Colonna nicht gezweifelt? Hat sie ihre Zweifel unterdrückt, um nicht andere verzweifelt zu machen? Wir wissen nur, was sie uns wissen läßt. Warum hätte sie sich oder den Marchese bloßstellen sollen? Sie hat nicht in einer Zeit des Bekennens gelebt.

Wer als ›eine Colonna‹ am Ende des 15. Jahrhunderts in der Nähe von Rom geboren wird, dessen Schicksal ist weitgehend vorausbestimmt. Aus dem alten Adelsgeschlecht der Colonna sind Kardinäle hervorgegangen, auch ein Papst. Dreijährig wurde sie mit einem Fünfjährigen verlobt; die prunkvolle Hochzeit mit dem Marchese von Pescara (dessen Name durch eine Novelle von Conrad Ferdinand Meyer bekannt und lange Zeit berühmt wurde) fand auf dem Castello von Ischia statt; Vittoria war siebzehn Jahre alt. Lernt man, den zu lieben, den nahe Angehörige als passend auserwählt haben? Erkennt man den Ratschluß als gottgegeben an? Einübungen in Gehorsam von klein auf. Über ihre Ehe schreibt sie: ›Ich bin Tochter von Geburt, Gattin durch die Laune des Ehegesetzes.‹ Klingt da Protest an? Sie sagt auch: ›Das Geschick der Gatten sollte das gleiche sein; wenn er leidet, sollte auch sie leiden. Gleich im Leben, gleich im Tod. Du lebst heiter dahin und kennst keinen Schmerz, kümmert es dich nicht, daß ich nach deiner Liebe dürste –?‹ Es heißt von Vittoria Colonna, daß sie frühreif und ernst gewesen sei, eine große Seele besessen habe. Dem Marchese gefiel, wie es heißt, eine raschere und leichtere Liebe.

Das Königreich Neapel war lange Zeit einer der Brandherde

im Kampf der Spanier und der Franzosen. Der Marchese war während der Feldzüge abwesend; Adel und Heldentum für die Männer, Tugend und keusche Schönheit als höchstes Gut für die Frauen ihres Standes, das klingt noch nach Mittelalter und Minnesang. Die Ehe blieb kinderlos, wurde vielleicht nie vollzogen. War Kinderlosigkeit nicht ein Zeichen für Reinheit? Die Untreue des Gatten scheint erwiesen. Sie aber liebte ihre Treue, sie war unzugänglich für Verehrung und Liebe, umgab sich mit Einsamkeit, war durch heitere Geselligkeit nicht verführbar. Treue als Leidenschaft. Sie erwartete nicht, daß dieser Mann in ihrer Nähe weilt, wenn er Karl V. zu dienen hat. Mit 37 Jahren stirbt er auf einem der Feldzüge. Seine Witwe geht für einige Zeit ins Kloster. Papst Clemens VII. untersagt, daß sie den Schleier nimmt; vermutlich wäre sie sehr bald Äbtissin geworden, hätte Einfluß nehmen und Macht ausüben können. Sie zieht sich auf ihr Castello im Golf von Neapel zurück. Nach Ischia der Einsamkeit wegen – diese wilde, vulkanische Insel, die sie ›die Heimat ihrer Seele‹ nennt; eine andere Landschaftsbezeichnung benutzt sie nicht. Der Aufenthalt auf den wüsten Klippen der Insel muß ihr als Kasteiung erschienen sein.

›Mein einziger Ruhm sind Schmerzen‹, so endet eines der Sonette; in einem anderen heißt es: ›Ich sehe wachen Auges einen Traum:/Weltkugel, rings entflammt in tausend Sternen,/ Drin eine Sonne, die ihr Leuchten nährt/. . .‹ Jahrhunderte später hat sich eine andere Dichterin, ebenfalls glücklos, nach Ischia zurückgezogen; ihr Gedicht an die Sonne ist dem Sonnengesang des heiligen Franz nachempfunden, es enthält eine Zeile, die ich liebe: ›Nichts Schöneres unter der Sonne, als unter der Sonne zu sein.‹ Ingeborg Bachmann. Eine andere Zeit, eine andere Sonne.

Fast übergangslos wird aus dem Herrn, dem man Vittoria Colonna in kindlichem Alter angetraut hat, der Herr über Himmel und Erde. Er ist ihr die wahre Sonne, ihn bittet sie: Schenk mir ein Wunder!

An den Höfen und Akademien las man Platon, seine göttliche Philosophie beeinflußte das Denken, das christliche Weltbild erweiterte sich um das antike; man las Vergil, Horaz, Ovid. Die Colonna war der gefeierte Mittelpunkt im Kreis der Künstler und Gelehrten, so steht es im Lexikon. Ihr Ruhm wuchs, man widmete ihr Verse.

Was für eine Zeitgenossenschaft! Was für ein Netzwerk von Briefen, in denen sich die Gelehrten Europas einander mitteilten! Konnte Vittoria Colonna etwas mit der frommen Philosophie eines Erasmus von Rotterdam anfangen? Er verurteilte Korruption und Machtmißbrauch der Kirche, wollte Brüderlichkeit und wahres Christentum. Kannte sie Leonardo da Vinci? Er nannte sich einen ›uomo senza lettere‹, einen Mann ohne literarische Bildung, aber seine Technik war Kunst und zugleich auch Philosophie. Lorenzo di Medici war nicht nur Politiker, er war auch ein Dichter. Drangen die ketzerischen Äußerungen eines Savonarola zu ihr? Dieser Prophet des Unheils, der an keine Erneuerung glaubte, der die Vernichtung der Kirche und der Gesellschaft voraussah: die Apokalypse. Glaubte sie unbeirrt? Sie lebte im Christentum, versuchte zu leben, was sie glaubte, kasteite sich, fastete, verzehrte sich. Für welche Sünden hat sie sich gestraft? ›Haut und Knochen‹ heißt es. Sie bittet und betet um eine Erneuerung der Kirche von innen her. Keine kirchenpolitische Erneuerung, sondern eine Erneuerung allein durch den Glauben. Es handelt sich nicht um eine Reaktion auf die Reformation in Deutschland. Ihr geht es um eine Erneuerung der Herzen. Kein anderes Kampfwerkzeug als den Federkiel, das Wort als Waffe, den Reim, das Versmaß. Politische Eingaben in Sonett-Form. Schon wieder steigen Zweifel auf: Sollte die Größe des Anliegens durch die Größe der Form angekündigt werden? Kann man es auch so verstehen? Läßt Aufrichtigkeit kein Versmaß zu? Versmaß keine Aufrichtigkeit?

Nach Gutenbergs Erfindung der Buchdruckerkunst war die Verbreitung der Ideen und der Kunstformen in nie geahntem Umfang möglich. Gelehrsamkeit breitete sich aus; Kritik war möglich. Weltbilder gerieten ins Schwanken. Kunst und Wissenschaft standen in Blüte, der Mensch, der gebildete zumindest, befreite sich von den mittelalterlichen Zwängen: der Mensch, das denkende Wesen. Füllte sich auch der Kopf dieser Dichterin mit Ideen, die sie unruhig machten? Sie hat sich später noch einmal für drei Jahre in das St. Pauls-Kloster in Orvieto zurückgezogen, um Abstand und Glaubensgewißheit zu finden. Hat sie gefürchtet zu denken, wo sie hätte glauben müssen? War ihr die eigene Intelligenz im Wege?

Sie war mit Reginald Pole, dem Erzbischof von Canterbury, befreundet, der aus seiner Heimat vertrieben worden war, der dem Protestantismus nahestand, näher als andere in dem Kreis, der sich in Viterbo zusammengefunden hatte und einen reformerischen Katholizismus anstrebte. Die Wirkung eines Bürgerlichen, des Mönchs Orchino, war größer als der Einfluß der adligen Dichterin. Ein junger Priester mit Namen Giberti hat sie mit den Gedanken der deutschen Reformation bekanntgemacht, es heißt, daß sie mit Karl V. über eine Reform der Kirche gesprochen habe. An Umsturz wird sie nicht gedacht haben.

Im Juli 1542 beginnt die Inquisition, als ›heiliges Amt‹ bezeichnet. Was Vittoria Colonna als ›ein Geschenk der Tränen‹ erschienen war, wird ihr nun als Häresie angelastet. Kardinal Pole hat ihr den Ratschlag gegeben: Man müsse glauben, als könne man einzig durch den Glauben gerettet werden, und handeln, als könnten allein die guten Taten Erlösung bringen. Da meine ich, Luther zu hören: Beten, als ob alles Arbeiten nichts nutze, und arbeiten, als ob alles Beten nichts nutze. Diesen Satz zähle ich zu meinen persönlichen Hilfs-Sätzen, die mir oft geholfen haben und weiterhin helfen werden.

Kann man denn, soll man denn Vittoria Colonna einer feministischen Theologie zuordnen? Äußerungen, die das belegen könnten, lassen sich finden. In einem Brief schreibt sie: ›... denn nur wenig steht die ewige Mutter unter ihrem unsterblichen Sohn.‹ Um das zu erkennen, bedarf es aber keiner feministischen Sicht. Die Marchesa war eine reiche und auch eine einflußreiche Frau, ihre geistigen und geistlichen Lehrmeister werden sie zur Verwirklichung ihrer Ziele ausgenutzt haben. Sie hatte von Haus aus Beziehungen zu Königen und Päpsten, warum hätte sie nicht vermitteln sollen?

Ihre ›rime spirituali‹ sind nicht von der Inquisition verboten worden, sie hat nichts geleugnet, nichts zurückgenommen. Die ›una sancta‹ wollte sie nicht antasten. Sie starb am 25. Februar 1547, vorbereitet, bereitwillig. Sie hinterließ ein letztes Gebet in lateinischer Sprache, das mit der Bitte endet: ›... [daß ich] glücklich und sicher zu Dir zurückkehre.‹

Sie hat ihre Gedanken selbst formuliert, sie wurden weder retuschiert noch zensiert, noch umgearbeitet, wie es mit den Texten der Theologinnen des Mittelalters geschehen ist. Sie war keine Ketzerin, keine Rebellin, sie schloß sich geistig an mutige Kardinäle an; auch das ist ein Zeichen von Mut. Machtbefugnisse hat sie nicht gehabt; was sie glaubte, hat sie in Worte gefaßt, in Reime, das erscheint uns heute zu wohlformuliert, zu geschliffen. Aber: um diese Form und diesen Schliff zu erreichen, wird sie lange nachgedacht haben. So leicht hat sich das nicht gereimt. Wir setzen heute, das tut auch die feministische Theologie, die neuen Gedanken meist unbehauen und ungeschliffen vor. Wir müssen uns hüten, Unbehauenes und Ungeschliffenes für wahrhaftiger zu halten. Sie war eine besonnene Frau. Besonnenheit erscheint mir mehr und mehr als eine hohe Tugend.

Kein Zweifel an Gott. Kein Zweifel an der Wahrhaftigkeit der christlichen Lehre, wohl aber Zweifel an den Auswirkungen des Glaubens. Und daran zweifeln wir noch immer, suchen noch immer nach einem Glauben, der Berge versetzen sollte.

Ihre Freundschaft mit Michelangelo hat zehn Jahre gewährt und dem letzten Abschnitt ihres Lebens Glanz verliehen. Viele Sonette an die ›erlauchteste Marchesa von Pescara‹ sind erhalten; sie antwortete ihm ebenfalls in Reimen. Er sandte ihr Zeichnungen mit religiösen Motiven. Er war in ihre Vorzüge verliebt, sie in die seinen. Eine Freundschaft, in der einer um des anderen willen sich steigerte, bewundernswert sein wollte.

Was für eine altmodische Form der Zuneigung, wie sehr sagt sie mir zu! Michelangelo, der die Schönheit liebte, der reich war und lebte wie ein Armer, auch das wird ihr Gefallen gefunden haben; es ist anzunehmen, daß sie unter ihrem unverschuldeten Reichtum gelitten hat, wie sonst wäre ihre Bewunderung für den heiligen Franz von Assisi zu erklären?

Die Briefe, die die beiden wechselten, haben einen leichteren Ton als die Sonette. ›Mein liebenswürdiger Herr Michelangelo‹ schreibt sie und schließt mit: ›Wenn es Euch genehm ist, ein wenig zum Plaudern zu mir zu kommen ... zu Euren Diensten die Marchesa von Pescara‹; damals lebte sie in Rom. Und er schreibt, daß er für sie mehr tun möchte als für irgendeinen anderen Menschen auf der Welt. ›Euer Herrlichkeit Diener, Michelangelo Buonarroti in Rom‹. Er schreibt, wenn einem das Leben gefalle, so dürfe auch der Tod, der aus der Hand desselben Meisters stamme, einem nicht mißfallen.

Dachte die Marchesa wie er? Lebte auch sie ohne Widerspruch gegenüber dem Schöpfer? Ihr Leiden galt der fehlenden Auswirkung des Glaubens auf das Leben. Michelangelo war fünfzehn Jahre älter als sie. ›Alle Dinge sind möglich dem, der da glaubt‹, diese Zeilen aus dem Markus-Evangelium hat sie in lateinischer Sprache auf die Christus-Zeichnung geschrieben, die er ihr gesandt hat; zu seinem Christus hat sie gebetet, hat das Göttliche in seinem Werk erkannt. Aus dem Kloster schrieb sie: ›. . .eine vom christlichen Band umschlossene Liebe‹; die Größe der Freundschaft wird in diesem Satz deutlich, aber auch die Grenzen. Eine Erfüllung dieser leidenschaftlichen Beziehung war nicht zu erwarten. Die Marchesa hielt den irdischen Ruhm, so lange er auch dauern mochte, für vergänglich, nannte das Ende des Ruhms ›einen zweiten Tod‹. Mit ihren Gedichten, die fast schon vergessen seien, wolle sie allein dem Herrn dienen, ›denn ich kränkte ihn weniger, da ich sie schrieb, als ich es mit Müßiggang jetzt tue‹. Dieser Brief stammt aus ihrem Todesjahr. Michelangelo schrieb nach ihrem Tod: ›Ich habe einen großen Freund verloren.‹ Er schrieb nicht große Freundin, er meinte den Menschen, von dem er wußte, daß er die Verinnerlichung aller Beziehungen anstrebte, dessen Geschlecht ihn nichts anging.

Schreiben sei besser als Nichtstun, steht in einem der Briefe der Vittoria Colonna, das klingt nach Resignation. Sie wußte, daß ihre Kunst nicht mit der Kunst eines Michelangelo vergleichbar war, aber ein starker Antrieb stand wohl auch hinter ihrem Werk. Michelangelos Schmerz nach dem Tod des ›großen Freundes‹ soll wild und ungezähmt gewesen sein; es gab niemanden mehr, der seine Einsamkeit teilte. Seine Freundschaft hat zu ihrer Unsterblichkeit beigetragen – wenn wir ein jahrhundertelanges Nicht-vergessen-Werden so bezeichnen können.

In einem der Sonette des Michelangelo heißt die letzte Zeile: ›So nah dem Tode und so fern von Gott.‹ Um eine solche Zeile schreiben zu können, muß man Mut und Kraft eines Michelangelo haben. Eine solche Zeile findet sich nicht in den Sonetten der Colonna. War sie Seiner Sache so sicher, daß sie auch ihrer Sache sicher sein konnte? Hat sie sich verboten, ihre Zweifel niederzuschreiben? War es nicht die Art der Frauen, Zweifel zu säen, Unglauben zu ernten? Hat sie sich der Zweifel wegen kasteit, hat sie aus diesem Grund das Büßerhemd angelegt?

Am Ende steht ein Fragezeichen.

Mit g.t. wechsle ich wöchentlich Briefe, wir befinden uns in ununterbrochener Korrespondenz, nur mit ihm ist diese leichte Verständigung möglich. Er schreibt: ›Wenn ich mich gleich nach Italien absetze . . .‹ Ich weiß dann Bescheid: Soweit ist er jetzt mit seinem Buch, er schreibt das Italien-Kapitel. Schreibe ich aber einer Redakteurin, daß mir das Thema ›Vittoria Colonna‹ gelegen komme, weil ich mich nun für eine Weile nach Ischia begeben kann, steht im Antwortbrief: ›Sie Glückliche! Sie können jetzt in südliche Gefilde fahren!‹ Solche Irrtümer kläre ich nicht auf. Wozu? Ob ich nun hier bin oder dort, so groß ist der Unterschied nicht. Ich schreibe mich nach Ischia.

Beim Lesen ergeht es mir ähnlich. Wenn das Buch danach ist, kann man den Aufenthaltsort rasch und leicht wechseln.

Kühner berichtet, daß auf Wilhelm Buschs Grabstein, einem Findling, nur der Name stehe. Das sei anmaßend. Er wird angenommen haben, daß er so bekannt sei, daß alle weiteren Angaben unnötig seien. Alles ist eitel? Ist denn wirklich alles eitel, auch die Bescheidenheit: eitel? Kann man sich denn gar nicht verbergen?

Nach einer Vernissage: Manche Künstler haben ihr Fingerspitzengefühl in den Ellenbogen.

Es tat mir leid, daß Rita, unsere Schwiegertochter, nicht in einer Kinderklinik, sondern in einem Altenpflegeheim arbeiten sollte. Aber sie hat mich belehrt, sie schreibt: ›Du meinst, eine Kinderklinik wäre besser für mich? Da bin ich ganz anderer Meinung. Ich glaube, das wäre viel belastender: kranke Kinder und Jugendliche. Es war auch früher schon sehr belastend für mich, wenn junge Leute in meinem Alter schlimme Krankheiten hatten, daran womöglich gestorben sind. Da bin ich jedesmal ein bißchen mitgestorben. Alte Leute haben ihr Leben gelebt, sie sind voller Erfahrungen, haben nicht viel zu verlieren, und man versucht, dieses letzte Stück mit ihnen zu gehen und es ihnen »leidlos« zu machen. Mir ist auch schon gesagt worden, daß es doch eine trostlose Arbeit sei, große Erfolge würde man bei alten Menschen nicht mehr erzielen – und immer den Tod vor Augen. Aber ich bin von großen Erfolgen nicht abhängig, und vor Sterbenden habe ich keine Angst. Mit dem Sterben habe ich mich schon viel beschäftigt.‹

Was für eine kluge junge Frau! Manchmal holen die beiden Söhne sie im Pflegeheim ab, sie hält sie nicht fern.

Eine Zeitlang wechselte ich Briefe mit einem Professor für Slawistik, der in Kansas lehrt, aus Pommern stammt. Er schrieb: ›Da habe ich eben von der Frau des Theologen F. als von einer »lieben Frau« gesprochen. Das ist, für mich wenigstens, das Beste, was man von einer Frau sagen kann. Natürlich, man möchte oft eine charmante, reizvolle, beglückende Frau, eine Ausgeburt des Paradieses, aber schließlich rinnt das alles zusammen in die Vorstellung der »lieben Frau«. »Unsere liebe frouwe«; »Our lady«, das ist das Schönste, was man von einer Frau sagen kann.‹

Meine Freundin, die Malerin, hat Johanna auf dem Schoß. Johanna ist mein Patenkind. Die drei Geschwister sitzen rund um den Tisch oder unterm Tisch. Auch Essen und Trinken muß gelernt werden, muß gelehrt werden, das bleibt Aufgabe der Mütter. Der Älteste ist acht, die beiden Mädchen sechs und vier, und die kleine Johanna ist ein halbes Jahr alt und wird gefüttert. Es geht chaotisch zu, die Mutter sagt: »Johanna hat mir eben erklärt, wenn sie gewußt hätte, wie man sich hier bei Tisch benimmt, dann wäre sie doch besser mit ihrem Storch zu den Wagners geflogen, die hätten sie bestimmt auch gern genommen, obwohl sie sehr arm sind!« Die Geschwister lachen, einer sagt: »Das kann sie ja überhaupt noch nicht sagen, sie kann ja nur blablabla machen.« Die Mutter sagt: »Unsere Sprache verstehen nur wir beide. Eine Mutter versteht doch ihr Kind, woher sollte ich denn sonst wissen, wann es essen und trinken und schlafen will?« Die Erklärung leuchtet den Kindern ein, einen Augenblick herrscht Ruhe, dann sagt eine der Schwestern: »Erzähl, wie das mit dem Storch war!« Die Mutter, der man rechtzeitig das Buch ›Kinder brauchen Märchen‹ geschenkt hat, erzählt: »Wißt ihr überhaupt, daß Johanna eine weite Reise auf sich genommen hat, um ausgerechnet zu uns zu kommen? Das war so: Der Storch hat sie aus einem großen Teich, in dem die schönsten Blumen blühten, mitgebracht, aus einem fernen, warmen Land, wo die Störche im Herbst und im

Winter, wenn es bei uns kalt ist, leben: aus Afrika! Im April treten sie die Rückreise an. Der Storch ist schnurstracks über Afrika hinweggeflogen, natürlich mit kleinen Pausen, in denen er sich ausruhen mußte und Frösche fressen, und immer mit der kleinen Johanna auf dem Rücken. Sie sind über Kamerun geflogen, wo die Großmutter geboren wurde, ihr Papa war dort Missionar! Und dann nach Bali, ich glaube, nach Bali und weiter nach Ägypten. In Ägypten war es ganz toll, sagt Johanna. Im Nildelta haben sich die Störche verabredet und eine längere Pause gemacht. Und da hat sie die Gelegenheit genutzt, sich die Pyramiden von Gizeh anzusehen, sie ahnte, daß ihr diese Gelegenheit so bald nicht wieder geboten würde.«

Die Mutter schweigt, Johanna ist satt und wünscht zu schlafen, aber die Geschwister rufen: »Erzähl weiter! Hör doch nicht mittendrin auf!«

»Ich glaube, der Storch flog über Athen, wo Onkel Spiros lebt, sie hat ihm zugewinkt, dabei mußte sie sich mit einem Arm am Hals des Storches festhalten. Und dann ging es weiter über die Alpen, sie sagt, daß es dort ziemlich kalt gewesen sei, auf den Gipfeln habe noch Schnee gelegen, und darum habe der Storch sie mit seinen Flügeln umarmt und warm gehalten.«

»Mit Flügeln kann man nicht umarmen!«

»Also gut, er hat sie umflügelt! Und endlich sind sie nach Deutschland gekommen, über wunderschöne Blütenwiesen sind sie geflogen, es war Mai, ihr wißt ja, wann sie angekommen ist. Über Flüsse und Bäche hinweg, und dann sind sie ins Laudatal gekommen. Und der Storch hat zur Landung angesetzt, und Hanna hat gerufen: ›Bitte bring mich zu den –‹, und da hat sie unseren Namen und unsere Adresse angegeben. Sie konnte doch nicht wissen, wie es hier zugeht. Sie hat gedacht, es wäre schön, drei Geschwister zu haben. Wenn sie auch nur einen Blick auf den Eßtisch geworfen hätte, ich glaube wirklich, daß sie dann ihrem Storch gesagt hätte, daß er sie besser bei den Wagners absetzen solle. Der Storch hat auf unserem Dach haltgemacht, ein flaches Dach ist zum Landen sehr günstig. Die Abendsonne ging gerade langsam im Westen unter, und dann hat er unsere kleine Hanna behutsam durch den Kamin gleiten lassen. Und im Wohnzimmer standen Mama und Papa mit einer weichen, warmen Decke, um sie aufzufangen. Obwohl das Kindchen etwas rußig war, haben wir es gestreichelt und geküßt, und dann haben wir es in einem warmen Kamillenbad gewaschen und ihr Milch und Honig zu trinken gegeben, und dann ist sie in einem warmen Federbett gleich eingeschlafen; sie war von der weiten Reise recht müde.«

»Und dann -?«

»Vorher hat sie gefragt, ob sie liebe Geschwister bekäme. Sie hat von jedem den Namen gewußt! Und jetzt benehmt ihr euch, daß sich die kleine Johanna für euch schämen muß.«

Diese Johanna ist inzwischen ein kleines Schulmädchen, ihre Eßmanieren lassen noch manchmal zu wünschen übrig. Wenn die Mutter bei Tisch vergeblich um ein wenig Ruhe bittet, fragt sie wohl mal, mit soviel Drohung in der Stimme, wie es ihr möglich ist: »Muß ich schon wieder die Storchengeschichte erzählen?«

Da schreibt mir jemand: ›Zur Zeit spreche ich die »Ungehaltenen Reden« für eine blinde Bekannte auf Tonband. Nicht nur Bücher, auch Augen kann man ausleihen.‹

Falls ich noch ein zweites Mal ›Aufzeichnungen‹ herausgebe, so wie damals ›Mein schwarzes Sofa‹, dann könnte ich sie ›Balance‹ nennen oder, besser noch, ›Gleichgewicht‹. Das versuche ich: das Gleichgewicht zu halten oder es herzustellen, die Gewichte zu verteilen, was so wichtig ist für jemanden, der ein schwaches Rückgrat hat.

Einer der Unterschiede zwischen Demokratie und Diktatur: Hier sagt man laut, was man dort leise sagt.

›Die schöne Frau Seidenman‹. Was muß ein Autor erlebt und bedacht haben, um ein solches Buch schreiben zu können! Meine Bewunderung gilt dem Menschen und dem Schriftsteller. In einem Interview hat er gesagt, wenn es um Leben und Tod gehe, habe er mehr Vertrauen in die Offenbarungen, aber wenn es um das morgige Mittagessen gehe, benutze er seinen Verstand. Weil der Herrgott in der Geschichte nicht anwesend sei.

Es gibt eine Form des Glück-Habens, die sich erst im Nicht-Glück herausstellt, also: nicht Glück haben, sondern Glück sein. g. t. scheint so jemand zu sein, ich war's wohl auch, bin es noch manchmal, habe viele Proben des Nicht-Glücks hinter mir. Eines Tages wird er in die Pflicht genommen werden, noch ist bei ihm vieles Kür.

Prof. M. erzählt aus der Zeit seines Studiums. Er diskutierte mit einem Kommilitonen über Zukunftspläne und Aussichten, derweil brieten sie Kartoffeln und Zwiebeln in Leinöl, der Geruch war infernalisch. Der andere, ein Kölner, sagte: »Lonn mer in de Wirtschaft gon.« Und er, dieser A. M., widersprach. Er hat die Universitätslaufbahn eingeschlagen, ist ordentlicher Professor geworden. Was wurde aus dem anderen, der die nächste Kneipe meinte und keineswegs ›die Wirtschaft‹ als Lebensziel für einen Wissenschaftler?

Ich habe eine Vorliebe für Mißverständnisse!

Bei Kafka gelesen: ›Es ist ja zum Glück eine wahrhaft ungeheuere Reise.‹ Drückt er sich unklar aus? Ist es ein Glück, daß die Reise so weit ist? Oder ist das Ziel das Glück? An welcher Stelle des Satzes müßte ›zum Glück‹ stehen, damit verständlich wird, was er meint?

Frühstück am Sonntagmorgen

Wieder ein Sommer vorbei! Wer nicht am Mittelmeer ein paar Wochen Urlaub vom deutschen Sommer nehmen konnte, fühlt sich betrogen. Es fehlt uns an Sonnenenergie. So wenig warme Abende, die man auf dem Balkon oder im Garten verbringen konnte; wieviel sorgfältig geplante Ausflüge verregnet. Nur die Immerzufriedenen sagen: Aber der Grundwasserspiegel ist gestiegen! Den Wäldern wird der Regen gutgetan haben! Der Herbst kann ja noch schön werden!

Mit der Landwirtschaft oder dem Weinbau hat man nichts zu tun; wird das Korn in der Bundesrepublik knapp, wird man es aus Kanada beziehen.

Von der Bahn aus habe ich viel Lagerfrucht gesehen. Roggen, der auf dem Halm schwarz geworden ist, verdorbenes Heu, das noch auf den Reitern hing. Ich stamme vom Lande, ich weiß, daß ein Landwirt nicht an Subventionen, sondern an die schlechte Ernte denkt, an die Kartoffeln, die bei Regenwetter geerntet werden mußten, die sich nicht lagern lassen. Aber wir Verbraucher werden ausreichend Kartoffeln aus anderen Ländern zu essen bekommen, wir können ganz beruhigt sein.

Es ist Sonntagmorgen, wir sitzen beim Frühstück, der Tisch sieht aus wie ein Weltmarkt im kleinen. Der Käse aus der Schweiz, der Fruchtsaft vermutlich aus Kalifornien, das Knäckebrot aus Schweden, der Tee aus Ceylon, der Honig aus Polen. Wir erinnern uns an den Marktplatz von Dramburg, heute Drawsko, von dort haben wir uns einmal Honig mitgebracht: Honig von pommerschen Rapsfeldern, die damals in Blüte standen. Die Salami stammt aus Jugoslawien; seit wir wissen, daß sich dort nur wenige Salami leisten können - sie muß in reiche westliche Länder exportiert werden -, essen wir sie mit schlechtem Gewissen. Aber die Marmelade habe ich selbst gekocht! Sauerkirschen aus dem eigenen Garten, ein Schuß Jamaika-Rum hat der Konfitüre gutgetan, wir erinnern uns, wie schön der Baum im Mai geblüht hat, ein großer Blütenstrauß unmittelbar vor dem Fenster. Frische Landeier unmittelbar vom Erzeuger, die Bauersfrau backt Hefekuchen, den uns ihr Mann dann verkauft. Aber der Gedanke, wem wir das alles wegessen, was auf unserem Tisch steht, verdunkelt den ohnehin trüben Morgen. Trotz unseres selbstverordneten Energiesparprogramms haben wir die Heizung eingeschaltet. Nun läuten auch noch die Glocken! In der Karlsaue beginnt gleich der Gottesdienst; aber es ist zu naß, es ist zu kalt ...

Haben wir nicht selber lange genug gefroren und gehungert? Erinnere dich, wie wir Ähren stoppeln mußten! Wie wir Bucheckern gesammelt haben, an eiskalten Oktobertagen! Sirup aufs trockene Brot! Du warst in russischen Gefangenenlagern! Aber was zählt der Hunger, den man vor dreißig und mehr Jahren gelitten hat? Heute sind wir satt und übersättigt, wünschen uns oft so einen richtigen Hunger von damals.

Dieser letzte Augustsonntagmorgen vor dem reichgedeckten Tisch öffnet die Augen und macht das Herz weit.

Unwetterschäden und Mißernten, Bevölkerungsüberschuß. Anderswo bedeutet das noch Entbehrungen und Hunger. Stand nicht gestern erst wieder eine Kontonummer für ein Hilfsprogramm in der Zeitung? Flüchtlingselend hier und dort. Mein Überschwang schrumpft zu einem Überweisungsauftrag an die Bank zusammen; ich muß darauf achten, daß ich eine Spendenquittung fürs Finanzamt bekomme. In der DDR sollen Lebensmittel wieder knapp sein, ich werde ein paar Pakete schicken, um mein schlechtes Gewissen zu besänftigen, das tue ich seit Jahrzehnten, gewohnheitsmäßig, und gewohnheitsmäßig dankt man mir. Geber und Nehmer sind ein wenig müde geworden.

›Gedenke der Quelle, wenn du trinkst!‹ sagen die Chinesen. Unser Wasser kommt aus dem Niestetal, vermuten wir, wir wandern oft im Kaufunger Wald. Dort wird es bald nach Kartoffelfeuern riechen, Kinder werden auf den abgeernteten Feldern ihre Drachen steigen lassen. Ein Sommer ist vorbei. Wie viele noch? Gedenke der Quelle – sagen die Chinesen und ermahnen zur Dankbarkeit. Aber: Wohin fließt das Wasser? Zu welchem Ende hin gehen wir?

Die ungehaltene Rede der Eva Braun im Führerbunker ließ sich in einem ›hübschen kleinen Prosaband‹ nicht unterbringen. Es ist auch keine Rede, es ist Geplapper. Über dem Manuskript, das seit Jahren in der Mappe liegt, steht in großen Buchstaben und mit Rotstift geschrieben: ›Die Banalität des Bösen‹. Das war mein Thema.

Ich weiß, es wird einmal ein Wunder geschehn . . .

Rede der Eva Hitler, geb. Braun, am 30. April 1945
im Führerbunker, Berlin

Machen Sie es sich doch bequem, Oberleutnant! Es kann Stunden dauern, bis Meinführer sein politisches Testament diktiert hat. Ich hätte die ersten Stunden meiner Ehe lieber mit ihm verbracht. Aber es heißt Opfer bringen. Ich sehe Ihnen doch an, daß Sie – trotz des amputierten Arms – lieber den Führer in den Straßen Berlins bis zum letzten Blutstropfen verteidigen würden. Deshalb hat Meinführer Sie auch zu meinem persönlichen Schutz bestimmt. Bedienen Sie sich! Wein oder Sekt oder Bohnenkaffee? Sie dürfen auch rauchen! Stehen Sie nur nicht da wie ein Wachposten vor einem Ehrenmal! Noch bin ich's nicht. Aber jetzt, wo das Geheimnis um Eva Braun gelüftet ist, da werde ich berühmt werden wie die Unbekannte aus der Seine. In meinem Haus in München hängt die Maske an der Wand, es ist mein liebstes Kunstwerk. Eine Wahrsagerin hat mir prophezeit, daß die Welt einmal von mir und meiner Liebe sprechen wird. Daran habe ich immer fest geglaubt, und das hat mir die Kraft gegeben. Ihre Aufgabe, Oberleutnant, wird sein, der Welt vom heroischen Tod des Führers zusammen mit seiner Frau zu berichten. Meine Lebensdaten sind nun auf immer mit denen des Führers verbunden. Eheschließung am 29. April 1945 mit Eva Braun. Freitod am Tag darauf, zusammen mit seiner Gattin, Eva Hitler. Daran muß ich mich erst gewöhnen: Eva Hitler! Hitler, mein Mann! Aber ich brauche mich ja gar nicht zu gewöhnen. Bemühen Sie sich nicht - ich stecke mir meine Zigarette selbst an. Der Arzt hat mir Beruhigungstabletten gegeben. Er meinte, das wäre alles zuviel für mich. Ich sehe es so: Meinführer hat die Welt erobern wollen, aber die Welt war nicht reif für ihn, auch das deutsche Volk nicht. Ich habe ihn erobern wollen und habe gewonnen. Dies ist mein Tag! Vereint und gefaßt gehen wir in den Tod. Seiner Gesundheit wegen hat er immer nur Kräutertee getrunken und Fachinger-Wasser statt Champagner und diese schreckliche Gerstensuppe statt Steaks. Und jetzt sterben wir trotzdem gleichzeitig. Das ist doch irgendwie komisch.

Ich war übrigens nie Mitglied der Partei. Ich war nur Mitglied im Sportverein Schwabing. Ich bin freiwillig in den Führerbunker gekommen. Meinführer hat es nicht gewollt, ich sollte mit einer Sondermaschine ausgeflogen werden. Ich hätte leicht untertauchen können, mich hat ja keiner gekannt. Von meinem Schmuck hätte ich jahrzehntelang leben können, aber ich habe immer gewußt, daß ich mich eines Tages umbringen würde. Zweimal habe ich es schon versucht. Seinetwegen. Es ist noch nicht sicher, ob wir Gift nehmen oder uns erschießen, vielleicht beides, sicherheitshalber. Meinführer leidet unter der Vorstellung, daß die Juden ihn im Moskauer Zoo ausstellen, wenn sie ihn lebend in die Hände bekommen. Das muß man sich nur mal vorstellen: der Führer des Großdeutschen Reiches in einem Käfig! Er sagt, lieber ein toter Achill als ein lebender Hund. Jetzt ist seine Blondi auch tot. Es war sein Lieblingshund, er hat sicher sein wollen, daß das Zyankali noch wirkt. Bis vor wenigen Tagen bin ich noch regelmäßig mit meinen Scotchterriern im Lustgarten spazierengegangen, um an die Luft zu kommen. Die Schäferhündin mit ihren Jungen mußte immer im Schlafraum des Führers liegen, damit er etwas Lebendiges um sich hatte. Er kann nicht allein sein! Ich habe Schießübungen gemacht, zusammen mit den Sekretärinnen. Ich schieße besser als die anderen. Treffsicher! Als ich mich zum ersten Mal umbringen wollte, habe ich schlecht gezielt, das Blut ist bis an die Decke gespritzt, meine Schwester hat mich gefunden.

Nehmen Sie endlich Platz, Oberleutnant! Es macht mich noch nervöser, wenn Sie die ganze Zeit strammstehen. Wir sind doch gleichaltrig! Wir bewachen uns gegenseitig. Sie dürfen diesen Raum nicht verlassen, und ich darf ihn auch nicht verlassen. Eine Schicksalsgemeinschaft. Wir könnten zur Unterhaltung Schießübungen machen. Pistolenschießen. Wir nehmen Bismarck als Schießscheibe. Was der alles gesehen hat! Das Bild hat schon in der Reichskanzlei gehangen, in meinem Zimmer. Der eiserne Kanzler! Kommen Sie, wir stellen uns nebeneinander vor den Spiegel, in fünf Meter Entfernung, und schießen. Wenn Sie nicht auf sich schießen wollen, schießen Sie ruhig auf mich! Wir sind ein schönes Paar, rassisch gesehen. Groß und schlank und blond. Blauäugig. Nordisch!

Komisch! Jetzt, wo ich erreicht habe, was ich sechzehn Jahre wollte: die Frau des Führers werden, da sehe ich zum ersten Mal einen anderen Mann an.

Mein Haar hat keinen Glanz mehr. Im Bunker gibt es alles, nur kein Wasserstoffsuperoxyd. Meinführer will nicht, daß ich mich aufnorde. Von Natur aus bin ich nur aschblond. Dann hätte in Italien keiner ›la bella bionda‹ gesagt. Ich bin mehrmals in Italien gewesen, aber nicht mit IHM zusammen. Die italienischen Fremdarbeiter, die am Obersalzberg arbeiteten, die haben auch immer ›bella bionda‹ gerufen und haben gepfiffen, wenn ich spazierenging. Sie haben gedacht, ich wäre eine der Sekretärinnen. Der Obersalzberg! Die Leute sind in Scharen hingepilgert. Alle haben gehofft, den Führer mit eigenen Augen sehen zu dürfen. Die Gasthöfe in Berchtesgaden haben davon profitiert, aber Meinführer hat dafür gesorgt, daß niemand mehr als eine Mark für die Übernachtung zahlen mußte. Jeder sollte ihn sehen dürfen! Sie brachten ihm Sträuße von Wiesenblumen und gestickte Sofakissen. Meinführer mußte die Kinder hochheben. Beide haben wir Kinder sehr lieb! Warum ich meinem Führer kein Kind geschenkt habe? Darüber möchte ich nicht sprechen. Von den Feldzügen habe ich immer erst aus dem Radio oder der Zeitung erfahren, wie die übrigen Volksgenossen. Ich war keine Mitwisserin, ich war sein Privatleben. Wenn ER im Sessel saß, auf dem Obersalzberg, und seine endlosen Selbstgespräche hielt, habe ich in Illustrierten geblättert. Manchmal hat ER gefragt: ›Langweile ich dich, Tschapperl?‹ ›Tschapperl‹ hat er mich genannt. Aber in der Öffentlichkeit nur ›Gnädiges Fräulein‹ und immer mit Handkuß! Er war ein richtiger Österreicher. Er machte einem Komplimente, über das Kleid, die Frisur. Es entging ihm nichts!

Daß ich ausgerechnet Braun hieß, das kam mir immer irgendwie bedeutungsvoll vor. Die Braunhemden, das braune Haar, die braune Bewegung. Ich habe ihn immer nur mit ›Meinführer‹ angeredet, auch wenn wir allein waren. Damit ich mich in der Öffentlichkeit nicht mal verspreche. Meinführer, das stimmte ja auch, eigentlich war er ja nur mein Führer. Er hat nur mich geliebt, obwohl er viele Frauen hätte haben können. Ich war oft eifersüchtig. Aber es war ja auch nur natürlich, daß die Frauen ihm zujubelten. Die reichen Münchner Witwen! Ich könnte Ihnen da Namen nennen! Und dann die Ballettmädchen! Das Gefühl, daß so viele ihn begehrten und mich beneideten, das hatte meine Liebe nur noch verstärkt. Fast alle Frauen, die ihn liebten, haben sich das Leben genommen. Aber die anderen mußten einsam sterben, ich sterbe mit ihm gemeinsam. Sechzehn Jahre lang habe ich ihn geliebt, nur ihn. Eine wirkliche Gefahr für mich war nur Winifred Wagner, die verehrte er schon, bevor er mich kennenlernte. Aber im Krieg ist er nicht mehr nach Bayreuth gefahren. Ich war eleganter als die anderen Frauen. Das wird Ihnen jeder bestätigen, der etwas von Mode versteht. Dieses Kleid habe ich in der vergangenen Nacht zur Trauung getragen. Schwarzer Seidentaft. Ich habe immer französische Modelle bevorzugt und französisches Parfüm benutzt. Die Schuhe stammen aus Florenz. Lieber wäre ich barfuß gegangen, als daß ich Schuhe getragen hätte, die nicht zum Kleid passen. Diese Brillantuhr ist ein Geschenk des Führers, die Brillantspange im Haar paßt dazu, sonst kein Schmuck, dem Ernst der Lage entsprechend.

Seit Stunden geht mir schon ein Schlager durch den Kopf: ›Ich weiß, es wird einmal ein Wunder geschehn . . .‹ Meinführer sagt, Zarah Leander hätte das schönste Dekolleté; sie hat ja auch viel gezeigt! Ich habe das nie getan, allenfalls die Beine. Meine Beine sind IHM zuerst aufgefallen, da war ich noch bei dem Photographen Hoffmann in München angestellt. Als ich gerade auf der Leiter stand. Ich habe ihn gar nicht weiter beachtet, aber als er dann mal in Uniform kam, und vorm Haus stand der Mercedes, den er von Daimler-Benz geschenkt bekommen hatte, da ist er mir aufgefallen. Eines Tages hat er mir eine gelbe Orchidee mitgebracht. Immer Geschenke! Und immer die Reitgerte in der anderen Hand, das war sein Talisman. Er hat viel Nietzsche gelesen. ›Wenn du zum Weibe gehst, vergiß die Peitsche nicht!‹

In den ersten Jahren unserer Beziehung war es eine endlose Warterei, ob er kommt, ob er anruft. Damals habe ich mich an Schlafmittel gewöhnt, um mich zu beruhigen. Ich dachte, er braucht mich nur für bestimmte Zwecke. Deutlicher möchte ich nicht werden. Im Frühjahr zweiunddreißig bin ich seine Geliebte geworden, und Allerheiligen habe ich den ersten Selbstmordversuch unternommen. Ein Vierteljahr hatte ich ihn nicht zu sehen bekommen, immer nur seine Stimme im Radio und sein Bild auf den Plakaten. Was ich da durchgemacht habe, kann sich keiner vorstellen. Damals habe ich jede Nacht mein Pensum geheult, da hat auch kein Kino geholfen. Als er dann das Dritte Reich aufbauen mußte, da hat er noch weniger Zeit gehabt, das ist ja klar, trotzdem habe ich mir damals das zweite Mal das Leben nehmen wollen. Mit ihm hätte ich nicht Schluß machen können, mit dem Leben ja! 35 Schlaftabletten. Als ich auch das überlebte, hat Meinführer gemerkt, wie lieb ich ihn hatte und daß er sich auf mich verlassen konnte. Er hat mir dann die Villa in Bogenhausen gekauft. Dort hat er mich täglich, ich meine, jede Nacht, angerufen. Einmal hat mich mein Vater zur Rechenschaft gezogen, er hat sogar einen Brief an den Führer geschrieben, es ginge um die Ehre seiner Tochter. Man hatte ihm eine tschechische Zeitung gezeigt, in der ein Bild von mir veröffentlicht war. ›Die Pompadour Hitlers‹. Mir war das recht, die Pompadour war schließlich die Geliebte des französischen Königs, aber sie hat Einfluß auf die Politik genommen, und das habe ich nie getan, ich habe mich nur für den interessiert, der die Politik für das Deutsche Reich und später für die ganze Welt gemacht hat. Die Welt hat vor dem Führer gezittert! Ich bin froh, daß ich jetzt mit jemandem zusammen bin, der ihn auch bis zum Tode liebt.

Bei der Trauung haben wir unseren Ariernachweis erbringen müssen! Pro forma. Bei den Brauns ist väterlicher- und mütterlicherseits alles in Ordnung, das kann ich beschwören und nachweisen. Wir haben unterschreiben müssen, daß wir keine Erbkrankheiten hätten. Mein Vater ist dann doch noch ein getreuer Gefolgsmann des Führers geworden, aus Überzeugung! Bei dem Attentat im Bürgerbräukeller, als die Vorsehung IHN vorzeitig aufbrechen ließ, da gehörte mein Vater zu jenen, die verletzt wurden. Später ist er dann an jedem 9. November geehrt worden als alter Kämpfer.

Was sind Sie nur für ein Mann, Oberleutnant! Sie zucken nicht einmal bei den schwersten Detonationen zusammen! Können Sie überhaupt noch eine Frau umarmen, nur mit einem Arm? Sie ahnen gar nicht, was mir alles durch den Kopf geht. Das muß daran liegen, daß ich im Grunde immer eine stumme Rolle gespielt habe. Ich habe mal gelesen, daß jeder Mensch unmittelbar vor seinem Tode sein ganzes Leben wie einen Film abspulen läßt. Jetzt muß ich gerade an den Silvesterabend denken, den letzten vorm Krieg. Ein Fest auf dem Berghof! Auf dem Besteck und dem Geschirr standen SEINE Initialen, in Gold graviert, und in den Badezimmern waren die Wasserhähne vergoldet, und die Waschbecken waren aus Marmor. Wenn die anderen Gäste Wein oder Bier tranken, haben Meinführer und ich immer Mineralwasser getrunken. Ich habe seinetwegen auf viel verzichten müssen. Ich habe ja auch auf meine Figur achten müssen. Schwarz macht schlank, aber Hunger leiden mußten wir im Führerhauptquartier nicht. Auf dem Berghof habe ich Vorräte für Jahre gelagert. Wissen Sie, was sein Lieblingsgericht war? Hoppelpoppel! Und als Nachtisch Apfelstrudel. Ich bin seinetwegen keine Vegetarierin geworden, das nicht. An jenem Silvesterabend hat es Kaviar und Champagner gegeben. Die Damen in großer Robe und Meinführer im Frack. Und ein Feuerwerk! Leider hat er auch an dem Abend nicht mit mir getanzt, wir haben uns früh zurückgezogen. Dabei tanze ich gern. Sie und ich, wir könnten doch –. Ich habe mein Grammophon hier und amerikanische Jazzplatten, obwohl Goebbels das streng verboten hat. ›Ich weiß, es wird einmal ein Wunder geschehn ...‹ Oder glauben Sie nicht an die Wunderwaffe? Von Ihnen hätte ich gern einen Sohn gehabt. Sie haben das richtige Erbgut! Ich bin immer sehr sportlich gewesen. Eislaufen und Fliegen. Fliegen ist mein Schönstes. Und Schwimmen. Leider hat mir Meinführer das Skilaufen in den Bergen untersagt, es wäre zu gefährlich. Meine Verläßlichkeit und meine Ergebenheit, daraus nimmt er seine Kraft! Auf mich kann er sich verlassen. Jetzt mißtraut er seinen engsten Mitarbeitern. Albert Speer - auf den hatte er seine Hoffnung gesetzt, aber der ist hier im Bunker aufgetaucht und hat sich gleich wieder aus dem Staub gemacht. Um diese Zeit habe ich sonst immer mit den Kindern von Goebbels gespielt. Die Kinder hätte man retten sollen! Aber ich mische mich nicht ein. Ich habe mich nie eingemischt. Das war nicht meine Sache. Wenn man mich nach den Konzentrationslagern gefragt hat, habe ich immer gesagt: ›Ich kann mich doch nicht um alles kümmern.‹ Mir hat das Wohlbefinden des Führers am Herzen gelegen. Zwei Jahre lang habe ich eine Klosterschule besucht, da habe ich gelernt, mich zu verstellen, und habe auch Disziplin gelernt. Als das Kloster beschlagnahmt wurde, hätte ich vielleicht was dagegen tun sollen. Aber, habe ich mir gesagt, Evi, keine Ausnahme! Als die deutschen Truppen in Polen einmarschierten und Meinführer sein Volk davon in Kenntnis setzte, habe ich am Radio gesessen und immer nur gedacht: Was wird jetzt aus dir, Evi? Aber eigentlich habe ich doch alles gehabt. Eine Villa, einen ständigen Friseur und Seidenwäsche mit Monogramm und einen Volkswagen. Sogar ein eigenes Kino habe ich auf dem Berghof gehabt. ›Vom Winde verweht‹, das ist mein Lieblingsfilm. Der berühmteste amerikanische Film, natürlich verboten, aber ich habe ihn sehen dürfen, sooft ich wollte. Als ich nach einem Luftangriff durch München gefahren bin, da hatte ich immer die Szenen aus dem Film vor Augen. Clark Gable, das ist mein Idol. Offiziell war ich kriegsdienstverpflichtet beim Reichsbildberichterstatter Hoffmann, aber dort habe ich mich selten sehen lassen, ich habe mit meiner Kamera direkt auf dem Berghof gearbeitet.

Der 20. Juli! Zu dem Zeitpunkt war ich gerade am Königssee zum Baden. Ich habe nichts geahnt. Meinführer hat mir seine Uniform geschickt, die er bei dem Attentat getragen hat, er wollte mir beweisen, daß ihn die Vorsehung ein weiteres Mal bewahrt hat. Ich habe ihm umgehend geschrieben, daß ich mir geschworen hätte, ihm in den Tod zu folgen. Und das werde ich auch tun! Auch wenn ich vor dem Sterben große Angst habe. Den Glauben an die Vorsehung habe ich verloren, aber nicht den Glauben an IHN. ›Ich weiß, es wird einmal ein Wunder geschehn . . .‹ Herrgott noch mal, daran haben wir doch alle geglaubt! Vielleicht sind Sie nun enttäuscht, daß Ihr Führer geheiratet hat? Er hat früher mal gesagt, er sei bereits verheiratet, seine Frau heiße Deutschland. Er meinte, ein richtiges Zuhause und ein Familienleben könne sich ein hoher Staatsmann nicht leisten. Wenn ich mal von Eheschließung geredet habe, hat er immer gesagt: ›Tschapperl, der Papst darf auch nicht an Ehe denken.‹ Eine bürgerliche Ehe wäre etwas viel zu Kleines für ihn gewesen. Unsere Ehe beginnt mit dem Tod, der andere Ehen scheidet, das muß man sich mal vorstellen! Wäre ein Priester aufzutreiben gewesen, hätten wir uns auch kirchlich trauen lassen. Wissen Sie, was er mir mal versprochen hat? Nach dem Krieg dürfte ich die Geschichte meines Lebens in Hollywood spielen, weil ich schauspielerisches Talent hätte. Jetzt wird vielleicht eine andere Schauspielerin die Rolle der

Eva Braun spielen. Für mich war immer die Hauptsache, daß ich die Erste in seinem Herzen war. Er hat nur Deutschland und mich geliebt. Einmal hat er gesagt, in kleinstem Kreis natürlich: ›Das ist das Schlimme an der Ehe, sie schafft Rechtsansprüche. Es ist schon viel besser, eine Geliebte zu haben. Die Last fällt weg, und alles bleibt ein Geschenk. Das gilt natürlich nur für hervorragende Männer.‹ Ich habe ein gutes Gedächtnis, ich könnte viele Führer-Worte aufsagen.

Sie müssen aber nicht denken, daß ich alle Führer-Befehle befolgt hätte. Zum Beispiel das Rauchen. Eine deutsche Frau raucht nicht! Ich habe trotzdem geraucht, allerdings heimlich. Als er einmal überraschend in die Halle – das war auf dem Obersalzberg. Haben Sie mal Bilder gesehen? Am Fuß der Treppe haben immer zwei SS-Männer gestanden. Sehr imponierend! Wenn Meinführer die Treppe herunterschritt, zusammen mit Staatsoberhäuptern, und dann die Photographen ... Das ist gar nicht so leicht, er hat das mehrmals geprobt.

Was wollte ich erzählen? Also: Ich rauchte gerade, als Meinführer kam. Ich habe mich einfach auf die brennende Zigarette gesetzt. Als er einige Abende später fragte, woher ich die Narbe hätte, habe ich mich nicht verraten. ›Du hast Geheimnisse vor mir, Tschapperl‹, hat er nur gesagt. Ich habe mich auch immer gepudert und geschminkt. Soll ich herumlaufen wie die anderen Bunker-Frauen? Ich habe nicht immer getan, was er gewollt hat. Ich habe sogar manches bei ihm durchgesetzt. Zum Beispiel das Rasieren. Meinetwegen hat er sich täglich rasiert. Beim Rasieren würde mehr Blut vergossen als auf sämtlichen Schlachtfeldern sämtlicher Kriege, hat er mal gesagt. Meinen Geburtstag hat er nie vergessen. Und ich habe ihm zu seinem letzten Geburtstag mein Bild geschenkt, der Rahmen ist mit Brillanten geschmückt. Ich hatte ihn schon in Auftrag gegeben, als wir noch in der Reichskanzlei wohnten. Ich habe dort in dem Zimmer geschlafen, in dem Hindenburg geschlafen hat. Das muß man sich mal vorstellen, erst ein Reichspräsident und dann die Geliebte des Führers.

›Wenn meine Generäle so treu wären wie die Frauen!‹ hat

Meinführer gestern gesagt. Er ist jetzt sehr niedergeschlagen. Treu ergeben sind nur seine Sekretärinnen, die Köchin und sein Tschapperl –.

Versuchen Sie doch noch rauszukommen, Oberleutnant! Sie brauchen doch Ihr junges Leben nicht mehr für IHN zu opfern. Fahren Sie später mal auf den Berghof! Am meisten hat Meinführer den Blick über das Salzburger Land geliebt. Neun Jahre lang war ich dort die Herrin. Könige und Staatsmänner sind gekommen, und alle waren beeindruckt von der Macht und der Faszination des Führers. Die Einrichtung war einfach, aber kostbar. Carrarischer Marmor und böhmische Steine! Und dann das Tee-Haus! Nach der Mittagsruhe sind wir zu Fuß hinaufgestiegen und haben dort Tee getrunken. Mit Matuschka und Negus, meinen süßen Scotchterriern. ER liebte nur Schäferhunde. Werden Sie mal an Eva Braun denken, wenn Sie als Tourist nach Berchtesgaden kommen? Ob man uns einen gemeinsamen Grabstein setzen wird? Gift und erschießen und dann noch verbrennen, was bleibt da denn noch übrig? Mir wird schlecht! Aber vielleicht geschieht ja noch ein Wunder –?

Ich höre Schritte! Meinführer!

Nachts. Ich werde wach und habe Schluckbeschwerden, suche nach Pastillen, wickle einen Schal um den Hals und sehe voraus, was unweigerlich kommen wird: eine Halsentzündung, fiebrig vermutlich. Noch hat der Bazillus – oder ein Virus – sich nicht entschieden, welchen Weg er nehmen wird – in die Bronchien, in die Stirnhöhle? Von wem stammt er überhaupt? Am Tag zuvor hat unser Arzt in meinen Hals geguckt, sich die ganze Person von Kopf bis Fuß angesehen und gesagt: »Ihre Werte sind gut.« Ihre ›inneren Werte‹ sagt er. »Körperlich sind Sie in Ordnung. Wie es geistig steht, kann ich nicht beurteilen.« Unser Umgangston ist locker, er hat von der Stirnhöhlenvereiterung seiner Frau gesprochen, er kam gerade erst von zu Hause, daher also, auf dem Umweg über den Arzt! Ich werde inhalieren, mit Rotlicht bestrahlen, werde einen entstellenden Schnupfen bekommen, ich werde diesen Orden nicht persönlich in Empfang nehmen, was mir gar nicht so unlieb wäre. Und dann der Husten! Wieder werde ich wochenlang husten, mir ständig die Hände waschen, die Türklinke desinfizieren, Kühner nicht anrühren, trotzdem werde ich ihn anstecken, und dann verdoppelt sich alles, seine Lunge ist angegriffen. Emboliegefahr ... Gegen Morgen liefere ich ihn bereits in der Klinik ein ... Dann wird es hell. Ich koche Tee, trinke den ersten Schluck, die Schluckbeschwerden hören auf, ich erzähle diese lange imaginäre Krankengeschichte am Frühstückstisch.

Alter gälischer Segen zum Neujahr

Mögen sich die Wege vor Euren Füßen ebnen,
Möget Ihr den Wind im Rücken haben.
Möge die Sonne warm auf Eure Gesichter scheinen,
Mögen die Regentropfen sanft auf Eure Felder fallen,
Und – bis wir uns wiedersehen –
Möge Gott seine schützende Hand über Euch halten.

Dreimal hat man uns diesen Segenswunsch handschriftlich zugeschickt. An diesem dunklen Tag wäre wärmende Sonne im Gesicht das, was ich ersehne.

Das Schwere nehme ich schwer, aber ich versuche, nichts schwerer zu nehmen, als es ist. Das ist nicht immer leicht. Wie soll ich an Höhe gewinnen, wenn ich mich nicht leicht mache?

Als wir die beflügelte Schnecke zum Symbol der Stiftung ›Grotesker Humor‹ wählten, wußte ich nicht, daß Schnecke und Vogel sich so sehr behindern. Der Flügel des Vogels hindert die Schnecke daran, auf der Erde zu bleiben, die Schnecke hindert den Vogel am Fliegen, das ist weniger grotesk als tragisch.

Kühner ist der Anstifter dieses Preises; der groteske Humor ist seine literarische Domäne, zu der mir der Zugang nicht leichtfällt. ›Kasseler Literaturpreis für grotesken Humor‹, die Namen der beiden Stifter stehen in Klammern, Stifterfiguren, die allmählich kleiner werden. Geld, das man mit Literatur verdient, wird zur Förderung der Literatur verwendet, so ist es gemeint. Der Wunsch des Anstifters ist es, die Aufmerksamkeit der Wissenschaftler, der Kritiker, der Leser auf diese vernachlässigte Sparte der Literatur zu lenken. Loriot war der erste Preisträger, später Jandl. In jedem Jahr halten wir Ausschau nach einem weiblichen Kandidaten. Haben Frauen weniger zu lachen? Sind wir zu vernünftig, um das Groteske zu erkennen?

Kühner bekommt von seinem Sohn zu allen Geburtstagen eine Uhr geschenkt. Eine davon geht rückwärts, man erkennt die Zeit erst, wenn man die Uhr vor einen Spiegel hält. ›Damit Du länger lebst‹, schreibt er. Wir stellen sie auf den Tisch, wenn der Stiftungsrat für den ›Grotesken Humor‹ tagt. Als nächstes schenkte er eine Uhr, bei der Stunden und Minuten in Gestalt großer und kleiner Kugeln mit Getöse abrollen. ›Damit Du die Zeit auch wahrnimmst!‹ Und diesmal nun eine Uhr, die wunderbar ungenau geht, die man alle 24 Stunden aufziehen müßte, das Gegenteil eines Zeitmessers, keinerlei Anzeichen der Vergänglichkeit. ›Weg mit den Sekundenzeigern! Weg mit den Minutenzeigern!‹ schreibt er. Die Uhr zeigt nur die Stunden an, und das ungenau, meist steht auch der kleine Zeiger still.

Auf der Fahrt nach Paris. Wir fahren mit der Bahn durch ›das Saarland‹. Kühner erinnert mich an das Jahr 1935. ›Deutsch ist die Saar/Deutsch immerdar/Und deutsch ist unsers Flusses Strand/Und ewig deutsch mein Vaterland –.‹ Was man einmal gesungen hat, scheint das Gedächtnis bereitwilliger zu speichern. Wann kam ›das Saarland‹ nach dem zweiten der verlorenen Kriege wieder an Deutschland, die Bundesrepublik?

Wer durfte abstimmen? War es 1955? Wir erinnern uns beide nicht und waren doch erwachsen und, wie wir meinten, politisch interessiert. Nach der Rückkehr schlagen wir in der Chronik des 20. Jahrhunderts nach.

Traum: Wir beide gingen nebeneinander auf einem Deich, oberhalb eines breiten, ruhig dahinfließenden Stroms. Dann bliebst du stehen, hieltest mich am Arm und machtest mich auf einen Mann und eine Frau aufmerksam, die in einiger Entfernung vor uns hergingen, beide waren nackt, beide waren alt. Der Mann hielt die Frau an den Schultern, schob sie, die gebrechlicher wirkte als er, vor sich her. Ein heiterer Anblick, ohne Tragik. Wir beobachteten das Paar und lachten. Als sie dann die Schienen einer Kleinbahn überquerten, löste sich ein offener Kastenwagen, auf den man vermutlich Kies laden wollte. Der Mann konnte nicht verhindern, daß die Frau unter den Wagen geriet, der weiterfuhr, gegen die Prellböcke stieß, von der Wucht des Aufpralls zurückgestoßen wurde, noch einmal über die Frau hinwegfuhr und dann mit Schwung ans Ende der Geleise, wo er ins Wasser abstürzte. Die Frau rappelte sich auf, der Mann packte sie beim Arm, sie liefen zusammen den Deich hinunter, sprangen in den Wagen und fuhren vergnügt auf dem Wasser davon. Dann sagtest du: Sie fahren ja gegen den Strom!

Was soll der Traum bedeuten? Worüber sollte ich nachdenken? Daß beide alt waren, nackt waren, in Gefahr gerieten, vergnügt darüber waren, noch einmal davongekommen zu sein, daß sie zu zweien waren oder daß sie gegen den Strom fuhren, mühelos?

Ein Verleger lädt uns zur Treibjagd ein! Es ist Anfang Januar, minus 19 Grad. Sein Revier befindet sich nahe der Grenze zur DDR, die auch vom Wild respektiert wird. Kein Wildwechsel mehr zwischen Thüringen und Hessen, Rotwild ist rar geworden, hat das ganze Jahr Schonzeit. Der Verleger schreibt, es sei wichtiger, sich vor dem Wild zu tarnen, als sich den Jägern kenntlich zu machen. Ich habe mich für Lodengrün entschieden, um die Sauen nicht auf mich aufmerksam zu machen, mir aber vorsorglich einen großen roten Schal um den Hals geschlungen, damit mich kein Jäger versehentlich abschießt. Wir sind weder als Jäger noch als Treiber einzusetzen, bezeichnen uns als Herumtreiber. ›Aufbruch zur Jagd!‹ am frühen Morgen. ›Abblasen‹ in der frühen Dämmerung. Ich erkenne die Signale wieder, die Inspektor Blaskorken am Poenicher See zur Verständigung mit den ›Fräuleins‹ im Schloß benutzte. Die alte ›trompe de chasse‹! Erbsensuppe am offenen Feuer, der Schluck Schnaps aus der Flasche. Nur wenige Sauen bleiben auf der Strecke, das Wild hält sich unter der dicken wärmenden Schneedecke verborgen, uns ist das recht. Schüsseltreiben am Abend. Jägerlatein. Ich berichte von den Jagdunfällen in Poenichen, aber: Wer von den Jägern und den Treibern kennt Poenichen in Hinterpommern?

Poenichen. Noch einmal Poenichen und noch einmal die Quints. Das hatte ich nicht vorgesehen, einen dritten Band. Vorerst nur unruhiges Sammeln von Notizen. Es fällt mir vieles ein. Die Lebenswege der jungen Quints laufen weit auseinander. Ich mache mir die Leute vertraut, bedenke, wie es mit ihnen weitergehen soll, aber ich habe mich noch nicht gesetzt, ich brüte noch nicht. Kein anderer Vergleich fällt mir ein als ein Tätigkeitswort aus meiner Kinderzeit. Ein Huhn hat ein Gelege vorbereitet und läuft aufgeregt gackernd umher, stößt ungewohnte Töne aus, scheint ein wenig verrückt zu sein; es ›gluckt‹, nannten wir das. Und eines Tages saß das Huhn dann ruhig auf dem Nest und brütete . . .

›Bringen Sie Ihren Mann mit‹, sagt man, schreibt man; das eine Mal mit Fragezeichen, das andere Mal mit einem auffordernden Ausrufezeichen. Ich sage dann: ›Er ist keine Handtasche, die ich mitnehmen könnte.‹ Warum reagiere ich aggressiv? Jahrhundertelang hat man zu Männern gesagt: ›Bringen Sie Ihre Frau mit!‹ und es freundlich gemeint.

Da schreibt mir jemand aus dem Friederike-Brion-Weg. Wie mag der Weg aussehen, den Goethe ›geschwind zu Pferde‹ zurücklegte? Es genügt, ein Gegenstand der Liebe gewesen zu sein, damit ein Weg den Namen der Pfarrerstochter aus Sesenheim erhält. Ich kenne kein anderes Beispiel.

Die Wetterkarte der Tageszeitung zeigt von Sylt bis Garmisch ein großes H, und alle Orte sind mit dem meteorologischen Kennzeichen ›heiter‹ versehen. Man hätte doch auch ›sonnig‹ oder ›sommerlich‹ schreiben können, aber: heiter, und so ist es ja auch. Was hätte aus uns werden können, wenn wir mehr Sonne abbekämen!

Die Glyzinie des Nachbarn geht in diesem Mai ein zärtliches Verhältnis zu unserer Schwarzwaldfichte ein; blaßlila schaukeln sich die Blütentrauben hoch oben in den Zweigen. Als wir vor langer Zeit einmal im Schwarzwald wanderten, hast du dich an jene Tannen erinnert, unter denen dein Bettkasten stand, und hast vom Rauschen der Schwarzwaldtannen erzählt, das tief in deine Kinderseele eingedrungen sei. »Ein Tag zum Bäumeausreißen«, sagtest du, bücktest dich, zogst einen handspannengroßen Schößling aus der moosigen Erde, was nicht beabsichtigt war. »Nun nimm ihn auch mit«, verlangte ich, und wir hüllten feuchtes Moos um die Wurzeln, pflanzten ihn Tage später irgendwo in unser Gärtchen, etwas achtlos, viel Platz beanspruchte er nicht, er wuchs langsam, aber jährlich um das Doppelte. Natürlich paßte er nicht in den Garten, hier paßt ja nichts, lauter Liebhabereien, Zufälligkeiten. Am Ende ist daraus aber ein Paradiesgärtlein geworden. In unseren Augen. Diese Fichte, die wir jahrelang mit ›Tanne‹ anredeten, fühlt sich wohl in Hessen, macht sich breit, will zeigen, was eine Schwarzwaldtanne ist, drängt links den Feuerdorn und rechts die japanische Kirsche beiseite, im Frühling und Sommer sitzt unsere Amsel auf den höchsten Zweigen und schmettert Morgen- und Abendlieder. Sie wirft Schatten auf die Rosen, die wir doch auch lieben, und deshalb nehme ich ihr im Herbst ein paar der unteren Zweige weg, mit denen sie im Winter die Rosen schützt, denen sie im Sommer schadet. Inzwischen ist sie zwanzigjährig und in Lebensgefahr, sie verdunkelt unsere Arbeitszimmer zu allen Jahreszeiten, man kann sie nicht lichten wie einen Laubbaum. Nach dem letzten heißen Sommer wird sie von unten her trocken. Wie Reisig. Wir stellen Mängel an ihr fest, um die Trennung vorzubereiten. Wir meinten, daß sie für eine Baumlänge bei uns bleiben würde, an Fällen hatten wir nie gedacht. Noch ist das letzte Wort nicht gesprochen. Vielleicht erweist sie sich als die stärkere? Bäume haben immer recht! Der alte Quindt hat mir seine Ansichten über Bäume vererbt.

Nachtrag: An einem frostklaren Dezembertag wurde der Baum sachkundig gefällt. Das obere Drittel stand als Lichterbaum, mit vielen Tannenzapfen behangen, auf der Terrasse. Wochenlang erleuchtete er die Gärten, leuchtete in unser Haus, ein Rotkehlchen hat den Umzug mitgemacht. Was für ein festliches Ende!

Ein Herbstspaziergang am Westhang des Habichtswaldes, dort, wo es die schönen Waldränder gibt, den weiten Blick über Wiesen und Felder. Harmlose Vulkanausbrüche haben kleine kuglige Hügel hinterlassen. Was für ein Weg: sonnig und mit Ausblicken, es fehlt auch nicht an Bänken, aber dieser Weg ist unbenutzbar, die Autobahn nach Dortmund läuft parallel zum Waldrand, eine Entfernung von wenig mehr als einem Kilometer Luftlinie, das genügt: Die Motoren von Lastzügen und

Pkws rauschen, man hört keinen Vogel mehr, hört den Wind nicht, kein Knacken in den Ästen: die gewohnten Waldgeräusche. Aber jene, die in den Autos sitzen, werden uns sehen und die beiden Wanderer beneiden, die dort am Waldrand spazierengehen. Nur das Auto, in dem man selbst sitzt, verursacht kein Mißbehagen.

Da sagt man: Das bringt mir nichts. Oder man sagt: Das gibt mir nichts. Ich sehe mir denjenigen und diejenige an, die das gesagt haben, und denke: Und was bringst du ein? Was gibst du her? Manchmal denke ich es nicht nur, dann sage ich es auch. Anzeichen von Ungeduld.

Ist das bei anderen auch so? Meine Gebete werden mehr und mehr Dankgebete. Das Bitten hört auf, beschränkt sich oft auf den Halbsatz: Jetzt und in der Stunde unseres Todes.

Ich achte mehr als früher auf das Lebensalter der Menschen, die ich kennenlerne. Sind sie älter? Sind sie jünger? Immer in bezug auf mein eigenes Alter. Ich kann nun nicht mehr sagen: Diese Frau ist schließlich schon siebzig! Es dauert nicht mehr lange, dann sagt man das auch von mir.

Ich identifiziere mich mit den Figuren meiner Romane, und gleich darauf distanziere ich mich wieder. Man fragt mich, ob das alles nur Erfindung sei, und dann antworte ich: Wie Sie meinen.

Volkstrauertag. Der kleine Gebetssaal in unserem Gemeindezentrum ist gut besucht. Der Pfarrer spricht über menschliches Versagen, ein Krieg sei die äußerste Form von menschlichem

Versagen. Am Ende des Gottesdienstes sollen wir, stehend, wie in den Kriegs- und Nachkriegsjahren, ›Verleih uns Frieden gnädiglich, Herr Gott, zu unsern Zeiten‹ singen. An der kleinen Orgel saß, aushilfsweise, ein junger Katholik, der den Choral nicht kannte und eine andere Melodie spielte. Die Gemeinde gab den Versuch, gegen die Orgel anzusingen, schließlich auf, stand ratlos und betroffen schweigend. Das ist logisch nicht zu erklären, es erschreckt nur. Wieder: menschliches Versagen.

Ein noch junger Autor schreibt mir: ›Bei Beckett steht: »Wladimir, sei vernünftig, du hast noch nicht alles versucht.« Und dann habe ich den Kampf wiederaufgenommen.‹ Dieser Mann gibt eine Gefangenenzeitschrift heraus, ist sozial tätig, schreibt Gedichte, macht Holzschnitte, liegt in Kliniken, wird operiert, reist nach China, schreibt Gedichte, wird operiert. Und das seit vielen Jahren. Jetzt habe ich lange nichts von ihm gehört. Manchmal sage ich zu mir: Wladimir! Und ermahne mich.

Die ›ungehaltenen Frauen‹ erobern die Bühnen der kleinen Theater. Sie sind nicht zu halten, sage ich verwundert, auch dankbar. Selbstsicherheit stellt sich bei Erfolgen nicht ein. Aber: gute Schreibtage. Kühner redigiert das Manuskript. Es geht weiter und geht zu Ende mit den Quints.

Man faßt mich mit Samthandschuhen an. Niemand weiß, daß ich schon als Kind eine Abneigung gegen Samt hatte, weder Tontöpfe noch Pfirsiche mochte ich anfassen; daraus hätte eine Allergie werden können.

Im Anschluß an einen Autorenabend, als ich ermüdet war, fragte man mich, ob ich meine Bücher signieren würde, und ich antwortete höflich: »Aber ja, ich resigniere immer.«

Studium generale in Marburg. Auditorium maximum. Die Losung des Tages (der Herrnhuter Brüdergemeine) heißt: ›Ich will singen von der Gnade des Herrn ewiglich und seine Treue verkünden mit meinem Munde.‹ Ein Psalmwort und darunter ein Wort aus dem 6. Römerbrief: ›Denn über meinem Leben steht nicht das Gesetz, sondern die Gnade.‹ Höhepunkte. Ich rufe sie mir ins Gedächtnis. So hoch hinaus und so tief hinunter. Wäre mir eine Mittellage lieber? ›Phantasie und Wirklichkeit‹ hieß mein Thema. Die Phantasie des Lebens, die Wirklichkeit des Romans. Im Anschluß an die Veranstaltung berichte ich von jenen Nachkriegssemestern, in denen ich Mensa-Leiterin in Marburg war. Die Beschwernisse sind zu Anekdoten zusammengeschrumpft. Ich berichte von Freibankfleisch und Pferdemetzgern, von der Offiziersmesse der Amerikaner, aus der ich Küchenabfälle besorgte. Ein Gast aus Israel hört sich meine Geschichten lächelnd an und sagt: »Es muß sich um eine Imensa gehandelt haben.« Von nun an haftet das Wort meinen Mensa-Anekdoten an.

Kühner: »Das habe ich am liebsten, wenn ich allein im Haus bin und weiß: Gleich kommst du zurück.« Das ist wie beim Apostel Paulus: Haben, als hätte man nicht.

Bei einer Einladung erzählte einer der Gäste, von dem ich nichts sonst behalten habe, daß er sich nur mit Kernseife wasche. Er fügte hinzu: mit einer französischen.

Gehört und behalten: Alle Wege führen nach Rom, warum komme ich immer in Warschau an?

Eine Leserin schreibt mir, daß ihr Mann behaupte, sie habe die Krankheit überbrücknert. Solche Sätze tun ihre Wirkung.

Während man an einem Roman schreibt, dürfte man nichts lesen, kein einziges Buch, man müßte tun, als wäre dies das erste und einzige Buch. Aber: ich benutze den Konjunktiv, wie sollte ich leben, ohne zu lesen. Also muß ich gegen alle anderen Bücher anschreiben. Wie viele gibt es überhaupt? Von jeher? Auf der Welt?

Kühner hat mir eine Uhr nach seinen Entwürfen arbeiten lassen, ein wenig Jugendstil. Eine Uhr ohne Zifferblatt. Drei Zeiger sind unterwegs. Stunden, Minuten, Sekunden.

Soll es denn lachende Erben geben? Reich werden oder doch wohlhabend sein, dagegen ist vielleicht nichts einzuwenden und auch kaum etwas dagegen zu tun, aber: Reich sterben? Wo andere Not leiden?

Wir hatten beide zum Essen eingeladen, seit Monaten leben sie zusammen. Er hat sein Studium abgeschlossen, sie studiert noch. Kein Kind, aber ein junger Hund. Er kam allein, das überraschte mich. Ich erkundigte mich, ob sie gut miteinander auskämen. Aber ja, sagte er. Jeder hat seine eigenen Freunde, manchmal gehen wir aber auch zusammen aus. Während des Essens erzählte ich - anekdotisch - von meinen Wirtinnen, die um meine Tugend besorgt gewesen waren. Ich konnte unbekümmert flirten, was konnte mir passieren? An der Haustür brauchte ich nur zu sagen: Meine Wirtin! Unser Gast sagte: Wir brauchen keine aufpassenden Wirtinnen, wir haben Aids als Aufpasser. - Diese Lebensgemeinschaft hat ein halbes Jahr angedauert. Vermutlich ist der Hund von der Trennung am meisten betroffen.

Düsseldorf, wo ich einmal zu Hause war. Nach langen Jahren zum ersten Mal wieder im ›Komödchen‹. Diesmal stand Lore Lorenz allein auf der Bühne, sie zitierte einige Sätze, die ich der Katharina Luther, geborene von Bora, in den Mund gelegt habe, das berühmte Apfelbäumchen betreffend, von dem der Reformator spricht und das sie pflanzt. Anschließend saßen wir zu viert in einem Altstadtlokal, und die Frauen redeten lebhaft aufeinander ein, und die Herren schwiegen einträchtig miteinander. Und dann sagte Lore Lorenz: »Es ist doch jedesmal dasselbe! Einmal hatten wir Gäste zu Hause, die ich bewirtet und unterhalten hatte, einige brachen auf, und ich hörte, wie jemand sagte: ›Aber der Bedeutendere ist doch er!‹« Und dann lachten wir zu viert, und es war nichts von Künstler-Neid zu spüren, nicht bei Kay Lorenz, nicht bei Kühner.

Der ›Kasseler Literaturpreis für grotesken Humor‹ beschäftigt seine Stifter das Jahr über wenig, aber im November um so mehr, dann wird der Preis festlich verliehen. Grotesker Humor in der Literatur? Oft denke ich, daß es im Leben grotesker zugeht: Man steigert die Produktivität der Milchkühe, verfüttert dann die nicht absetzbare Butter an die Kälber. Man entwickelt Waffen, mit denen man die Menschheit vernichten kann, und verlängert das Leben des einzelnen bis ins Nicht-mehr-leben-Wollen hinein. Was für ein Ungleichgewicht der Kräfte, eine höhere Form der Unsinnigkeit, die sich der Literatur entzieht, sie bringt ihrerseits nur beißende Satire und schwarzen bösen Humor zustande, bei dem mir das Lachen vergeht; das Lachen, das wir doch für heilsam halten, weil es Distanz schafft, befreiend wirkt. Die Absicht der Stifter war und ist: die Stadt, in der sie leben, ein wenig heiterer zu machen. An diesem einen Abend im Jahr haben wir den Eindruck, daß es gelingt. Wenn ein Lachen zurückbliebe -?

Kühner geht rücksichtsvoll mit mir um. Oft merke ich nicht einmal, was er aus Rücksicht auf mich tut oder nicht tut. So sollte Rücksichtnahme sein: unmerklich.

Der Winter 84/85 war ein guter Schreibwinter. Noch einmal lebte ich mit den Quints zusammen, mit der einen in der Provence, mit der anderen in Paris, mal in Holstein, mal in Bonn, mal in einem der Heide-Klöster. Ich wollte bewirken, daß etwas Rechtes aus den Kindern der Maximiliane Quint wurde; vor allem wollte ich herausfinden, was das ist, ›etwas Rechtes‹, das aus einem jungen Menschen in den achtziger Jahren unseres Jahrhunderts werden kann. ›Die Quints‹. Nach dem Titel wurde lange gesucht, später klang er einfach und selbstverständlich. Ich wollte ein haltbares Buch schreiben, ein Buch, das etwas aushält, das standhält; so steht es in der schwarzen Kladde. Es wurde darüber Frühling, im Park blühte die Zaubernuß, die Amseln nahmen ihr erstes Vollbad in der Vogeltränke. Am 1. März 1984 hatte ich den ersten Satz geschrieben, am 29. Februar des nächsten Jahres war ich fertig. Wie viele Todesfälle in jenem Jahr! Der letzte Besuch bei unserem besten Freund. Wir ahnten, daß er der letzte sein würde, ich meinte sogar, die Zeichen in seinem Gesicht zu erkennen. Wir saßen noch einmal am Kachelofen. Im Spiel fragte einer den anderen nach seinem augenblicklichen Lebensmotto. Und er sagte: »Mir kann keener.« Er stammte aus Berlin. Was für ein Schlußsatz! - Während im Verlag das Buch in Druck ging, reisten wir in die Toskana. Ich habe über diese Reise geschrieben. ›Kein Haus in der Toskana‹. Unsere Flucht aus Italien, wo ich seither nicht mehr gewesen bin, wo ich nicht wieder sein möchte. Nur um rechtzeitig zu Hause zu sein, als der Schrekken über uns kam. Untersuchungen, Ergebnisse, dann drei festliche Tage. Abschied vom Leben zu zwein? Ich versuchte, nicht schlechter zu sein als der, den ich liebe, der betroffen war. Standhalten. Ich habe dann aufgehört zu schreiben. Kein Sterbenswort. Es hat mir die Sprache verschlagen. Erst jetzt, Jahre danach, habe ich versucht, auch über diese Erfahrungen zu schreiben. Das Schlimmste am Schlimmen ist, daß es sich wiederholt. Lesen statt schreiben. Ich sammelte Texte für eine Anthologie, die ich ›Lesezeit‹ genannt habe, Lebenszeit gleich Lesezeit, oder auch umgekehrt. Das Umschlagbild stammt von Kühner, eine Art Collage. Goethe in der Campagne, das ist kenntlich, die Kuppeln des Petersdoms . . .

Aus einem Brief meiner Schwester: ›Sobald Du von der Vogeltränke im Gärtchen schreibst und wer sich da gerade tummelt, bin ich in großer Sorge um Dich, dann schreibst Du über das, was Dich bedrückt, nichts.‹

Eine Leserin schreibt: ›Mein Mann sagt: Bring mich ins Krematorium! Und wenn er es immer wieder sagt, dann antworte ich ihm: Du bist noch nicht tot, jetzt nehmen sie dich dort noch nicht.‹

Flüchtlinge, Vertriebene, Umsiedler, Asylanten, das hört nicht auf. Gemeinsam ist ihnen, daß sie Zuflucht suchen, daß sie keinen oder nur wenig Besitz haben; was sie mitbringen und einbringen könnten, das wären ihre Erfahrungen und ihre Hoffnungen, erstere sind oft schlecht, letztere nicht groß, sie beschränken sich darauf, nicht mehr in Lebensgefahr zu sein. Als ich ein Kind war, mußte man aus Deutschland fliehen, wenn man nicht der ›arischen Herrenrasse‹ angehörte, wenn man anderer politischer Überzeugung war, aber heute ist die Bundesrepublik Deutschland ein Land, in dem man Zuflucht sucht, in dem man sich bessere Lebenschancen erhofft. Daran denke ich, sobald etwas wie Unmut in mir aufsteigt, wenn ich mich belästigt fühle. Ich tue nichts weiter, als meine Einstellung immer aufs neue zu korrigieren. Das ist zu wenig, das weiß ich.

Familienbesuch. Der Sohn, die Schwiegertochter, die beiden Enkelsöhne. Es wird ausgeschlafen. Als endlich alle am Frühstückstisch im Garten sitzen, frage ich, ob die Kinder morgens mit in den Betten der Eltern lägen. Nur der Hannes, sagen sie und blicken sich an. Später sagt Rita leise zu mir: »Der Bastian kommt nicht mehr, er hat Sexualunterricht in der Schule gehabt.«

Von den Surrealisten wurde der Roman als ›zur Gattung erhobene Lüge‹ bezeichnet.

Ferienbeginn. Sonntag. Der Predigttext steht bei Jesaja: ›In Freuden ausziehen und in Frieden heimkehren. Die Bäume werden die Arme nach euch ausstrecken. Dein Wort wird nicht leer zu dir zurückkehren.‹ Eine Überfülle von Gedanken durchströmte mich. Während eines Gottesdienstes ist das oft so: eine Zeile aus einem Choral, die Gebete, der Predigttext, ein Satz des Pfarrers. Ich wollte rasch nach Hause, rasch an den Schreibtisch, um etwas zu retten, damit mir nicht alle Gedanken davonliefen. Die Bäume werden die Arme nach euch ausstrecken! Warum gehe ich nicht regelmäßig zum Gottesdienst? Warum mache ich von dem Angebot nicht häufiger Gebrauch? Die Glocken rufen bereits eine halbe Stunde vor dem Beginn. g. t., der jung ist, kritisch ist, versäumt nur selten den sonntäglichen Kirchgang. Wenn er unsicher ist, ob er am Sonntagmorgen rechtzeitig aus dem Bett kommt, holt er sich den Segen – so nennt er das – bereits am Samstagabend in der Gedächtniskirche. Absolution im voraus, wer weiß, was die Nacht bringt –. ›Dein Wort wird nicht leer zu dir zurückkehren.‹ Was kommt an Worten zu mir zurück! Auf dieses Zurückkommen von Worten bin ich angewiesen. Ein Zusammenspiel. Die meisten Worte benutzen den Postweg.

Während ich an den ›Quints‹ schrieb, las ich Tolstois Tagebücher. Ich fand unter dem 31. 12. 1853 die Eintragung: ›Jedes Kapitel (er schrieb damals den Roman eines russischen Gutsbesitzers) darf nur einen einzigen Gedanken oder ein einziges Gefühl ausdrücken.‹ Ich habe versucht, mich an diesen Ratschlag eines großen Romanciers zu halten.

Seit gestern steht an einer Gartenmauer in der Nähe unseres Hauses ›Besser lachen als strahlen‹. Es ist der Tag nach Tschernobyl, es ist Mai. Tödliche Strahlen? Ich suche Tschernobyl auf der Karte der UdSSR; Ija, die Russin, der ich Briefe schreibe, wohnt in der Nähe. Was ist denn nah, was weit bei radioaktiven Strahlen? Was geschieht mit uns? Mit der Welt? Ist sie nun nicht mehr unverwüstlich? Jeder reagiert seinem Temperament gemäß: die Ängstlichen ängstlich, die Leichtsinnigen leichtsinnig.

Überraschende Erkenntnis: Es bleibt auch auf die Dauer einer Ehe bei du und ich. Es findet keine Verschmelzung zu einem ›wir‹ statt. Zwei Lebewesen, die sich (fast) nahtlos zusammenfügen.

Noch einmal ein Buch zu zwein. ›Deine Bilder/Meine Worte‹. Keines deiner Bilder magst du hergeben, und nun gibst du jene Bilder, die wir gemeinsam ausgewählt haben, allen. Allen, die deine Bilder sehen und meine Texte lesen wollen. Was für eine angenehme Zusammenarbeit mit dem Verleger, der Lektorin, der Klischeeanstalt. Ich will mir nicht vorstellen, daß alles Entgegenkommen der Erfolgsautorin gilt.

Ich bin unfähig, leserlich zu schreiben, ich habe das immer als Manko angesehen. Vielleicht hat man mir diesen Fehler eingeredet, als ich noch sehr klein war; an schlechten Tagen droht er, sich zu einem Trauma auszuwachsen. Man hat mich im Alter von fünf Jahren zur Schule geschickt, damit das Kind lesen lernte und man ihm nicht alles vorlesen mußte; von lesen war die Rede, nicht von schreiben. ›Aber die Schrift!‹ stand als Einschränkung neben jeder Zensur. Meine Ausbildung zur Bibliothekarin drohte daran zu scheitern, daß ich außerstande war, in der erwünschten klaren Bibliothekshandschrift zu katalogisieren. Es mutet grotesk an, wenn jemand, der nicht leserlich schreiben kann, ein Schriftsteller wird. Wenn ich Autogramme gebe, entschuldige ich mich. Wenn ich in Gästebücher ganze Sätze mit der Hand schreiben soll, leide ich und beneide jene, die schön und leserlich und unbefangen dasselbe vor mir getan haben. Zu ändern ist nichts mehr. Ich benutze die Schreibmaschine, habe ein Fingerspitzengefühl für die Tasten der elektrischen Maschine entwickelt. Notizen schreibe ich handschriftlich auf kleine Zettel. Wenn ein solcher Zettel auftaucht, versuche ich ihn zu dechiffrieren, rätsele, erkenne ein Wort, dann noch ein zweites, denke nach, und beim Nachdenken fällt mir noch einiges ein, der flüchtige erste Gedanke setzt weitere Gedanken frei. Aus dem Manko hat sich am Ende ein Gewinn entwickelt. Und so schreibe ich mit unleserlicher Handschrift lesbare Bücher.

Ich ziehe ein Buch aus dem Regal; unbenutzt und unbeschadet und ein wenig vergilbt steht es da seit Jahr und Tag. Baltasar Gracián: ›Hand-Orakel und Kunst der Weltklugheit‹, nach einer Übertragung von Arthur Schopenhauer. Ich lese eine Seite, blättere, lese und entdecke die erste Anstreichung, ein Ausrufungszeichen. ›Nicht abwarten, daß man eine untergehende Sonne sei. Es ist eine Regel der Klugen, die Dinge zu verlassen, ehe sie uns verlassen. Man wisse aus seinem Ende selbst sich einen Triumph zu bereiten. Sogar die Sonne zieht sich oft, noch bei hellem Scheine, hinter eine Wolke zurück, damit man sie nicht sinken sehe, und läßt einen ungewiß, ob sie untergegangen sei oder nicht. Man entziehe sich zeitig den Unfällen, um nicht vor Beschämung vergehn zu müssen. Eine Schöne zerbreche beizeiten ihren Spiegel, um es nicht später aus Ungeduld zu tun, wenn er sie aus ihrer Täuschung gerissen hat.‹

Und ein paar Seiten weiter: ›Man unternehme das Leichte, als wäre es schwer, und das Schwere, als wäre es leicht: jenes, damit das Selbstvertrauen uns nicht sorglos, dieses, damit die Zaghaftigkeit uns nicht mutlos mache. Damit eine Sache nicht getan werde, bedarf es nur, daß man sie als schon getan betrachte: und im Gegenteil macht Fleiß und Anstrengung das Unmögliche möglich. Die großen Obliegenheiten darf man so gar nicht bedenken, damit der Anblick der Schwierigkeiten nicht unsere Tatkraft lähme.‹

Wann gelesen, angestrichen, vergessen? Was hat sich – unbewußt! – anwenden lassen? Darum liest man doch: Gedanken sollen in Taten umgesetzt werden.

Als ich das Buch wieder ins Regal schob, fiel mein Blick auf ›Criticon oder Über die allgemeinen Laster des Menschen‹, ebenfalls von Baltasar Gracián, ebenfalls vergilbt, ohne Anstreichungen. Ich las einen Satz, die Hälfte eines Satzes: ›. . . denn was man in der Jugend schwitzt, das hüstelt man im Alter.‹

Ich hüstele nicht, ich huste, seit Wochen.

Später Sonntagvormittag, die beste Arbeitszeit. Kein Briefträger und kein Paketbote stört, kein Verleger und keine Redakteurin ruft an, die Freunde respektieren unsere Gewohnheiten. Dann klingelt das Telefon, jemand möchte Kühner sprechen, ich sage nicht unfreundlich, aber doch zurückhaltend, daß ich ihn rufen werde. Das Gespräch zieht sich hin. Ich sitze mit scharrenden Hufen vor der Schreibmaschine. Kühner sagt, daß er das Gespräch jetzt beenden möchte, das Telefon stehe im Arbeitszimmer seiner Frau. »Sie haben wohl Angst vor Ihrer Frau?« Kühner legt den Hörer auf. »Ich werde ihm schreiben«, sagt er, »ich werde diesem Mann schreiben, daß man nicht Angst vor jemandem haben muß, den man liebt und den man nicht stören möchte.« Ist es so schwer, von allein auf diesen Gedanken zu kommen?

In den ›Ratschlägen für alleinreisende Berufsfrauen‹, die die Einsamkeit eines Hotelzimmers nur schwer ertragen, gelesen: Sie möge zu Hause auf Band einen Gute-Nacht-Gruß sprechen und von unterwegs zu Hause anrufen und sich selbst gute Nacht sagen. Stammen diese Ratschläge von einem Sadisten oder von einem Humoristen?

Wenn es einem anderen noch schlechter geht, fühlt man sich dadurch noch nicht besser. Man reagiert eher mit Unwillen.

Ein Brief aus Spanien. Eine Leserin setzt sich mit Joachim Quint, diesem poetischen Politiker, und seinen Ansichten zu dem, was ›typisch deutsch‹ sei, auseinander. Sie schreibt, was sie als Deutsche in Spanien als ›typisch deutsch‹ empfindet: ›Der aufgeblähte Mittelstand erlaubt praktisch jedem, im Urlaub die ganze Welt zu bereisen. Und da passiert es dann: Hier bei uns, in Spanien, trifft man aufeinander. Der Botanik-Professor wohnt Tür an Tür mit dem Lastwagenfahrer; die Lateinlehrerin liegt am Strand neben der Kassiererin; um den besten Platz im Ausflugsbus kämpfen Herr Neureich und Herr

Oberst; die reiche Witwe eines deutschen Baulöwen jammert der Dolmetscherin etwas vor; das Muttchen aus dem letzten Dorf in Schleswig besieht angewidert den ausgestellten Busen der modernen Berlinerin, usw. Man tritt im Urlaub aus der festgefügten sozialen Gruppe und stößt, da man wie viele andere zum Mittelstand gehört, hart an andere Gruppen. Gerade dieser Umstand scheint mir momentan »typisch deutsch« zu sein. Während in den südlichen Ländern, speziell in Spanien, der Aufstieg in die nächsthöhere Sozialgruppe immer gleichzeitig mit einer besseren Bildung, erweitertem Allgemeinwissen und guten Umgangsformen einhergeht, ist es in Deutschland nicht so. Dort gelten andere Werte: Auto, Haus, Schmuck, Reisen. Wer diese Werte nicht besitzt, der spielt nicht mit, und wer diese Werte gar verachtet oder sie gleichgültig beiseite schiebt, der –! Das ist wie eine neudeutsche Inquisition. Sie meinen, ich übertreibe? Ach nein, wirklich nicht!‹

Doch, sage ich, sie übertreibt! Ich mache andere Erfahrungen als andere. Pirandello sagt: Es ist so, wie es Ihnen scheint.

Da schreibt jemand aus der Lausitz: ›Ein Himmel wie Wurstfett und Temperaturen, daß ich am liebsten die Schafe von der Weide geholt und unter eine dicke Decke aus Schafwolle gesteckt hätte.‹

Sie heißt Viera Jánarčeková, ich habe noch immer Mühe, die Akzente richtig zu setzen. Sie hat in Bratislava und Prag Musik studiert, ist aus der Tschechoslowakei geflohen, Pianistin geworden, Dozentin an einer Hochschule für Musik, und dann hat ihr die Wiedergabe der Musik nicht mehr genügt: komponieren wollte sie. Heute lebt sie in einer ehemaligen Mühle, ganz im Abseits. Sie ist dunkelhaarig, zierlich, lebhaft; am schönsten sind ihre blanken, runden Augen. Sie ist zu mir gekommen, um zu fragen, ob sie ›Die Rede der pestkranken

Donna Laura‹ vertonen dürfe, ob ich einverstanden sei. »Die Liebe hat einen neuen Namen!« sagt sie, und ihre dunklen Augen funkeln, als hätte sie eben erst diese Entdeckung gemacht. Wer könnte ihrer Begeisterung widerstehen? Warum sollte ich ihr widerstehen? Lieber lasse ich mich doch anstecken.

Ihre Noten trägt sie in einem Rucksack bei sich, den Rucksack läßt sie nicht aus den Augen, er muß in ihrer unmittelbaren Nähe stehen; sie sitzt auf der Kante des Stuhls, trotzdem wirkt nichts nach raschem Aufbruch. Sie ist ganz da, ganz Augenblick. Darf ich Ihnen schreiben? fragt sie.

Briefe aus einer Mühle, Donna Laura betreffend. Der Briefwechsel zog sich über Jahre hin, wurde nach der Uraufführung des Werkes fortgesetzt. Sie spricht fehlerfrei deutsch, sehr rasch, hat ein reiches Vokabular. Die Ränder ihrer Briefe sind mit Zeichnungen bedeckt. Eine Mehrfachbegabung.

Viera J. schreibt: ›Es ist Mai! Am beiliegenden Blatt sehen Sie, wie sich der Text und die Musik in Zeitkästchen (also Szenenfolgen) des Raumes bemächtigen, ihre Bewegung konkretisieren und dramatischen Ablauf zeigen auf dem Grundriß des Podiums. Aber, was alles schiebt sich nicht zwischen diese Gestalten und mich! Das von außen Kommende nicht weniger störend als das von innen, denn das zweite hat immerhin einen Sinn, z.B. zuerst eine neue Erfahrung gewinnen, eine Stufe erklimmen, am Material wachsen, durch Verzögerung reifen, an anderen Werken lernen. Nur, was hat ein Fußballschrei damit zu tun (der Fußballplatz liegt in Rufweite, jenseits unseres Baches!) oder das Überwinden von irgendwelchen Schmerzen oder nötiges Klavierüben oder Feuchtigkeit der Wand oder der Bienenschwarm, der eingefangen werden muß, das Suchen des verlorenen Blattes, die Fahne, die ich der Dorfjugend für die Kirmes bemalen soll, Unkraut im Garten, ein Grübeln über die Verlags-Absage? Die noch nicht gezahlte Miete? Ich las: Nur die Werke, die aus einem »Trotzdem« entstünden, seien wert, groß genannt zu werden. Sollten also Trotz und Trost aus einer Richtung kommen? . . . Ihre Viera J.‹

Bei einer Ausstellungseröffnung lernten wir eine Frau kennen, die uns gut gefiel, charmant war, auch klug, vermutlich Ende Vierzig, fast eine Schönheit. Sie klagte darüber, daß sie selten eingeladen würde, zweimal geschieden, ohne Partner, es würden immer nur Paare eingeladen. Ich widersprach und lud sie ein. Nach gar nicht langer Zeit wußte ich, warum man sie nicht gern einlädt.

›Wie schön blüht uns der Maien!‹ Was für ein Liedanfang! In jedem Frühling falle ich darauf herein und merke erst bei der zweiten Zeile: ›Der Sommer fährt dahin.‹ Viel zu schnell fährt er dahin. Morgens, wenn ich die Jalousie herunterlasse, damit das Sonnenlicht, wenn es auf weißes Papier fällt, mich nicht blendet, wenn ich die Sonne betrüge, dann überlege ich bereits: Wer könnte uns am Abend besuchen? Wer soll kommen? Wir werden zusammen essen und Wein trinken, reden und schweigen. Von klein auf dieses Bedürfnis, Freude zu teilen und mitzuteilen, was schön ist, in der Hoffnung, daß sich Freude und Schönheit vervielfacht. Betrübnis muß ich nicht teilen.

Die Meisen sind ausgeschlüpft! Erstes Gezwitscher morgens im Gebüsch, und am Mittag lassen sie sich bereits sehen: noch struppig, die kleinen Federn verklebt, sie hüpfen, flattern, landen hier und da, fallen ins Gras. Wir werfen ihnen kleine Brocken zu, aber das ist nicht das, was sie wollen. Die erste landet auf dem Tisch, sieht sich um, hüpft auf den Tellerrand, pickt. Sie wünschen nicht von der Erde und nicht von den Steinplatten zu fressen, sie wünschen, mit bei Tisch zu sein. Wir servieren ihnen Rosinen, Kekse, Schokolade, unser Angebot wird nicht immer angenommen. Sie bevorzugen Landbutter und picken Muster hinein. Sie benehmen sich appetitlich, trotzdem machen wir sie auf die Blattläuse im Rosenbusch aufmerksam. Sie haben Pflichten. Wir sind streng: Nichts da! sagen wir. Und was tun sie? Fliegen davon und bleiben aus. Wir entbehren unsere heiteren Tischgäste. Die Zutraulichkeit dauert nie länger als zwei Tage.

Die Schwalben wollen hoch hinaus, müssen hoch hinaus, weil die Insekten so hoch fliegen, es ist Hochdruckwetter, alles hat seine Ursache, ich weiß es, aber das Wissen hindert mich nicht daran, mir vorzustellen: Meinetwegen schießen die Schwalben durch den Abendhimmel, meinetwegen singt die Amsel auf dem höchsten Wipfel im Glanz der untergehenden Sonne, meinetwegen werden die Sterne aufziehen und sich zu den vertrauten Bildern anordnen. Das Abendprogramm wiederholt sich, auch die kleinsten Variationen werden wahrgenommen, manchmal nehmen Gäste daran teil, wünschen dann aber von ihrer Indienreise, ihrer Japanreise, ihrer Fahrt auf dem Nil zu berichten. Nehmen sie überhaupt die Hebe wahr, unsere römische Göttin, die ein Licht trägt und den Garten perspektivisch vergrößert, die Göttin der ewigen Jugend? Wir haben die Farbe des Lampions, der im Kirschbaum hängt, sorgsam ausgewählt, türkisfarben oder rund und golden wie der volle Mond. Manchmal fragt einer: »Und ihr? Wohin reist ihr? Kühner war doch mal ein Vagabund!« Wir sind seßhaft geworden. September-Schwalben nennt man jene Schwalben, die den Abflug verpaßt haben. Was wird aus ihnen?

Themen liegen auf der Straße, aber sie liegen auch in der Luft; ich greife sie mir lieber aus der Luft, bücken will ich mich nicht. Ein Roman könnte heißen ›Besonderes Kennzeichen: keine‹, die Volkszählung gäbe den Anlaß, die Fragen des Fragebogens gäben die Gliederung. Im Hinterkopf den berühmten Nachkriegsroman des Ernst von Salomon ›Der Fragebogen‹, damals ging es um die Entnazifizierung. Vier Wochen später habe ich diesen Plan verworfen. Ich könnte ›Die glücklose Ehe des Sisyphus und der Kassandra‹ schreiben, über alles könnte ich schreiben: über nichts. Ein Buch über c. b. wird geplant, ich nenne es ›Das Überbuch‹, so taucht es auch in der Korrespondenz auf. Ich empfinde auch diesen Plan als Alterserscheinung, es ist mir unbehaglich, aber ich leiste keinen Widerstand. Ich fühle mich enteignet, durch Interviews, Fernsehfilme, die Biographie, die eine amerikanische Professorin schreibt. Bei Rousseau habe ich rot angestrichen: ›Ich kenne kein glücklicheres Los als das, nur seinen Freunden bekannt zu sein. Ich will schreiben, aber ich will nicht beschrieben werden.‹

Eine Mutter, die bei ihrer Tochter die ersten grauen Haare entdeckt. Alterssprünge.

Stefani, meine Theaterverlegerin, hat mir einen Bildband geschenkt: Lebenselemente. Erde, Wasser, Feuer, Luft. Ich habe mich am zweiten Feiertag mit den Bildbänden zurückgezogen, solche ruhigen Stunden wird es so bald nicht wieder geben. Unterm Thema ›Die schönen Wilden‹ betrachte ich eine lilafarbene vielkelchige Blüte, sie heißt ›Witwenblume‹ und liebt trockene, magere Böden, ihre Anspruchslosigkeit bedroht ihre Existenz: Die europäischen Wiesen sind fett, heißt es im Begleittext. Der Name scheint aus einer fernen Zeit zu stammen, als Witwen arm und mager waren. Auf andere Art sind viele noch immer arm, arm dran.

Viera schreibt: ›. . . von Ihrem Brief wurde mir warm ums Herz, und mit dieser schönen Wärme ging ich nicht etwa ins Bett, sondern setzte mich mit neuem Mut an die Arbeit, Sie erraten, an welche. Es ist so, daß von der Zeit her gesehen der Text stark reduziert sein muß, es bedeutet für mich, den ganzen Reichtum an Stimmungen, Assoziationen und Aussagen in der Musik statt im Wort auszudrücken. Im Text ist zum Beispiel die schöne Stelle, wie Petrarca den Namen »Laura« mit den Lippen formt und wie sie die Laute von seinen Lippen abliest. Das »L«, um dieses auszukomponieren, brauchte ich 22 Töne, 2 für die Stimme, 6 für Violoncelli und Viola arco, 4 für Viola pizzicato, 4 für Flöte, 4 für Oboe, 2 Vc Pizz. Die Pausen, dynamischen Zeichen, Vorzeichen, Artikulation und rhythmische Notierung nicht mitgezählt. Das heißt: Mit Miriaden von Tönen umspiele ich jedes Wort, dringe in es ein – eine Umwandlung in ein Drittes findet statt. Alchemistische Hochzeit! Außer zahllosen Partiturblättern liegt auf meinem Tisch folgendes: das Textbuch, das sich von alleine schon an den richtigen Seiten öffnet, heute auf der Seite 125; Petrarca-Dichtungen; DIN-A-4-Blätter mit Skizzen; ein Krummhorn und in Griffweite eine Geige (die allerdings in der Komposition nicht vorkommt), sie muß aber als Vertreterin der Violen und Violoncelli dienen. Sonst ist es, als ob man Rosen anschauen würde, ohne ihren Duft zu riechen. Diese einzelnen Töne und Klänge sind die Düfte. Boten einer noch weit entfernten Aufführung des Werkes.

Es könnte Hunderte von Donna Lauras geben, Dutzende davon sehr gut, aber eine einzige wird an einem Tage, der schon feststeht, den wir nur noch nicht wissen, erklingen. Aber es ist ein Kosmos für sich, »an nichts soll es mangeln«, wie der Psalmist dem guten Hirten versichert. Auch eine rührende Totenglocke ist zu hören aus unerwarteten Tiefen des Klavierinneren. Hier klappert das Gebein, dort versagt die Stimme, und dazwischen Gesang, dazwischen Musik und erstaunliche Vielfalt für ein kaum noch pochendes Herz. Aber ich kann sie nicht röcheln lassen, wie die Mona Lisa des Ernst Jandl, immerhin war sie die Geliebte eines Humanisten und ein Kind von Christine Brückner, und ihre Sterbestunde macht nicht ihr eigentliches Wesen aus. Nochmals soll sie erglänzen vor dem Erlöschen.

Wie geht es Ihrem Roman? Winterlich? Bei uns hängen die Äste schwer bis in die Fenster . . . Viera J.‹

Es gibt nun einen weiteren Ehrenbürger in unserer Stadt. Vorher war das Verhältnis 50:50, ein Mann, eine Frau. Der ehemalige hessische Ministerpräsident, der in Kassel lebt, kommt dazu. Die Zeitung nimmt es als Anlaß zu schreiben: ›Von den Ehrenbürgern leben noch OB i.R. Dr. Karl Branner und die Schriftstellerin Christine Brückner.‹

Die Goethegesellschaft veranstaltet einen Autorenabend in der Kaserne, Offiziere und ihre Frauen, Publikum. Ich lese jenen Aufsatz, den Joachim Quint für eine schwedische Zeitschrift ›Über die Deutschen‹ geschrieben hat. ›Die Deutschen glauben, wo sie denken müßten‹, behauptet Quint. Nachdem auch Kühner seine Lesung beendet hat, geht der Kommandierende General ans Rednerpult und sagt: »Ich glaube –«, und es setzt Gelächter ein. Er stutzt, sagt dann: »Ich meine –, ich denke –.« Erneutes Gelächter, in das er einstimmt.

Ist es geistiger Diebstahl, wenn ich den Gedanken eines anderen aufgreife und abschreibe und ihn noch einmal ausdrücklich für mich beanspruche, um ihn dann weiterzureichen?

An einem Winternachmittag gingen wir, vom Park kommend, die lange Wilhelmshöher Allee stadteinwärts, sahen und hörten von weit her Blaulichter, Martinshörner, Feuerwehrautos, Krankenwagen, Polizei. Es wurde bereits dunkel. Wir zögerten, ob wir weitergehen oder umkehren sollten, da faßte Kühner mich beim Arm, starrte entsetzt dorthin, wo, halbverdeckt von hohen Bäumen, ein Baukran in den Himmel ragte. Sieh nicht hin! An dem Drahtseil, an dem sonst die Lasten hängen, hing schwer und schwankend ein Mann. Weitere Blaulichtwagen! Menschen sammelten sich an. Wir kehrten verstört um, fuhren nach Hause. Wie kann man an einem Baukran Selbstmord verüben? Oder war es ein Mord? Kurze Zeit überlegten wir, ob vielleicht ein Kriminalfilm im Baustellenmilieu gedreht wurde, aber dann wäre doch abgesperrt gewesen. Übertreibt man es jetzt mit dem Realismus? – Am nächsten Morgen stand kein Bericht in der Tageszeitung, am übernächsten auch nicht; ich rief in der Redaktion an und berichtete von dem Vorfall, man wußte nicht Bescheid, sagte aber, daß grundsätzlich nicht über Selbstmorde berichtet würde, es sei denn, es handele sich um ein wirkliches Spektakel. Wir erkundigten uns weiter, erzählten anderen die Geschichte. Nach einigen Tagen kamen wir wieder an der Baustelle vorbei, zwei Kräne sind in Betrieb, als ob nichts vorgefallen sei. Kühner geht zu einem der Vorarbeiter und erkundigt sich: Was war los? Der Mann zögert, erzählt dann aber, es sei üblich, daß derjenige, der Geburtstag habe, für den Bautrupp ›einen ausgebe‹. Wer es nicht tut, wird aufgehängt. Eine Puppe trägt die Kleider des Betreffenden. Nun habe aber eine Frau aus einem der Hochhäuser die Puppe am Kran hängen sehen, für einen Mann gehalten und die Polizei angerufen, und die hat die Feuerwehr und Sanitätswagen und weitere Einsatzwagen herbeigerufen. Die Kosten des Einsatzes muß nun der Bautrupp zahlen. ›Hängt en üpp! Hängt en üpp!‹ rufen die Kinder am Martinstag in Westfalen, wenn sie durch die Straßen ziehen, an den Häusern schellen und singen: ›Lange sollt ihr leben, selig sollt ihr sterben, das Himmelreich ererben –.‹ Wenn ihnen dann nichts gegeben wird und sie zwei- und dreimal gesungen haben, rufen sie: ›Hängt en üpp!‹ War es denn nicht ein heiterer Vorfall? Aber meine Phantasie hängt seither an jeden Baukran, den ich unvermutet sehe, einen Toten.

Viera schreibt: ›. . . Laura ist trotz Tod und Hunderten von vergangenen Jahren und der Frage »Habe ich denn gelebt?« da, das weiß ich, irgendwo zwischen Cello und Flöte versteckt. Will ich sie festhalten, ist sie weg, schwindet, läßt als Beweis der Anwesenheit nur ihren Befehl »Schafft mir doch einen Lorbeerhain« zurück. Schon greife ich zur Feder, reihe Blättchen an Blättchen, die auch mal so aussehen wie Notenköpfchen, falls ein Geflecht entsteht; ein Klang wie Siruptröpfchen tröpfelt vom Horn zum Cello, verfängt sich im Bogenhaar einer Geige, scheuert sich dort wund, und da steckt sich die Flöte an, wird heiser. Dieser Lorbeerhain ist ebenfalls krank! Helle und kahle Äste schlagen aufeinander wie ausgebleichtes Gebein, die Trommel droht und verschluckt sich, von süßen Tönen abgelöst. Ist dort ein Schatten vorbeigehuscht? Da reißt ein riesiger Vorhang entzwei, mit Tausenden von todesknakkenden Fäden - jeder für sich ein leichter Seufzer, zusammengeballt ein stürzendes Gewölbe. Donna Laura! Sie hat gesprochen. Eine Saite zittert den unhörbaren Worten nach. Aber singen habe ich sie noch nicht gehört. Wann singt sie, wann kann ich sie belauschen? Weiß sie etwas von meinem Ohr, entzieht sie sich ihm, um aus mir Petrarca zu schaffen, alle Schönheit nur aus meiner Phantasie zu entlocken? Sie haben Donna Laura sprechen hören, vielleicht wird sie auch zu mir sprechen wollen? Dort, im wachsenden Lorbeerhain, gab es dort nicht eine flüchtige Wendung, einen Schatten? Sie bestimmt sogar, welches Instrument an meinem Arbeitstisch steht - es ist ein Klavichord.

Vor einigen Tagen habe ich eine Ratte gesehen! Mein Gott! Hoffentlich werde ich keine Teppiche sticken! Selbst nicht auf einem Notenblatt, auch wenn ich mich manchmal danach fühle . . . Ihre Viera J.‹

Nachdem der dritte Band der Poenichen-Romane erschienen war, schickte ich ›Die Quints‹ an Ulrike Bliefert; mir schien, daß sie Anspruch darauf hätte zu erfahren, was aus ihren (Film-)Kindern geworden war. Sie hat die sechzehnjährige und auch die fünfzigjährige Maximiliane Quint gespielt, das

Fernseh-Publikum hat sie geliebt, und auch ich hatte mich im Laufe der langen Fernsehserien an sie gewöhnt, zunächst entsprach sie nicht den Vorstellungen der Autorin. Ihre Leistung war beachtlich, selbst erst Mitte Zwanzig, spielte sie die altgewordene Heldin ohne Maske. Während der Dreharbeiten in Holstein hatten wir uns kennengelernt.

Nach einigen Wochen kam das Buch-Päckchen mit dem Vermerk ›Vom Adressat nicht abgeholt‹ zurück. Ich legte es beiseite. Jemand berichtete, daß Ulrike Bliefert nicht mehr filme, sondern wieder Theater spiele. Hin und wieder, wenn von der Fernsehserie die Rede war, dachte ich an sie. Und dann kam eines Tages eine Postkarte, mit rotem Kugelschreiber weitläufig beschrieben. ›Natürlich bin ich schon wieder umgezogen (von wegen der Flucht zur Arterhaltung!). Adresse umseitig. Ja, es geht alles gut, Beruf, Tochter und die Liebe. Nach sechs Jahren zum ersten Mal wieder Griechenlandurlaub mit Freund, ohne Kind. Anschließend 3 Wochen Holland mit Kind und ohne Freund.‹

Luftlöcher zwischen den wortarmen Mitteilungen. Wann hat sie dieses Kind bekommen? Bald nachdem sie ihre Rolle als Maximiliane Quint, Mutter von fünf Kindern, gespielt hat? Hatte sie sich in den langen Monaten, in denen der Film gedreht wurde – 28 Kinder, dem jeweiligen Lebensalter entsprechend, Säuglinge und Halbwüchsige – an die Mutterrolle gewöhnt?

Mein Kopfgeld

Bei dtv wird ein Sammelband zum Thema ›Währungsreform‹ geplant, Heinz Friedrich zeichnet als Herausgeber. Er schreibt an die Autoren: ›Im Juni 1988 sind es 40 Jahre her seit der Geburt der D-Mark und damit unseres Wohlstandes. Die Geburt der D-Mark zeitigte aber auch in den nachfolgenden Jahrzehnten geistige, kulturelle und wirtschaftliche und politische Probleme, mit denen wir uns noch heute abmühen. Deshalb die

Frage: Ist am 20. Juni 1948 eine Chance verpaßt worden, oder wurde eine wahrgenommen? Zeigte sich die Gesellschaft dem materiellen Wohlstand gewachsen, konnte ihn kulturell und politisch moderieren und damit beherrschen?‹ In einem späteren Absatz des Briefes heißt es: ›Jeder war auf sich selbst angewiesen und auf die eigene Leistung, auf die eigene Initiative und auf die eigenen Einfälle, wenn er es zu etwas bringen wollte.‹

Diesen eher unauffälligen Nebensatz habe ich zum Thema meines Beitrags genommen: Es zu etwas bringen.

Über dieses Problem, unwesentlich anders formuliert – ›etwas Rechtes werden‹ heißt es bei mir –, habe ich einen ganzen Roman geschrieben. ›Die Quints‹. Was ist aus den Kindern jener Flüchtlingsfrau aus dem Osten geworden, später, im Westen? Etwas Rechtes? Und was ist das, etwas Rechtes? Besitz? Stellung? Oder doch noch etwas anderes? Ich halte diese Frage für eine jener Fragen, auf die es keine allgemeingültige Antwort gibt, die trotzdem gestellt werden müssen, damit man diesem ›etwas‹ etwas näher kommt.

Vor kurzem hat man mir den ›Waldeckschen Heimatkalender‹ aus meinem Geburtsjahr gezeigt; darin stehen die wichtigsten Angaben über das Dorf, in dem ich geboren bin. Die Anzahl der Seelen, der Pferde, Rinder, Schafe, sogar das Federvieh in Stückzahl angegeben; Schwierigkeiten bei der Zählung gab es wohl nicht. Die Ziegen sind nicht aufgeführt, dabei standen in unserem Stall, der kleinen Töchter wegen, zwei Ziegen; wir wurden mit Ziegenmilch aufgezogen, die nach dem damaligen Stand der medizinischen Erkenntnisse soviel gesünder als Kuhmilch sein sollte. Ich habe die Angaben mit heiterem Interesse gelesen und mich erst jetzt, als ich das Wort ›Kopfgeld‹ las, gefragt, seit wann wir die Köpfe zählen und nicht mehr die Seelen; für die Seelen jenes Dorfes war mein Vater zuständig gewesen. Seit wann zählen Seelen nicht mehr?

Vermutlich handelt es sich um eine der vielen Änderungen, die im Dritten Reich unauffällig stattgefunden haben. Lebensmittel konnte man nicht für Seelen rationieren, fünfhundert

Gramm Brot, fünf Gramm Fett. Man sagte ›pro Kopf der Bevölkerung‹, keiner scheint überlegt zu haben, daß es pro Bauch hätte heißen müssen. Was man offiziell und pro Kopf zugeteilt bekam, wurde im Laufe des Krieges immer geringer, reichte immer weniger aus, der Wert des Geldes schwand, je weniger es dafür zu kaufen gab. Nach Kriegsende kehrte man zu einer frühen Handelsform zurück, zum Warentausch. ›Tausche Brautkleid gegen Kinderwagen‹. Schwarzer Markt und Tauschzentrale. Die gebräuchlichste Währung war die Zigarettenwährung, in Stangen oder auch pro Stück. Man zog zum Hamstern aufs Land, man klaute Koks von Güterwagen, klaute Holz im Wald. Man sagte ›klauen‹, um nicht ›stehlen‹ sagen zu müssen, die Zahlungsmoral sank, jegliche Moral sank. ›Erst kommt das Fressen, dann kommt die Moral‹, eine Zeile aus Brechts Dreigroschenoper, die wir damals gerade erst kennengelernt hatten, bewies ihre Richtigkeit. Das Datum, an dem sich alles ändern sollte, hieß zunächst ›der Tag X‹.

›Am Tag der Währungsreform, im Juni 1948, legt Maximiliane vor der Geldumtauschstelle bei strömendem Regen in einer Menschenschlange eine Strecke von zweihundert Metern – was der Poenicher Lindenallee entsprach, die sie immer noch als Längenmaß benutzte – in vier Stunden zurück: Kopfgeld in Höhe von vierzig Deutschen Mark, jeweils für fünf Köpfe.

Wer hundert Reichsmark besitzt, erhält dafür zehn Deutsche Mark, wer hunderttausend Reichsmark besitzt, erhält zehntausend Mark, zunächst auf Sperrkonten. Das Verhältnis arm zu reich ändert sich im Verhältnis zehn zu eins, aber an diesem einen Tage war eine absolute Gleichheit hergestellt.

»Paß auf, wie es jetzt losgeht!« sagt ihr Mann nach seiner Rückkehr. »Freier Markt und freie Preise! Der neue freie Mensch braucht Wohnungen, Autos, Straßen, Krankenhäuser, Kleidung. Von der Wäscheklammer bis zum Schulheft fehlt ihm alles. Jetzt beginnt der große Wiederaufbau . . . Die Welt wird sich über den Aufbauwillen der Deutschen wundern!«

Die Welt hat sich dann auch gewundert. Aus den Überlebenden des Krieges wurden Verbraucher. Die Geburtsstunde des neuen Kapitalismus und Materialismus war gekommen: Restauration, Herstellung alter Verhältnisse. Ein Volk entschied sich für den Konsum . . .‹

. . . und so weiter. So steht es in meinem Roman ›Nirgendwo ist Poenichen‹, er ist 1977 erschienen. Jene Geldumtauschstelle, an der meine Heldin stundenlang in einer Menschenschlange stand, lag an der Uferstraße in Marburg/Lahn. Ein Schulgebäude.

In diesen vier Stunden des 20. Juni 1948 hätte ich meiner Heldin begegnen können; dieses eine Mal haben sich unsere Lebenswege berührt. Maximiliane stand dort unsichtbar, als noch nicht einmal konzipierte Romanfigur, ich stand dort ganz real. Zeit- und Ortsangaben stimmen ebenso wie die Angaben über das Wetter: strömender Regen. Wer einen Regenschirm besaß, stand unterm Dach eines Regenschirms, ich besaß keinen. Ohne meine Heldin hätte ich das Datum und die näheren Umstände vermutlich vergessen, ich kenne mich im Leben meiner Romanfiguren besser aus als im eigenen, das mir nur selten als Steinbruch dient.

Ich wohnte in einem möblierten Zimmer in der Südstadt, die genaue Adresse weiß ich nicht mehr, aber wenige hundert Meter von dieser Schule entfernt, die auch als Wahllokal diente, liegt das Kunstinstitut der Universität; dort besaß ich einige Jahre lang ein geistiges Zuhause, so habe ich es damals empfunden und so muß ich es heute hinschreiben: ein geistiges Zuhause, ein Arbeits- und Studienplatz, den ich mir selbst ausgesucht hatte. Als ich fünfzehn Jahre alt war, traf zum ersten Mal ein Führerbefehl auf mich zu: Das ›Pflichtjahr für deutsche Mädchen‹ mußte abgeleistet werden. Kriegseinsätze folgten; mit einem Bibliotheksdiplom, das ich nebenher erworben hatte, war ich nach Kriegsende für zwei Semester Leiterin der Mensa in Marburg geworden. Und dann dieses Forschungsinstitut für Kunstgeschichte! Ich hatte einen Platz gefunden, an dem ich lange bleiben wollte; außerdem hatte ich den Mann gefunden, mit dem ich mein Leben teilen wollte. Das Datum unserer Hochzeit war wegen der bevorstehenden Währungsreform bereits zweimal verschoben worden. Wir haben mit diesem Kopfgeld geheiratet, zwei Köpfe, zweimal vierzig Mark. Reichsmark, die wir im Verhältnis zehn zu eins hätten eintauschen können, besaßen wir beide nicht. Was ich in vier Jahren Kriegseinsatz gespart hatte, war in der russisch besetzten Zone geblieben, wo ich zuletzt als Gehaltsrechnerin in einem Flugzeugwerk kriegsdienstverpflichtet war. Der Mann, den ich liebte, ist mir nach zwei Jahren gefolgt, über die grüne Grenze, die damals gefährlich, aber doch kein Todesstreifen war. Die kirchliche Trauung und das Hochzeitsfest fanden in dem Dorf statt, in dem ich als Tochter des Pfarrers aufgewachsen war. Ein Stück Wiedergutmachung: Mein Vater hatte dieses Dorf 1934 verlassen müssen, er war nicht mehr genehm, ein Mann der Bekennenden Kirche. Kuchen und Torten wurden gebacken, Hühner geschlachtet, große Stücke vom Knochenschinken geschnitten, ein Glas Honig aus diesem Haus, eine Kanne voll süßer Sahne aus dem nächsten. Das Innere der schönen Kirche war mit Sommerblumen geschmückt, Dorfkinder streuten Blumen vor dem Hochzeitszug. Abends gab es Erdbeerbowle. Wir feierten im Gasthaus. Woher plötzlich der Wein? Besser, man fragt nicht. Auf einer Fleischdose, die wir mit nach Marburg nahmen, stand das Datum November 1944. Jetzt war Sommer 1948; wie viele Hungrige werden in dem Bauernhaus nach etwas Eßbarem gefragt und gebettelt haben, vier Hungerjahre lagen zwischen dem Schlachttag und der Schenkung. Besser, man fragt nicht, man sagt: Danke. Mit ›Danke‹ wurde dieses Hochzeitsfest finanziert, mit einem einzigen Wort. Ein Wort als Währung.

Von einem unserer Gäste, einem namhaften, geistreichen Professor der Volkswirtschaft, hieß es, daß er während des Essens nichts anderes gesagt habe als: »Reichen Sie mir bitte noch einmal den Schokoladenpudding.«

Was nicht geschenkt war, war entliehen. Das Brautkleid, der Schleier, der Frack und der Zylinder. Damals erschien uns alles geschenkt oder geliehen, in einem höheren Sinn. Wir hatten uns noch nicht daran gewöhnt, zu jenen zu gehören, die überlebt hatten. Warum wir? Warum nicht die anderen? In diesem Dorf kenne ich unter den Lebenden kaum noch jemanden, aber ich kenne die Toten, deren Namen auf der Gedenktafel für die Gefallenen des Zweiten Weltkriegs stehen, sie waren so alt wie ich, ich hatte mit ihnen auf der Schulbank gesessen. Im Sommer 1948 gab es diese Gedenktafel auf dem Friedhof noch nicht.

Das Fest zog sich über zwei Tage hin. Es hatten zwei Habenichtse geheiratet, die keinen gemeinsamen Wohnsitz hatten, keine Aussteuer. Wir hatten uns gefunden, alles andere würde sich finden.

Eine neue Zeitrechnung wurde eingeführt: vor der Währungsreform, nach der Währungsreform. Wie groß die Veränderungen sein würden, ahnten wir nicht, wir waren beide sehr ahnungslos. Ich bekam ein elektrisches Bügeleisen als Hochzeitsgeschenk, sonst nur nutzlose, unschöne Gegenstände aus Schmiedeeisen oder Keramik, die aus der Zeit vor der Währungsreform stammten. Ich besaß nun etwas, das andere von mir ausleihen konnten. Dieses Bügeleisen war mein erster Besitz und zugleich der erste Ballast. Der Mann, den ich geheiratet hatte, war schwer kriegsbeschädigt, das Studium hatte er abbrechen müssen, die zweite Ausbildung war noch nicht abgeschlossen; ich selbst verdiente nicht viel, aber wir brauchten ja auch nicht viel; Geld für die Fahrkarte, um uns zu treffen, für Briefmarken, um uns zu schreiben. Bald nach der Währungsreform erhielt das Forschungsinstitut keine staatlichen Zuschüsse mehr, die Gehälter wurden drastisch gekürzt, die ersten Mitarbeiter wurden entlassen, dann wurde ich ebenfalls entlassen. Warum hätte ich eine Tätigkeit, die mir so lieb war, bei der ich soviel lernen konnte, aufgeben sollen? Ich blieb an meinem Platz, arbeitete ohne Bezahlung weiter und holte mir einmal wöchentlich auf dem Arbeitsamt meine Arbeitslosenunterstützung, man stand dort Schlange, das war man gewöhnt, man befand sich in guter, meist akademisch gebildeter

Gesellschaft. Damals fing ich an zu schreiben. Geschichten zu berühmten Kunstwerken, man bot mir bald darauf eine Stelle als Redakteurin einer Frauenzeitschrift in Nürnberg an, ich verdiente wenig, wir teilten das wenige, die räumliche Trennung wuchs, die innere wuchs auch. Ganz allmählich wurden Worte meine Währung. Jahrelang habe ich von dieser Freude am Schreiben, am Gedrucktwerden und von den kleinen Honoraren gelebt und weiterhin von dem, was ich nicht brauchte.

Die Einteilung von Dingen, die man braucht, und denen, die man nicht braucht, stammt von dieser Maximiliane, deren Maximen ich mir angeeignet habe, mit denen ich leben muß. Was braucht man? Was braucht man nicht? Ich hatte Verwandte, die ›aus dem Osten‹ stammten, Bruder und Schwester, er kam spät aus russischer Gefangenschaft, war der Erbe des verlorenen Ritterguts, sie war als Tochter eines Rittergutsbesitzers aufgewachsen; es gab in Westdeutschland keine Tätigkeiten für die beiden: Sie wanderten in die USA aus, gleich bis nach Kalifornien. Er hat dort – als ungelernter Landschaftsgärtner – die Gärten reicher Kalifornier betreut, sie arbeitete als cleaning woman. Sie verdienten beide gut, aber in einem der Briefe stand: ›Was ich wirklich brauche, kann man nicht für Dollar kaufen.‹ Später besaßen sie ein Haus mit Pazifikblick und einen großen Wagen, aber das war nicht das, was sie gebraucht hätten. Ein Hund, mit dem sie durch blühende Roggenfelder hätten gehen können? Ein Pferd, um über Land zu reiten, ein eigenes Pferd über eigenes Land? Sie haben nie darüber geschrieben. Vielleicht entbehrten sie die Schneeschmelze, den anhaltenden Landregen? Die Sprache, in der sie aufgewachsen waren?

Stammt die Achtlosigkeit meiner Heldin gegenüber materiellen Dingen am Ende doch von mir? Ist sie mehr mein Geschöpf, als ich wahrhaben will? In meinem Elternhaus stand das Thema Geld unter Tabu, da hieß es: Davon spricht man nicht. Aber mein Vater war ein Beamter mit gesichertem Gehalt und später dann mit einer gesicherten Pension. Hätte meine Ehe unter etwas günstigeren wirtschaftlichen Bedingungen standgehalten? Wenn wenigstens einer eine geregelte und bezahlte Tätigkeit gehabt hätte; wenn der eine nicht immer in Krankenhäusern und Sanatorien gelegen hätte; ohne die ständigen Trennungen? Um uns herum brachten es alle zu etwas, aber wir nicht, wir lachten oft über unsere Armut: die Flasche billigen Wermut zum Wochenende, die Tube Nescafé, die für zwei Tassen Kaffee am Sonntagmorgen reichte. Irgendwann lachten wir nicht mehr. Wir hatten vernachlässigt, was man Sicherheit und bürgerliche Existenz nennt. Ich schrieb in jener Zeit meinen ersten Roman, bekam dafür einen ersten Preis, wir kauften ein kleines Auto und ein kleines Haus, verhielten uns wie andere, aber Besitz hält zwei Menschen nicht zusammen, im Gegenteil. Von Françoise Sagan ist überliefert, daß sie gesagt habe, sie weine lieber in einem Cadillac. Ich kann das nicht beurteilen, ich habe in einem Volkswagen geweint. Die Ehe wurde nach zehn Jahren einvernehmlich geschieden. Das Geld brachte uns kein Glück, irgendwo war es doch noch immer dieses Kopfgeld, mit dem wir angefangen hatten. Erfolg und Unglück schienen zusammenzugehören. Das Auto wurde verkauft, das Haus wurde verkauft, ich zog fort. Das Geld, das ich nicht wichtig nehmen wollte, hat sich später an mir gerächt, es ist mir über den Kopf gekommen wie im Märchen vom Sterntaler. Mein zweiter Mann hat mir einen hessischen Sterntaler geschenkt, den hänge ich mir oft an einer Kette um den Hals; als die Brüder Grimm dieses Märchen aufzeichneten, galt der Sterntaler als Zahlungsmittel in Hessen. Wir leben in Kassel, da lebten auch die Grimms lange. Ich habe Geldsorgen, sage ich lachend, und nur die engsten Freunde wissen, daß es mir damit ernst ist, die anderen sagen: Die hat gut lachen. Ich weigere mich weiterhin, Geld als die einzige wichtige und gültige Währung anzuerkennen; weder das Geld, das ich nicht hatte, noch das Geld, das ich habe, darf mein Leben bestimmen, das lasse ich nicht zu.

Mit diesem Kopfgeld vom Tag der Währungsreform hat man Geldköpfe aus uns gemacht. Haben wir unsere Seelen für Kopfgeld verkauft? Im Verhältnis zehn zu eins? Die Abwertung des Geldes – hat sie eine Abwertung des Geistes mit sich gebracht? Hat die innere Unsicherheit bewirkt, daß man äußere Sicherheit sucht? Geldanlagen, Immobilien, bleibende Werte? Als ob wir in diesem Land nicht gerade erst erfahren hätten, wie rasch das alles zu zerstören ist. In dem Wort Währung steckt doch auch das Wort Bewährung.

Man hat mich nach meinem Kopfgeld gefragt, das ›mein‹ im Titel hat bewirkt, daß ich über ›Das Geld und ich‹ geschrieben habe und dabei biographischer geworden bin, als es sonst meine Art ist. ›. . . wenn er es zu etwas bringen wollte.‹ Ich selbst wollte eigentlich nur durchkommen, das schien mir schwer genug.

Das ist alles so lange her! Inzwischen habe ich erfahren, daß man Glück und Erfolg haben kann, beides. Ich sage weiterhin: Worte sind meine Währung und: Man darf mich beim Wort nehmen.

Das Weihnachtsoratorium von Heinrich Schütz. Wir kennen die Sängerin, die den Engel sang: sehr rein, sehr zart. Wenn sie sich konzentriert, altert das Gesicht, man erkennt schon die alte Frau, die sie einmal werden wird. Ob später das junge Gesicht durchschimmert? Ob sie immer zwei Gesichter haben wird? In den ländlichen Gegenden Hessens sieht man diese Gesichter manchmal: kantig, klar geformt, keine weichen, fleischigen Züge, die helle, reine Haut straff über Backenknochen und Kinn gespannt, das Haar glatt und straff zurückgekämmt, geknotet, dann möchte ich es öffnen. Trägt sie es aber lang und glatt herunterhängend, gerate ich in Versuchung, ihr einen Zopf zu flechten.

Ich rufe bei Freunden an, die sechzehnjährige Tochter ist am Apparat, sie sagt: »Bei uns ist der Teufel los! Wir schmücken nämlich den Weihnachtsbaum.«

Mitte Januar. Welche Schwierigkeit, sich von zwei Engeln zu befreien. Seit einer Woche stehen sie bereits in der Küche, sehen mir beim Kochen zu. Sie haben eine beachtliche, sättigende Größe. Das Problem, ob Engel Arme und Flügel haben, wurde von der Bäckerin souverän gelöst: Die Flügel wären auch als Arme zu nutzen und die Arme als Flügel. Große, weltenumspannende Flügel, ein festliches Gewand, jeder Engel trägt ein anderes, Mäntel mit farbigen, eßbaren Edelsteinen besetzt, die Augen blank wie Rosinen. Den frischen Mürbeteiggeruch haben sie während des Aufenthaltes in meinem Arbeitszimmer, das sich alljährlich für kurze Zeit in ein Weihnachtszimmer verwandelt, verloren. Was soll aus ihnen werden? Sind Engel eßbar? Bekömmlich? Kann ich sie unauffällig in die Mülltonne werfen? Soll ich sie den Kindern im Nebenhaus vor die Tür stellen, das Problem weiterreichen? Sollen wir sie den Enten und Schwänen im Park anbieten in mundgerechten Happen? Darauf läuft es hinaus. Wer wird mir dabei zusehen und sich verwundern -?

Ein Frühling der Schneeglöckchen, die uns den Schnee, der ausbleibt, ersetzen: weiße Flecken auf Rasenflächen und braunen Beeten, wochenlang. Es gab auch Frühlinge der Veilchen, da stand die Welt in Veilchen, da wunderte ich mich, daß die bescheidenen Veilchen so üppig und aufdringlich so lange blühten. Manchmal bekommen die gelben leuchtenden Forsythien die Hauptrolle im Frühling. In einem anderen glücklichen Frühling waren es die Märzenbecher, einmal war es der Lerchensporn an den Ufern der Bäche am Rand des Hohen Meißners. Und dann damals, als wir das Winterende in Garmisch abwarteten, da blühten die Leberblümchen an einem sonnigen Hang, im dürren Laub der Buchen des Vorjahrs, und der See, dessen Namen ich vergessen habe, war noch zugefroren.

Ende des Atomzeitalters?

Im Sommer 1986, einige Wochen nach der Katastrophe von Tschernobyl – die Briefpost aus der UdSSR braucht lange –, erhielt ich einen Brief aus Minsk; seit Jahren korrespondiere ich mit einer Russin, die so alt ist wie ich. In ihrem Brief stand: ›Man kann sich nun vorstellen, wie groß das Unglück wäre, wenn so ein Unfall geplant würde. Dieser Fall hat noch einmal alle überzeugt, daß es kein Westen und Osten gibt und nur eine Welt für uns alle: so klein und so zart. Wir sind alle verantwortlich –.‹

Hat Tschernobyl uns überzeugt? Wirklich? Oder gewöhnen wir uns bereits wieder? Wie wir uns ja auch an Atombewaffnung gewöhnt haben, besser: gewöhnt worden sind; sobald wir an ihrer Notwendigkeit zweifeln, wird uns aufs neue die Unverzichtbarkeit erklärt. Im Jahr 1959 hat Karl Jaspers sein berühmt gewordenes Buch ›Die Atombombe und die Zukunft des Menschen‹ veröffentlicht. Ich habe es eben aus dem Regal gezogen; gleich auf S. 17 ist ein Satz angestrichen. Jaspers schreibt über die Zerstörungswaffen, die zunächst immer als ›verbrecherisch‹ erklärt worden seien, ›doch bald wurde durch Gewöhnung ihr Dasein eine fraglose Gewohnheit‹. Dieser Zustand der Gewöhnung an ein Leben im Schutz von Atomwaffen ist inzwischen erreicht. Zwischen den Seiten 46 und 47 liegt noch ein Lesezeichen, dort scheine ich die Lektüre abgebrochen zu haben. Ich bin unbelehrbar. Ich gewöhne mich nicht, nicht an die Notwendigkeit von Atomwaffen und auch nicht an die Notwendigkeit von Atomkraft, die für friedlich erklärt wird.

Wir haben das Datum von Tschernobyl bei jenen Geschichtszahlen eingeordnet, die nicht mehr einzelne Staaten betreffen, sondern die ganze Menschheit; auch Hiroschima gehört dazu. Zwei Schlag- und Schreckworte, die zur raschen Verständigung dienen, sich aber entsprechend abnutzen und ihre Schrecken verlieren.

Unsere Erde hält viel aus, das habe ich immer gesagt und oft geschrieben. ›Was ist das für eine Kraft, die den Pflaumenbaum blühen läßt, woran niemand ihn hindern kann, es sei denn, er fällte ihn?‹ An diese Lebenskraft, die sich beim Menschen zur Überlebenskraft steigert, habe ich geglaubt, damals habe ich ›Überlebensgeschichten‹ geschrieben. Der Lebenstrieb ist stärker als alles, was der Mensch bisher zur Vernichtung der Welt erfunden hat. Auf diesen Lebenstrieb vertraue ich. Aber: mein Vertrauen ist nicht blind, besteht nicht ein für allemal. Ich gerate in Zweifel.

Es trifft nicht alle Schuld an dieser Entwicklung die Naturwissenschaftler, die nicht zu unterscheiden wissen, was man tun und was man lassen muß. Wo waren die Philosophen? Wo die Theologen? Sie erheben ihre Stimmen immer zu spät; falls man auf ihre Warnrufe gehört hätte. Eine Kassandra war nicht zur Stelle.

Die Naturwissenschaftler, die von der Natur wohl doch nicht genügend wissen, haben uns durch ihren Erfindungsdrang und Erfindungswahnsinn bis an den Rand der Katastrophe gebracht. Sollte es denn nicht möglich sein, daß sie uns mit ihrem Erfindungsdrang auch wieder vom Rand der Katastrophe wegbringen?

Ich liebe die Erde, auf der ich noch eine Weile leben möchte. Unser blauer Planet! ›So klein und so zart‹, wie jene Russin schreibt und ihn im Weltraum einordnet. Was man liebt, damit geht man behutsam um. Eine neue Weltsicht ist nötig, sie kann uns nicht ›von oben‹ befohlen werden, zu einer solchen einsichtigen Weltsicht muß der einzelne kommen, durch Erkenntnis, Verantwortung, Liebe. Vielleicht ist Kassandra nicht mehr weiblichen Geschlechts, kommt überhaupt nicht mehr als Mensch daher, sondern in Form tödlicher Strahlen und heißt: Tschernobyl.

Prometheusgefühle – ›mußt mir meine Erde/Doch lassen stehn‹ – sind uns nicht mehr gestattet. Für menschlichen Übermut ist keine Zeit mehr, aber doch für Mut. Und für Vertrauen. Warum spreche ich es nicht deutlich aus, Gottvertrauen meine ich. Ohne dieses Vertrauen, das mir angeboren ist, könnte ich nicht leben.

Die ersten Worte der Johanna S.

Als Patin bin ich zu alt, trotzdem hat die Maler-Freundin mir ihre jüngste Tochter anvertraut. Sie konnte zum Taufbecken gehen und konnte sich bereits einen Choral aussuchen. Sie trug ein mohnrotes Kleid und ein mohnrotes Hütchen, wir hatten den Eindruck, als nähme sie alles, was da geschah, tief in sich auf. Die Taufkapelle eines ehemaligen Klosters war mit Rosen und Lilien geschmückt. Beim Taufessen habe ich ihr und den Gästen eine kleine Rede gehalten. ›Die ersten Worte der Johanna S.‹ Wie reagiert ein Kind auf das, was es sieht? Dieses Kind sagte: »Doll!« Blickte sich um und sagte: »Doll!« Zu einem Pudding, zum auffälligen Make-up einer Besucherin; auch zum Meer, das sie zum ersten Mal sah: »Doll!« Die zweite sprachliche Reaktion war dann eine Einschränkung, Johanna sagte: »Aber!« Und nun gleich in der Wiederholung: »Aber! Aber!« Mit deutlich hörbarem Ausrufungszeichen. Sie nahm Stellung, übte Kritik, protestierte, es gab auch bereits erste Anzeichen von Selbstkritik. Bei kleinen, aber häufigen Mißgeschicken sagt sie zu sich selbst: Aber! Aber! Das nächste Sprach-Stadium wurde durch das Wort ›Ruhe‹ geprägt. Sie verlangt nach Ruhe, sie muß das Wort laut rufen, spreizt dabei die Finger beider Hände, streckt sie abwehrend vor sich aus und ruft: »Ruhe!« Daraus ist unschwer ein Friedensverlangen zu erkennen, das Wort ›Friede‹ ruft sie nicht, Anzeichen für Pathos sind nicht wahrzunehmen, aber Ruhe, die doch eine Voraussetzung für Frieden ist; wer die Familie S. kennt, die beiden größeren Schwestern, den ältesten Bruder, den Vater, die Mutter, versteht das Verlangen nach Ruhe. Es gibt wohl keinen Angehörigen der Familie, keine Großmutter, keinen Besucher, der nicht ebenfalls manchmal laut rufen möchte: Ruhe!

Noch ein Stichwort, eigentlich sind es zwei. Ein Malheur ist passiert, auch das ist so selten nicht. Ein Krug fällt um, der Saft läuft über das Tischtuch, ein Glas zerbricht auf den Steinfliesen –. Johanna sagt tapfer und blickt dabei von einem zum anderen: »Machtnix!« Scherben auf dem Boden, wo alle Kinder barfuß gehen, aber: Machtnix!, die Augen mit Tränen gefüllt. Wenn die Schwestern zum Steppunterricht gefahren werden, der Bruder zum Schüleraustausch nach England fliegt, die Eltern ins Theater gehen, dann reißt sie die Augen weit auf und ruft: »Und ich -? Und ich -?« Recht hat sie! Man muß aufpassen, daß man nicht zu kurz kommt.

Staunendes Bewundern der Welt; kritisches Beobachten, besänftigendes Einmischen; die kleinen Katastrophen nicht wichtig nehmen. Wenn das die Grundzüge ihres Charakters sind, die sich in diesen ersten Worten anzeigen, dann fällt es einer Patin nicht schwer zu prophezeien: Dieses Kind wird durchkommen. Nach meinen Erfahrungen ist es schon viel: durchkommen im Leben.

Wenn man keinen Ausweg mehr weiß, sagt man: Da hilft nur beten! Oder: Da kann man nur noch lachen. Wohl dem, der beides kann und beides tut.

Der Zufall ist die törichte Schwester des Schicksals.

Das passiert mir nur noch im Traum: Ich verliebe mich. Ein Augenblick der Verwirrung, die Berührung mit einem Fremden. Ich erwache von diesen zwei oder drei flüchtigen, beglükkenden Küssen. Ein Dornröschen-Traum, der mich durch den Tag begleitet. Dieser Mann sah keinem ähnlich, den ich kenne. Der Mann meiner Träume, den es doch nur in Schlagern gibt.

Die Winterreise im Mai

Ein Frühsommerabend. Wir fahren am Fluß entlang, suchen nach dem Schild, das uns den Weg zum Veranstaltungsort weisen soll, biegen am Rande der kleinen hessischen Stadt in ein

Tal ein, finden das Schild, erreichen das Tor, das zu einem großen pharmazeutischen Gelände führen soll, fahren durch einen Maienwald weiter und sehen dann endlich den Gebäudekomplex. Eine Vermutung bestätigt sich: Dies war einmal eine Lungenheilstätte, man erkennt es an den Balkonen, auf denen die Tuberkulosekranken ihre Liegekuren gemacht haben. Ich habe Erfahrungen mit Heilstätten. Auf den Parkplätzen stehen viele Wagen der gehobenen Mittelklasse: ein gesellschaftliches Ereignis. Der Saal von angenehmer Größe und Eleganz, für Kammermusik geeignet, jeder Platz ist besetzt. Wir werden ›Die Winterreise‹ zu hören bekommen.

Die Sonne steht noch hoch, die Luft ist milde, nach der Veranstaltung wird es einen kleinen Imbiß im Freien geben. Noch sind wir heiter, verwundern uns über eine Winterreise im Mai, aber unvorbereitet sind wir nicht. Wir wissen, daß der Sänger, dessen Namen in den letzten Jahren oft mit Respekt und Bewunderung genannt wird, ein Contergan-Kind ist. Wir haben noch keinen Namen für jene gefunden, die vor dreißig Jahren mit Mißbildungen geboren wurden, man sieht sie nur selten.

Neben dem Flügel steht ein Podium, zu dem eine Stufe hinaufführt, obenauf eine Art von Stuhl. Schöner Blumenschmuck. Und dann tritt der Sänger auf. Er ist blond, hat einen schönen Kopf, sehr männlich. Alles andere muß man jetzt übersehen, und das fällt auch nicht schwer. Der Pianist ist ein vorzüglicher Schubert-Interpret, die beiden sind aufeinander eingespielt. Keine Pause. Kein Beifall zwischen den Liedern, das hat man erbeten. Wir sind alle sehr bewegt. Schubert tut seine Wirkung, auch der Text dieses Wilhelm Müller. Der letzte Ton. Noch ein tiefes Atemholen, dann setzt der Applaus ein. Der Sänger kann sich nicht einmal den Schweiß von der Stirn wischen, er hat Hände, Arme hat er nicht, wir sehen das alle, übersehen es. Er löst sich vom Stuhl, klettert die Stufen herunter, geht rasch und qualvoll zur Tür, kommt zurück, nimmt den Beifall entgegen. Eine schöne junge Frau reicht den Musikern große Sträuße, der Pianist nimmt beide entgegen, peinliche Situationen entstehen nicht. Noch eine Zugabe! Er singt

›Der Tod und das Mädchen‹. Und als die Anspannung mit dem letzten Ton nachläßt, verläßt mich die Fassung, ich zittere, weine.

Was für ein Sommerabend, was für eine Winterreise! Wir bleiben nicht zum gesellschaftlich-geselligen Teil, wir wollen fort. Der Freund, der den Wagen fährt, sagt: »Durch ein Arzneimittel ist das passiert! Und jetzt singt er in einem Saal, der zu einem pharmazeutischen Betrieb gehört, der ein solches Konzert veranstaltet!« Es ist eine andere Firma, hier wurde kein Contergan hergestellt, hier nicht. Aber so unmittelbar treffen Schicksale nur selten zusammen: Die Verursacher und die Opfer. Hat man das bedacht? In diesem Saal finden oft künstlerische Darbietungen statt; in den Gebäuden der ehemaligen Klinik sind heute Labors und Versuchsräume untergebracht, sie reichen nicht einmal aus, das hat der Direktor dem Publikum vor der Veranstaltung bereits mitgeteilt.

Wir fahren schweigend zurück, der Mond steigt aus den Wiesen. Was ist mit jenen, die nicht eine solche Stimme als Ausgleich bekommen haben? Es scheint ein bewältigtes Schicksal zu sein, wir meinten das zu hören. Ein Bariton, dem kein Ton zu hoch, keiner zu tief war. Wie viele öffentliche Auftritte wird es für ihn geben? Er wird im Rundfunk singen. Er wird vermutlich eine Professur bekommen, Lehrer an einer Musikakademie? ›Ich träumte von bunten Blumen/So wie sie wohl blühen im Mai . . ./Wann grünt ihr Blätter am Fenster?/ Wann halt ich mein Liebchen im Arm?‹

Es ist Anfang August, der Herbst ist noch weit, aber vom Kirschbaum fallen bereits Blätter herab, von weitem leuchten sie gelb aus dem Gras, eines schöner als das andere, jedes ein Kunstwerk mit feinverästelten Linien in Rot, in Grün, in Braun, als hätte ein Maler sie hergestellt, als wäre unsere Vorliebe für Horst Janssen in den Garten übergesprungen. Wenn ich an Freunde schreibe, gehe ich vorher in den Garten, wähle das jeweils schönste der Blätter aus und schmücke den Brief damit. Jemand antwortet, ein Naturwissenschaftler: ›Liebe c. b., Ihr Kirschbaum scheint krank zu sein.‹ Das Anormale, das Kranke, das Schöne. Noch liegen die Blätter vereinzelt, noch ein Monat Sommer, dann wird es Herbstlaub sein, das ich zusammenreche, unter die Sträucher packe, damit sich Gregor, der Igel, bei uns einnisten könnte, was er nicht tun wird, er ist nicht häuslich. Hätte ich ein Blatt an Janssen schicken sollen? Aber er schreibt nur Briefe an die jeweilige unsterbliche Geliebte. Was für ein herrlicher Bildband: ›Frauenbildnisse‹. Jeder seiner Briefe ist ein Bild und jedes Bild ein Brief – er kann gar nicht anders, er nimmt den Stift, und jeder Strich wird zum Bild. Im Film habe ich gesehen, wie das ist, wenn Picasso eine Handvoll Ton greift und zudrückt, zwei Handgriffe, und schon ist es eine Taube, und schon greift er wieder in den Ton und drückt zu, und eine andere Taube entsteht. Wenn Kühner sich versehentlich auf die Tasten seines Cembalos stützt, entsteht Zusammenklang. Wenn er beide Hände auf die Tasten fallen läßt, wird es Musik. So kann es sein. So leicht wird mir nichts.

Gregor kommt nun regelmäßig in der Dämmerung. Er kündigt sein Kommen durch Rascheln und Schnaufen an. Er kennt die Plätze, an denen ich ihm Futter hinlege, trotzdem umrundet er zunächst die Statue der Aphrodite, nähert sich dann den Käsebröckchen, schnüffelt, schiebt sie vor sich her, verspeist sie. Er schätzt Marzipangebäck, gelegentlich ein wenig Banane, manches schiebt er uns vor die Füße: abgelehnt. Frisches Wasser mag er weniger, er bevorzugt die Vogeltränke, die er in der Abendstunde für sich hat. Ansprache schätzt er nicht, domestiziert will er nicht werden. Ein Single. Er ist reinlich, hinterläßt keine Spuren. ›Was raschelt dort? Der Igel ist's, der Igel/Vom ersten Abend.‹ Das zitiere ich oft. Niemand, der diese Zeilen kennt. Als der Krieg ein Ende hatte, als wir hungerten und froren und tanzten, spielten wir Theater, da wollten wir jung sein, da machten wir uns etwas vor, da hatte man uns noch nicht den Mantel der Schuld übergeworfen. Wir spielten kleine Stücke, eines von Rilke, den Titel habe ich vergessen und den Namen dessen, der mir als Page zu Füßen lag, mir, der Gräfin, aber die Zeile ›und träume manchmal, daß ich von Euch träume‹, die habe ich nicht vergessen. Wir lebten in einem Niemandsland, zwischen Krieg und Frieden. Und wir spielten Hofmannsthal: ›Die Frau am Fenster‹. Wir spielten ohne Requisiten und ohne Kostüme. Die Amme im vertrauten Gespräch mit ihrer Herrin Dianora, sie spricht von der Ergebung in den Willen des Herrn, wiederholt die Sätze, die sie von dem spanischen Prediger im Dom gehört hat. ›Es ist alles unentrinnbar, und das ist das große Glück, zu erkennen, daß alles unentrinnbar ist. Und das ist das Gute, ein anderes Gutes gibt es nicht.‹ Ich habe den Text kontrolliert, ich traue meinem Gedächtnis nicht, aber ich habe kaum ein Wort korrigieren müssen. Der Igel vom ersten Abend. Ein Drei-Personen-Stück, ich war die Souffleuse, beherrschte alle Rollen. ›Wie dünn ist alles Glück! ein seichtes Wasser: Man muß sich niederknien, daß es nur bis an die Schultern reichen soll.‹ Dianora wartet, daß es Abend wird, daß der Geliebte kommt, die Strickleiter hat sie bereits vom Balkon herabgelassen. Statt dessen kommt der brutale Gatte. Er erdrosselt sie mit der Strickleiter, aber vorher, vorher hat sie geredet. ›Merk auf, merk auf! Einmal darf eine Frau so sein, wie ich jetzt war, zwölf Wochen lang . . .‹

›. . .die's zweimal könnte, wäre fürchterlich.‹ Am Rand der Buchseite steht mit meiner Handschrift, damals schrieb ich noch mit deutschen Buchstaben: ›Soviel zur Untreue.‹ Immer war ich, bin ich der Ansicht, daß Liebe und Treue und Treue und Liebe nicht voneinander zu trennen sind. ›Die's zweimal könnte –.‹

Die Treue hat an Wert verloren. Aber Gregor erinnert mich – der Igel vom ersten Abend.

Der Sommer legt eine Pause ein. Wochenlang blüht der Jasmin in unserem Garten, in anderen Gärten, im Park. Wenn es dämmert, leuchten die weißen Blüten, verstärkt sich der Duft. Als ich anfing zu schreiben, muß der Jasmin lange geblüht haben; wenn mich meine Erinnerung nicht täuscht, auch noch im August. Ich nannte den allerersten kleinen Roman ›Solange der Jasmin blüht‹, die Geschichte einer Liebe, die währte, solange der Jasmin blühte. Ich schickte mein Manuskript an einen Verlag, und ein verständiger Lektor schickte es mir zurück und schrieb: ›Wenn erst ein größerer Roman Ihren Namen bekanntgemacht hat, wird man auch diesen kleinen Roman gern veröffentlichen.‹ Es handelte sich um denselben Verlag, bei dem ich ein Jahr später anonym jenen ›größeren Roman‹ einreichte, für den ich dann den ersten Preis erhielt. Der kleine Roman, der, wie es sein Titel verspricht, sentimental geraten war, tauchte bei Umzügen hin und wieder auf. In diesem Sommer, als der Jasmin so aufdringlich blühte, erinnerte ich mich daran, suchte das Manuskript, um es noch einmal zu lesen und dann zu vernichten. Es ist verschwunden und bleibt es hoffentlich auch.

Auf dem Weg nach Basel. Der IC-Zug hat seine Höchstgeschwindigkeit erreicht. Für einen Augenblick sehe ich ein überdachtes Holzgerüst, in dem Maiskolben wie Holzscheite aufgemaltert sind. Vögel haben sich über die Maiskörner hergemacht. Sie stieben auf, als der IC-Zug bereits vorüber ist. Sie reagieren zu langsam. Werden sie sich anpassen, werden sie schneller reagieren, oder werden sie lernen, daß von Zügen keine Gefahr droht?

›Ich bin begeistert‹, schreibt mir jemand, die Silbe ›geist‹ hat er unterstrichen.

Ich war verstimmt, grundlos, wie es aussah, was ja schlimmer ist, weil man schwerer dagegen angehen kann. Die Aufzählung der Gründe, warum man - gefälligst! - dankbar sein solle, bringt nichts. Meine Verstimmungen dringen durch die Wände, auch durch die Bücherwände, die mich von Kühner trennen. Er kam in mein Zimmer, nicht ohne vorher kurz angeklopft zu haben, und legte mir wortlos eine Banane auf den Schreibtisch. Was soll das? Ich esse zwischen den Mahlzeiten nichts, das muß er doch wissen. In meinem Elternhaus war es verpönt, man aß nichts ›hinter der Front‹. Woher dieser kriegerische Ausdruck? Mein Vater war nicht im Krieg, in keinem der Kriege. Aber: man ißt nichts hinter der Front. Und nun diese Banane. Bis mir dann einfiel, daß ich beim Frühstück einen Bericht aus der Tageszeitung vorgelesen hatte. Nach Angaben einer Ersatzkrankenkasse machen Bananen fröhlich, da sie den stimmungsaufhellenden Stoff Seretonin enthalten, außerdem die meisten Kohlehydrate, die notwendig sind, damit im Gehirn ein Prozeß in Gang kommt, der den Menschen in gute Stimmung versetzt.

Ich aß die Banane, ging ins Arbeitszimmer meines Mannes, nachdem ich kurz angeklopft hatte, und legte wortlos die Schale auf den Schreibtisch. Und dann lachten wir beide.

Ich liebe die großen christlichen Feste, keines möchte ich missen, aber die zweiten Feiertage, die sind mir schon zuviel. Hätte ich einen Beruf, der mir verlängerte Wochenenden verordnete, verliefen meine Sonntage wahrscheinlich unerfreulich.

Für einen Menschen, der gering von sich selbst denkt, sind die täglichen Reibereien vermutlich ein Anzeichen dafür, daß seine Umgebung ihn genausowenig respektiert, wie er es selbst tut.

Männer und Frauen sind gleichberechtigt

Als ich gefragt wurde, ob ich zum Gedenken an Elisabeth Selbert ein paar Worte sagen würde, habe ich gezögert; ich bin kein Redner, ich bin jemand, der schreibt, aber jener Satz von Martin Buber ›Du sollst dich nicht vorenthalten‹ fiel mir ein. Es ging nicht um mich, sondern es ging um diese Frau, die wir ehren wollten. Daß in dieser Feierstunde nicht nur Männer sprechen, sondern auch eine Frau, ist im Sinne von Elisabeth Selbert, und wenn es selbstverständlich ist, daß der Ministerpräsident des Landes und der Oberbürgermeister der Stadt sagen: Es sollte aber auch eine Frau sprechen, dann gehört diese Erkenntnis zu den Folgeerscheinungen des Wirkens von Elisabeth Selbert.

›Es ist Sache der Frau, für ihre Gleichberechtigung selbst zu sorgen‹, dieser Satz stammt von ihr. Es sind auch zu dieser Feierstunde weniger Frauen, zu wenig Frauen anwesend.

›Männer und Frauen sind gleichberechtigt.‹ Laut Artikel III, Absatz II unseres Grundgesetzes, das viele Väter und nur wenige Mütter hat; eine davon war Elisabeth Selbert. Ein lapidarer Satz, ein Satz wie ein Stein. Er ist zum Gesetz geworden. Das Grundgesetz der Bundesrepublik Deutschland ist eines der besten der Welt; solange es gilt, gilt dieser Satz, den Elisabeth Selbert eingebracht hat. Wenn sie von Rechten gesprochen hat, hat sie immer auch die Pflichten gemeint, eines bekommt man nicht ohne das andere.

Männer und Frauen sind gleichberechtigt. Seit nahezu 40 Jahren steht der Satz im Grundgesetz, er ist noch heute ein Vorsatz, der täglich und unter Schwierigkeiten und Opfern erfüllt werden muß, von Männern und Frauen. Ich habe keine feministischen Züge bei Elisabeth Selbert wahrgenommen, eine Feministin war sie nicht, wohl aber im alten Sinne eine Frauenrechtlerin, sie war Sprecher ihrer Partei, keine Sprecherin, auf die Endung ›in‹ scheint sie keinen Wert gelegt zu haben; solche Kleinigkeiten hätten die große Sache, um die es ging, verkleinert. Sie war für Gleichberechtigung unter Betonung der Andersartigkeit. Ich lasse sie zu Wort kommen, der Satz, den ich zitiere, steht in ihrer Rede ›30 Jahre Grundgesetz gleich 30 Jahre Gleichberechtigung der Frauen?‹. Der Titel endet mit einem Fragezeichen. Sie stellt ihre Forderungen nicht an die Männer, sondern: Frauen, die heute in höchste Ämter berufen werden und das Privileg akademischer Ausbildung genießen, sollten sich zugunsten der Arbeiterinnen einsetzen! Immer wieder hat sie an die Solidarität der Frauen untereinander appelliert. Sie verlangte, daß Frauen mehr Kraft zur Selbstverwirklichung aufbringen sollten: ›Wenn sie ihr Metier beherrschen, können sie sich überall durchsetzen, das habe ich in meinem langen Leben erfahren.‹

Ich habe wieder Elisabeth Selbert zitiert, aber ich unterstreiche diesen Satz nach einem nun auch schon langen Berufsleben. Sie selbst hat nach diesem Satz gelebt, und darum gebe ich hier doch einen knappen Abriß dieses Lebensweges durch unser Jahrhundert. 1896 als Elisabeth Rhode, Tochter eines Justizbeamten, in Niederzwehren, einem Vorort von Kassel, geboren, das bedeutet: Sie hat im Kaiserreich als Tochter eines Beamten gelebt, sie hat den Ersten Weltkrieg bewußt mitgemacht. Nach dem Krieg hat sie in die Sozialdemokratische Partei eingeheiratet; auch politische Karrieren bedienen sich manchmal dieser altmodischen Methode der Einheirat. Sie war berufstätig bis zur Geburt des ersten Sohnes. Zwei Söhne! Und Inflation! Und aktive politische Tätigkeit zur Zeit der Weimarer Republik. Ihr Abitur machte sie als Externe. Gleichberechtigung beginnt zu Hause, muß von der ganzen Familie ermöglicht werden, die Opfer gebracht hat, damit diese Frau ihre spätere Stellung erreichen und ausfüllen konnte. Zumeist werden auch heute diese Opfer noch von Frauen erwartet und geleistet, gerade von den Frauen der Politiker. Sie hat Rechtswissenschaft in Marburg und Göttingen studiert. Die Jurisprudenz ist bei den Selberts erblich bis ins dritte und vierte Glied. Sie hat beide juristische Examen in kürzester Zeit und mit Prädikat abgelegt. Das Thema ihrer Doktorarbeit hieß: ›Ehezerrüttung als Scheidungsgrund‹. Sie trat für die Abschaffung des

Schuldprinzips und für die objektive Zerrüttung als alleinigen Scheidungsgrund ein. 40 Jahre hat es gedauert, bis im neuen Ehescheidungsgesetz dieses Prinzip angewendet wurde. 1934 wurde sie als Anwältin in Kassel zugelassen; wenig später wurden Frauen als Anwältinnen nicht mehr zugelassen. Zu diesem Zeitpunkt ist ihr Mann, Adam Selbert, bereits entlassen, aus politischen Gründen, zeitweise in Haft, arbeitslos bis zum Ende des Dritten Reiches. Seine Frau ist die Ernährerin. Auch das muß von einer Familie bewältigt werden. 1945 war sie zur Stelle! Eine Frau im besten Alter, gesund, mit Lebens- und Berufserfahrung und mit Erfahrung in der Politik. Drei Jahre später berief man sie in den Parlamentarischen Rat, und man tat gut daran. Sie hat einen Satz - ein Gesetz! - eingebracht. Bis ins hohe Alter war Elisabeth Selbert als Anwalt und Notar tätig. Sie hat in Ehescheidungsfragen nicht immer die Partei der Frauen ergriffen, sondern die des Rechts, der Gerechtigkeit. Sie blieb politisch tätig und interessiert ein Leben lang. Ein Lebensziel blieb unerreicht: Sie wäre gern Richterin am Bundesverfassungsgericht geworden, dort wäre sie am rechten Platz gewesen. Ihr Name wird im Zusammenhang mit Philipp Scheidemann genannt, mit Louise Schroeder, Helene Wessel, Helene Weber, man sieht sie auf Bildern neben Carlo Schmid. Sie hat sich für einen humaneren Strafvollzug eingesetzt, für gleichen Lohn bei gleicher Tätigkeit und immer wieder für die Gleichberechtigung der Frau. Zwei Söhne, sechs Enkel, zwei Urenkel, auch sie gehören zur Bilanz dieses Lebens, eine Schwiegertochter im Stadtrat.

Geboren in Kassel, gelebt und gewirkt in Kassel, in Kassel gestorben. Das findet sich nicht oft in einem Lebenslauf.

Sie war eine ausgezeichnete, eine vielfach ausgezeichnete Frau. Ausgezeichnet mit dem Wappenring und der Ehrenbürgerschaft, den höchsten Ehrungen, die unsere Stadt zu vergeben hat; das Land Hessen hat sie mit seiner höchsten Auszeichnung, der Wilhelm-Leuschner-Plakette, geehrt, die Bundesrepublik Deutschland mit dem Großen Verdienstkreuz des Verdienstordens. Sie hat das Straßenschild, das den Namen

Adam Selbert trägt, eigenhändig enthüllt, eines Tages wird auch ihr Name auf einem Straßenschild stehen. Aber es trägt auch ein Preis ihren Namen, der ›Elisabeth-Selbert-Preis‹, der in jedem Jahr für eine journalistische und wissenschaftliche Arbeit verliehen wird, ›die das Verständnis für die besondere Situation der Frau und die Notwendigkeit einer partnerschaftlichen Entwicklung in der Gesellschaft fördert‹.

Elisabeth Selbert besaß einen kämpferischen Geist, sie hatte Selbstbewußtsein, gesundes Selbstbewußtsein, Selbstbeherrschung, ein starkes Gerechtigkeitsgefühl; ebenso ausgeprägt war ihr Bedürfnis nach Ordnung. Sie war eine ernsthafte Frau, keine heitere. Wie alle etwas schwerfälligen Menschen - sie war bäuerlicher Herkunft - hat sie den Süden geliebt, den Lago Maggiore, die Provence, hat sich von dort Pflanzen mitgebracht für ihren Garten, den sie liebte, in dem sie tätig war. Sie hat viel gelesen, über Politik und über Frauenfragen, sie ist vor der Lektüre von ›Emma‹ nicht zurückgeschreckt, an der modernen Frauenbewegung hat sie Anteil genommen, auch an der Studentenbewegung. Der Französin Simone de Beauvoir galt ihr besonderes Interesse. Man hätte sich Lebenserinnerungen von ihr gewünscht. Was wäre das für ein Dokument für die Stadt Kassel geworden! Aber geschrieben hat sie nicht. Sie war der freien Rede mächtig - worum ich sie beneide.

Schopenhauer nennt in seinen Aphorismen zur Lebensweisheit den Tod im 90. Lebensjahr leicht, kein Sterben, sondern ein Aufhören zu leben. Der betrauert die Toten, der nach ihrem Wunsch lebt.

Männer und Frauen sind gleichberechtigt!

Unter dem Brief, den ich einer Freundin schrieb, sollte stehen: ›Ich könnte vor Vergnügen schreien!‹ Aber ich verschrieb mich. Jetzt steht da: ›Ich könnte vor Vergnügen schreiben!‹ So sollte es doch, manchmal, sein: Vor Vergnügen und zum Vergnügen schreiben.

»Es ist ein Sonntagskind!« behaupten die jungen Eltern, sehen sich an und lachen. Aber dieses Kind wurde an einem Montag geboren. Sonntagskinder werden verhindert, um den ordnungsgemäßen Krankenhausalltag nicht zu stören. Man hat die Mutter gefragt, ob sie lieber die Geburt beschleunigen oder hinausschieben möchte, sie hat sich für den Montag entschieden. Aber: Dieses Kind wurde an einem Sonntagmorgen gezeugt.

Traum auf Sylt: Ich will rasch, zu rasch, das merke ich selbst, eine Treppe nach oben nehmen, immer zwei Stufen auf einmal, und da greift man mir rechts und links unter die Arme. Zwei Verleger, die ich nicht kenne, sie schwenken mich die erste Treppe, dann die zweite Treppe hoch, als hätte ich mein Gewicht und mein Alter verloren. Ich erzähle den Traum lachend der Lektorin aus Hamburg, die uns für einen Tag auf der Insel besucht.

Volker M., der als Schüler und auch noch Zivildienstleistender unser Sekretär war, schreibt: ›Mein Studium ist im letzten Jahr zu Ende gegangen. Die Anfertigung meiner Diplomarbeit hat mir großen Spaß gemacht, sowohl die Durchführung der Experimente als auch die Abfassung der Ergebnisse. Ich bin mit dem Resultat zufrieden. Und das Gefühl, einen Beruf zu haben! Ich bemerkte es zuerst bei der Hochzeit eines Freundes, als die Standesbeamtin vorlas: »Es heiraten die Studentin . . . und der Student . . . Als Trauzeugen sind erschienen die Studentin . . . und der Chemiker Volker . . .« Und der Chemiker, das war ich! Nebenher schreibe ich meine Doktorarbeit. Malen und Klarinettespielen kann ich zur Zeit nicht, immerhin reicht es noch zum Kochen und zur Erlernung der italienischen Sprache. Ein Sportunfall schränkt die Vielfalt meiner sportlichen Betätigungen ein. Verschleiß sagen die Ärzte. Körperliche Korrosion! . . .‹

Da schickt mir jemand als Neujahrsgruß ein paar Ringelnatz-Verse und schreibt dazu: ›Ich habe dieses Bändchen im Jahr 1942 in Halle auf dem Bahnsteig erstanden. Sie haben doch einmal in Halle gelebt? Ringelnatz war damals wohl verboten. Die Zeile »Ein Schuft, der mehr stirbt, als er sterben muß« half mir von da an beim Überleben.‹

Der Malerfreund Till, der in Köln lebt und aus Böhmen stammt, dessen ›Überlebensgeschichte‹ ich vor langer Zeit geschrieben habe, ruft an jedem Sonntagmorgen an; wir nennen ihn ›den Sonntagsfreund‹. Ein Stichwort, mehr braucht er nicht, erzählen will er, auf Nachrichten von uns ist er nicht aus. »Da war ein französischer Staatspräsident«, sagt er, »der ein Feind des Alkohols war. In Frankreich! Ein Feind des Alkohols in Frankreich! Und da hat er Plakate drucken und überall ankleben lassen, darauf stand, daß Alkohol langsam tötet, und da war ein Coiffeur, wie man da sagt, und der nahm einen Lippenstift aus seinem Laden und ging zu dem Plakat und schrieb darauf: ›Wir haben es auch nicht eilig.‹«

Hin und wieder bekomme ich Briefe, die auf das karierte Papier von Schulheften geschrieben wurden. Was diese Frau schreibt, ist gut beobachtet, knapp formuliert, ein abenteuerliches Leben. Ich habe sie ermutigt, ihre Erinnerungen zu schreiben, was ich nur sehr selten tue. Das Buch ist so originell und auch herzbewegend geworden, wie ich es vermutet hatte, es wurde gedruckt und wird gelesen. Sie schreibt nun weiter am zweiten Band. Aber bevor es soweit gekommen war, schrieb sie: ›Meine Maschine kann weder Punkte noch Ausrufungszeichen machen. Wenn ich auch nur 1 Pfg mal durch Schreiben verdiene, gibt es eine neue. Vorerst geht es mir wie dem 98jährigen Prof. G., der in meiner Gegenwart zu seinem Urenkel sagte: »Knie nieder!« Der Enkel: »Warum?« Der alte Prof.: »Bete, daß dein Urgroßvater so lange lebt, bis du selber Geld verdienst und keine Hilfe mehr brauchst.«‹

Da ruft, in ostpreußischem Dialekt, eine Frau an. Sie hat gerade ›Die Quints‹ gelesen und erfahren, daß Joachim Quint in Kassel war und die hiesige Zeitung in der Rubrik ›Zu Gast in Kassel‹ über ihn berichtet habe. Nun war sie im Archiv des Druckhauses und hat nichts über ihn und seinen Besuch in Kassel finden können. Ich mußte ihr klarmachen, daß es nie einen Quint gegeben habe, weder mit d noch ohne d im Namen, weder adlig noch bürgerlich.

»Keinen?« - »Gar keinen!« - »Alles ist erfunden?« - »Alles!« Sie hat es unerschrocken aufgenommen. Tot sind die meisten.

Viera schreibt: ›Liebe Autorin! Zeugin dessen, was ich jetzt austrage! Ob Sie daran denken, wie es einer Schwangeren geht? Ach, hätte ich Instrumente, die Töne hervorbrächten, die nicht an die Materie gebunden wären, an kein Süßholz, poliertes Messing und an keine Lunge, der die Puste ausgehen mag, und kein h der Oboe, die dann doch nur einen halben Ton nach unten gehen kann, an Krummhornisten, die noch üben müßten, aber es doch nicht tun, sondern Instrumente, die auf die Gedanken reagieren würden, ohne Begrenzungen, aller Schattierungen der Töne, aller Farben der vorhandenen Instrumente fähig, doch auch solcher, die es noch nie gab, in herrlicher Freiheit der Liniengebung und des Zusammenspiels, jedes individuell und doch ein ideales Gemeinsames ... Könnte ich nur schneller arbeiten! Aber sogleich sehe ich, wie töricht und nichtig dieser Wunsch ist.

In der täglichen und nächtlichen Arbeit mit Ihnen verbunden - Ihre Viera J.

PS: Der Termin der Uraufführung verschiebt sich, hat man Ihnen das mitgeteilt?‹

Und weiter: ›Liebe c. b., könnte ich doch Ihren Namen als Ausgangspunkt für ein Musikstück nehmen! c. b., eingesponnen in einen F-Dur-Sextakkord? Oder das Dunkle an Ihnen als f-Moll? Kein Beethoven, kein Chopin, sondern tatsächlich J.S. Bach, und zwar das Präludium aus dem 1. Teil WK und die Fuge aus dem zweiten Teil dazu. Seit ich meinen Flügel und mein Musikzimmer habe, spiele ich öfter als die Jahre vorher, wo ich immer besorgt war, U. zu stören. Jetzt muß ich aufpassen, daß ich nicht zuviel spiele, sonst würde ich nicht komponieren ... Vielleicht werde ich einmal ein Bach-Fest bei mir machen, den Bach neben dem Haus kennen Sie noch immer nicht, wo dann ununterbrochen, stundenlang Bach gespielt wird. Vielleicht im Sommer, wo die Leute nach Bedarf in den Garten oder in den Wald spazierengehen könnten und die übrigen nahe blieben, lange zuhörten oder mitspielten. Mit noch einer Geige, Cello, Oboe, Gesang - usw. Die Tür wäre offen, damit die Musik noch am Waldrand hörbar wäre und am Bachufer unter den Fenstern: Bach am Bach. In der Mühlenhecke. Aber es ist Winter, der 23. Januar.

Schon seit dem Anfang will ich mein Bestes leisten, und darin werde ich durch Ihre Anerkennung bekräftigt. Anerkennung! Dabei haben Sie noch keine Note gesehen. Ich habe viel Kraft nötig, um nicht vorzeitig zu ermüden, denn »Donna Laura« wird meine längste Komposition sein - und Sie sprachen neulich von langem Atem, der zum Romanschreiben nötig ist. Trotz der Textkürzungen ist meine Komposition mit einem musikalischen Roman zu vergleichen. Heute, heute wird Donna Laura ihren Teppich sticken, der Orangenbaum, ein wenig in minimalistischer Art, in dieser kaum Abwechslung der einzelnen Stiche und doch durch die Geduld im Ganzen ein Sinnvolles ergebend. Nur: sie hat Zeit und ich weniger, ihre zwei Jahre müssen bei mir in wenigen Sekunden nachvollziehbar sein.

Ich wünsche Ihnen die gelungensten Sätze für den Anfang des neuen Romans - Ihre Viera J.‹

Zu meinen vielen Berufen und Berufsausbildungen gehört auch der einer Regieassistentin. Ich wollte Komödien schreiben! Meine Liebe zum Theater blieb einseitig, unerwidert. Ich vermutete, daß sich einiges aber auch lernen ließe. Regieassistenz. Für zwei Spielzeiten wurde ich noch einmal eine berufstätige Frau, die außer Hause arbeitet, mit nahezu festen Arbeitszeiten. Ich stand pünktlich um 10 Uhr auf der Probebühne des Schauspielhauses. Otto Kurth war mein Lehrherr, vornehmlich er, aber auch der Intendant, der mit Besonnenheit das Staatstheater in Kassel leitete. Man konnte mich nicht in die Kantine schicken, um frischen Kaffee zu holen oder Zigaretten aus dem Automaten, für vieles war ich ungeeignet, eine Frau von 40 Jahren, auch schon ein wenig namhaft. Ich befürchtete damals, daß ich Lust bekommen würde, selbst eine Rolle zu übernehmen, ganz unerfahren war ich nicht, oder daß ich Regie führen wollte. Ich stellte dann fest, daß ich mich scheute, bei Leseproben, wenn ein Schauspieler erkrankt war, über die große Bühne zu gehen, und ich stellte fest, daß es mir nicht wichtig war, durch welche Tür, rechts oder links, ein Auftritt erfolgte. Wichtig war mir das Stück, der Text. Bei Übersetzungen durfte ich kleine Änderungen vornehmen. Unvergeßlich die vielen und intensiven Proben zu ›Becket oder die Ehre Gottes‹! Am Ende der Spielzeit trennte sich Otto Kurth von diesem Staatstheater. Ich reiste nach Ischia, damals war Ischia meine Insel. Gleich nach der Ankunft gingen wir auf die Piazza von Sant'Angelo; es war die richtige Stunde, später Nachmittag, ich stand und zeigte der Freundin mit theatralischer Geste die Szenerie, Schauplatz für alle die menschlichen Komödien, an denen man dort kostenlos teilhatte. Ich unterbrach mich, ließ den Arm sinken und sagte: »Und dort sitzt Otto Kurth, der Regisseur!« Er saß dort mit seiner schönen dritten Frau und Ida Ehre, mit anderen Theaterfreunden. Wir trafen uns von nun an zufällig oder verabredet und beschlossen, eine Karte ans Theater zu schicken, besser an den Chefdramaturgen, noch besser an seine Privatadresse. Wir schrieben: ›Endlich Leben und nicht nur Literatur! Endlich zu zwein!‹ Solche Sätze, viele Ausrufungszeichen, wir hatten einiges getrunken. Wir versprachen uns einen richtigen Theaterklatsch. Sehr viel später erst erfuhr ich, daß der Chefdramaturg diskret gewesen war, weil er uns die Affäre auf Ischia geglaubt hatte. Otto Kurth und ich, wir blieben in loser Freundschaft verbunden, trafen uns manchmal in München, meine Liebe zum Theater blieb weiterhin unerwidert. Ich hatte inzwischen ein großes Drama für Könige und Heerscharen geschrieben: ›Die Bürgerinnen von Calais‹; ein Theaterverlag nahm es an, die Komödie wurde gedruckt, aber nie gespielt. Keine Komödienschreiberin! Viel später erst eroberten meine ungehaltenen Frauen die Bühnen, die kleinen Bühnen, die Tourneetheater. Jemand, der sich einbildete, Dialoge schreiben zu können, hatte mit Monologen Erfolg. Otto Kurth inszenierte die Reden für den Hörfunk des Bayerischen Rundfunks. Wir erinnerten uns an die Affäre auf Ischia, die wir nie gehabt hatten, saßen mit seiner Frau, der Sternguckerin Margot, im Restaurant des Funkhauses, und Vicky, die schöne Dackelhündin mit dem seidigen Fell, sprang über Tische und Bänke. Ich hatte die Rede der ungehaltenen Christine Brückner an die Kollegin Meysenbug im Studio gehalten, die anderen Reden wurden von berühmten Schauspielerinnen gesprochen, Maria Wimmer, unvergessen als Charlotte von Stein, sprach nun die Gegenspielerin: Christiane Vulpius. Als ich sagen sollte: ›die Vervollkommnung des Menschengeschlechts‹, eine Formulierung der Frauenrechtlerin Malwida von Meysenbug, versprach ich mich bei dem Wort ›Vervollkommnung‹, versprach mich, als ich den Absatz wiederholen sollte, noch einmal, versprach mich beim dritten und vierten Versuch. Ich ließ den Satz dann weg, sagte, als wir endlich fertig waren, zu Otto Kurth, gut akzentuiert: »Die Vervollkommnung des Menschengeschlechts ist mir nicht gelungen!« Die Rede mit dem Titel ›Eine Oktave tiefer, Fräulein von Meysenbug!‹, die von der Autorin gesprochen wurde, ließ man bei der Sendung dann weg. Unsere freundschaftliche Beziehung geriet für kurze Zeit ins Stolpern. Auch als Sprecherin im Rundfunk hatte ich den Ansprüchen nicht genügt. – Manchmal schicken wir uns kurze Billette, telefonieren. Er teilt mir mit, welche Rollen er in den Kammerspielen spielt, ich schicke ihm die Neuerscheinungen. Eine Zeitlang sah man ihn oft auf dem Bildschirm, meist spielte er Nazis, in gehobenem Dienstgrad. Einen überzeugenderen Nazi habe ich nie gesehen, nicht auf der Bühne, nicht im Leben. Er war nicht betroffen, er hatte das Dritte Reich beizeiten verlassen und von London aus beobachtet, BBC.

Nahezu zwei Tage lang haben wir einen makellosen grünen Rasen, die Gänseblümchen wurden vorgestern vom Rasenmäher geköpft. Aber nun belebt sich das Grün wieder zur Wiese, die weißen Blüten ordnen sich zu schönen Bildern, dem Vogelflug nicht unähnlich. In diesem Jahr blüht vor allem der Wegerich, unscheinbar, aber üppig, sich unzüchtig vermehrend. Es ist ein Wespensommer. Gegen Wespenstiche gibt es nichts Wirkungsvolleres als Wegerich: die Blätter zwischen den Fingern zu einem Brei verreiben und auf den Einstich streichen. An unseren Mahlzeiten nehmen mehrere Wespen teil, wir pflücken vorsorglich einige Blätter vom Wegerich und legen sie in Reichweite.

Viera schreibt: ›. . . Es sieht hier noch unfreundlich aus, wenig Grünes am Bachufer. Die südliche Stimmung der Zikaden will bei mir nicht aufkommen. Wird es sich so weit auswirken, daß frostige Klänge den Schluß umhüllen? Das letzte Rezitativ! Aber es bemächtigt sich meiner ein seltsames Zögern, Abschieben, Abwarten. Wie es auch sein wird, es wird »bloß« Musik. Wie man die Zikaden klanglich erzwingt, weiß ich wohl, sie sind auch im Flügel drin, nur nicht auf den Saiten zu erzielen, sondern auf den Stammstöcken, da allerdings ein bißchen zu fett und aufdringlich, aber auf den Saitenhaltern hinten könnte ich sie entlocken. Es müßte der Pianist um den

Flügel herumgehen - bei welcher Gelegenheit würde es nicht stören? Ich befrage noch die Viola und das Violoncello.

... eine traurige Sternstunde: der Schlußstrich hinter der Komposition. Wie soll sie heißen? Vielleicht taufen wir sie gemeinsam? Schweren Herzens nehme ich Abschied; die Musik verstummt nach und nach, die Saiten der Violoncelli werden heruntergestimmt, bei Violen dann so lose gespannt, daß keine Töne mehr möglich sind, es wird noch versucht zu spielen, aber es kommen nur noch beängstigende Geräusche hervor, mehr dem ausbleibenden Atem ähnlich als der Musik, die nur in der Erinnerung leise mitklingt. Selbst den Schlußstrich ließ ich an einer Stelle offen, dort rinnt das jämmerlichste Fädchen der Viola unbegrenzt weiter, als ob dieses noch einen Sinn haben könnte. Jetzt, bei der Trennung von dem Werk, merke ich, wie groß Ihr Einfluß auf die Musik war. Viel davon, wie ich Sie erlebe, ist in die Musik übergegangen, so ist Donna Laura auch teilweise Christine Brückner, aber da habe ich Scheu, noch genauer hinzuschauen.

Gestern gab es Hochwasser, unser Bächlein schwoll an zu einem Strom, bedrohte unser Ufer nahe am Haus, nur ein schmaler Pfad blieb übrig, um durchzukommen. Es rauschte gewaltig, brodelte. Die Weiden und Erlen standen tief im Wasser, erzitterten in den Wirbeln, ich wurde das Bild des Fasses mit der toten Donna Laura nicht los, dieser Satz hatte mich gleich erschüttert und frappiert - wieso sollten die Pesttoten nicht begraben, warum diese Fässer in die Rhône geworfen werden? Heute nacht träumte mir vom kleinen Mädchen Laura, und früh ist das Wasser gesunken, und dann brachte die Post Ihren Brief. Ich kann nicht anders, als Ihnen sofort zu schreiben ... gleich laufe ich durch den Wald zur Post, die in wenigen Minuten geschlossen wird, damit der Brief morgen in Ihre Hände kommt zu einem sonnenwarmen Frühstück und einem ertragreichen Vormittag, an dem Ihnen viele gute Zeilen gelingen mögen ... Viera‹

Der Mensch ist nur Mensch, wenn er spielt

Der Kleine, nennen wir ihn doch Uwe, sitzt in seinem Sportwagen und wirft alles, was sich in seiner Reichweite befindet, weg, leichte und schwere Gegenstände. Er brüllt vor Wut, weil nicht zurückkehrt, was er weggeworfen hat, und lernt, daß man eine Sache nicht wegwerfen und zugleich behalten kann. Ein kleiner Newton! Er hat die Gesetze des Falls entdeckt. Bald darauf lernt er das Ein- und Ausräumen von Gegenständen in einen Karton. Die Holzklötze und Plüschtiere sind weg, sind wieder da, sind weg. Uwe ist eifrig beschäftigt, aber auch nachdenklich. Als er den Vorgang begriffen hat, wiederholt er das Spiel, wieder und wieder. Als nächstes lernt er, Dinge ineinanderzuschieben und zu trennen und wieder zu vereinigen, wobei das Kaputtmachen ihm größeres Vergnügen bereitet. Zerstörungslust kommt ins Spiel. Für dieses Kleinkind namens Uwe haben Bauklötze und rollende Bälle und Plüschtiere inzwischen ausgespielt. Sein technisches Zeitalter hat begonnen, in dem kleinen homo ludens schlummerte bereits der homo faber.

In den neuesten Nachschlagewerken wird er, der Mensch, in drei Kategorien eingeteilt. Der homo sapiens als der vernunftbegabte Mensch, der homo faber als der technisch interessierte und neuerdings noch der homo ludens, der spielende Mensch. Kann man daraus schließen, daß der Mensch als Einheit gedacht war: denkend, tätig, spielend? Man müßte ihn wie ein auseinandergenommenes Spielzeug wieder zusammenfügen können zu einem spielerisch tätigen denkenden Menschen; das wäre im Sinne von Ernst Bloch.

Uwe geht inzwischen in den Kindergarten und lernt bei jemandem, der seinerseits das Spielen berufsmäßig ausübt, zu spielen. Sein Vater verläßt morgens das Haus, die Mutter ebenfalls, alle drei üben Tätigkeiten aus. Uwe handhabt sein Spielzeug wie ein Arbeitsgerät. Wird es später umgekehrt sein? Wird er sein Arbeitsgerät spielerisch handhaben? Ich fürchte, daß man ihn schon jetzt zu einem kleinen Facharbeiter an gebrauchsfertigem Spielgerät ausbilden wird. Wippe, Schaukel,

Klettergerüst sind vorhanden, selbst die ›Hüppekästchen‹ sind schon mit hellen Steinen ins dunklere Pflaster eingelassen. Himmel und Hölle stehen ihm zur Verfügung. Dabei weiß doch jeder, daß die Vorbereitungen für ein Spiel wichtiger sind als das Spiel.

Ich bin ein Dorfkind. Auf dem Land spielen die Kinder nicht mit Spielzeug. Ich mußte Holz für den Kachelofen aus der Scheune holen und spielte dabei Versteck; ich mußte in der Dämmerung die Enten vom Bach holen und ließ nebenbei Stöckchen schwimmen. Ich durfte kleine Kochtöpfe an den Rand des großen Küchenherdes stellen. Es gab Bäume zum Klettern, alte Wäscheleinen zum Seilspringen und Astgabeln zum Stelzenlaufen. Ich lernte spielend und spielte lernend, das ganze Dorf war mein Spielplatz, einen Kindergarten gab es noch nicht, ein Spielzimmer gab es auch nicht, aber auf dem Dachboden des alten Pfarrhauses standen alte Futterkisten, in denen die Eislaufkostüme aus der Jungmädchenzeit meiner Mutter aufbewahrt wurden, Sonnenschirme und Autoschleier. Welches Entzücken, wenn ein Geburtstag mit Verkleiden endete! Der erste Rollentausch: Ich bin die Mutter, du bist der Vater, wir spielen Hochzeit! Kleine Puppenmütter üben ihre spätere Mutterrolle. Sie spielen Doktor, spielen Kaufen und Verkaufen, spielen ihr ganzes Leben vorweg: Hochzeit, Taufe, Begräbnis, spielen sich ins Leben hinein und halten uns den Spiegel vor, in dem wir unsere Gewohnheiten mit Schrecken oder Heiterkeit wiedererkennen. Jeder Spielleiter und jeder Bühnenbildner könnte bei Kindern lernen, wie wenig Requisiten man braucht, um eine Hochzeit darzustellen. Es hat sich wenig geändert. Die Töchter berufstätiger Mütter spielen weiterhin mit Puppen und die Jungen mit mechanischem Spielzeug; lassen sich daran Prophezeiungen knüpfen? Werden aus Jungen, die mit Puppen gespielt haben, zärtlichere Väter? Kann aus einer kleinen Puppenmutter keine Kranführerin werden?

Kinder besitzen geheimnisvolle Mächte! Sie verkleinern die Welt, machen sie handlich. Vor einem Bären, wenn er nur klein und weich genug ist, muß man sich nicht fürchten. Einen kleinen Bagger kann man bedienen. Ungerührt hantieren sie mit Panzern und fürchten sich nicht vor Raketen. Die ganze Welt ein Riesenspielzeug. Vom Stöckchenschwimmen zum Segelboot und zum ferngelenkten Zerstörer. Der selbstgebaute Drache, das mit Mikrowellen gelenkte Raketenflugzeug. Die Entwicklung der Technik im Zeitraffer der Entwicklung eines Kindes. Im Krieg habe ich beobachtet, daß Kinder, die die Nacht im Luftschutzbunker verbracht hatten, am Morgen nach Bombensplittern suchten und vergnügt damit Krieg spielten. Vielleicht haben sie spielend die Ängste gebannt? Gewöhnen sie sich frühzeitig an Raketen? Unterscheidet sich das Kriegsspiel der Kinder so sehr von den Herbstmanövern der Streitkräfte, die sie auf dem Bildschirm sehen?

Uwe verwächst sein Spielzeug schneller als seine Kleidungsstücke. Er wird ein Spielzeugverbraucher und ahmt im raschen Konsum die Erwachsenen nach. Wird er demnächst den Kasperlespielen zusehen und nicht selbst Kasperletheater spielen wollen? Wird er es den Eltern nachahmen, die beim ›Großen Spiel‹ zusehen, die Montags-Maler vom Sessel aus erleben und nicht versuchen, selbst zu malen? Nach dem Krieg gehörten die Quizspiele zu meinen Lieblingsspielen. Muß man denn selbst spielen? Wer sportbegeistert ist, braucht deshalb nicht selbst Sport auszuüben. Warum kochen wir selbst, warum essen wir selbst, warum sehen wir nicht zu, wenn andere kochen und andere essen? Ein Leben vom Fernsehsessel aus: Man läßt andere leben und sieht zu. Ein Leben aus zweiter Hand. Ich spiele mit Gedanken, das ist mein Beruf, ich spiele Lebensmöglichkeiten durch, bleibe ein homo ludens mein Leben lang.

Einmal reisten wir zu viert ins Tessin, es war August, aber es regnete eine Woche lang. Wir vertrieben uns die Zeit mit allerlei Spielen, mit solchen, an die wir uns erinnerten, und solchen, die wir aus dem Stegreif erfanden. Nach der Rückkehr machte ich aus unseren Spielerfahrungen eine Spielschule für Erwachsene: ›Kleine Spiele für große Leute‹.

Der Mensch ist nur Mensch, wenn er spielt, sagt der ernsthafte Schiller. Wie jemand spielt, so ist er auch: bedächtig, flüchtig, übelnehmerisch, großzügig, gleichgültig. Sigmund Freud hat einmal vom Spiel als dem ausgleichenden Pendel für das Alter gesprochen. Man fängt das Leben spielend an, müßte man es nicht spielend beenden? Zurück zum homo ludens? Wir nennen das heute nicht spielerisch, sondern kreativ. Alte Menschen werden ermutigt und angeleitet zum Basteln, zum Malen, zum Tanzen, zum Theaterspielen. Sie tun etwas, das sie nicht gelernt und nicht ausgeübt haben. Verborgene Wünsche werden freigelegt. Vom Kindergarten zur Altentagesstätte. Würden alte Menschen von sich aus, ohne Anregung, spielen? Bliebe es nicht beim Skatabend, beim Bridgenachmittag? Beim Patiencelegen?

Auf griechischen Vasenbildern schlagen Knaben den Reifen; in den sechziger Jahren unseres Jahrhunderts drehte sich, was jung war oder sich jung fühlte, im Hula-Hoop-Reifen; vor Troja spielten die Feldherren Schach, heute spielt man Schach mit dem Computer als Gegner. Auch im Zeitalter des Rokoko spielten galante Herren und Damen Federball und Blindekuh. Alte Spiele, neue Spiele. Backgammon spielte man bereits im Zeitalter der Pharaonen. Monopoly, von einem arbeitslosen Amerikaner während der Weltwirtschaftskrise erfunden, hat die Welt erobert; ein Spiel, bei dem ich glücklos Haus und Hof verspiele und im Gefängnis lande.

Warum sehen wir so gern den Boccia spielenden Italienern zu? Ein Spiel der Annäherung, nicht der Gegnerschaft; da wird keiner aus dem Feld geschlagen. Warum greift Boccia nicht über unsere Grenzen? Andere Völker, andere Spiele? Warum spielen Frauen nicht Boccia, sie kegeln doch, sie spielen doch Skat. Es stehen mehr junge Männer an den Spielautomaten als junge Mädchen, wie Süchtige spielen sie gegen Automaten an. Amerikanische Wissenschaftler haben herausgefunden, daß die Faszination von Video- und Computerspielen in der Lösung der Probleme liege; es sei besser, als tatenlos zuzusehen, ohne die Möglichkeit des Eingreifens wie beim Fernsehen.

Das neueste Videospiel heißt ›Killerzelle‹ – der Spieler bekämpft krebskranke Zellen; der Erfinder ist der Ansicht, daß jemand, der im Spiel erfolgreich Krebs bekämpft hat, der Krankheit weniger ängstlich gegenüberstehen wird. Also die alte Formel: Spielend sich das Leben vertraut machen, spielend mit Problemen fertig werden. Familie spielen, Verkaufen spielen, Krieg spielen.

Im Spiel setzt man etwas ein. Ein Klötzchen, eine Muschel, einen Knopf. Der Gegenstand vertritt uns, steht stellvertretend für uns, kommt voran, wird geschlagen, springt davon und ins Ziel. Man würfelt, man spielt mit Karten, man spielt Roulette, man spielt um Geld. Faites votre jeu!

Der spielerische Umgang mit Dingen ist nur möglich, wenn man sie beherrscht – und wenn man sich selbst beherrscht. Man spielt dem anderen den Schwarzen Peter zu, das tut man im Spiel, das tut man im Leben, mit sieben Jahren und mit siebzig Jahren. Der Kasper, der alles darf und alles falsch macht und trotzdem auf seine tolpatschige Weise alles beherrscht: Könige und Polizisten, Hexen und Löwen. Welches Entzücken! Welche Beruhigung! Später sieht man dem Puppenspieler zu, wie er die Puppen spielen läßt, und vergißt die Drähte, mit denen er hantiert. Sind wir Puppen? Hängen wir an Drähten? Spielen wir selbst? Wen haben wir in der Hand? Spielball der Götter? Spielball der Mächtigen dieser Welt?

Bin ich ein homo sapiens, der bedenkt, was er tut? Ein homo faber im Sinne des Max Frisch bin ich gewiß nicht. Aber bin ich ein homo ludens? Nehme ich nicht alles zu ernst, auch das Spiel? Wird es mir geraten, mich aus dem Spiel zu bringen?

Einmal wöchentlich gehen wir in die kleine Sauna, die wir vor Jahren im Kellergeschoß haben einbauen lassen. Der Saunabesuch gehört zu unseren verläßlichen und wohltuenden Vergnügungen. Der schweigsame Kühner taut bei einer Temperatur von 80° auf und wird gesprächig. Ich erzählte ihm eine Geschichte, die ich kurz zuvor gelesen hatte: In Düsseldorf hat sich dieser Vorfall zugetragen. Eine Frau wollte ihre Freundin abholen, die in einem Bankhaus an der Königsallee arbeitet. Ein Autofahrer parkte ungeschickt und rammte den Wagen der wartenden Frau, sie konnte nicht aussteigen, weil die Tür verklemmt war. Passanten wollten ihr helfen, auch der schuldige Autofahrer: Es geriet nicht, die Tür zu öffnen. Eine Polizeistreife kam zufällig vorbei, auch dem Polizisten geriet es nicht, er ging zu seinem Motorrad, um über Funk Hilfe zu rufen. In dem Augenblick, in dem er sich abwandte, um ins Funkgerät zu sprechen, zog ihm der schuldige Fahrer die Dienstpistole aus dem Futteral. Passanten warnten den Polizisten: Vorsicht, er schießt! Aber da hatte der Fahrer die Pistole bereits an der eigenen Schläfe; er drückte ab, durchschoß sich den Kopf, war sofort tot, hatte aber den Polizisten ebenfalls getroffen, die Kugel ging von einem Kopf in den anderen, blieb dort stecken. In einer Stunden währenden Operation haben Ärzte die Kugel entfernt, der Polizist schwebt noch in Todesgefahr; falls er mit dem Leben davonkommt, wird er schwere Schäden zurückbehalten.

Soweit meine Geschichte, die sich Kühner, ohne mich zu unterbrechen, anhörte, dann sagte er: »Vor Moskau. Wir lagen fünfzig Kilometer vor Moskau, hörten und sahen die Abschüsse der russischen Flak gegen die deutschen Flugzeuge, die Moskau bombardierten. Die gefangenen russischen Soldaten lagen auf dem Boden einer Kirche, deren Mauern noch standen, ein Dach gab es nicht mehr, die Mauern boten aber etwas Schutz. Kein Stroh. Von diesen elenden Gestalten sollte ich zwei Männer aussuchen, die noch arbeitsfähig wären. Ich ging durch die Reihen, stieg über die Körper hinweg, spürte plötzlich eine Hand, die nach mir griff, drehte mich ruckartig um: Ein russischer Soldat hatte mir das Seitengewehr weggerissen, hielt es in der Hand, für Gegenwehr war es zu spät. Der Russe jagte sich das Seitengewehr in die eigene Brust.« – »Wer hat es ihm herausgezogen?« fragte ich. »Ach –«, sagte Kühner und verstummte wieder. Ich erinnere mich nicht, ob er darüber in seinem Rußlandtagebuch geschrieben hat.

Die Frage nach seinem ›Traum vom Glück‹ hat er in einem Gästebuch mit ›Beredsamkeit‹ beantwortet, was mich überrascht hat, was mich auch betroffen macht: Die Schweigsamkeit schien mir seiner Veranlagung und seinem Bedürfnis zu entsprechen. Oft benutzt er mich als sein Sprachrohr.

Traum: Ich war mit dir in den Bergen, und du wolltest, daß wir einen Sessellift benutzten, was ich doch immer ablehne. Zwei Sessel waren aneinandergekoppelt; es geriet uns nicht, die langsam heranschwebenden Sessel zu besteigen, wir bekamen beide nur eine Stange zu fassen und schwebten hängend und bangend über Abgründe hinweg, kamen aber heil auf dem Gipfel an.

Diese Träume, daß ich am Rand von Abgründen balanciere und oft auch abstürze, haben aufgehört. Ich kenne jetzt die Abgründe, sie würden mich auch im Traum nicht mehr erschrekken.

Ich habe sie immer nur im Sommer gesehen, diese Pfarrfrau aus Bad P., die einzige Frau, die jener Maximiliane Quint gleicht, wie ich sie mir vorgestellt habe. Als wir bei unserem letzten Besuch eintrafen, war sie nicht anwesend, kam aber gleich darauf. Sie hatte frisches Wasser aus einem Brunnen geholt, der Tag war heiß, sie füllte die Gläser, sah uns erwartungsvoll an, und wir tranken mit Genuß. Es wurden noch mehr Gäste erwartet, sie warf die Schuhe weg, lief barfuß zwischen Haus und Garten hin und her, hatte das gelockte Haar hochgesteckt, der Hitze wegen. Der Ausschnitt des Kleides war luftig; zu groß für eine Pfarrfrau, für eine Frau, die vermutlich bald fünfzig wird? Seit ich sie kenne, nutzt sie sich nicht ab, sie behält diese Frische, sie hat vier oder fünf Kinder großgezogen, arbeitet in der Gemeinde mit. Ich rede sie mit ›Maximiliane‹ an, dagegen hat sie nichts einzuwenden, es herrscht Einverständnis zwischen ihr und mir. Nichts weiß ich über die Gewaltenteilung in diesem Pfarrhaus, dem das Gemeindehaus angebaut ist, die Kirche nahebei. Ein dichtender Pfarrer, oder wäre es besser, ein predigender Dichter zu sagen? Er bleibt predigend ein Dichter und dichtend ein Prediger, es stehen eine Reihe seiner Gedichtbände bei uns, wir lesen seinen Namen oft. Er hat ein Naturkind geheiratet, daran hat er klug getan. Wollte man sie malen, müßte man ihr eine große Schüssel mit roter Grütze auf die Arme stellen. Das Schönste an ihr ist, daß sie nicht meine Erfindung ist. Ich hätte sie einladen sollen, als wir am 8.8.88 in einem Burghotel den 70. Geburtstag der imaginären Maximiliane Quint gefeiert haben. Um Mitternacht, als noch einmal das Jagdhorn geblasen wurde, hätte sie aus der Sternennacht hervortreten sollen, und keiner hätte sich verwundert . . .

In meiner schwarzen Kladde steht eine Notiz vom Kongreß deutschsprachiger PEN-Zentren in Wien. ›Der Sekretär des DDR-PEN sagt, daß es gar keine gemeinsame Vergangenheit gäbe, weder geschichtlich noch kulturell. Selbst von einer »Sprachgemeinschaft« wollte er nichts wissen. Er schien das wirklich zu glauben, nicht nur zu sagen.‹

Ein Freund ist auf der Fahrt zu einem Psychologenkongreß im Zug zusammengebrochen, Kreislaufkollaps. Als man ihn in die nächste Universitätsklinik einliefert, ist er ohne Bewußtsein. Intensivstation, dann ein Vier-Bett-Zimmer, ohne Ansehen der Person, was seiner Denkweise aber entspricht. Später, als er das alles hinter sich hatte, auch die epileptischen Anfälle eines Bettnachbarn, sagte er: »Diese Ärzte haben das Wahrnehmungsvermögen einer Zecke!« Ich sah ihn fragend an, und er erklärte: »Eine Zecke kann unterscheiden, wo Buttersäure ist, wo nicht, darauf läßt sie sich fallen, ob nun Mensch oder Tier.«

Unser Sonntagsfreund, der Maler mit Namen Till, ruft an. »Ich habe einen Sprachfehler«, sagt er, »ich kann das Wort ›Nein‹ nicht aussprechen.« Und so übernimmt er Auftragsarbeiten, hier die Entwürfe zu Glasfenstern, dort der Entwurf für ein Lesepult. Jetzt geht er in Rente, er hat gespart, hat Haus und Garten, er wird fortan nur noch tun, was ihm wichtig ist und was ihn freut. Radierungen! Endlich wieder Radierungen. Er wird sich einen kleinen Kanonenofen kaufen, der soll im Gartenhaus stehen. Und warum –? Für Notzeiten –? »Nein«, sagt er, »wenn es so richtig kalt ist, dann mache ich mir da ein Feuer und wärme mich und sehe mir vom Fenster aus mein Haus an ...«

Erfahrungen bei einer Spessart-Wanderung. Lieber verlaufe ich mich und gehe auf dem falschen Weg weiter, als daß ich kehrtmache. Es stört mich dagegen nicht, zu einem bestimmten Punkt zu gehen und den gleichen Weg zurück. Alles sieht anders aus, was rechts war, ist links. Daran liegt es nicht, woran liegt es? Daß ich einen Fehler ungern erkenne und zugebe und korrigiere?

Adorno behauptet, Chaos in die Ordnung zu bringen, das sei Aufgabe der Kunst. Aber ich denke, daß es auch die Aufgabe des Künstlers ist, das Leben etwas übersichtlicher und durchschaubarer zu machen. Es müssen doch nicht alle die gleichen Aufgaben haben. Ordnung ins Chaos.

Der Oberbürgermeister einer großen Großstadt beantwortet (im Fragebogen der FAZ) die Frage nach seiner Lieblingsfigur in der Literatur mit ›Felix Krull‹. Wie paßt das denn zusammen? Ein Nichtsnutz, ein Tunichtgut, auf dem schmalen Grat zum Ganoven ...?

Religion ohne Sozialismus, also ohne Auswirkungen auf die Lebensweise, sollte undenkbar sein. Umgekehrt, der Sozialismus, der nicht im Glauben wurzelt, ebenso. Immer muß das Tun die Folge sein –.

›Moira‹, sage ich jetzt manchmal. Moira steht bei Homer, es bezeichnet das sowohl den Göttern als auch den Menschen zugeteilte verhängnisvolle Los.

Traum: Ich war schwanger, hochschwanger, man sah es, aber niemand verwunderte sich. ›Sie müssen das Kind doch spüren!‹ – ›Es bewegt sich doch?‹ – ›Nein‹, sagte ich, ohne Angst vor einer Totgeburt. Kühner, dem ich den Traum erzählte, sagt: »Das kann nur der Roman sein. Rührt er sich immer noch nicht?«

In Schweden. Freunde von Freunden von Freunden waren bei unseren Freunden eingeladen. Man erzählte uns zweisprachig, was dieser Familie vor wenigen Tagen passiert war. Ihr Sommerhaus steht nicht weit von unserem Sommerhaus entfernt, in den blauen Bergen von Dalarna. Sie wollten aus ihrer Stadtwohnung in Stockholm ein Sofa mit in das Sommerhaus nehmen. Vater und Sohn hoben das Sofa auf den Gepäckträger des Autos, verschnürten es sorgfältig mit Gurten; alle 50 Kilometer kontrollierten sie, ob die Gurte sich auch nicht gelockert hätten. Es dunkelte inzwischen, die Fahrt war lang, man war bereits in einen Waldweg eingebogen, als das Sofa ein weiteres Mal inspiziert wurde und die Gurte aufs neue festgebunden. Vater und Sohn waren einige Zeit beschäftigt. Die auch an diesem Abend schweigsame Frau verließ das Auto, um kurz im Wald zu verschwinden. Als sie zurückkam, hörte sie gerade noch, wie der Wagen um die nächste Wegbiegung verschwand. Sie winkte, sie rief und machte sich dann auf den

Fußweg. Schließlich kam dann doch noch ein Auto, das sie mitnahm. Sie traf am Sommerhaus ein, bevor Vater und Sohn, die mit dem Sofa beschäftigt waren, sie vermißt hatten.

Bevor diese Geschichte zum besten gegeben wurde, hatten wir die Frau nicht wahrgenommen, ohne diesen Vorfall hätte ich sie völlig vergessen.

Ich fuhr nach Hamburg, hatte drei Vorhaben zusammengelegt, um Zeit und Kosten zu sparen. »Ihre Reisekosten!« hieß es. »Die zahlt ein anderer«, sagte ich. »Aber, Sie haben Anspruch auf Erstattung!« – »Nein«, sagte ich, »ich lasse mir diese Reise nicht zweimal und auch nicht dreimal finanzieren.« Zwei der Kostenträger waren öffentlich-rechtliche Anstalten und somit verschuldet.

Da ruft mich eine Frau an und erzählt mir am Telefon ihr abenteuerliches Leben. Dreißig Jahre lang war sie Hebamme, zeitweise eine Trinkerin, zeitweise in einer Anstalt. Sie stamme aus einem sehr reichen Haus, sagt sie, jetzt sei sie Mitte Sechzig. Eine junge und heitere Stimme. »Ich will von nun an nur noch mit liebevollen Menschen umgehen!« sagt sie. »Ich glaube, Sie sind einer!« Und ich lache, sage noch irgend etwas und lege den Hörer auf. Am nächsten Tag ruft sie wieder an, und beim dritten Anruf fühle ich mich belästigt und reagiere nicht mehr ›liebevoll‹.

Ein Mann sagt zu seinem Hund: »Du Unmensch!« Habe ich mich verhört? Ich bekomme folgende Erklärung: »Wenn man zu einem ungeratenen Menschen ›Un-tier‹ sagt, muß doch ein ungeratenes Tier ein ›Un-mensch‹ sein.«

Über lange Zeit korrespondierte ich mit einem ukrainischen Dichter, der nach Sibirien verbannt war; er schrieb mir wunderschöne, poetische Briefe in deutscher Sprache. Was muß man auf die Zeilen schreiben, damit der andere das Richtige-Wichtige zwischen den Zeilen lesen kann? Das habe ich nicht gelernt. Der Briefwechsel brach ab, nachdem er aus dem Lager entlassen worden war.

Die Pappel verläßt sich auf mein Gedicht

›Wozu noch Gedichte?‹ fragt Kühner und gibt einem Gedichtband diese Frage als Titel, schreibt dann aber als Untertitel die Antwort selbst dazu: ›Gedichte‹, die er auf 144 Seiten, in fast ebenso vielen Gedichten erläutert.

›Unsre beiden Namen ergeben einen Feldweg am Mittag‹ steht als Motto auf der ersten Seite des Buches, es ist mir gewidmet. Ich bin der erste Leser seiner Gedichte, ich bin auch der erste Kritiker. Auch das, was ich selber schreibe, wird zuerst von ihm gelesen und kritisiert. Eine Schriftstellerehe. In einer ungehaltenen Rede der ungehaltenen Christiane von Goethe, geborene Vulpius, habe ich einmal gesagt: ›Zu Haus will einer nicht kritisiert werden, da will er geliebt und bewundert sein.‹ Das mag die Ansicht der Vulpius gewesen sein, ich selbst meine, daß Bewunderung Lob und Kritik nicht ausschließt, wenn dort, wo Kritik am Platz ist, die Liebe federführend ist.

Die Themen dieses Lyrik-Bändchens, vor wenigen Jahren erschienen, sind die alten Themen: Die Zeit. Die Liebe. Das Vergehen. Die Schöpfung. Die erste Rubrik gilt dem Gedicht, rechtfertigt Gedichte, beweist die Wichtigkeit von Gedichten. Wir sind einer Meinung. In meinem Roman ›Die Quints‹ gibt es einen Lyriker, der sich Mosche Quint nennt, den seine Mutter nie gefragt hat, ob man denn von Gedichten leben könne, sie wußte, daß man nicht ohne Gedichte leben kann, nicht ohne Verszeilen, die aus dem Gedächtnis und dem Untergedächtnis im rechten Augenblick aufsteigen und ihre Wirkung tun. ›Die Verläßlichkeit der Ereignisse‹ hieß ein Band mit frühen Erzählungen Kühners. Es geht ihm um die Verläßlichkeit, auch bei einem Gedicht. ›Die Pappel verläßt sich auf mein Gedicht‹, behauptet er. Sie verläßt sich auf den Betrachter, aber vor allem auf den, der sagt: Seht euch die Pappeln an. Jede ein Ausrufungszeichen der Natur! Das sagt er nicht, das wahrzunehmen überläßt er dem Leser. Er überläßt dem Leser viel, er wendet sich an den Hinzuleser, er setzt Kennerschaft voraus, auch dann, wenn er Gedichtzeilen eines anderen in ein Gedicht hineinnimmt, wie etwa Zeilen des jungen Hofmannsthal.

Kühner ist der Erfinder der Pummerer-Figur, es muß sich da um einen angeheirateten Verwandten von Palmström oder Kuttel Daddeldu handeln. Grotesker Humor. Dieser Pummerer staunt, benutzt die Waffen der Satire, bricht seiner Waffe aber mit einem Lächeln die Spitze ab: ein melancholischer Weltveränderer. Wer ihn nicht als Verfasser der Pummerer-Verse kennt, mag ihn als Hörspielautor kennen. ›Die Übungspatrone‹. ›Pastorale 67‹. ›Nichts als Theater‹.

In einem seiner Gedichte steht: ›Wem sollten die Wände erzählen!‹ Diesem Kühner zum Beispiel. Eine Sammlung seiner Hörspiele heißt: ›Mein Zimmer grenzt an Babylon‹.

Mein Zimmer grenzt an Kühners Zimmer, wir sind durch Bücherwände mehr verbunden als getrennt.

Sappho - Klytämnestra - Megara

Athen. Drei sonnenlose Oktobertage in Athen. Die Verlagslektorin begleitete mich und traf die Verabredungen; ich rede sie nie anders an als mit ›liebe Lektorin‹.

Wir wohnten am Fuß des Lykabettos, als Primanerin war sie vier Wochen in Athen gewesen. Mehrmals am Tag rief sie beglückt: Lykabettos mou - mein Lykabettos! Die Taxifahrer streikten, wir liefen zu Fuß durch die Straßen Athens, liefen und verliefen uns, unbekümmert und einvernehmlich. Am

Sonntag regnete es. Die Übersetzerin Maria holte uns am Hotel mit dem Auto ab, heute durfte sie den Wagen fahren, am nächsten Tag waren die geraden Autokennzeichen dran ... Straßenabsperrungen, das Marathonrennen der Radfahrer, wir parkten in der Nähe der Agora, gingen zu Fuß weiter. Als wir an einer kleinen byzantinischen Kirche bereits vorübergegangen waren, fragte Maria, ob wir hineingehen könnten. Wir machten kehrt. Ich sah mich im Halbdunkel um, zündete eine Kerze an, Maria Angelidou tat es ebenfalls. Ich dachte an diesen, an jenen, und dann bekamen noch einige andere eine der dünnen Honigkerzen. In der dritten Kirche, in der wir einkehrten, erzählte diese attische und vielleicht atheistische Maria von ihrer Großmutter, die auf dem Sterbebett prophezeit habe: Du wirst mir nie eine Kerze anzünden! Mit diesem Satz hat sie bewirkt, daß Maria immer, wo es sich ergibt, in jedem Land, ihrer Großmutter eine Kerze anzündet. Mit einer Bitte hätte die Großmutter nicht erreicht, was sie mit dieser klagenden Feststellung erreicht hat. Maria geht in jede Kirche, denkt an die Großmutter, zündet Kerzen an. Wir kennen uns wenig, aber es hat einen Augenblick des Erkennens gegeben. Sie kennt mich besser als ich sie. Sie hat diese ›Ungehaltenen Reden‹ von meiner Sprache in ihre Sprache übersetzt, sie hat in der Schweiz studiert und spricht deutsch ohne jeglichen Akzent, sie trat auch als Dolmetscherin auf, saß neben mir auf dem Podium im großen Saal des Goethe-Instituts, wo am nächsten Abend die Premiere stattfinden sollte. Der deutsche Botschafter in der ersten Reihe; sein griechischer Wortschatz entsprach dem meinen. Viele Künstler unter den Gästen. Bevor man die Autorin befragen konnte, stellte ich mich und das Buch vor, das nun auf neugriechisch vorlag. Ich sagte: »Es handelt sich um elf Reden. Von diesen elf Frauen, die ich zu Wort kommen lasse, lebten drei im antiken Griechenland, das ist ein hoher Prozentsatz. Waren die Frauen – damals – in Griechenland besonders ungehalten, hatten sie Anlaß? Mußten sie das Bedürfnis zu reden unterdrücken? Warum gingen sie nicht auf die Agora und redeten, wie ihre Männer es taten? Oder liegt es einfach nur an der Liebe der Autorin zu diesem Land, zu diesem Abschnitt der klassischen Antike?

Die großen Themen sind alle schon damals - hier! - angelegt und behandelt worden. Jugend - Alter; Frieden - Krieg; Glück - Unglück; Leben - Schreiben. Man kann diese antiken Stoffe in die Gegenwart transportieren, das wird oft gemacht, man kann sich aber auch selbst dorthin begeben. Ich wundere mich, warum von dieser Gelegenheit nur selten Gebrauch gemacht wird. Mit einem leichten Absprung begebe ich mich in ein anderes, mir gemäßeres Land. Ich sitze an meinem Schreibtisch, scheinbar auch anwesend, benutze die elektrische Schreibmaschine, die ich ›Elektra‹ nenne, bediene das Telefon, das Datum gebe ich vermutlich richtig an, auch den Ort, aber in Wirklichkeit, in Wirklichkeit befinde ich mich, sagen wir auf Patmos, wo ich 1958 - als noch wenige reisten - lange gelebt habe. Es waren drei volle Tage! Die Heldin eines Romans beendet dort ihre Aufzeichnungen einer unbequemen Frau. ›Ich bin nicht Penelope!‹ sagt sie. Bevor es Winter wird, reist sie ab. Sie war dreifach arm dran: eine Frau, allein, in der Fremde. Nach ihrer Rückkehr hieß es: Du hast dich verändert. Sie sagt: Das hoffe ich!

Wo ich nur kann, wähle ich mir einen Schauplatz aus, an dem ich selbst mich wohlbefinden würde, wie ich ja auch Personen erfinde, mit denen ich ein oder zwei Jahre lang in enger, intimer Verbindung leben muß. Ich brauche Wärme, von innen, von außen, warum sollte ich mich - schreibend - nach Grönland begeben, wo ich mich in der Provence, der Toskana, auf der Peloponnes - in Athen! - soviel wohler fühle? Am glücklichsten bin ich auf Inseln, ich bin eine Islomanin, ich will dorthin, wo man nicht so leicht fort kann. Ich erfinde Menschen, denen ich die Möglichkeit verschaffe, glücklich zu sein oder es zu werden, den Widerständen zum Trotz. Ich gebe ihnen Kraft mit, auch von meiner eigenen Lebenskraft, damit sie mir nicht alle scheitern und vor die Hunde gehen.

Einen Sommer haben wir auf der Insel Ägina im Saronischen Golf verbracht, drei Literaten; mit dem einen bin ich verheiratet, gut und gern. Dort schrieb ich die griechischen Kardiogramme, Kardios, das Herz betreffend. In jenem glücklichen Sommer waren wir auch in Mykene, und es tobten Gewitter um uns und über uns, es war nicht schwer, mir jenes Mykene vorzustellen, hinter dessen Mauern Klytämnestra lebte und zehn Jahre auf die Rückkehr Agamemnons wartete – nicht wartete! Ich versuchte, eine Rechtfertigung der Klytämnestra zu schreiben, ich verschaffte ihr einen Hirten und einen Fischer als Liebhaber. Ich bin für Liebe, für Glück als Mittel gegen das Unheil. Nicht nur Tragödie! Eine Tragödie ist nur eine Komödie, die schiefgegangen ist, und eine Komödie ist eine ernste Sache, die schiefgegangen ist. Ich plädiere dafür, daß auch ernste Sachen ihre heitere Seite haben, und: Es ist mir mit der Heiterkeit ernst! Auf das Mischungsverhältnis kommt es an. Es stand mir frei, die Gärten der Klytämnestra anzulegen. Sie sollte den blutigen Ablauf der Orestie aufhalten, aber ihr Haß war stärker, eine Rechtfertigung ist mir nicht gelungen, übrig blieb: die Rede der Klytämnestra an der Bahre des Königs von Mykene.

Und dann Lesbos, eine Insel, die ich nicht kenne, die ich mir aber leicht vorstellen kann, ich habe doch Sappho gelesen, ich kenne Inseln. Vergeßt den Namen des Eisvogels nicht! Vergeßt nicht die Gärten von Mytilene!

Und dann Athen, die Rede der Hetäre Megara an die Frauen von Athen, insbesondere an Lysistrate. ›Du irrst, Lysistrate!‹ behauptet diese Megara, die andere Erfahrungen mit Männern und Kriegern gemacht hat als Lysistrate. Sie behauptet, nicht Verweigerung sei ein Mittel gegen den Krieg, sondern Hingabe, Verführung. Sie macht den Frauen von Athen einige drastische Vorschläge, was man tun muß, wenn Verführung nichts hilft. Sie sagt: ›Seht euch das Erechtheion an! Fällt euch nichts auf? Nicht, wie bei anderen Tempeln, tragen Säulen die schwere Last des Daches, sondern Frauen! Merkt ihr denn nichts? Sie bauen auf unsere Stärke!‹«

Das deutschsprachige Publikum lachte. Als Maria später dieselbe Textstelle für das Griechisch sprechende Publikum las, lachte keiner. Ich äußerte mein Erstaunen. Maria fragte: »Warum sollte man lachen? Es stimmt doch, die Frauen tragen die Lasten.«

Ich habe meine kleine Rede im Goethe-Institut mit einem Gebet des Sokrates beendet: »›Geliebter Pan und ihr anderen Götter hier um uns, gebt mir, daß ich schön werde in der Seele und daß alles, was mir zukommt, zu meiner Seele freundlich strebe! Gebt mir, daß ich den Weisen für reich halte, und vom Golde sei mir stets nur so viel, als der Mäßige bedarf.‹«

Im Hotel interviewte mich eine Rundfunkreporterin. Mitten im Gespräch sagte sie unvermutet: »Ihr Mann steht in Ihrem Schatten!« Ich reagierte nicht gereizt, sondern lachend, ich sagte: »Der letzte Sommer soll sehr heiß in Athen gewesen sein. Ist es dann ein Nachteil, im Schatten zu stehen? Es gibt doch Liebhaber des Schattens und des Halbschattens.«

Benutzt man in warmen und in kalten Ländern die gleichen Bilder? Auf dem Rückflug noch einmal: Lykabettos mou! Wir flogen in den frühen Abend. In Frankfurt stand Kühner auf dem Flughafen, in jeder Hand einen Strauß.

Wenn Goethe vom ›lieblichsten‹ Tal schreiben darf, dann muß ich doch sagen dürfen, daß mir von allen Tälern im nördlichen Hessen das Holzape-Tal das liebste ist. Ein Wintertag. Der Bach machte sich breit, verengte sich wieder, floß unbekümmert im Tal herum, war kräftig genug, die Berge rechts und links auseinander zu schieben. Woher kannte er den Begriff ›Mäander‹? Das ist in Hessen nicht üblich. Eisränder, das ja, aber zufrieren und erstarren kann er nicht, dafür ist er zu lebhaft. Der breite Weg in halber Höhe überm Tal, sanft ansteigend, ebenso sanft abfallend, und immer das Gemurmel des Wassers, das jede Unterhaltung unnötig macht. Die stämmigen Buchen waren klüger als wir, sie kannten den Weg, wußten alles im voraus. Wildspuren im Schnee. – Und dann sahen wir die Holzape wieder: Der Frühling war dabei, einen Baum nach dem anderen zu erobern, immer fängt er an den unteren Ästen an, Tage wird es dauern, bis er die Wipfel erreicht hat. Das Wasser überströmte die Bachränder, sammelte sich zu kleinen Teichen, an denen die ersten Sumpfdotterblumen blühten. Anemonen im braunen Laub des Vorjahres. Was für Verheißungen! Und dann ein Hochsommertag. Unter den Buchen war es kühl und dämmrig, man konnte ans andere Ufer waten, konnte die Weinflasche im wasserreichen Bach kühlen. Die Vögel sangen in heillosem Durcheinander, es ging auf den Abend zu. Wir lagerten am Wegrand, und niemand kam des Weges, wir mußten unser Tal nicht teilen, aber wir verschenken es manchmal an gute Freunde, unter der einen Bedingung, daß sie es dort liegen lassen, wo es so schön ist, besonders jetzt: im Herbst.

Am späten Vormittag ging ich zur Bank, um mich um meine Finanzen zu kümmern. Das große Bankgebäude ist seit Monaten eingerüstet; während der Dauer der Renovierung drängen sich alle Abteilungen in einer Baracke zusammen, was den Kunden angenehm, den Bankangestellten beschwerlich ist. Den Gang zur Bank verbinde ich gelegentlich mit dem Gang zum Arzt, der seine Praxis wenige Häuser von der Bank entfernt ausübt. Ich teilte dem Internisten meine Beschwerden mit, nichts weiter Ernstes, wir lachten, sprachen über mein Alter, über Alter allgemein, er ist gewillt, ›Die letzte Strophe‹, sobald der Roman erschienen ist, zu lesen, die Korrekturfahnen liegen bereits auf meinem Schreibtisch. Er mißt rasch noch den Blutdruck, der ungewohnt hoch ist, er sagt: »Faxen – was sollen die Faxen?« Wir hören am Fenster stehend Martinshörner, sehen Polizeiwagen, Krankenwagen, irgend etwas muß ganz in der Nähe passiert sein. Ich mache einen Bogen um die Fahrzeuge und die Zuschauer, höre dann aber doch, daß ein Arbeiter vom Baugerüst gestürzt sei, ›zufällig ging keiner an der Bank vorüber‹. Ich war dieser Keiner. Als ich den Vorfall abends schildere und meine Überlegungen laut werden lasse, ob mich dieser stürzende Körper erschlagen oder ob mein

Körper den Aufprall gemildert und den Mann vielleicht gerettet hätte, sagt jemand: »Haben Sie als Kind nicht mit einem hartgekochten Ei auf das hartgekochte Ei, Ihres Vaters zum Beispiel, geklopft? Das Ei des Stärkeren siegt!« Ein anderer sagt: »Das kommt auf die Dicke der Schale an, auf das Material, wer kräftiger zuschlägt!« Man betrachtet mich prüfend.

Rita schreibt über das Altenpflegeheim, in dem sie arbeitet: ›Alle Pflegenden geben sich in der Advents- und Weihnachtszeit besonders viel Mühe mit dem Ausschmücken und dem Feiern. Vieles kommt bei unseren verwirrten Menschen nicht an oder macht sie noch verwirrter, aber bei den Weihnachtsliedern, da singen fast alle mit.‹

Mein rechter Mittelfinger benimmt sich wie ein Zeigefinger und warnt mich: Paß doch auf! Von einem zum anderen Augenblick läßt sich das Gelenk nicht mehr bewegen, schmerzt heftig. Ich weiß Bescheid: Gicht, das ist Gicht, eine meiner Romanfiguren hatte mit Gicht zu tun. Ich überlege, ob ich zuviel Rotwein getrunken habe. Kann es der kleine Hasenrücken gewesen sein? Ich suche nach dem japanischen Heilöl, oder war Arnikasalbe besser oder Johanniskrautöl? Ich salbe und massiere und stelle meine kopflosen Vermutungen an, daß dies nun das Ende bedeutet: Ich werde nicht mehr schreiben können, ohne den rechten Mittelfinger kann ich nicht mit der Maschine schreiben. Ich ordne mein Leben neu, bin reuig. Muß das sein, zuviel Rotwein? Zuviel Wildbraten? Das Ganze dauert einige Stunden, dann ist der Schmerz weg, so rasch, wie er gekommen ist. Die Verdickung des Gelenks bleibt, das müßte doch zur Warnung genügen.

Traum: Ich bin zu Gast in einem Haus, das ich nicht kenne, man spricht gebrochen deutsch. Auch der OB ist mit seiner jungen Frau anwesend. Als wir alle aufbrechen wollen, schlägt der Gastgeber vor, daß wir spielen sollten, ein Würfelspiel. Wir sind bereitwillig, suchen nach dem Spiel, wollen beginnen, aber dann sagt der Gastgeber, daß man nun erst einmal einen Baumstamm in gleich hohe Klötze zersägen müsse, damit man im Kreis beieinander sitzen könne . . . Ein Spiel müsse vorbereitet werden . . . Das leuchtete mir ein. Ich konnte den Traum in dem Roman ›Die letzte Strophe‹ anwenden. Es fällt mir vieles zu.

Als Eike Christian Hirsch den ›Kasseler Literaturpreis für grotesken Humor‹ erhielt, lautete das Thema seines Festvortrags: ›Hat Gott Humor?‹ Er hat diese Frage nicht beantwortet. Meine Antwort würde lauten: Einigen Menschen hat Gott Humor geschenkt, man kann doch nur das verschenken, was man besitzt.

Keine zwanzig Meter von jener Stelle entfernt, an der ich vor Jahren ausrutschte und den rechten Arm brach, rutschte ich wieder aus, wieder bei Glatteis. g.t., der das Weihnachtsfest wie gewohnt bei uns verbringen und die letzten Einkäufe mit mir erledigen wollte, griff nach meinem Arm, rutschte ebenfalls aus, schlug ebenfalls hin. Mein rechter Arm hing leblos herunter, ohne zu schmerzen. Der Tag vor Heiligabend. Der Unfallarzt hob den Arm hoch, er fiel herunter; er röntgte, fand nichts. Ein Fall für den Neurologen! Er meldete mich dort an, ich wartete in einem Wartezimmer, an dessen Wänden in bedrohlichen rot-gelben Farben mehrere Nagelbilder hingen, die mich ängstigten. Im Sprechzimmer sprachen wir ein paar Sätze, er war unterrichtet, hob ebenfalls meinen Arm hoch, wieder fiel er herunter, er ließ sich beugen, aber konnte nichts von allein, reagierte weder auf meine noch auf ärztliche Anweisungen. Der Neurologe fragte, wann ich mir das rechte Handgelenk gebrochen hätte, ich dachte nach, machte vage Angaben:

Vielleicht vor drei, vielleicht vor fünf Jahren? - Er fragte dringlicher, beobachtete mich lauernd, ich blickte ihn ratlos an. »Sie können sich also nicht erinnern, wann -?« Der Blick des Psychiaters. Ich versuchte, ihm zu erklären, daß seither viel geschehen sei. Wichtigeres als ein Armbruch. Er verordnete mir ein Beruhigungsmittel, sagte, daß er auch über die Weihnachtstage zu erreichen sei, schrieb mir die Telefonnummer auf. Am nächsten Morgen tat der Arm, was ich ihm sagte; ein paar Prellungen, nichts weiter, er schmerzte nun auch. »Das ist die Stelle, wo ich sterblich bin«, sage ich seither. Diese abschüssige Straße führt in den Park, zur Straßenbahnhaltestelle, zum Theater, zu den Einkäufen. Sobald es Winter wird, bekomme ich ein Glatteis-Trauma, mit dem ich andere anstecke.

Entwurf für eine Erzählung: Der Nachlaß war geordnet, bis auf die kleine altmodische Ledertruhe, in der ihr Mann seine persönlichen Dinge aufbewahrt hatte; sie war nie abgeschlossen, seine Frau respektierte die Eigenheiten ihres Mannes. Nach seinem Ableben, sie sprach von seinem Tod immer nur als von ›Ableben‹, nahm sie sich die Truhe vor, in der sich Fotos befanden, keine Briefe, Korrespondenzen hatte er nicht geführt, Telefonate hinterlassen keine Spuren. Fotos von Frauen, nie war er selbst auf einem der Bilder zu sehen, einige der Frauen hatte sie zumindest flüchtig gekannt. Sie legte diese Fotos wie eine Patience auf den Tisch. Einige trugen Daten auf der Rückseite, von der Kopieranstalt eingeprägt. Sieben Frauen, von jeder mehrere Fotos, die sie aufmerksam betrachtete, in die sie sich hineinsah. Sie erkannte Jahreszeiten, erkannte das erste Bild, das letzte Bild. Sie waren frisch und jung und heiter auf dem ersten Bild, auf dem letzten waren sie verändert, nicht nur gealtert, sondern abgenutzt, verbraucht. Offensichtlich nach kurzer Benutzung. Sie ließ diese Patience einige Wochen liegen, betrachtete häufig die Bilder und ging dann zu einem der Spiegel und betrachtete sich. Ihr Mann hatte Spiegel gesammelt, in jedem Raum standen und hingen Spiegel, kostbare, aus verschiedenen Epochen. Jahrzehntelang war sie mit diesem abgelebten Mann verheiratet. Bei jedem Blick in den Spiegel sieht sie, daß sie sich verändert; sein Ableben belebt sie. Dazu haben diese Fotos beigetragen.

Die Akademie für Sprache und Dichtung tagt in Darmstadt, das Thema heißt diesmal: ›Erbarmen mit dem Leser‹. Herbert Heckmann, der den titelgebenden Vortrag hielt, zeigte dann aber keines. Walter Helmut Fritz sagte: ›. . . die Ehrlichkeit des Autors beim Schreiben sei der Garant für das Vertrauen des Lesers in den Text. Zur Ehrlichkeit dann noch die Kunstfertigkeit, dann darf man weiterhin hoffen, daß es Texte geben wird, die den einen zum Buch und den anderen nicht von ihm weg bringen.‹

Erst wenn der Grabhügel eingeebnet wird, ist der Tod endgültig. Unterm Rasen liegen, darüber weggehen. Besuche sind dann nicht mehr erwünscht. Die Toten in Ruhe lassen! Nicht immer wieder die Erde aufkratzen; die Trauerränder an den Fingernägeln haben daher ihren Namen. Die Sterbende sagt: Nun laßt mich los. Gilt das nicht auch für später? Versuche ich, mich vor mir selbst zu entschuldigen, daß ich nicht zur Grabpflege diese 50 km fahre, mit Gießkanne und Hacke? Daß ich auf dieses Doppelgrab der Eltern, das auf meinen Wunsch hin mit Efeu überwachsen ist, nur eine Blume lege? Manchmal stammt sie aus unserem Garten.

Die Freundin Rose ist der einzige Mensch, der weiß, wie nötig ich Tröste-Geschichten habe. Sie hat eine sehr alte und verwirrte Frau im Pflegeheim besucht. Diese Frau war eine Liebhaberin von Bäumen, kannte jeden Baum im Park mit Namen. Als Rose sich verabschieden wollte, hat sie sie einen Augenblick lang festgehalten, nach rechts und nach links geblickt, wo andere verwirrte Frauen in ihren Betten lagen, hat sich vergewissert, daß niemand sie beobachtet, und dann geflüstert: »Ich schlafe jede Nacht unter einem anderen Baum.«

Jemand schreibt mir, daß er eine Frühlingswoche im Tessin verbracht habe und dort ›Das glückliche Buch der a.p.‹ las. ›Den richtigen Zeitpunkt und das dazugehörige Buch, dieses Zusammentreffen erlebe ich, seit ich lese! Manchmal habe ich den Eindruck, das Buch sucht mich und nicht umgekehrt.‹

Während ich versuche, in dem Roman, der ›Die letzte Strophe‹ heißen soll, ein optimistisches Bild des Alterns herzustellen, erhalte ich mehr Briefe denn je, die mir ein Angst und Schrekken einjagendes Bild des Alters vor Augen halten. Oder werde ich nur aufmerksamer? Will man erproben, ob meine Zuversicht standhält? Da schreibt eine Frau, Ende Fünfzig vermutlich, deren Kinder erwachsen sind: ›Während ich meinen uralten Vater betreute, der an Altersschwachsinn, Alterstaubheit und einer schrecklichen zerebralen Unruhe litt, die ihn Tag und Nacht durchs Haus trieb, schrieb und schrieb ich, um zu überleben. Sie wissen sicherlich, wovon ich rede, denn den Satz »Schreiben, um zu überleben« entwendete ich Ihrem Buch »Mein schwarzes Sofa«. Als ich ihn las, wußte ich: Ja, genauso ging's mir auch. Gegen meines Vaters jahrelanges langsames Sterben mußte ich etwas für das Leben tun. Und wenn ich nicht wie eine Besessene geschrieben hätte - mein Vater, der sich mit einer Zähigkeit sondergleichen an seinem irdischen Dasein festhielt, hätte mich überlebt! Nun ist er seit Ostern tot - eine Erlösung für ihn und für mich, jeden Tag danke ich Gott dafür. Trauer und Schmerz verspürte ich, solange ich ihn, der einmal als eine Persönlichkeit galt, immer mehr verfallen sah, bis er nur noch ein Schatten seiner selbst war . . .‹

Ich wurde aufgefordert, bei den ›Godesberger Gesprächen‹ das Schlußreferat zum Thema ›Orpheus als Architekt‹ zu halten. Ich habe abgesagt, aber mit Bedauern. Wie viele Traumstädte habe ich gebaut! Keine Luftschlösser, keine Traumhäuser, immer nur: eine ganze Stadt, auf einem Hügel gelegen, die Landschaft einbezogen, Gassen und Stiegen, Läden und Cafés, Terrassen und Laubengänge, Kapellen –. Und dann hätte ich die späteren Bewohner dieser Stadt auch noch auswählen wollen! Wie viele Häuser, Grundrisse und Aufrisse habe ich in den Sand gezeichnet, nie habe ich ein Haus für mich gebaut. Aber ich habe über Häuser geschrieben, ich habe eine Burgruine in ein Burghotel umgebaut, so überzeugend, daß ich viele Anfragen nach der genauen Adresse bekomme. Ich habe den Text zu einem Bilderbuch geschrieben, das den Titel trägt ›Mal mir ein Haus‹. Die Kinder, die sich bei dem Maler ein Haus wünschen dürfen, verwechseln malen mit bauen. – Der Entwurf zu einem Hörspiel ›Der Traum des Architekten‹ blieb unausgeführt liegen. In dem Roman ›Die letzte Strophe‹ baut eine junge phantasievolle Architektin in meinem Sinne anmutige, umweltfreundliche Häuser, eine Häuserkette, die sich um einen Hügel legt. Die Bewohner dieser utopischen Alten-Kommune habe ich sorgfältig ausgewählt, trotzdem haben sich nicht alle so verhalten, wie es die Autorin erwartete.

Nachdem ich mich bei den Vorarbeiten und beim Schreiben des Romans ›Die letzte Strophe‹ lange und intensiv mit Krankheit, Alter, Tod beschäftigt habe, nun plötzlich der Wunsch, von Kindern und für Kinder zu schreiben, aber auch der, mit Kindern umzugehen.

Wo es möglich ist, gebe ich an, wer mir eine Begebenheit erzählt hat, wessen Gedanken mir so einleuchtend erschienen, daß ich sie in diese Aufzeichnungen aufnehme. Aber was tun, wenn mein Gedächtnis mir kein Signal gibt? Das Vergessene potenziert sich, wenn man vergißt, was man vergessen hat.

Sigrid Bauschinger, die Germanistin aus Amherst/Mass., beantwortet die Frage (in unserem Gästebuch), wovor sie sich fürchte, mit: Vor deutschen Autobahnen. Furchtlos saß sie am Steuer, als wir miteinander durch 25 der Vereinigten Staaten von Amerika fuhren . . .

Wünsche erfüllen sich selten, Befürchtungen allerdings auch nur selten. Das hält sich die Waage. Sollte ich weniger wünschen? Weniger befürchten?

Als junger Reserveoffizier hat Birger, unser schwedischer Freund, die Stunde verschlafen, in der er entscheiden sollte, ob ›der Feind‹ bei einem Manöver angegriffen werden sollte oder nicht. Er hat sich, schlafend, gegen ›Angreifen des Feindes‹ entschieden, was richtig war, wofür er eine Auszeichnung erhalten hat.

Eine Anzeige im ›Figaro‹: ›Im Jahr 1988 wurden mir 8 Urenkel geboren.‹ Dann folgt die Aufzählung all der hübschen Namen, der Adressen der Eltern und zum Schluß jener der glücklichen Urgroßmutter.

Viera schreibt: »». . . noch leuchtender, und ihr an Alter gleich« . . . noch leuchtender die Donna Laura, die unsterbliche Geliebte, die mit Oboe, Flöte, Viola gefeiert wird, einem närrischen Krummhorn (das frühere war viel zu kurz!), einer wichtigen Überleitung, in der der Klang ›dekomponiert‹ wurde, und seit Tagen ein großes Zwischenspiel, notwendig für die Form, das fand ich schon damals, bei der ersten Fassung. 8 Partiturseiten, 2–3 kommen noch dazu. In der Zeit, wo mein Kopf vor Müdigkeit umfällt, schreibe ich ab: die Stimmen, die angefertigt werden müssen. 200 Stunden, wie ich es mir ausgerechnet habe, brauche ich dazu, ungefähr ein Viertel ist geleistet. Eine Symphonie wollte ich schreiben, aber schon jetzt bangt es mir davor, daß ich dann die Stimmen abschreiben müßte . . .

Ach, wäre ich 20! Ach, wäre ich 30! Oder wenigstens 35 . . . Das Wetter ist herrlich, hätten Sie nicht Lust, zu uns zu kommen? Die Landschaft überbietet sich selbst, der Raps ist gelber denn je, die Düfte intensiver, der Kleiber fleißiger, ach, der plagt mich täglich! . . . Viera‹

Heilige Kunigunde oder Wandern im Steigerwald

Man kann mit dem Auto nach Bamberg fahren, nichts einfacher als das; man kann die Bahn benutzen, das ist schon schwieriger, aber das Ziel ist verlockend, da nimmt man Unbequemlichkeiten auf sich. Der Bamberger Reiter! Vierzehnheiligen nicht weit. Bei uns kommt als Verlockung noch ein Bamberger Professor hinzu.

Man kann aber auch nach Bamberg wandern, im Juni kommt das einer Pilgerfahrt gleich, die liebliche fränkische Landschaft ist im Frühsommer noch lieblicher. Der Main im Westen, die Aisch im Süden, dazwischen der Steigerwald. Die Berge nicht nennenswert, zumeist nur sanft ansteigend, viel freies Feld, dann und wann ein Steinbruch, viele Forellenteiche, schöne Laubwälder.

Der Blick auf die Wanderkarte ist vielversprechend, die Freunde sind erprobt: Wir machen uns auf den Weg. Das Wegzeichen führt uns das Ziel alle paar hundert Meter deutlich vor Augen: Bamberg. Ein Turm rechts, ein Turm links, in der Mitte die Heilige Kunigunde, alles blau-weiß, wir befinden uns in Bayern. Wir entdecken das Schild an Bäumen und Masten und Straßenschildern – und jedesmal hat man der Hl. Kunigunde einen Nagel durch den Kopf geschlagen und eine Märtyrerin aus ihr gemacht. Sie gibt dem Weg den Namen: Kunigundenweg, früher einmal hieß er Bamberger Weg, führte von Aub nach Bamberg, die Sage besagt, daß man ›bei weithin einsamer Führung des Weges durch keine Ortschaft komme‹. Das hat sich geändert, aber es geht auch jetzt noch querfeldein und querwaldein. Unser Weg kreuzt Straßen, unterquert die Autobahn, anderen Wanderern begegnen wir nicht. Es handelt sich im Steigerwald nicht um ausgetretene Pfade.

Jedem Autofahrer stellt man ein Warnschild auf, wenn ihm Steinschlag oder eine schlechte Wegstrecke droht, der Wanderer mag zusehen, wie er durchkommt. In den Wäldern wird gerodet, Bulldozer fahren die Stämme ab, hinterlassen tiefe Furchen, in denen noch das letzte Regenwasser steht. Wir klettern über Stämme, stolpern, springen über Pfützen und Gräben, und dann setzt der Regen ein. Nässe von unten und Nässe von oben, da nutzt kein Regenschutz: Heilige Kunigunde, bitt für uns! Wir werden doch eine Ortschaft erreichen! Wo ist Norden? Wo Osten? Der Himmel senkt sich dunkel und schwer auf uns nieder. Die Rübenfelder dehnen sich. Welcher der Wirtschaftswege führt zu einer Ortschaft, und was erwartet uns im nächsten Dorf? Es ist wie im Märchen. Ein Schloß! Ein Park! Das würde uns wenig nutzen, aber der Schloßgasthof! Er bietet uns Fachwerkromantik, er bietet uns aber auch allen gewünschten Komfort. Man trocknet die Wandersachen im Heizungskeller, gibt uns die neueste Ausgabe der FAZ, damit wir die Schuhe ausstopfen können. Wir duschen, ruhen in warmen Federbetten und bestellen uns am Abend ein lukullisches Mahl. Am Nachbartisch sitzt baltischer und fränkischer Adel. Im Schloß nebenan wohnt eine Familie von Schrottenberg, das wissen wir nun schon. Ein Platz bleibt noch längere Zeit unbesetzt. ›Herr Oberst sind wohl noch in der Kirche.‹ Wir nehmen passiv am Gespräch teil, die alte Dame, die gefeiert werden soll, ist schwerhörig.

Und dann ruhen auf unseren schönen Tellern großäugige Forellen, auf allerlei junges Gemüse gebettet, in der Folie gebacken. An wie vielen Forellenteichen, von gelben Wasserlilien und blühendem Röhricht umgeben, sind wir vorübergekommen! Die munteren Forellen! Wir hatten den einen und anderen Schluck Frankenwein bereits intus – wir haben sie mit Schubert begrüßt! Kein Forellenquintett, nur ein -quartett. Besseres konnte ihnen nicht passieren, als von vier hungrigen musikliebenden Wanderern in heiterer Dankbarkeit verspeist zu werden.

Wir befanden uns in Reichmannsdorf, ganz recht. Das Dorf eines reichen Mannes. Ich beschloß, einen Brief an VARTA zu schreiben, voller Lob für diesen Schloßgasthof im Steigerwald. Ich verteilte großzügig Schlafmützen und Kochhauben, und dann erinnerte ich mich: Östlich von hier liegt die fränkische Schweiz, fließt die Pegnitz, und auf einem der Felsen überm Tal liegt der Eyckel, Stammsitz der Quints. Diesem imaginären Burghotel, in dem Maximiliane, meine Heldin, als Hausdame tätig war, ist die Eintragung in den VARTA-Führer der ausgewählten Hotels und Restaurants versagt geblieben; die Autorin stellt das im Roman ausdrücklich und mit Bedauern fest. Bis dann der Brief des Chefredakteurs eintraf: Man habe viel Lobendes über das Burghotel Eyckel zu hören bekommen, es würde oft nachgefragt, darum bitte man mich nun, die beiliegenden Fragebögen auszufüllen. Ich machte mich ans Werk, gab die nächstgelegene Autobahnausfahrt an, schrieb wahrheitsgemäß, daß die Zimmer weder Farbfernseher noch WC, wohl aber historische ›pots de chambre‹ hätten, ließ die Spalte, die nach der Telefonnummer fragte, unbeantwortet. Nicht VARTA war hereingefallen, sondern die Autorin! Bald darauf saß ich mit dem Chefredakteur in einem mehrsternigen Restaurant, und wir unterhielten uns über Burghotels in der Literatur.

Bei den jungen Wirtsleuten in Reichmannsdorf erkundigte ich mich am nächsten Morgen, wie weit es zum Burghotel Eykkel sei. Zu Fuß –. »Warum bleiben Sie bei dem Regenwetter nicht bei uns –?« Jeder Wirt hätte uns diese Antwort gegeben. Ich begegne ›meinen Leuten‹ mal hier und mal dort, andere haben Verwandte, ich habe mir eine weitläufige Familie erschrieben, die mir sehr nahe steht.

Hübsche Ortsnamen im Steigerwald. Rosenbirach. Burgebach. Grasmannsdorf. Scheinfeld. Die Gasthöfe heißen ›Posthorn‹, ›Rotes Roß‹ und ›Goldener Hirsch‹, die Wirtshausschilder sind blankgeputzt. Der moderne Komfort besteht zumeist in einer nachträglich eingebauten Dusche. Das Bettzeug lastet schwer auf dem müden Körper, und die knusprig gebratenen Schäufele tun ein übriges für schwere Träume. Stand im Prospekt nicht etwas von verträumten Straßenzügen? Wann wird hier geträumt? Träumt man von schweren Motorrädern? Von einem leidlich ungefährdeten Standpunkt aus haben wir wirkliche Postkartenschönheiten bewundert, Mittelalterliches und Barockes, Tore und Türme, alles proper herausgeputzt. Ein Gasthof muß leicht auffindbar sein, Parkplätze müssen auch sein. Eine Ampelanlage sichert den Weg über die stark befahrene Bundesstraße zum Gasthof. Der Friedhof liegt in Sichtweite, der Steinmetz stellt unter unseren Fenstern die neuesten Grabsteinmodelle aus. Was kann uns passieren? Das Hauptwerk von Adidas hatten wir, mitten in den schönsten Kornfeldern gelegen, bereits gesehen, es hat Ausmaße, als wären wir ein Volk von Wanderern und Läufern und nicht von Fahrern schwerer Autos und Motorräder. Natürlich müssen diese Laufschuhe transportiert werden, am besten auf großen Lkws, und am besten des Nachts ...

Scheinfelder Würstchen in Scheinfeld. Zu jedem Ort die passenden Würstchen, das hat man dem nahen Nürnberg abgeguckt, frischer Meerrettich, frischer Frankenwein. Am Vorabend hatten wir die Umrisse eines hochgelegenen Schlosses bereits gesehen, aber erst am nächsten, nicht zu frühen Morgen bestiegen wir den Schloßberg. Im weiten Hof standen die gestutzten Linden in Zweierreihen, blühten die Rosenstöcke, aßen Internatsschüler Eis oder Pizza; große Pause. Wir grüßten einen Mann, der in einem verwunschenen Garten tätig war, mit ›Grüß Gott‹, er war zu Auskünften bereit. Deutsches Schicksal am Wegrand. Mit einem Rucksack war er nach

Kriegsende hier eingetroffen, damals noch Student, 16 Kilo Eigentum auf dem Rücken. Er ist Verwalter des großen Gutes geworden, alle Posten waren damals unbesetzt; als die amerikanischen Truppen kamen, mußten sich viele davonmachen, sagte er. Vor kurzem hat er sein Sieben-Zimmer-Haus bezogen und bestellt nur noch den großen Bauerngarten. Den Spargel hat er in der Frühe bereits gestochen, die letzten Päonien blühten noch, Erdbeeren und Jasmin, die Stangenbohnen hatten die halbe Strecke bereits zurückgelegt. Was nur blühen konnte, stand in Blüte. Das Nützliche, hier war es schön, das Schöne war nicht ohne Nutzen. Ein Flüchtling aus dem Sudetengau hatte sein Lebensglück gefunden. Er hielt eine Handvoll Erde hoch, zerkrümelte sie zwischen den Fingern: »Keuper«, sagte er, »dunkler Keuperboden, daher der Name Schwarzenberg.«

Die Fürsten von Schwarzenberg haben in der deutschen, der österreichischen und der böhmischen Geschichte eine große Rolle gespielt. Und in der jüngsten Geschichte? Sehen die Gebäude nicht aus, als wäre hier einmal eine NaPoLa untergebracht gewesen? Wir müssen uns abgewöhnen, ›jüngste Geschichte‹ zu sagen, wir haben inzwischen eine allerjüngste deutsche Geschichte.

Der weitere Weg führt zu einem Kloster und einer Klosterkirche. Vormittags sind wir immer bereit, uns zu bilden. Balthasar Neumann –? Kann das sein? Bis Vierzehnheiligen muß er noch viel lernen! Wir bewilligen ihm noch einige Tage.

Die Störzone einer Autobahn beträgt nach unseren Erfahrungen fünf Kilometer nach beiden Seiten. Wir treffen auf den Main-Donau-Weg, gekennzeichnet durch ein großes D und ein großes M, unser Unternehmen gewinnt an Weite; Wanderern begegnen wir auch jetzt nicht. An einem sonnigen Nachmittag erschrecken uns zwei Tiefflieger, vor denen man uns gewarnt hatte, aber sie verkünden lediglich Gutwetter, sicherer als die Schwalben, die erst zum Tiefflug ansetzen, wenn es bereits regnet.

Die Rüben müssen verzogen werden, das sieht jeder Laie. Frauenarbeit, Spezialmaschinen wurden für diese mühsame

Tätigkeit noch nicht erfunden, sie wären zu kostspielig, Frauen sind billiger.

Am späten Nachmittag, als wir durstig sind, entdecken wir im Gebüsch ein Schild. Ein Gasthof! Zwischen Stall, Scheune, Wohnhaus und Misthaufen, verschönt durch ein paar Kästen blühender Petunien, stehen zwei lange Holztische, an jedem zwei lange Bänke. Wir nehmen Platz. Niemand läßt sich sehen. Ein Junge fährt auf einem Plastik-Bulldozer übers Kopfsteinpflaster, der kleinere Bruder fährt auf einem kleineren Bulldozer hinterher. Eine alte Frau kommt aus dem Stall, wischt mit einem Lappen erst die Hände, dann den Tisch ab. »Weinschorle!« Und dann bringt sie vier Gläser, in jedem ein halber Liter, mehr Wein als Wasser. Und: zurück in den Stall. Vor einer halben Stunde hat die Kuh gekalbt. Nicht eine Kuh, sondern die Kuh. Die Frauen beschließen, die Wochenstube aufzusuchen, man hat so lange kein neugeborenes Kälbchen gesehen. Im Stall steht die Kuh, ein mächtiges, grobknochiges Tier, einfarbig braun, sie wird von der jungen Bäuerin versorgt, gerade legt sie die Melkmaschine an, statt das Tier mit der Hand zu melken, dieses eine Mal, aber sie hat Melken nicht gelernt. Das Kälbchen liegt naß und erschöpft im Stroh, an guten Worten fehlt es beiden nicht. Wir rufen die Männer herbei: Wollt ihr euch das denn nicht ansehen? – Nur wenn es ein Junge ist! sagen sie. Es ist ein Junge, unter Gelächter gehen wir zu viert in den Stall. Später steht die ältere der beiden Frauen neben unserem Tisch, und wir erfahren die Geschichte des Hofes, dessen Ländereien verpachtet sind. Der Mann geht auf Arbeit. Da werden Unterschiede gemacht. Arbeit, das ist bezahlte Arbeit, im Stundenlohn, bei geregelter Arbeitszeit. Die Frauen versorgen das Vieh, die Gärten, den Haushalt, die Kinder. Ob wir das gehört hätten? Gestern? Am Nachmittag hat man im Nachbardorf ein Kind überfahren, tödlich! Ein Besucher hat seinen Wagen rückwärts aus dem Hoftor gesetzt –. Wir haben das Martinshorn gehört, wir haben den Krankenwagen gesehen, wir sind durch das Dorf gekommen, haben den Friedhof gesehen, die Ausstellung der Grabsteine –.

Heilige Kunigunde, es regnet schon wieder! Kein Schloß und kein Park und kein Schloßgasthof weit und breit, nur ein Gasthof mit Metzgerei. Vorsorglich studieren wir den Omnibusfahrplan. Am nächsten Morgen könnten wir nach Bamberg fahren, früh um sieben, aber nicht am Mittag und schon gar nicht am Nachmittag. In den Rucksäcken befindet sich nichts Geschriebenes, nichts, was wir jetzt lesen könnten. Wir sind auf die zurückgelassenen, zerfledderten Zeitschriften angewiesen. Jeglicher Dünkel hat uns verlassen. Ich ziehe mich an die Fensterbank mit dem Blick auf einen Hühnerhof zurück und vertiefe mich in einen Aufsatz über die Kraft der Bäume, die mich heilen könnten: von Kopfschmerzen, Rheuma, Depressionen. Ich müßte mich dazu allerdings auf den Erdboden legen und die nackten Füße fest an den Baumstamm pressen, das sei auch gut bei Schlafstörungen. Die Buche heilt das Kopfweh, die Fichte stärkt die Nerven, das leuchtet sofort ein, als Kind wurde man in Fichtennadelessenz gebadet. Und dann die Linden! Sie wirken belebend und verjüngend. Die schönsten Exemplare stehen auch heute noch mitten in den Dörfern, vor der Kreissparkasse, neben der Telefonzelle, dem Postamt. Die Linden bereiteten gerade ihre lange Blütezeit vor, am Vortag haben wir bereits Linden-Lieder gesungen. Und was ist mit dem Holunder? Er tut der Leber und der Milz wohl, Organe, die sich bisher nie bemerkbar gemacht haben. Man braucht den Holunderstamm nur zu berühren! Als wir beide, vor sehr langer Zeit, den ersten gemeinsamen Sommer auf Gutshöfen in Holstein verbrachten, küßten wir uns bei jedem Holderstrauch. ›Sehe still dein Wunder, sterniger Holunder –‹? Oda Schäfer, ist das eine Zeile aus einem Gedicht der Oda Schäfer, die ich verehrte, als ich eine junge Redakteurin war? Erinnerungsküsse. Der Kirschbaum steigert die Potenz. Wie er das macht, war nicht angegeben. Die wilden Kirschen an den Waldrändern blühten nicht mehr, hatten aber gut angesetzt; andere, falls andere Wanderer vorüberkommen, werden sie pflücken. Vom verwirrenden Einfluß der Erlen haben wir am nächsten Morgen nichts wahrgenommen. Es regnete, als wir aufbrachen, der Bus war längst über alle Berge. Wir waren gekränkt. Es war Juni, im Juni kann man doch Ansprüche an ein paar freundliche Wandertage stellen. Die Frage, bei wem diese Ansprüche zu stellen seien, konnte nicht befriedigend beantwortet werden. Die sieben Brückenheiligen unter den verwirrenden Erlen halfen nicht weiter. Jetzt hätten laut Wanderkarte Graswege kommen sollen, statt dessen trotteten wir am Straßenrand hintereinander her bis zum nächsten Gasthof, zum nächsten Telefon. Ein paar Fernfahrer und ein paar Landarbeiter hielten Brotzeit, das taten wir auch. Dann kam das Taxi, fuhr uns nach Bamberg. Die Wanderung endete als Pilgerfahrt. Heilige Kunigunde! Wir haben sie gestraft, wir sind nicht zum Dom gegangen, haben die Standbilder des Kaiserpaares Heinrich II. und seiner Kunigunde nicht besucht und nicht den Bamberger Reiter und auch nicht unseren Bamberger Professor. Die vierzehn Nothelfer von Vierzehnheiligen nutzten nun auch nichts mehr. Noch ein letzter Blick auf die genagelte Kunigunde, dann fuhren wir mit dem nächsten Zug ab. Wie im Fluge! Rasch über den Main hinweg und rein in die Rhön. Wir wissen nun, warum man sagt: Man fährt durch die Rhön. Tunnel - Tunnel - Tunnel, und nur für Sekunden ein rascher Blick ins Freie.

Und dann wieder zu Hause: die Sonne scheint, die Rosen blühen und auch der Jasmin. Auf dem Schreibtisch liegt der Umschlag, auf dem handschriftlich steht: ›Notfalls‹ –. Seit ich vor der Reise nach Jerusalem auf einen Umschlag ›Neues Testament‹ geschrieben habe, scheue ich mich, Änderungen, den Nachlaß betreffend, so zu bezeichnen. Änderungen sind aber nötig. Da stirbt jemand vor mir, da trennt sich ein Paar. Wann, vor welcher Reise, habe ich diese Notfalls-Verfügungen getroffen? Es steht kein Datum auf dem Umschlag. Haben die Bestimmungen noch Gültigkeit? Will ich denn eine Erbtante sein, deren Ableben man erhofft? Lachende Erben? Wer wird dann lachen?

Ich gehe auf dem Gehweg
Ich esse am Eßtisch
Ich trinke aus dem Trinkbecher
Ich schlafe im Schlafbett

Ich lebe meine Lebenszeit

Als ich noch keine Buchautorin und auch noch keine bemittelte Buchkäuferin war, machte ich trotzdem die besten Erfahrungen mit Buchhändlern. Freude an Büchern, Freude an literarischen Gesprächen, das schien bereits zu genügen: Ich war eine gerngesehene Besucherin von Buchhandlungen, die ich benutzte wie Museen und Kunstausstellungen – als Betrachterin, der Eintritt ist kostenlos.

Ich wechselte oft die Wohnorte, aber immer gab es bald ›meinen Buchhändler‹; in Nürnberg war das Anfang der fünfziger Jahre die Buchhandlung von Emil Jakob. Unvergessen! Als Dank für die Hilfe, die er der jungen, ahnungslosen Redakteurin geleistet hatte, habe ich ihm Eingang in einen meiner Romane verschafft.

Wenn ich mich in einer Stadt fremd fühle, gehe ich in eine Buchhandlung, suche im Regal bei der ›schönen Literatur‹ unter dem Buchstaben B, ob ich denn anwesend bin. Als ich einmal ohne Geld in einer fremden Stadt war, habe ich einen Buchhändler gefragt, und er hat nicht gezögert, mir Geld zu leihen; zu diesem Zeitpunkt hatte ich noch keine Bücher geschrieben, die zu Buche schlagen.

Ich habe den Buchhändlern viel zu danken, und da ich nicht weiß, wie ich den Dank pauschal abstatten könnte, nenne ich jenen Emil Jakob aus Nürnberg stellvertretend für alle anderen, weil er mein Zutrauen zu den Buchhändlern begründet hat.

Jener Sommer in Nürnberg! Ich hatte eine Anstellung als Redakteurin einer Frauenzeitschrift gefunden, mit einem festen Gehalt. Es war meine letzte feste Anstellung. Ich habe dort viel gelernt, nach einigen Monaten war ich ›umbruchsicher‹. Arbeitsbedingungen und Arbeitsatmosphäre waren so, daß ich schon bald gekündigt habe. Nie wieder wollte ich so abhängig sein, nie wieder so ausgenutzt werden.

Aber es hat auch in Nürnberg glückliche Tage gegeben; an einem solchen glücklichen Sommersonntag lieh ich mir von meinen Wirtsleuten im Stadtteil Erlenstegen ein Fahrrad aus, fuhr los, immer der Nase nach. Die Straße endete in einem Feldweg, und der Feldweg endete an einem Damm, der kein Bahndamm war. Ich schleppte das Rad den steilen Hang hinauf, sah mich um, und siehe da: eine breite, prächtige Asphaltstraße! Ich stieg aufs Rad, alle Autofahrer hupten mir zu, winkten aus dem Fenster, und ich winkte zurück. Ich war jung, die Sonne schien, die Landschaft war schön, ich verdiente endlich wieder Geld, und so fuhr ich eine lange Strecke, winkend und lachend, vom Hupen der Autos, die mich überholten, begleitet. Eine Straße, auf die ich hätte abbiegen können, fand ich nicht, also trug ich das Fahrrad irgendwo wieder einen Hang hinauf und wieder hinunter, fand einen Feldweg, eine Straße. Da mein Ortssinn gut ist, kehrte ich nach einigen Stunden zurück, berichtete anschaulich von meinem Ausflug, vom heiteren Sommertag, von den winkenden Autofahrern und erfuhr, daß ich die Autobahn benutzt hatte.

Der Vorfall ist, juristisch gesehen, inzwischen verjährt.

Es gibt viele Gründe, nicht in die Kirche zu gehen.

An der Rezeption des Hotels reichte man mir das Gästebuch, damit ich mich eintrüge. Ich las den letzten Namen, las ›Peter Schreier‹; es bot sich an, auf die betreffende Seite zu schreiben: ›Auf einer Saite mit Peter Schreier.‹

Sinnvoller Druckfehler: ›Hunde, wollt ihr ewig lesen?‹

Brecht hat einmal geäußert: ›Alle Künste tragen bei zur größten aller Künste, der Lebenskunst.‹ Könnte man darin nicht die vielgeschmähte ›Lebenshilfe‹ als Funktion der Kunst vermuten?

Der Mangel an Gelassenheit und stoischem Gleichmut dient mir (manchmal) als Beweis, daß ich jünger bin, als ich bin.

Sie ist Mitte oder Ende Dreißig, aber noch immer so leicht, daß man denkt, der nächste Windhauch könnte sie vom Boden abheben. Gäbe es ein Orplid, dann wäre sie dort zu Hause. Den Mann, den sie liebt, dessentwegen sie in unserer Gegend lebt, hat sie in zwölftausend Meter Höhe kennengelernt. Sie ist als Blume gedacht, als Anemone vielleicht, an Hessen ist sie verschwendet.

Für einige Tage ist Kühner, der Ältere, zu Besuch. Die Brüder wandern miteinander, reden wenig, beide sind von Natur Schweiger. Hinzu kommt eine Trommelfellverletzung aus dem Zweiten Weltkrieg, aber auch die Schwerhörigkeit des zunehmenden Alters. Das Schweigen steckt an. Man fragt sich: Ist es wirklich wichtig, was ich sagen will, so wichtig, daß ich die Stimme heben müßte, die Lautstärke erhöhen? Warum haftet der Schwerhörigkeit ein Makel an, den man bei Sehschwäche doch lange schon überwunden hat, Brillen sogar als Schmuckstücke trägt, Brillen für die Ferne und für die Nähe und mit übergangslos geschliffenen Gläsern. Dagegen die Hörgeräte, Attribute der Unzulänglichkeit, mit vielen Schwächen behaftet. Man kann nicht hören, aus welcher Richtung ein Geräusch kommt, bei bestimmten Frequenzen gibt es Piepstöne, die der Träger des Hörgerätes nicht wahrnimmt, wohl aber andere. – Dann reist der Bruder ab, am späten Vormittag, zu unserer besten Arbeitszeit, die von allen respektiert wird; rücksichtsvoll erklärt er sich einverstanden, ohne Begleitung zum Bahnhof zu fahren. Ich trinke noch eine Tasse Kaffee mit ihm, gebe ihm Reiselektüre und Butterbrote mit auf den Weg; den Speisewagen wird er nicht aufsuchen. Dann bestelle ich das Taxi, und da erscheinst du mit Mantel und Baskenmütze: Du willst den Bruder zum Bahnhof begleiten. Zu mir sagst du leise: Man weiß nie, wann es das letzte Mal ist –.

Traum, sehr eindringlicher Traum: Ich kam nach Hause, aber in ein Zuhause, das ich nicht kannte, das mir im Traum jedoch vertraut war. Ich ging eine steile Treppe hoch, fand in der Küche meine geschäftige Mutter vor, fragte sie: ›Was ist eine Endrophobie, ist das schlimm?‹ Sie sagte: ›Nein.‹ Ich stellte mich ans Fenster, war bedrückt, sagte: ›Ich muß jetzt gehen‹, sah mich dann unten auf der Straße, hatte mich von mir getrennt und ging zu der Baustelle, sah meinen Bruder, der oben auf einem Gerüst stand und mir zuwinkte. Er rief Anweisungen, und ich tat, was er sagte, ebenfalls in großer Höhe, setzte Stein auf Stein, meine Bedrückung schwand, ich war befriedigt von meiner Tätigkeit. Unten auf einem Platz standen Sonnenschirme, Tische und Stühle mit bunten Kissen und Decken. Ich sah in die Gesichter der Menschen, die zur Baustelle blickten, und dann breitete sich Entsetzen auf den Gesichtern aus, etwas war passiert: Ich sah meinen Bruder, er sprang vom Gerüst und winkte mir zu, und dann sprang ich ebenfalls, wußte, daß es keine andere Möglichkeit gab, ich sprang und kam auf dem Platz an, wachte auf und dachte: Es ist richtig so. – Ein Traum, der sich dem Aufschreiben entzieht und doch so eindringlich war, seither weiß ich, wie ein Bruder, den ich nicht habe, aussehen würde. Ich stürze oft in Träumen ab, aber diesmal stürzte ich nicht, diesmal sprang ich und kam heil an, und alles war gut. Sich selber springen sehen und sehen: Alles geht gut. Aber: Was ist Endrophobie? Auch der Große Brockhaus weiß es nicht. Meine Mutter wußte es.

Täglich treffen nun Briefe ein, in denen mir Leser ihre Pläne für das eigene Alter unterbreiten. Ehepaare, die miteinander, zu sechst oder zu acht, ein zerfallenes Haus auf einer griechischen Insel ausbauen möchten und denen es nur am ›Pertesschen Vermögen‹ fehlt. Was doch nicht nötig wäre! Wo doch in unserem wohlhabenden Land jeder, wenn er allmählich alt wird, Ersparnisse gemacht hat, von denen er sich, aus Ängstlichkeit, aber nicht trennen möchte. Kaum jemand hat den Mut, ein Risiko einzugehen. Macht Besitz ängstlich?

Heute schreibt mir eine Frau: ›Eigentlich hatte ich gar keine Zeit zum Lesen. Ich löse meine Sechszimmerwohnung nach 24jährigem Wohnen auf, mit vielen Tausenden von Büchern. Wir‹ – sie schreibt ›wir‹ – ›ziehen nach Wiesbaden, nicht in ein Heim, sondern in ein Hotel, in dem mein Mann und ich 15 Jahre lang jährlich mehrmals Urlaub machten, in eine Zweizimmerwohnung als Dauergäste. Es gibt dort einige ältere Menschen, die so leben. Vor fünf Monaten verlor ich meinen Mann. Er starb, wie er es sich gewünscht hatte. Herzversagen, ohne Todesangst und ohne Todeskampf. Er hat bis zum letzten Tag wissenschaftlich gearbeitet. Ich entbehre ihn entsetzlich –.‹

Und mit der gleichen Post: ›. . . als ich neulich meinem 88jährigen Vater mitteilte, daß die Christine Brückner ein neues Buch geschrieben habe, das sich mit dem Altwerden auseinandersetze und den Titel trage »Die letzte Strophe«, meinte der hochbetagte, etwas schwerhörige Greis: »Was hat sie geschrieben? Die letzte Strafe?« Als Fehlleistung gar nicht mal so schlecht. Über die phonetische Umdeutung sollte man tiefer nachdenken. Nicht wenige erreichen am Ende ihres Lebens schiffbrüchig und entmastet den Heimathafen, und die meisten Alten flehen die Götter an: »Laßt es mit diesem einen Mal genug sein! Ich habe gesehen, was möglich ist, was unabänderlich ist, und neuer Abwandlungen bedarf es nicht!«‹

Schriftsteller sind nur noch selten ›hommes de lettres‹. Manchmal kommt ein langer, temperamentvoller Brief von Peter Jokostra. »»Ehrgeiz ist die Mutter der Melancholie und Eitelkeit der Vater der Dummheit.« Das ist ein Eigenbau-Zitat. Sie dürfen es verwenden.‹

Was ich hiermit tue.

Eine Todesnachricht. Ich kenne den Namen der Verstorbenen nicht, der Trauernden ebenfalls nicht. Handschriftlich steht auf der Karte: ›Als letzten Wunsch meiner Tante möchte ich Ihnen mitteilen, daß Ihre älteste Verehrerin gestorben ist. Sie bekommen sicher soviel Post, daß vielleicht ein solcher Brief auch dazugehört.‹

Ein Adventsonntag. Wir fuhren zum Ludwigstein, einer Burg im Tal der Werra; unsere Ausflugsziele liegen oft nahe der deutsch-deutschen Grenze. Der Tag war trübe, Rauhreif hing auch am Nachmittag noch an den Dornen der Hecken. Glasbläser, Töpfer, Buchbinder bei der Arbeit, man konnte betrachten, man konnte aber auch einkaufen: schönes Kunsthandwerk. Es duftete nach Glühwein und Stolle und Kaffee; weihnachtliche Flötenmusik. Eltern und Kinder drängten sich in jenem Teil der Burg, in dem Weihnachtskrippen ausgestellt waren. Im Burghof konnte man das Wunder von Bethlehem life sehen. Man hatte einen Stall aufgebaut, Ballen von Heu und Stroh gestapelt, es fehlte nicht der Esel und nicht das Wollschaf. Maria und Joseph in altdeutscher Tracht, sie jung und hübsch, und auch er jung, aber gebeugt vom Alter, mit Bart und mit Stecken. Nur das Christuskind, das in einer Krippe auf Heu und auf Stroh lag, das war aus Celluloid, aber lebensgroß und nackt. Nach einiger Zeit wurde es Maria und Joseph zu kalt, vielleicht auch zu langweilig, sie verließen den Stall und den Esel und das Schaf und ihr neugeborenes Celluloidkind, um sich aufzuwärmen und Glühwein zu trinken. Ersatzeltern gab es nicht. Und jetzt belebte sich der Stall! Kinder streichelten zaghaft den Esel und beherzter das Schaf, und dann fütterten sie die Tiere. Sie zerrten Büschel von Heu und Stroh aus der Krippe und steckten sie den Tieren zu. Das Schaf blökte, es war wirklich alles ganz wie im Leben, life. Wir hatten ein paar Weihnachtseinkäufe gemacht und kehrten über den Burghof zurück, Maria und Joseph fehlten noch immer, aber auch die Kinder hatten sich entfernt, die Tiere waren satt und das Celluloidkind hatte keinen Halm Stroh mehr unter sich liegen.

Es war dunkel geworden, der Abendstern stand am Himmel, eine klare Frostnacht, wir blickten zurück auf die schön erleuchtete Burg.

Manchmal werde ich eingeladen, bei einer Weihnachtsfeier zu lesen. Die wenigen Weihnachtsgeschichten, die ich geschrieben habe, spielen im Krieg und nach dem Krieg. Diese kleine Geschichte habe ich in mein Repertoire aufgenommen, eine Geschichte aus guten Zeiten. Inzwischen liegt der Ludwigstein nicht mehr in Grenznähe, sondern mitten in Deutschland, zur Krippenausstellung kommt man aus Hessen und auch aus Thüringen, diesen Zusatz füge ich nun an.

Festliches Konzert in der Stadthalle. Ein russischer Pianist spielte. In der Pause trafen wir Freunde, tranken ein Glas Sekt, flanierten und wußten nicht, daß unsere Freundin, die Jahrzehnte lang auch unsere Ärztin war, noch einmal wieder auf ihrem angestammten Platz im Rang saß. Nach dem Konzert sahen wir sie dann in der weiten Halle stehen, allein, klein geworden, zart, ich nahm sie behutsam in die Arme. Es fand sich jemand, der uns nach Hause fuhr, an Winterabenden sind die Taxis rar. Die alte Freundin saß vorn, neben dem Fahrer, ich legte zum Abschied vom Rücksitz her die Arme um sie, und da ergriff sie meine Hand, legte ihr Gesicht hinein, küßte meine Hände mehrmals. – Das war der Abschied. Ich habe diese Freundschaft nicht bis zum Ende durchgehalten. Dr. med. Anna K., eine Überlebensgeschichte geht mühsam zu Ende.

Ich gehe am Spiegel vorbei, sehe mich zunächst flüchtig, dann genauer an – und blicke in ein Gesicht, das stimmt, in dem ich mich erkenne, wie ich vermutlich gedacht bin: die Augen ernst, der Ausdruck gefaßt. Nichts Unruhiges, nichts Aufgesetztes, keine gewollte Zuversicht und Heiterkeit, die ich mir jederzeit anziehen kann und die ich ablege, wenn ich allein bin. Warum trage ich nicht das Gesicht, das mir gehört, dem ich zustimme? Als ich nach Stunden wieder in den Spiegel blickte, war dieser übereinstimmende Ausdruck bereits verschwunden.

Die Mutter, seit Jahren geschieden, sagt zu ihrer achtzehnjährigen aufsässigen Tochter: »Du bist mündig. Wenn es dir nicht paßt, dann geh!« Und die Tochter sagt: »Geh du doch!« – Und genau das tut diese Mutter, sie nimmt kaum mehr als ihre Erfahrungen, ihr Können und den Vorsatz mit: So soll es nicht bleiben, auf diesem Schlachtfeld will ich meine Kräfte nicht lassen. Eine Radikalkur, von der man nicht weiß, ob sie nützlich sein wird. Die Tochter gerät aus dem Blickfeld der Mutter –.

Was für eine Frau! Sie steht am Fenster, wartet auf den Mond. Als er auftaucht, schließt sie die Fensterläden, schließt ihn aus, schließt sich aus. Sie geht in ein Lokal, liest die Speisekarte, klappt sie dann zu, bestellt Kaffee, läßt ihn stehen, verläßt das Lokal. Sie kauft Badezeug, fährt an die See, setzt sich auf eine Bank. Nach einer Weile geht sie –.

Bei Marcel Proust gelesen: ›In Romanen ist die Absicht des Autors, Schmerz zu bereiten, so sichtbar, daß man sich ein wenig mehr verhärtet.‹ Gelesen und als Warnung verstanden.

Da schickt man mir den Brief einer Leserin, den man im Nachlaß gefunden hat, nach Jahr und Tag; er ist an mich gerichtet, aber nie abgeschickt worden. Das ist wie ein Brief aus dem Jenseits. Ich lese: ›Zu Zeiten nahm ich beim Lesen – ich lag im Krankenhaus – den Duft von Oliven und Retsina wahr, von blühenden Kräutern und Salzwasser und den von hundert Gerüchen von Markt und Dörfern, der mir das Gesundwerden erleichtert hat.‹

Dr. B. ist zu Gast, er hat eine Praxis als Psychotherapeut in San Francisco, sein Schicksal hat gewisse Ähnlichkeiten mit dem des Dr. Daniel Green oder auch Grün, den ich für die ›Poenichen-Romane‹ glaubte erfunden zu haben. Er spricht nicht deutsch, die Unterhaltung erfolgt in heiterer Wort-Klauberei. Er berichtet, wie er in einem deutschen Gemüsegarten herumgeführt wurde und wie man ihm alle Gemüsesorten, die er nur aus Dosen und Tiefkühlpackungen kennt, vorführte. Kohlrabi! Spinat! Stangenbohnen! Er weiß nicht, was unter der Erde, was über der Erde wächst. Aber mit Menschen, mit Menschen kennt er sich aus, mit dem Sichtbaren und dem Unsichtbaren.

Fragte man mich noch einmal, wo und wann ich hätte leben wollen, würde ich sagen: als Urchristin in Palästina, ohne Besitz, ohne mir Sorgen zu machen, gläubig und voller Vertrauen und Zutrauen in die Menschen, mit denen ich durchs Land zöge. Und im Vertrauen auf Gott.

Warum haben Sie immer noch keinen telefonischen Anrufbeantworter? fragt man mich. Sie werden doch sicher ständig gestört! Warum? Gestern läutete das Telefon schon vor acht Uhr morgens, das kommt nicht oft vor, stört mich aber weniger als die Anrufe am späten Vormittag. Eine Frauenstimme sagte: »Ich habe heute Geburtstag! Ich möchte, daß Sie mir als erste Glück wünschen. Mein Mann ist vor wenigen Wochen gestorben.« – Sie hat ihren Namen nicht genannt. Hätte das ein Anrufbeantworter erledigen können?

Die Reise ging, wie so oft, nach Berlin. Gleichzeitig mit mir stieg eine Frau in den Kurswagen ein, stellte den Koffer ab, grüßte, stieg noch einmal aus, um von ihrem Mann innig Abschied zu nehmen. Sie war sehr elegant, gleichzeitig aber sehr unsicher.

Während der siebenstündigen gemeinsamen Fahrt erfuhr ich, daß eine geliebte Tante ihres Mannes in der Berliner Wohnung zusammengebrochen sei, daß man sie erst nach Stunden gefunden habe, daß sie nun in der Klinik liege. Man habe ihren Mann telefonisch verständigt, Kinder gebe es nicht. Und nun sitzt sie, wenige Stunden nach dem Anruf, im Zug, um zu helfen. Sie ist seit Jahrzehnten nicht mit dem Zug gefahren. Sie war noch nie einen ganzen Tag oder gar eine ganze Nacht von ihrem Mann getrennt. Der Zug hat über eine halbe Stunde Verspätung. Er wird sich sorgen, wenn sie nicht umgehend anruft. Sie wird den Schlüssel bei der Nachbarin holen, sie hat etwas zu essen in der Reisetasche, nein, in ein Restaurant wird sie nicht allein gehen. Vielleicht kann ihr Mann es einrichten, schon am nächsten Tag nachzukommen.

Aber: eine moderne, eine elegante Frau, mit viel Kultur, belesen und mit einer Nachdenklichkeit, die mir sehr gefallen hat.

Ich stelle immer neue Fassungen meiner Biographie her, um Genauigkeit ebenso bemüht wie um Originalität, im Grunde aber davon überzeugt, daß ich gar keine Biographie habe.

Gott ist in den Schwachen mächtig. Das ist ein Satz, der zu meinen Glaubens-Sätzen gehört.

Zuckmayer war zum Schreiben ebenso begabt wie zum Leben, mit vierzig Jahren hatte er sein Paradies im Salzburgischen gefunden. Und dann kommt Hitler und vertreibt ihn aus dem Paradies, aus der Sprache, die er liebt und beherrscht wie kaum ein anderer, trennt ihn von seinen Lesern, von den Theatern, trennt ihn von den Freunden; denn auch zur Freundschaft war er hochbegabt.

›Wo ist man daheim?‹ Mit dieser Frage beginnt er seine Lebenserinnerungen, die den Titel tragen ›Als wär's ein Stück von mir‹. Für die Antwort braucht er über 500 Seiten. Zwei Weltkriege und die Zeit dazwischen und die Zeit danach. Er gibt freimütig und großzügig und auch dankbar Auskunft, breitet das Auf und Ab dieses Lebens vor seinen Lesern aus. Es geht von Berlin bis Hollywood; Farmerleben in Vermont; Rückkehr nach Europa, aber nicht mehr nach Deutschland, sondern in die Schweiz. Wo ist man daheim? Wo man begraben sein möchte?

Entbehrungen und Weltruhm, auf der Bühne, auf der Leinwand. ›Der Hauptmann von Köpenick‹, ›Des Teufels General‹. Was für eine Lebenskraft und Leistungskraft und: was für eine Ehe mit dieser Alice von Herdan – durch nichts zu erschüttern.

Es ist ein Buch der Ermutigung, davon gibt es nicht viele.

Friedrich Sieburg, der große Literaturkritiker der Nachkriegsjahre, gab einem Buch, in dem er Kritiken zusammengefaßt hatte, den Titel: ›Nur für Leser‹. Diese Einschränkung möchte ich wohl jedem meiner Bücher voranstellen.

Hohenschwangau, auf Einladung des Bayerischen Staatsministeriums für Unterricht und Kultus, schriftlich und telefonisch und immer wieder.

›Neue Herausforderungen‹ hieß das Tagungsthema. Ich wurde von einem entfernten Bahnhof mit dem Wagen abgeholt. Was für ein Empfang: Blumen im Hotelzimmer und hin und her zum Tagungsort mit dem Wagen. Zum festlichen, geselligen Abschlußabend ließ sich der bayerische Kultusminister mit dem Hubschrauber herab, Alphörner wurden geblasen. Man hatte mich bei Tisch an seine rechte Seite plaziert, es wurde viel bayerisches Bier von bayerischen Kellnerinnen serviert, und ein kaltes bayerisches Buffet gab es auch. Gescheite und lustige Beiträge der Teilnehmer, die Kapelle blies zum Tanz auf. Als ich dann früher als die anderen, meinem Alter gemäß, aufbrach, begleitete mich keiner durch die Nacht zum Hotel. Ich orientierte mich an Schloß Schwanstein, das von Scheinwerfern angestrahlt über mir an der Felswand hing, vom Mond zusätzlich ausgeleuchtet. Am nächsten Morgen bestellte ich mir ein Taxi zum Bahnhof; der Mohr hatte seine Schuldigkeit getan, wegkommen würde er allein.

Ich hatte zunächst Biographisches gelesen, dann zwei ›ungehaltene Reden‹, hatte ›Effi Briest‹ und ›Christiane Vulpius‹ ausgesucht. Die Herren und Damen Oberstudienräte waren unzufrieden, sie nahmen Anstoß, stellten sich auf die Seite der honorigen Frau von Stein und meinten, daß Effi Briest eine Rede an Fontane hätte halten sollen, nicht an ihren tauben Hund Rollo; sie hatten viele Verbesserungsvorschläge zu machen, nahmen mich ins Kreuzverhör, 80–100 Pädagogen gegen einen Autor. Aber: man hatte mir einen Verteidiger an die Seite gesetzt, der einen Vortrag über meinen Umgang mit der Sprache hielt. Überraschend war, daß sich das Publikum wohl doch gut unterhalten hatte. Aber sie wollten kein Publikum sein, wollten nicht unterhalten werden. Ernst und schwer zugänglich sei die Literatur! Auf einen Essay über einen Studienrat im Dritten Reich reagierten sie mit erhöhter Empfindlichkeit. Während dieser Tagung dachte ich immer wieder, daß es doch die erste Aufgabe der Deutschlehrer sei, Leser heranzubilden, Freude am Lesen zu vermitteln.

Am Ende der Diskussion sagte der Veranstalter, daß man ›ein abgerundetes Bild der Autorin‹ bekommen habe. Abgerundet? Wollte man denn nicht, daß ich anecke? Als ich später meinen Namen in die Bücher schrieb, war es wie sonst: Ich sah in Gesichter, die mir zugetan waren, Lehrer hatten sich in Leser verwandelt, einige zumindest.

Es gab einen Nachmittag zur freien Verfügung, mein Verteidiger, der ›Bamberger Professor‹, nahm mich mit auf eine Fahrt durch den warmen Herbsttag zum Kloster Ettal, dort geriet ich in den Strom der Touristen. Zwei Halbwüchsige gingen neben mir, die eine rief: »Ich geh beten, kommst du mit?« Wenige Minuten später sah ich die Freundinnen am Eisstand wieder. »Was wir hamm, hamm wir«, sagte eine Frau und stellte sich an der Kasse an, aber das war schon in Linderhof, einem der Schlösser von Ludwig II., zu denen die Japaner strömen. Je weiter man sich im Park vom Schloß entfernt, desto angenehmer wird der Blick; steht man gar auf der Anhöhe, am Ende des Parks, sieht man ein heiteres, harmonisches Bild. Beides war der Erbauer nicht, weder heiter noch harmonisch, aber man baut wohl seine Bedürfnisse und Sehnsüchte, möchte haben, was einem fehlt.

Unfreundliche Gedanken über Hinz und Kunz, die unterwegs sind. Alles für alle? Also auch für mich.

Die lange Rückfahrt! Den ersten Zuganschluß verpaßt und die nächsten folglich auch; ein Schaden an der Oberleitung veranlaßte den Zugführer, eine andere Strecke zu benutzen. Ich traf verspätet ein, Kühner stand nicht wie sonst auf dem Bahnsteig. Ich fuhr allein nach Hause, und dann paßte mein Schlüssel nicht mehr ins Schloß, und die Nachbarin, die den Terrassenschlüssel bewahrt, nicht da. Mit Hilfe des Kellerschlüssels gelangte ich in die untere Etage, bügelte Wäsche, haderte und bügelte und haderte, und dann kam Kühner, auch er verstimmt durch das lange vergebliche Warten im Wartesaal. Es dauerte lange, bis wir lachten und die Schmierenkomödie erkannten: Der Ehemann benutzt die Abwesenheit seiner Frau, um ein neues Sicherheitsschloß in die Haustür einbauen zu lassen.

Auch das gehörte zu diesem verhängnisvollen Herbst.

Noch eine kurze Lesereise ins Rheinland, um den neuen Roman ›Die letzte Strophe‹ vorzustellen. Es geht darin um eine Gruppe von Menschen, die nun, wo sie alt werden, anders leben wollen als andere; sie versuchen, einige nicht verwirklichte Lebenswünsche noch zu verwirklichen; bescheiden, aber auch festlich, in liebevollem Miteinander. Eine Utopie, mit Vorsicht von mir verwirklicht: So könnte es geraten. Es wäre dann wie im Märchen: Es war einmal, oder auch: Es wird einmal sein –. Wenn ich nach der Veranstaltung im Hotelzimmer das Fernsehgerät einschaltete, um die Spätnachrichten zu sehen, blickte ich in junge, lachende Gesichter: Aufbruch in den Ländern des Ostblocks! Begeisterung, Dankbarkeit, Optimismus. Freiheit. Eine Revolution gelingt! In der Besprechung eines der Autorenabende stand dann zu lesen, daß die Autorin wohl ›blauäugig‹ sein müsse, um einer solchen Altenkommune eine Chance zu geben. Ich konnte mich an das Gespräch mit dem jungen Reporter erinnern; er hatte mir gut gefallen. Vermutlich hat man ihm während des Germanistikstudiums beigebracht, daß in der Literatur, wenn es Literatur sein soll, am Ende alles scheitert. Er hieß tatsächlich Thomas, ein ungläubiger Thomas, den ich vom möglichen Gelingen meines Projekts nicht hatte überzeugen können. Mein Optimismus reicht beim Leben und beim Schreiben immer nur bis: Es kann doch auch gutgehen . . . Optimismus in der Wunschform, der Möglichkeitsform. Und was ist aus der Realität jener Herbstwochen geworden? Wo sind Begeisterung, Dankbarkeit, Hoffnung geblieben? Wo die lachenden Gesichter?

Paroles de femmes

Es gibt viele Gründe, nach Paris zu reisen; dieses eine Mal fuhr ich in eigener Sache, in Geschäften, auf Spesen. Zwei gültige Metro-Billetts in der Manteltasche, zweimal in einem Jahr in Paris, das gab es noch nie. Die Theaterverlegerin im weiten roten Tuchmantel, die Autorin in Schwarz, ›Rouge et Noir‹, es ging um Literatur. Im Winter trage ich Schwarz, der Winter ist nicht meine Jahreszeit, auch nicht in Paris.

Novemberregen am ersten, Novembersonne am zweiten Tag. Ankunft an der Gare de l'Est, als es schon dunkel war, mit dem Taxi quer durch Paris zum Hotel, und dann gleich weiter zum ›Théâtre 14‹, wieder quer durch Paris.

›Ungehaltene Reden ungehaltener Frauen‹, ein Wortspiel, das es im Französischen nicht gibt. Der Regisseur hielt sich an das Adjektiv ›ungehalten‹. Wie die Furien fegten Christiane von Goethe, geborene Vulpius, und Katharina Luther, geborene von Bora, über die Bühne; ein zorniger Ausbruch jagte den anderen, da blieb für Pointen keine Zeit, und es blieb auch keine Zeit zum Nachdenken und Verstehen. Rasch muß es gehen, da kann eine Reaktion des Publikums nicht abgewartet werden. Und dann Gudrun Ensslin, die Terroristin. Sie spielt auf einem kleinen Podest, kleiner als die Zelle in Stammheim, sie macht ihre Sache gut, zu gut, ist hübsch anzusehen, wirkt sympathisch, was nicht hätte sein dürfen. Presse und Publikum interessieren sich vornehmlich für sie. Die Zuschauer sind jung, gelacht wird nicht, man nimmt diese ungehaltenen deutschen Frauen ernst. Ich hätte es gern gehabt, wenn man einmal aufgelacht hätte, dieses befreiende Lachen, mit dem man Abstand gewinnen kann. Rosen für die Autorin des Stücks; in der Garderobe verteile ich sie an die Schauspielerinnen, wir umarmen uns, die Perücken sitzen schief, die Schminke ist verschmiert; am nächsten Abend wird man sich wiedersehen. A bientôt!

Zurück zum Hotel, quer durch Paris. Mitternacht ist vorüber, die Hotelbar nicht mehr besetzt; wir haben noch nichts gegessen, wann denn auch, wo denn auch. Wir müssen über diese Aufführung reden! Der Nachtportier sieht das ein, holt aus einem benachbarten Restaurant eine Platte mit Käse, bringt Gläser, Wasser und Wein. Ich muß Beaujolais nouveau trinken. Alle Deutschen lieben diesen jungen kalten Wein, Madame! - Monsieur!

Wir sitzen und reden noch lange. Daß zwei Frauen nachts im Foyer diskutieren, ist nichts Besonderes mehr.

Diese Pariserinnen! Haben sie uns längst überholt? Sie sind soviel selbständiger und selbstverständlicher und selbstsicherer als wir. Einmal so wie sie, ohne Anzeichen von Furcht, über einen Zebrastreifen gehen! Mit weiten Schritten, den Kopf erhoben, und der breitrandige Hut fliegt ihnen nicht davon. Wieso eigentlich nicht? Als ich zum ersten Mal in Paris war, erkannte in mir niemand die Fremde, in beiden Ländern war noch Nachkriegszeit, und die Touristen waren rar; ich wurde oft nach dem Weg gefragt. Damals hatte ich noch vor, die Welt zu erobern, eine Stadt nach der anderen, mit Paris fing ich an, Paris konnte ich. Heute kehre ich gern an mir bekannte Plätze zurück, an Schauplätze. ›Da war ich schon mal‹ kann ein Grund zum Wiederkommen sein, für andere ein Grund zum Nicht-mehr-Wiederkommen.

Am nächsten Morgen zum Goethe-Institut, das versteht sich; im November sind mehrere deutsche Autoren in Paris unterwegs. Am Nachmittag dann eine Verabredung mit dem Buch-Verleger, wieder quer durch Paris. Rue Bonaparte, eine Adresse, die gut ins Jubiläumsjahr der großen blutigen Revolution paßt. In Deutschland findet derweil eine unblutige Revolution statt, man fragt mich immer wieder, ob das überhaupt möglich sei: unblutig. Im sechsten Arrondissement drängen sich kleine und kleinste Verlage zusammen. Ich bin zu früh, mache noch einen Spaziergang, vorbei an Auslagen mit neuen Büchern, gleich daneben die Auslagen eines Antiquariats. Verlage – Antiquariate – Verlage, die ganze Branche nahe beisammen. Hier werden Bücher geplant, hier werden Bücher verramscht. Wo waren sie in der Zwischenzeit? Die alten Bücher sehen gelesen und zerlesen aus. Vor kurzem hat ein Leser zu mir gesagt: »Es ist ein gebrauchtes Buch, schreiben Sie trotzdem Ihren Namen hinein?« Was kann einem Buch denn Besseres passieren, als gebraucht zu werden?

›Pourquoi n'as-tu rien dit, Desdémone?‹ Ein Exemplar der französischen Ausgabe meines Buches liegt im Schaufenster, wann wird man es nebenan im Antiquariat wiederfinden? Pourquoi –? Es müßte doch heißen: ›Si tu –‹ Wenn du geredet hättest, dann –. Ich vertraue auf die Wirkung der Wörter, der Worte. Sartre fällt mir ein, den ich mit eigenen Augen gesehen habe, nicht weit von hier, im Quartier Latin; wir kannten seinen Namen, hatten aber noch nichts gelesen. Damals pflegte er vorm ›Café Deux Magots‹ zu sitzen, wir promenierten mehrmals vorbei. Spät am Abend habe ich diesmal mit dem Verleger noch einen Gedächtnisschluck dort getrunken, einen Cognac Napoléon vermutlich. Man merkte ja überall die Auswirkungen der Revolutionsfeiern. ›Les mots‹, die Wörter. Ich habe den letzten Satz dieses autobiographischen Buches noch einmal gelesen. ›Ein ganzer Mensch, gemacht aus dem Zeug aller Menschen, und der so viel wert ist wie sie alle und so viel wert wie jedermann.‹ Seine Berühmtheit gehe ihm auf die Nerven, schreibt er; als wir ihn bestaunten, schien ihm die Bewunderung junger Studentinnen noch zu gefallen.

Ich las ein Straßenschild, das mir bekannt vorkam, ohne daß ich je dort gewesen wäre, dann fiel mir Maximiliane Quint ein, die auf diesem kleinen baumbestandenen Platz oft Zuflucht gesucht hat. Eine Romanheldin, der ich nicht nur einen langen Paris-Aufenthalt, sondern auch die Liebschaft zu einem Maler ermöglicht habe. Sie stammte aus Poenichen, Hinterpommern, hatte fünf Kinder durch Kriegs- und Nachkriegszeiten gebracht, und nun: Paris! An einem Vorfrühlingstag fährt sie mit der Metro Richtung Clichy, an der letzten Station steigt sie aus und läuft los, sie will Lerchen hören, Erde unter die Füße bekommen. Was für ein Wunsch in Paris! Vermutlich würde es mir ähnlich ergehen, aber ich bleibe immer nur wenige Tage. Als Studentin paßte ich nach Paris, das tue ich nicht mehr, das ist eine Feststellung, keine Klage.

›Paroles de femmes‹ heißt das Motto des Abends, öffentliche Diskussion im ›Théâtre 14‹. Die Übersetzerin; eine namhafte Dolmetscherin, Mitarbeiterin des Präsidenten, die gerade ein Buch über ›Die rätselhaften Deutschen‹ geschrieben hat; die Autorin; der Regisseur; der Verleger; ein Theaterkritiker. Paritätisch drei Frauen, drei Männer. Der Zuschauerraum ist zu drei Vierteln besetzt; wer gekommen ist, will mitreden, will über die Rechte der Frauen reden. Engagement! Eine Diskussionsführung ist nicht möglich und auch nicht nötig. Das Wichtigste flüstert man mir auf deutsch ins Ohr, einiges verstehe ich, mische mich mit meinem deutschen Französisch ein, versuche mein Anliegen vorzubringen. Worte sind dazu da, sich verständlich zu machen. ›Si tu -!‹ Wenn du -! Muß man das den Frauen überhaupt noch sagen? Sie reden doch, wortreich, gescheit, schnell und charmant dazu. Was ist denn nun anders an diesen Pariserinnen? Sie sind rascher und sie sind schlanker. Es heißt, daß fast alle Pariserinnen berufstätig seien; ein Gehalt reiche nicht für zwei Personen und schon gar nicht für Kinder, also arbeiten die Frauen. Man hat mehr Geld, geht mit den Freunden zum Essen, lädt nicht nach Hause ein, das Zuhause spielt keine große Rolle. Und dann gibt es ja noch diese Au-pair-Mädchen, die im Haushalt helfen und dabei die Sprache erlernen. Wer möchte denn nicht Au-pair-Mädchen in Paris sein? Das ist nicht dasselbe wie: französische Studentin in Frankfurt. Wo sind die Kinder überhaupt? Die Spielplätze sind auch an dem sonnigen Tag leer. Gibt es mehr Kindergärten, mehr Ganztagsschulen? Ist alles besser geregelt, zugunsten der Frauen? Auch zugunsten der Kinder? Mir schienen die Frauen weniger angestrengt zu sein; oder verbergen sie die Anstrengungen unter Eleganz und Make-up? Nutzt sich der Charme durch Überanstrengung im Laufe des Tages denn nicht ab? Die berühmte Dolmetscherin traf zum abschließenden Essen etwas später ein, sie hatte zwischendurch rasch ihre drei kleinen Kinder geküßt . . .

»Wir leben zu zweit auf fünfunddreißig Quadratmetern«, sagt der Verleger, sagt es mit Stolz, gibt die Höhe der Räume mit 205 Zentimetern an, ein glückliches Paar, nicht mehr ganz jung. Später – später werden sie sich eine ›Ferme‹ in Südfrankreich kaufen, jetzt leben sie gut im Quartier Latin, den Luxembourg nicht weit, alles liegt nahe. Sie gehen zu Fuß, nehmen das Fahrrad, notfalls das Auto. Die Luft –? Danach fragt keiner, schließlich ist es Pariser Luft.

Zu einer Stunde, in der ich zu Hause am Fernsehgerät schalte, ob noch irgendwo Spätnachrichten gesendet werden, sitzen wir beim Essen, besprechen ausführlich die Reihenfolge des Menüs. ›Amuse-gueule‹, heißt das so? Diese Näpfchen mit Gänseschmalz oder kleinen Pasteten zum Baguette, die ich ›Ohnmachtshappen‹ nenne. ›Amusement vor Tisch‹, sage ich seither. Und dann die Suggestions! Das Lesen der Speisekarte wird zum literarischen Vergnügen. Wenn du gegessen hättest –! Der Verleger sagt: »Lieber hungrig in Paris als fett in Frankfurt!« Er kennt beides, zumindest die Städte. Ich frage ihn, was schwieriger sei, ein Auto durch Paris zu steuern oder einen Parkplatz zu finden. Kein Problem, es gehört zum Leben, hält lebendig. Ich frage: Sind die Pariser aus diesem Grund so schlank? Müssen sie sich überall dünn machen, reicht sonst der Platz nicht, nicht in der Metro, nicht im Bus, nicht in den Bistros, wo man aufgereiht sitzt, Ellenbogen an Ellenbogen? – Wem es zu eng wird, der zieht nicht nach Paris. Schon in den Vororten ist es anders, da ist man korpulenter. »Und erst in der Provinz!« sagt der Verleger.

Einen Vormittag lang hatte ich frei, keine Verabredungen. Hätte ich in den Louvre gehen und mich nicht mit dem Anblick der neuen gläsernen Pyramide begnügen sollen? Statt dessen suchte ich die Rue de la Huchette auf, in der jene Maximiliane mit ihrem Maler gelebt hat, im Magen von Paris, nicht im Herzen. Die Kochdünste Arabiens mischen sich schon am frühen Morgen mit den Kochdünsten Indiens, Chinas, Mexikos. Maximiliane hat dort während der Mai-Revolution gelebt, 1968, aber kaum davon Notiz genommen; die Weltgeschichte hatte, als diese Frau jung war, Mißbrauch mit ihr getrieben. Erst in der nächsten Generation wird sich dann ein Quint wieder um die Politik kümmern. Jedesmal, wenn ich ein Stück auf dem Périphérique, der breiten Umgehungsstraße, fahre, denke ich an Joachim Quint, den Poeten und Politiker, der Paris links liegenließ.

Das Buschwerk neben den Champs-Elysées wird aus dicken Schläuchen weiß bestäubt, sonst wenig Weihnachtliches. Noch sitzt man in den Mittagsstunden, lange dunkle Wollschals mehrfach um den Hals geschlungen, vor den Cafés. Die Sonne scheint! Der Thermometerstand scheint niemanden zu interessieren, vom Wetter war nie die Rede. Ein rasches Omelett. Was müssen das für Hühner gewesen sein, was für ein Koch? Aß ich denn je ein so gutes Omelett?

Ein kurzer, prüfender Blick in die eleganten Seitenstraßen: Hier irgendwo muß die schöne Tochter Mirka Quint mit ihrem reichen Industriellen gelebt haben, bevor sie ihn, nachdem er schwachsinnig geworden war, seiner ersten Frau zurückerstattete. Sie hat dann als Fotomodell für ihre beiden Söhne gesorgt, sie war das Kind eines kirgisischen Rotarmisten, aber auch die lebenstüchtige Tochter ihrer pommerschen Mutter.

Nie lasse ich das Cluny-Museum aus. Flüchtige Blicke nach links und nach rechts: Hat man schon wieder vertrauten Dingen andere Plätze gegeben? Und dann stehe ich vor den schönen Teppichen: La dame et la licorne! Die Dame und das Einhorn! ›O dieses Tier, das es nicht gibt!‹ sagt Maximiliane Quint, benutzt einen Satz aus Rilkes Sonetten, die sie nicht kennt. Das Einhorn ist unverletzlich, solange niemand es zähmt. Sobald ›la dame‹ Königin geworden ist, legt sie das Tier an eine goldene Kette. Liebe ist tödlich. Das Sinnbild der Ehe ist die Kette, behauptet meine Heldin. Stimmt das denn? Für alle Ehen? Von wem hat sie das?

Bin ich es, die unterwegs ist in Paris? Vertrete ich meine eigenen literarischen Interessen denn ausreichend? Gehe ich nicht ständig den Spuren meiner Romanfiguren nach? Warum besuche ich keine lebenden Freunde? In einem meiner ersten Romane habe ich bereits Paris als Nebenschauplatz gewählt. Damals hieß meine Heldin Johanna, ihre Ehe war vor kurzem geschieden, sie fuhr mit ihrem Liebhaber für ein paar Tage nach Paris. Sie wohnten nicht weit vom Luxembourg, ich hatte den beiden ein paar illegale Junitage bewilligt, aber sie waren auch dort ›nicht sehr glücklich‹, das steht in Anführungszeichen, deutlich hervorgehoben. In Paris fällt der Satz, der dem Roman als Motto voransteht: ›Was zählt denn in der Liebe – außer der Liebe? Versprechen? Nichts. Erinnerungen? Nichts.

Nichts – außer der Liebe.‹ Johanna wird von ihrem Liebhaber ›Bürgerin‹ genannt, sie ist eine unbequeme Geliebte. Sogar das Wort Guillotine fällt. Eine Frau, die in eine Ehe einbricht, gehört auf die Guillotine, diese Ansicht unterstellt ihr der Geliebte, und er hat nicht einmal unrecht. ›Die Guillotine unserer Liebe‹. Sie bleiben eine Woche. ›Haltung, Johanna, Haltung!‹ So hat man diese Frau erzogen, danach lebt sie, selbst dann, wenn sie als Geliebte eines verheirateten Mannes in Paris ist. Sie hat dort gelernt, noch weniger Ansprüche an die Liebe zu stellen. Sie registriert die Fehler, die ihr Liebhaber macht, Frauen sind gewissenhafte Buchhalter, der Satz scheint zu stimmen, auch heute noch. Als dieser Mann zuviel getrunken hat, sagt er, daß er Maler werden möchte, Maler in Paris, und wenn er hungern müßte! Hat dasselbe mein Verleger nicht auch gesagt? Der ungeschickte Liebhaber macht meine Heldin mit seinen Reden trunken, macht sie mit seinen Reden auch wieder nüchtern. Und sie? Sie schweigt. Wenn sie nun geredet hätte? Si tu –. Wie heißt der Konjunktiv von haben? War ich nicht immer stolz, daß ich ›avoir‹ und ›être‹ in allen Zeiten konjugieren konnte? Dieser Mann, ein Buchhändler, wirft Johanna vor, daß sie sparsam mit sich umgehe, geizig sei und alt werden würde. Wie alt wäre Johanna Grönland heute? Als ich den Roman ›Die Zeit danach‹ schrieb, waren wir gleichaltrig. Sie meinte ›das erlösende Wort‹ zu kennen, aber ausgesprochen hat sie es nie. Und so wird kein Leser es erfahren, auch die Autorin nicht. Nach der Rückkehr ruft der Liebhaber sie an, redet und redet, und da endlich spricht sie, sagt alles, was sie bisher nicht gesagt hat. Allerdings erst, nachdem er den Hörer aufgelegt hat. Steckt dort bereits der Keim zu den ungehaltenen Reden der ungehaltenen Frauen, die mich diesmal nach Paris geholt haben?

Als wir nach der letzten Veranstaltung in einer Pariser Buchhandlung, nahe der Comédie Française – wieder quer durch Paris –, an der Gare de l'Est den Nachtzug erreichten, hatte ich die beiden Metro-Billetts noch in der Manteltasche. Für das nächste Mal, encore une fois.

Eine Freundin hatte mir zum Geburtstag einen Kalender geschickt, groß wie ein Buch, in helles Leder gebunden, Goldschnitt, das ›c. b.‹ ebenfalls in Gold eingeprägt. Für meine flüchtigen Notizen benutze ich aber eine schwarze Kladde, noch lieber die Rückseiten eines Manuskriptes. Recycling. Das konnte die Freundin nicht wissen. Am Ende jenes unheilvollen Jahres habe ich dieses c. b.-Buch durchgeblättert, nur an wenigen Tagen steht eine kurze Eintragung. Unter dem 15. Januar steht: ›Die letzte Strophe‹. Demnach hatte ich an jenem Tag den Titel für den neuen Roman gefunden. Wenig später: ›Morgens singen wir wie immer einen Choral, Kühner am Cembalo. Mit Heiterkeit singen wir die Strophe »Gutes denken, tun und dichten wollst du selbst in uns verrichten –«, und dann trennen wir uns für die Dauer des Vormittags und DICHTEN.‹ So steht es da, in Großbuchstaben. An einem anderen Tag: ›Ich brauche nur hinzuhören, aufzufangen, aufmerksam zu sein, alles spielt sich mir zu.‹ – ›Tagessätze. Könnte ein späteres Buch mit Aufzeichnungen vielleicht »Tagessätze« heißen?‹ – ›Ich sehne mich nicht mehr. Was für eine Alterserscheinung: der Verlust an Sehnsucht.‹ – Unter dem 19. April steht: ›Ich sehe so gern das Blühen der wilden Quitten! Wie bald schon werde ich wieder eine duftende Frucht in der Manteltasche bei mir tragen. Warum denke ich im Herbst denn nie: Bald werde ich wieder die wilden Quitten blühen sehen?‹ – ›Seit wann diese Vorliebe für welkende Sträuße? Ich lasse die Blumen altern, pflege sie nicht, erneuere das Wasser nicht, schneide die Stiele nicht mehr ab, lasse sie in Ruhe, bis sie sich entblättern.‹ – ›Während ich über die Möglichkeit schreibe, mit Vernunft und heiterer Überlegenheit alt zu werden, nehme ich mein eigenes Alter vorweg.‹ Zweimal steht in dem Buch die Eintragung: ›ohk in der Klinik.‹ Beim ersten Mal, im Frühjahr, der Zusatz: ›Er bekommt etwas in den falschen Hals.‹ Die Tablette, die ihn vor einer Angina-Ansteckung schützen sollte, geriet in die Lunge, eine Entzündung durch den Fremdkörper war unabänderlich. Beim zweiten Mal, im Herbst, steht der Nachsatz: ›Ich bin ermattet an Krankenbetten und Krankenhäusern, meine Kräfte reichen nicht für zwei und für ein Buch.‹ – Und dann: ›Anruf des Verlegers: »Die letzte Strophe« steht auf der Bestsellerliste. Freude, Verwunderung? Dankbarkeit? Eher eine Art von Schuldlosigkeit.‹ – ›Mit-sich-selbst-auskommen! Gewöhnt man sich denn nie an sich selbst?‹ – ›Das Leben geht weiter – weiter – weiter. Wie lange denn noch?‹ – ›Das Bedürfnis abzusagen. Alles abzusagen. Ohne Zutrauen in mich, in dich, in die Welt, in Gott.‹ – ›Und laß, solang ein Leben währen kann, die Liebe währen.‹ Diese letzte Eintragung ist ein Zitat und stammt nicht von mir.

Die Eintragungen hören dann völlig auf. Das Unheil, das sich seit Monaten über uns angesammelt hatte, entlud sich in der Diagnose des Arztes. Nach Monaten der Sprachlosigkeit versuche ich, auch darüber zu schreiben. Das nun folgende habe ich unter großer Anstrengung zu Papier gebracht. Man kann es lesen, man muß es nicht lesen. Es gibt für den Leser die Möglichkeit, über etwas hinwegblättern, hinweggehen zu können. Das Leben bietet uns diese Möglichkeit nicht, auch das Schreiben nicht.

Krankenblätter. Wenn wir, du und ich, über diese langen Monate sprechen, was wir nur selten tun, sagen wir: das Unheil.

Alle lobten den Sommer, er war sonnig, lang war er auch, mich hatte er nicht beeindruckt, ich habe wenig Erinnerungen. Noch bevor er zu Ende ging, zog sich Gewölk über uns zusammen, Unruhe, Angst, unter der ich mich duckte. ›Duck dig, las övergan.‹ Melancholie, im August bin ich oft anfällig. Vermutlich war meine physische und psychische Kraft in dieses ›Projekt Pertes‹ gegangen. Man darf ein Buch nicht ›Die letzte Strophe‹ nennen, sagte ich, diese letzte Strophe, die vom Altern handelt, zum Tod hinführt. Allem gab ich das Adjektiv ›letzte‹, letzte Buchmesse, letzte Autorenreise. Vieles ging mir unter den Händen kaputt. Die Waschmaschine überschwemmte die untere Etage des Hauses, Elektroplatten glühten, Reißverschlüsse ließen sich nicht öffnen, ich verlegte die Hausschlüssel, schrieb meine eigene Adresse auf Umschläge, erhielt die Briefe zurück. Kühner war verändert, es schienen Folgen der schweren Lungenentzündung im Frühjahr zu sein, er war eigentümlich verlangsamt, unkontrolliert - von ›Antriebsschwäche‹ sprach der Arzt -, er war unverständlich in seinem Verhalten zu anderen, zu mir. Hatte ich nicht schon einmal, allerdings in anderem Zusammenhang, geschrieben: ›Die Ehe hat ihre Gezeiten‹?

Spät im Jahr entschlossen wir uns, den Sommer um zwei Wochen zu verlängern. Der Name der Insel bürgte für glückliche Ferienwochen, wir würden Freunde treffen, wir würden auf die Inseln vor den Inseln mit Booten fahren. Der Nachtzug traf frühmorgens in der Hafenstadt ein, unser Schiff fuhr erst am Abend. Wie bei früheren Reisen gaben wir das Gepäck auf, nahmen unsere Badesachen und fuhren mit einem Bus zu dem berühmten Badeort an der Küste. Eine großartige Bergkette als Kulisse, im Vordergrund alter österreichischer Glanz der Hotels aus k. und k.-Zeiten. Wir gingen zum Strand, standen nach zweijähriger Abstinenz endlich wieder am Meer. Die Wellen schlugen an den Betonmauern hoch, es waren wenig Menschen am Strand, im Wasser war niemand. Ich erklärte, daß ich mich in die Sonne legen und nicht schwimmen würde, es sei zu riskant. Du gingst ohne Entgegnung auf die Treppen zu, sahst dich nicht um, und ich warnte dich nicht. Als ich mich aufrichtete, sah ich dich nicht mehr; es vergingen Minuten, dann stand ich auf, sah weit draußen deine Bademütze - seit der Kopfoperation trägt er eine Bademütze -, du schienst an einer anderen Stelle aus dem Wasser steigen zu wollen, weiter rechts, ich beobachtete dich, begriff erst später, daß du abgetrieben wurdest, sah die Betonwände, an denen die Wellen hochschlugen - sein Kopf ist seit der Operation mit einer Kunststoffplatte geschlossen - ich winkte. Es dauerte lange, bis ich endlich zu einer Getränkebude lief und versuchte, mich verständlich zu machen, ich sprach deutsch, sprach englisch, man verstand mich nicht, ich gestikulierte, zeigte zum Meer hinaus. Dann wurde ein

Mann aufmerksam, fragte, ob etwas nicht in Ordnung sei, fragte auf deutsch. »Warum schreien Sie nicht um Hilfe?« Er fuhr mich barsch an, winkte einem anderen Mann zu, beide liefen zur Kaimauer, sprangen über die Klippen hinweg ins Meer, kraulten auf dich zu, packten dich, und ich zeigte auf meinen Kopf, seinen Kopf, man mußte vorsichtig sein, der Kopf durfte nicht an die Betonwand schlagen. Sie hoben dich an Land, fragten, ob du viel Wasser geschluckt hättest, du verneintest, schienst dir der Gefahr nicht bewußt zu sein, bebtest vor Kälte, die Zähne schlugen hörbar aufeinander, du legtest den Arm über meine Schultern, ich führte dich zu den Badelaken, wir saßen eine Weile nebeneinander, zogen uns dann an. Wir schwiegen über den Vorfall. Ich habe nichts anderes gedacht, nichts anderes denken können als: Ich kann ihn nicht retten.

Später saßen wir auf einer Terrasse, zwischen Reisegesellschaften, aßen gegrillte Tintenfische, tranken den gewohnten Wein, waren rechtzeitig auf dem Schiff. Zum ersten Mal gab es auf dieser Reise Auseinandersetzungen zwischen uns, die in Schweigen endeten. Ich lag auf dem Hotelbett, hörte den Wind in den Palmen, hörte die Vögel, das Tuten der Schiffe; es gab noch ein paar heitere, vertraute Stunden an Plätzen, die wir lieben. Sobald du ins Wasser gingst, wandte ich mich ab. Ich wußte: Ich war zum letzten Mal hier, hier, wo ich so oft so glücklich gewesen bin. Wir waren nicht gewohnt zu streiten. Streit auch mit den vertrauten und geliebten Freunden. Ich wurde dann krank. Sehr viel später erst hast du gesagt: Warum hast du mich nicht untergehen lassen? Und ich habe gesagt: Unsere Ehe ist baden gegangen.

Du erklärtest dich bereit, vorzeitig zurückzufliegen, buchtest die Flugplätze. Am Hafen kippte der Karren des Gepäckträgers um, unser gesamtes Gepäck fiel beinah ins ölige Wasser, aber doch nur beinah. Stundenlange Verspätungen. Wir kehrten zurück, alles war verändert. Diesen Kühner kannte ich nicht, er mußte bald darauf in die Klinik, nichts Ernstes, eher war diese Erkrankung ablenkend und irreführend, kein Grund, daß ich die Autorenreise nicht allein zu Ende brachte. Ich fuhr nach Paris, zwei Nachtfahrten, ich war nicht lange fort. In einer Pause zwischen zwei Besprechungen ging ich in die Kirche St.-Sulpice, sie lag am Weg; schön ist sie nicht. Ein Regentag. In der Kirche war es bereits dunkel. Das mächtige Tonnengewölbe wirkte bedrohlich, alles schien mir zu groß, abweisend; so allein wie dort war ich nicht oft. In den Nischen brannten vor den Altären Lichter, ich wollte ebenfalls eine der großen weißen Kerzen anzünden, hielt den Docht meiner Kerze an einen anderen brennenden Docht, mein Kerzenlicht entzündete sich nicht. Ich ging zu einer zweiten, einer dritten, dann gab ich es auf, legte die Kerze hin – verließ die Kirche, ging zu meiner Verabredung und vergaß den Zwischenfall. Ich fuhr mit dem Nachtzug zurück. Der Schaffner verstand Deutsch, er kam aus der CSSR, wir sprachen über die Demonstrationen in Prag, ein zweiter Prager Frühling, diesmal im Herbst? Er brachte mir Mineralwasser, würde mir am Morgen einen Kaffee bringen, vor Frankfurt. Ich lag ruhig, nachdenklich, es war soviel in Paris geschehen, was noch unbedacht war. Dann ein Eilzug nach Hause, und auf dem Bahnsteig erfuhr ich: Kühner ist auf der Straße zusammengebrochen, am Tag zuvor, Verletzungen, er liegt nicht in der Klinik, liegt zu Hause. Platzwunde am Kopf, das Auge blutunterlaufen, die Hand geschient, und er war doch schon vorher krank, leidend. Nie wieder werde ich wegfahren, wenn er krank ist. ›Letzte Strophe‹, sagte ich. Letzte Tournee, letzte Eitelkeiten. Kann ich einer Einladung nach Paris nicht widerstehen, auch im November nicht? Es vergehen Tage, Hilfestellung ist nötig, Pflege, zwischendurch an beiden Schreibtischen. Ein Besucher kommt, zum ersten Mal erfahre ich Näheres über den Unfall. Wann war das, frage ich, wann genau? Es war dämmrig, es wurde schon Abend. Es muß jener Augenblick gewesen sein, als ich in St.-Sulpice eine Kerze anzünden wollte.

Ich versuchte, gegen deine Lethargie anzugehen, forderte dich zu Spaziergängen auf, wollte dich mit allen Mitteln beleben, du schobst mich beim Gehen beiseite, immer weiter nach links, vom Bürgersteig hinunter. Links von dir, das ist meine

Seite, so gehen wir immer, so kennt man uns, im Gehen und Liegen immer links von dir. Du läßt dich nicht lenken! Manchmal lachten wir noch, gaben die Spaziergänge dann auf. Ich fühlte mich beiseite geschoben, dein Verhalten veränderte sich immer mehr. Inzwischen war Advent. Wir wollten das Weihnachtsoratorium noch einmal hören, du legtest das Band auf, unsere Freundin Rose singt die großen Arien ›Bereite dich, Zion . . .‹, nie habe ich dieses Oratorium bewußter und ergreifender gehört als damals in der alten Pfarrkirche von Bad Wildungen, wo der vertraute Flügelaltar des Konrad von Soest steht. Das Band spulte sich nicht ab, kräuselte sich, ballte sich im Tonkopf zusammen. Niemand würde das Gerät vor Weihnachten reparieren, wer benutzt noch Bandgeräte? Die Bänder tragen Namen, dieses heißt ›Rose‹, du hast die Bänder sachkundig und liebevoll bespielt und beschnitten und die Rezitative aus den Opern getilgt, Zweistundenbänder. Das zerstörte Bandgerät beunruhigte dich, auch du spürtest, daß etwas nicht in Ordnung war.

Der Arzt kam, unser Arzt, er sah dich an, sagte: »Es muß ein CT gemacht werden, sofort.« Computertomographie. Hatte man denn nicht damals in Gießen, vor fast fünf Jahren, gesagt: ›Mit dem Kopf ist alles in Ordnung, für immer‹? Darauf hatte ich mich verlassen. Hieß der letzte Satz im Krankenbericht denn nicht: ›Am 21.2. konnten wir Herrn K. in Wohlbefinden entlassen‹? Keines der vielen Anzeichen habe ich verstanden. Kühner hat mir nicht gesagt, daß er bereits vor Monaten hätte untersucht werden müssen. Nach wenigen Tagen lag das Ergebnis vor. Ich habe gefragt: Gibt es eine Alternative? Es gab keine, ein Wort wurde gesagt, das ich nicht schreiben kann.

Das Schlimmste am Schlimmen ist, daß es sich wiederholt. Ich korrigierte dich nicht mehr, du bliebst liegen, ordnetest noch einiges. Der Operationstermin wurde festgelegt, die nötigsten Anrufe. Ich packte den Klinikkoffer und den Koffer fürs Hotel. Dann fuhren wir nach Gießen. Vor der Abreise habe ich gefragt: Gibt es etwas, worauf du dich freust? Du sahst die erleuchtete Weihnachtskrippe an, die du noch selbst aufgebaut hattest, wie in allen Jahren, Joseph fehlte, ersatzweise stand ein Engel der Maria zur Seite. Joseph befand sich bei einem Holzschnitzer im Allgäu, wir hatten ihn vergessen, er sollte dort Modell stehen, damit die Heiligen Drei Könige, die in der Krippe noch fehlten, weder zu groß noch zu klein gerieten. Du sagtest: Ich freue mich auf die Heiligen Drei Könige, die nun bald eintreffen werden. Ich möchte sie selbst auspacken und aufstellen. Die einzige Äußerung, aus der Hoffnung sprach.

Neurochirurgie (Gießen I)

Wenn ich im Aktenschrank etwas suche, was ich oft tun muß, taucht immer wieder eine Mappe auf, ›Gießen‹ steht darauf, jedesmal durchfährt mich ein Schrecken, geöffnet habe ich diese Mappe erst jetzt. Ich halte mich an die Notizen von damals. In jenem Mai waren wir durch die Toskana gereist, es war kalt dort, ich wurde krank, fieberte, wir fuhren überstürzt zurück. Ich wurde mit einer Nesselsucht in die Hautklinik eingewiesen. Dort, vor meiner Zimmertür, brach Kühner zusammen, zufällig stand ein Bett auf dem Flur, Ärzte kamen, man lieferte ihn in der neurologischen Station ein. Damit war mein Kranksein beendet. Untersuchungen, Gespräche, Diagnose: Gehirntumor. Was, wenn er diesen Anfall in Florenz bekommen hätte, wo wir zu diesem Zeitpunkt hätten sein wollen?

Der Neurologe nannte die Namen von einigen Städten, wo es namhafte Neurochirurgen geben sollte, keiner war uns bekannt, einer prägte sich uns ein: Pia, der große Pia in Gießen. Aber den Ausschlag gab meine junge Maler-Freundin Heide, die in der Nähe von Gießen lebt, sie würde uns beistehen, ihr Mann würde uns beistehen. Was für eine Freundin! An jedem Abend kam sie zu mir ins Hotel, manchmal ein Kind, manchmal mehrere Kinder im Gefolge. Oft saßen wir bis spät in der Nacht in meinem kleinen Zimmer. Ich drehte den Papierkorb um, legte ein Seidentuch darüber, die Freundin entkorkte die Rotweinflasche, packte Butterbrote für mich aus und Bilder und Skizzen, die sie mir zeigen wollte. Sie hat mich vor Jahren mit ihrer Zuneigung erobert. Mit mir konnte sie auch über den Tod des geliebten Vaters sprechen, sie ist sonst eher scheu in ihren Mitteilungen. Sie hat gesagt: Wenn du einmal krank wirst und wenn du alt wirst, dann werde ich dich pflegen, das verspreche ich dir. Aber du wirst überhaupt nicht krank und nicht alt, du nicht. Und ich habe gefragt: Versprichst du mir das auch? Ihr habe ich das Buch von den ›Quints‹ gewidmet. Die Kräfte, die ich in Gießen brauchte und verbrauchte, stammen zu einem Teil von dieser Frau.

Ich habe unter den Notizen kein Wort über die festlichen Tage gefunden, bevor wir nach Gießen fuhren. Damals haben wir auf eine ungekannte, inbrünstige Art gelebt. Es war Ende Mai, an jedem Abend saßen wir mit anderen Freunden zusammen und tafelten, und am letzten Abend saßen wir alle ›beim Griechen‹, an der Kasseler Seenplatte, wo es ist wie verreist. Der Wirt deckte uns einen langen Tisch auf der Terrasse überm Wasser. Wie hieß diese junge schöne Griechin, die dir zulächelte, dich liebevoll bediente, die doch nichts ahnen konnte? Der letzte Abend. Wir haben mehr getrunken als sonst, wir lachten viel. Du mußtest ein Medikament gegen ›Anfälle‹ nehmen, wir sagten: Er ist anfällig! Lachen, um nicht zu weinen. Du hattest keinerlei Beschwerden. Aus heiterem Himmel. Auch ein Lachen der Dankbarkeit für alle die Sommer, die wir schon gelebt hatten. Dankbarkeit gegenüber den Freunden, die uns beistehen würden.

›Klinikum Gießen‹ steht auf dem Hinweisschild an der Autobahn. Die Diagnose wurde verfeinert, das dauerte eine Woche, zunächst in Gießen, dann auch in Frankfurt. Ich machte das alles mit, später hieß es dann: Was müssen Sie mitgemacht haben. Ich fragte: Sehe ich aus wie eine Frau, die viel mitgemacht hat? Worte sind meine Waffen, sie sind nicht scharf geschliffen, viele haben sich abgenutzt. Pia schloß uns ins Herz, uns beide. Derselbe Jahrgang, beide waret ihr Reiter, beide liebtet ihr Rußland, er kannte Poenichen.

Am Morgen nach der Operation nahm Pia mich mit auf die

Intensivstation, hielt mich fest am Arm. »Sie können zu ihm kommen, sooft Sie wollen, wenn Sie es können.«

Dann täglich der grüne Kittel, der Mundschutz, die Haube, die das Haar verdeckte, Desinfektion der Hände. Der erste angstvolle Blick in das Gesicht eines Arztes, eines Pflegers. Schulterzucken. Es stand bedenklich, so habe ich die Gesten gedeutet. Ich war nie zuvor auf einer Intensivstation, kannte Geräusche und Gerüche nicht, hatte noch nie so viele Monitore und Computer gesehen, Verbände, Schläuche.

Wann hast du mich zum ersten Mal erkannt? Meine erste Erinnerung: Er liegt, den Blick zur Decke gerichtet, die Augen voller Tränen, Tränen der absoluten Hilflosigkeit. Er kann sie nicht abwischen, er kann nichts mehr aus eigener Kraft. Ich verbesserte meine Gedanken: noch nichts wieder. Ich füttere ihn, lobe ihn, die Mahlzeit dauert länger als eine Stunde, zu diesem Zeitpunkt wurde er demnach nicht mehr künstlich ernährt. Wir waren anschließend beide erschöpft. Ein neuer Krankenpfleger sagt: »Sie dürfen sich aber nicht verschlucken, sonst bekommen Sie auch noch eine Lungenentzündung!« Sekunden später verschluckt er sich an dem dünnen Brei, den er aus einer Schnabeltasse zu sich nehmen sollte. Er wird dann wieder durch eine Nasensonde ernährt. Auf einem der alten Briefumschläge, die ich für meine Notizen benutzte, steht: ›So soll er nicht leben müssen, so nicht. Vater im Himmel, verbünde dich mit uns.‹ Vermutlich in einer dieser ersten Nächte geschrieben.

Irgendwann muß er gesagt haben: Ich habe an Erkenntnis gewonnen. Welche? Ich habe nicht gefragt. Nach einer langen Zeit angestrengten Nachdenkens sagt er: Wo ist Gott in einer Bewußtlosigkeit? Er leidet unter furchterregenden Träumen. Ärzte und Pfleger sehen Fortschritte. Alle überfordern wir ihn. Antriebsschwäche, heißt es. Zu mir sagt man, daß ich ihn mobilisieren solle – oder sagt man motivieren? Er soll den Arm heben und kann es nicht, er soll das Bein anwinkeln und kann es nicht. Er leidet. Auch der rechte Arm liegt jetzt leblos auf der Decke. Er sagt: Ich nehme das alles nur deinetwegen auf mich.

Nach Tagen erst sagt er: Ich will gesund werden. Dieser Wunsch bezog sich nicht mehr auf mich, erleichterte mich.

Als eine Krankenschwester, die aus dem Urlaub kam, an sein Bett tritt, fragt er: Mit wem habe ich die Ehre? Sie nennt ihren Namen. Sonst hat er an diesem Tag kein Wort gesagt.

Der jüngere seiner Brüder, der Chirurg, telefoniert mit den Ärzten, ruft mich abends im Hotel an, erklärt mir Zusammenhänge, hält Symptome für typisch und richtig. Während er redet, leuchtet mir ein, was er sagt, sobald ich den Hörer auflege, ist alles wie vorher. Auf andere wirke ich bewundernswert ruhig. Der Schwager sagt am Ende jedes Satzes: ›Weischt?‹ Er lebt im Schwarzwald, spricht schwäbisch. ›Weischt?‹

Er liegt jetzt allein, immer noch Intensivstation. Wenn ich ihn abends verlasse, sage ich: Morgen komme ich wieder, und er sagt: Morgen kommst du wieder. Wir benutzen vertraute Formulierungen. Ich meine, ein Lächeln zu sehen, nehme es mit, verschicke sein ›Lächel-Gedicht‹. Pummerer, diese Kunstfigur, dein Ander-Ich, lächelt wieder!

Viermal am Tag muß ich beim Pförtner vorbei. Wenn ich die Klinik verlasse, muß ich ein Taxi bestellen. Ich fürchte mich vor den unfreundlichen Bemerkungen des Pförtners; wie viele verängstigte Angehörige werden dort in zusätzliche Ängste versetzt?

Eine Stunde lang habe ich versucht, ihm eine zerquetschte Banane einzuverleiben, einen anderen Ausdruck gibt es für diese Mühe nicht. Abends, als ich im Restaurant des Hotels esse, das tue ich nur selten, unterhält man sich von einem Tisch zum anderen über Reduktionskost. Wer mich im Hotel anruft, spricht mit gedämpfter Stimme. Ich bekomme Beileidsbriefe zu Lebzeiten; was wird man schreiben, wenn –. Der ältere Kühner-Bruder, ebenfalls Arzt, kommt zu Besuch, fährt vom Bahnhof zur Klinik, klopft spät abends noch an meine Hotelzimmertür. Ich sitze und korrigiere ›Die Quints‹, was ich in allen Stunden tue, in denen ich nicht in der Klinik bin. Er bringt mir ein Stück Schwarzbrot und eine Tomate und ein Tütchen Salz mit. Du schickst mir das, weil du nicht schreiben und nicht telefonieren und nur wenig sprechen kannst. Um Mitternacht sitze ich auf dem Bettrand und nehme deine Grüße zu mir.

Du erkundigst dich nach dem Datum, der Uhrzeit, ich sage: Es ist der 17. Juni! Sage: 16 Uhr. Meine Mitteilung findet kein Interesse. Ich sage: Es ist kühl draußen, es ist ein schlechter Sommer, aber ich habe ein hübsches kleines Zimmer im Hotel. Dann schweige ich wieder. Nach längerer Zeit sage ich: Ich wohne im Hotel! Er sagt, unwillig: Ich weiß, wo du wohnst.

Visite. Pia sieht mich, bevor er das Zimmer verläßt, aufmerksam an, sagt dann: Ich mache Ihnen einen Vorschlag. Wir fahren nachher zum Kloster Arnsburg, machen einen Spaziergang und essen dort etwas Gutes zu Mittag. Ich sehe ihn ungläubig an, begreife erst nach Sekunden, daß es sich um das ärztliche ›Wir‹ handelt. Er veranlaßt mich, einen Internisten der Universitäts-Klinik aufzusuchen, wieder habe ich Glück, ich bin ihm nicht unbekannt, er ist besorgt, diagnostiziert: Schilddrüsenüberfunktion, die ich in jungen Jahren oft hatte. Er sagt: Wir fahren jetzt zur Apotheke, und dann fahren wir ins Hotel. Ich lache ein wenig über die Wiederholung, aber diesmal war es ein menschliches Wir: Er bringt mich zur Apotheke, er fährt mich zum Hotel. Später werden wir einmal zusammen Tee trinken. Später. Ich lerne die Wirs zu unterscheiden.

Gespräch mit Pia in seinem Arbeitszimmer. Auf dem runden Tisch, an dem er mit den Angehörigen zu sitzen pflegt, steht eine Vase mit einem großen Levkojenstrauß, weiße und lilafarbene Levkojen, die fleischigen grünen Blätter hängen schlaff herunter, Geruch von Verwesung, Jauche.

Verschlechterung aller Reaktionen. Pia sagt, daß er keinen Zugang mehr habe, der Patient reagiere nicht mehr auf ihn. Wir führen ein langes Gespräch, er sucht nach Ursachen. Sein medizinisches Interesse ist jetzt größer als sein menschliches. Er will eine Anamnese, will sie von mir. Wie war er vorher? Wie hat er sich unter dem Einfluß des wachsenden Tumors verändert? Er muß verändert gewesen sein, bei einem solchen Befund bleibt das nicht aus! Ich war freimütig. Aber ich kann den, den ich liebe, nicht sezieren. Ich liebe ihn als Ganzes, nicht so, wie er in Körper, Geist, Seele auseinandergebrochen ist. Ich sage, daß er in dem vergangenen Jahr ausgeglichener war, ruhiger, gelassener, sonst kann ich auch nach langem Nachdenken nichts sagen, nur: Er hat mehr gemalt, mehr geschrieben. Ernste Lyrik. Wie dieses Sommer-Gedicht, das Sie kennen. Wir blicken uns an. Die letzte Zeile des Gedichtes heißt: ›Der Sommer wird dich opfern.‹

Meine eigene Diagnose: Etwas Böses (der Tumor) hat Gutes bewirkt. Der Druck hat die Angst aus dir herausgepreßt, diese Angst, unter der du ein Leben lang zu leiden hattest: begründete, oft auch - wie mir schien - unbegründete Angst. Saß dort, wo der Tumor sich breitgemacht hatte, diese übersteigerte Angst?

In einem Fernsehvortrag hat Pia dann später über die Kopfoperation an einem Künstler berichtet, darüber, wie ein Körper zur Anpassung an einen Fremdkörper fähig ist. Wir haben diesen Vortrag in einer Videoaufzeichnung gesehen und gehört, als Pia schon tot war. Er liegt auf dem kleinen Friedhof bei jenem Kloster Arnsburg, wo er mich hinschicken wollte –.

Eines Tages sagte Pia: Fahren Sie nach Hause! Es ist besser, wenn Sie jetzt nicht mehr kommen. An Widerspruch war er nicht gewöhnt, alle gehorchten ihm, auch ich. Jeder Kilometer Bahnfahrt bedeutete Trennung. Ich weiß seither, wie das ist, wenn man nach Hause kommt, und das Haus ist leer. Unsere Servietten lagen noch auf dem Eßtisch, der helle Ring für dich, der dunkle für mich. Ich ging zweimal um unseren See. In Abständen sagte ich vor mich hin: Ich bin am Rande meiner Existenz. Du hattest das gesagt, ohne die Augen zu öffnen.

Am nächsten Morgen fuhr ich zurück nach Gießen. Ich ließ einen Zettel auf Pias Schreibtisch legen: ›Tun Sie das nie wieder! Trennen Sie uns nicht!‹

Von einer Verlegung in die neurochirurgische Abteilung, wo dein Zimmer noch leer steht, ist nicht mehr die Rede. Künstliche Beatmung, künstliche Ernährung, Blutzufuhr. Man sagt zu ihm: Sie müssen doch Schmerzen haben! Er sagt: Warum, warum muß ich Schmerzen haben? Zu mir sagst du:

Die Temperaturen nehmen mich mit. Und ich sage: Wohin? Seine Äußerungen sind mir verständlich, den anderen nicht. Später sagt er: Ich bin müde vom Tage, vom lange gewesenen Tage. Er weiß nicht, wann Tag ist, wann Nacht, ich halte seine Hand, immer die, die mir zugänglich ist, zwischen all den Zuleitungen und Ableitungen. Wir halten zusammen, halten uns aneinander fest. Und dann sagst du ein zweites Mal: Ich nehme das alles auf mich für dich. Du sollst nicht allein zurückbleiben. Der Preis ist zu hoch, ich schwanke unter der Belastung. Wirst du je wieder sagen, was du doch oft sagst: Ich lebe gern. Oder auch: Ich lebe gern mit dir. Oder: Es ist schön, auf der Welt zu sein.

Der Verleger schreibt: ›Lassen Sie uns wissen, wann es an der Zeit ist, ihm Blumen zu schicken.‹ Vorerst schickt man mir die Blumen ins Hotel. Die Freunde verlassen sich nicht mehr auf die Kraft ihrer eigenen Worte, sie machen Anleihen. Die Freundin Caterine, meine erste Leser-Freundin aus dem Jahr, als die ›Spuren‹ erschienen, zitiert Epikur, der doch wenig zu ihr paßt. ›Zur Freundschaft führt weniger der Wunsch nach dem, was wir von Freunden verlangen, als viel mehr das Bedürfnis nach der Zuversicht, daß wir es verlangen dürfen.‹ Ein anderer schreibt und zitiert André Gide: ›Ich glaube, daß die Krankheiten Schlüssel sind, die uns gewisse Tore öffnen können. Ich glaube, es gibt gewisse Tore, die einzig die Krankheit öffnen kann. Es gibt jedenfalls einen Gesundheitszustand, der es uns nicht erlaubt, alles zu verstehen.‹ Auf diesen Briefumschlag habe ich notiert: ›Ich finde mich in der Welt der Gesunden nicht mehr zurecht. Das Alltägliche, Banale stößt mich ab. Aber diesen Grat, auf dem ich jetzt gehe, diesen Grat muß ich bald verlassen, wenn ich nicht vorher schon abstürze.‹

Die einen hoffen, die anderen glauben ganz fest, sie wünschen, sie drücken die Daumen, flehen zu den Göttern. Es sind gar nicht so wenige, die schreiben: ›Ich bete für Sie beide, immer wieder. Man muß auch Gott gegenüber hartnäckig sein.‹ Keiner schreibt mir den Satz eines Arztes ab, eines Naturwissenschaftlers, man verläßt sich auf die Dichter, auf deren Erfahrungen, auf ihre Versuche, in Worte zu fassen, was unfaßbar scheint. Der Freund Johannes schreibt aus München: ›Das ist dann der Teil der Gesunden, ungeduldiger zu sein als der Patient; ein Wort, das sich ja bei uns außer dem Leid auch noch der Geduld angenommen hat. Ich möchte, ungeduldig von Haus aus, ja nicht nur, daß es meinem Freund wieder bessergeht, sondern auch Ihnen, daß Sie wieder in die Normalität des Alltags zurückfinden. In diesem Falle ja schon viel, wo der Alltag des Künstlers, gemessen am Alltag ganz allgemein, doch immer etwas Festtägliches hat.‹

Ich nähre mich an den Worten, die man mir schickt, ich selbst bin wortlos, meine Kräfte gehen unmittelbar zu ihm, strömen durch unsere Körper, brauchen keine Worte mehr, ich halte seine Hand, halte ihn mit meiner Hand, spüre den Strom, der aus meinem Körper abfließt.

In meinem Fach an der Hotelrezeption liegen Botschaften. N.N. ruft wieder an. N.N. erbittet Ihren Rückruf. Aus Lektoren und Verlegern werden Freunde. ›Seien Sie versichert, daß die Gedanken aller Ihrer Freunde zu Ihnen und zu Kühner strömen. Wir alle telefonieren untereinander und miteinander und verbünden uns.‹ Kühners Lektorin schreibt: ›Immer und immer wieder lese ich mit anderen Augen als vor zwei Jahren Ihr Sommer-Gedicht, stelle mir die atemlosen Rosen und die Kamillen am Feldrain vor . . . Werden Sie wieder der Dichter, der den Flieder neugierig findet, werden Sie wieder gesund, halten Sie durch. Es ist noch so vieles unbeschrieben. Die letzte Zeile . . .‹

Eine Leserin schreibt mir: ›In meinem Leben wurde so viel Unmögliches wieder möglich - natürlich ohne jegliche Gewähr, daß es so bleibt. Aber es gibt ja für niemanden und nichts eine Garantie. Hätten wir einen Garantieschein in die Wiege gelegt bekommen - wie lebte sich's dann?‹

Schwester Doris. Sie ist mit ihren Eltern aus Thüringen gekommen, lebt noch nicht lange in der Bundesrepublik; sie klopft ihm auf die Wange, ruft ihn an, ruft ihm ins Ohr: »Immer am Ball bleiben, Herr Kühner! Immer am Ball bleiben!«

Wenn ich komme, sagt sie, und dann strahlt ihr spitzes kleines Gesicht: »Er schwätzt, er hat heute morgen schon geschwätzt«, und dann sieht sie an meinem Gesicht, daß sie wieder kein passendes Wort gefunden hat, und dann lachen wir beide ein wenig. Nachmittags, als ich wiederkomme, bleibt sie im Gang bei mir stehen und sagt: »Er hat mich gefragt, ob ich ihn auch pflegen würde, wenn ich kein Geld dafür bekäme.« Und dann schluckt sie an ihren Tränen und sagt: »Wir kommen doch von drüben, und im Herbst will ich heiraten, wir brauchen doch das Geld!« Kühner versucht kleine Konversationen, er fragt einen Pfleger: »Woher kommen Sie?« Und der sagt: »Ich bin aus Wetzlar weg.« Kühner denkt nach, fragt dann: »Warum –?« Eine Frage, die der Pfleger nicht versteht. Im Hessischen sagt man so.

Pfleger und Schwester heben ihn in einen Rollstuhl, fahren ihn ans Gangfenster, rollen den Ständer mit den Transfusionen hinterher. Ich gieße Rotwein in ein Glas, reiche ihm den Strohhalm, schneide ein paar Brocken Weißbrot, ein wenig französischen Camembert. Du kannst den linken Arm jetzt anheben und winkeln, ißt ein paar Bissen, schiebst das Glas beiseite. Unten fährt das Auto der Freundin vor, alle vier Kinder steigen aus, zeigen auf die Fenster im zweiten Stock, können dich aber nicht sehen; eines der Kinder schlägt ein Rad, um dich zu erfreuen. Sie stehen und warten, sie wollen mich abholen; ich nenne dir ihre Namen. Du hast Tränen in den Augen. »Nicht, weil du weggehst«, sagst du, »weil alle so gut zu mir sind.« Ich lehne meinen Kopf an deinen Kopf, spüre nichts als Mullbinden. Alle sagen es, ich sehe es jetzt auch: Deine Augen sind sehr blau, blauer als je zuvor, das mag an dem weißen Kopfverband liegen. Szenen wie aus einem Stück von Thomas Bernhard. Nicht Minetti, sondern Kühner in der Hauptrolle. Ich werde lange Zeit keine Rollstühle mehr auf der Bühne sehen können, es ist das meistgenutzte Requisit der modernen Bühnenbildner. Später erzähle ich der kleinen Viola, die Rad geschlagen hat, daß früher die Kinder auf der Königsallee in Düsseldorf Rad schlugen und riefen: ›Giw mi e Peng!‹ – heute würden sie wohl: ›Giw mi ne Mark!‹ rufen –, und will ihr eine Mark geben, aber Viola sagt: »Gib mir einen Pfennig, es ist ein Glückspfennig, nimm ihn mit in die Klinik!« Die Kinder haben Kühner nur einmal auf dem Bildschirm gesehen, du spielst jetzt eine große Rolle in ihrem Leben, sie beten jeden Abend für dich. Manchmal bringen mich diese Kinder aus der Fassung.

Die Befunde bessern sich, etwas später dann auch dein Befinden, man befördert dich in die Neurochirurgie, in das Zimmer, das wir kennen. Die Krankengymnastin hat dir angeraten, die Gefühle zu deiner Frau umzusetzen in Reaktion. Du erzählst mir das, winkelst das Knie, hebst einen Arm. »Das ist jetzt Liebe«, sagst du, »siehst du das? Siehst du, wie schwer mir das fällt?« Pia verkündet sein Programm: Ein halbes Jahr keinerlei geistige Tätigkeit! Ich blicke ihn fragend an. Geht das? Nicht denken – wie macht man das? Er erwidert meinen Blick. Es geht eben nicht, nicht bei allen. Er veranlaßt dich, ohne Hilfe den Gang entlangzugehen, sagt zu den Ärzten und Schwestern, die ihn bei der großen Visite begleiten: »Sehen Sie genau hin! Es vollzieht sich hier ein Wunder.« So steht es bereits in unserem gemeinsamen Buch ›Deine Bilder/Meine Worte‹, das wir Pia gewidmet haben, der mit uns zusammen ein Buch schreiben wollte: der Arzt, der Patient, die Angehörige. Ich schrieb damals eine Kurzfassung der Ereignisse: ›Um eine weitere Haaresbreite‹.

Wieviel Kraft ging von diesem Mann aus! Die Nachrichten und Berichte und Anzeigen über seinen Tod hatte ich in die Mappe ›Gießen‹ geschoben. Professor Dr. med. Dr. hc., Direktor der neurochirurgischen Klinik . . .

Krankentransport nach Kassel, dort wird Kühner noch einige Zeit auf der neurochirurgischen Station bleiben müssen, ich werde zu Hause wohnen können, ihn täglich besuchen. Den Kopfverband wird man verkleinern können, später wird er eine Perücke tragen, man hat den Kopf bei der Operation nicht schließen können, das hätte die Operation lebensgefährlich verlängert. Das Loch wird bleiben, man zeigt es mir beim Verbandwechsel, läßt mich in den Krater blicken, auf dessen Grund das Gehirn pulsiert. Ähnliches sieht man in Filmen bei Neugeborenen. Man überfordert mich, will mich abhärten. Ich will mich nicht abhärten lassen.

Mein Hotelgepäck, sein Klinikgepäck. Wir reisten zusammen. Seit dem Autounfall bin ich nicht mehr in einem Krankentransport befördert worden.

Am selben Nachmittag, als Kühner ein paar Schritte auf dem Gang der Kasseler Klinik tat, sah ihn der Stationsarzt und fragte: »Warum hat man Sie nicht nach Hause gebracht? Sie sind doch o.k.«

Ohne Bad mit Chefarzt

In der Biographie, jener Fassung, die im ›Schwarzen Sofa‹ steht, heißt es: ›Meine Sätze sollten nicht mit »Ach« beginnen. Niemals: Warum denn ich? Warum nicht ich?‹ Jetzt sage ich manchmal laut auf der Straße: Ach. Warum denn er? Auch diese Frage versuche ich zu unterdrücken, weil sie auch mich betrifft. Wozu, wozu, das fragen wir beide. Wir sollten etwas lernen. Eine Lektion, leben lernen, sterben lernen. ›Leben heißt, leidenschaftlich nicht tot zu sein.‹ Freunde haben mir Viktor von Weizsäckers ›Pathosophie‹ ausgeliehen, ich lasse mir beim Nachdenken helfen. Auf einem der herumliegenden Zettel steht in großen Buchstaben geschrieben: ›Unglück ist eine Art von Lust.‹ Damals muß ich diesen Satz verstanden haben. Auf einem anderen Zettel steht der Satz, er muß ebenfalls von Weizsäcker stammen: ›Mangel an Sicherheit ist Mangel an Vertrauen.‹ Das ist ein Satz, den ich jederzeit verstehe, nicht immer nutzt er mir.

Wovor man in Gießen immer wieder gewarnt hat, tritt nach dem Transport ein, wird nicht rechtzeitig erkannt. Da nutzt es nichts, bereits in einer großen städtischen Klinik zu liegen, da nutzt es nichts, ein Privatpatient zu sein, da sind die richtigen

Ärzte nicht zur rechten Zeit zur Stelle. Lungenentzündung, Lungenembolie, erhöhte Lebensgefahr. Das Ausmaß der iatrogenen Schäden ist weithin unbekannt, in Harvard beschäftigen sich Wissenschaftler mit dem ›Krankenhaus als Krankheitsursache‹, Grundlagenforschung.

Transport von der Neurologie zur Inneren. Gänge, Aufzüge, Gänge. Das Gepäck liegt auf seinem Bett, ich gehe hinter der Trage her, den Arm voller Blumensträuße. Wir kommen ein Stück durchs Freie, an einer begrünten Mauer entlang, er sagt: Ich rieche Erde. Das hat er seit langem nicht getan. Ein Pfleger mit Bärenkräften, der nur für Transporte zuständig ist, hebt ihn von der Trage auf den Röntgentisch, fährt ihn hin und her, mehrmals täglich. Du legst ihm die Arme um den Hals, du bist schwach, elend, hast jetzt große Schmerzen.

In der Neurologie hatte er ein Zimmer ohne Bad mit Chefarzt. Eine Angabe, die für die Krankenversicherung wichtig ist. Von nun an hat er einen anderen Chefarzt und ein Bad und einen Balkon dazu; weder Bad noch Balkon wird er je betreten können, aber diesen Chefarzt, den braucht er. Auch er wurde vor Jahren von Pia operiert, ebenfalls ein Gehirntumor, Arzt und Patient sind gleich alt, auch er malt, seine Bilder hängen im Flur der Klinik. Ich tausche hin und wieder das Bild, das im Krankenzimmer hängt, gegen ein anderes vom Flur aus. Mehrmals täglich Blutentnahme, jedesmal sagt eine andere Schwester: Es gibt jetzt einen kleinen Pieks. Du versuchst ein Lächeln, sagst: Dank können Sie von mir nicht verlangen, Schwester. Von nun an interessiert sich keiner mehr für die Kopfoperation. Aus diesen Wochen liegen keine Notizzettel vor. Ich saß morgens einige Stunden an seinem Bett, nachmittags wieder. Wenn ich immer zur gleichen Stunde in sein Zimmer kam, blickte ich ihn zuversichtlich an, einmal hat er gesagt: Euer Postkartenoptimismus.

Der Sommer bleibt kühl, regnerisch, windig. Die Pappeln, die bis zum 5. Stockwerk reichen, biegen sich, verschwinden aus deinem Blickfeld, tauchen wieder auf, beunruhigen dich. Ich ziehe die Vorhänge auch bei Tage zu. Der Sommer wird dich opfern. Wir machen den Chefarzt auf diese Bäume aufmerksam, er erkennt die Unruhe, die von ihnen ausgeht.

Baustellen, auch in dieser Klinik. Ich kann die Geräusche nicht verhindern, das meiste, was dich plagt, kann ich nicht verhindern. Die Medikamente verursachen Appetitlosigkeit und Übelkeit, du verweigerst die Klinikkost. Ich bringe mit, was du sonst gern gegessen hast: Parmaschinken, Melone. Du entschuldigst dich, auch das kannst du nicht essen. Bananen standen mehrere Stunden hoch im Kurs, Bananen mit Joghurt, dann keine Bananen. Dann Pfirsiche, keine Pfirsiche. Dann Krabben, dann . . . Thermoskannen mit kräftiger Fleischbrühe. Durchgerührte Kartoffelsuppe. Lange und behutsame Gespräche und Überredungsversuche über Speisen mit jemandem, der sich nie recht dafür interessiert hat, der sagt: Wenn ich jetzt loben würde, hieße das doch, gestern habe es mir weniger geschmeckt. Ich berichte, daß Thomas Mann, als er nach einer Lungenoperation in Los Angeles die gleichen Eßschwierigkeiten hatte, plötzlich Coca-Cola zu trinken wünschte und dann tagelang Coca-Cola trank, zu seiner eigenen Verwunderung und Beschämung. Ja, sagst du, hol Coca-Cola! Ich kaufe an der Bude gegenüber der Klinikpforte mehrere Dosen. Du trinkst einen Schluck. Beim dritten Schluck erklärst du, keinerlei Ähnlichkeiten mit Thomas Mann zu haben.

Ich versuche, dir etwas vorzulesen, aber du kannst dich nicht konzentrieren. Ich bringe einen Bildband mit, schöne, vertraute Landschaften, von Horst Janssen gemalt, den du vor allen anderen modernen Malern schätzt. Du blickst uninteressiert auf die Seiten, die Bücher rutschen von der Bettdecke. Ich schneide Rosen im Gärtchen, ordne sie in Vasen, sage: Damit du siehst, was dir zu Hause blüht . . . Ich berichte von dem Amselpaar, das ungestört seine Jungen aufziehen kann, zwei Meter über dem Platz, an dem du sonst im Sommer bei den Mahlzeiten sitzt, mir gegenüber. Auch ich sitze nicht dort. Zum ersten Mal gerät ihnen die Aufzucht der Jungen dort, wo sie zweimal im Jahr ein Nest bauen und es dann aufgeben, weil sie sich gestört fühlen durch uns.

Es kommen Besucher, meist winkst du ab, nein, bitte nicht! Du schließt die Augen, als wären es Türen in dein Inneres. Die Freundin Rose macht eine Ausnahme, sie legt eine Rose auf deine Bettdecke, und jedesmal bringt sie eine kleine Geschichte mit, die sie dir leise, beschwörend, erzählt. »Mäuseborn«, flüstert sie dir ins Ohr, bevor sie geht. »Wir werden wieder zusammen zum Mäuseborn gehen!« Ein kleines Lokal am Ende eines Waldwiesentals, unendlich weit von diesem Krankenzimmer entfernt. »Gestern«, berichtet sie, »gestern waren wir auf Schloß Escheberg zum Musizieren.« Du kennst dieses hübsche kleine Schloß, in weiten Buchenwäldern gelegen, dort schrieb Emanuel Geibel ›Der Mai ist gekommen . . .‹. Sie weiß, daß du nun das Schloß, den Park, den Teich vor Augen hast, und erzählt: »Während aus den offenstehenden Fenstern der Poetenstube die Klänge des Schubert-Quintetts in den Park wehten und sich dort aufs freundlichste mit dem Plätschern des Springbrunnens mischten, unternahm ich einen kleinen Abendspaziergang, der mich durch die Eschenallee zu dem verschwiegenen Teich führte. Und dort sah ich einen Schwan! Er war unruhig, störte das stille Bild, zog eilig über das dunkle Wasser, hin und her, leuchtete hell in der rasch hereinfallenden Dunkelheit. Später habe ich den Schloßherrn gefragt. ›Ja‹, hat er gesagt, ›unser Schwan! Er macht uns Sorgen. Nachdem er bereits einmal Witwer geworden war, hatten wir ihm unter allerlei Mühen eine junge Schwänin aus dem Bergpark Wilhelmshöhe verschafft. Aber denken Sie, diese Treulose! Sie flog mit dem erstbesten jungen Schwan, der auf unserem Teich nur eine kurze Gastrolle gab, auf und davon. Nun trauert der Betrogene, ist unruhig und zeigt erste Anzeichen von Bösartigkeit. Vielleicht sollten wir versuchen, ihn mit einer neuen Schwanenfrau zu trösten? Wir fühlen uns für sein Wohlergehen verantwortlich!‹ Was für ein idyllisches Bild: zwei Schwäne auf dem Teich im Abendlicht, aber einer –?«

Bevor sie geht, fragt sie dich: »Was tust du –?«

»Ich gesunde«, sagst du, zum ersten Mal sagst du das. Ein Tätigkeitswort: gesunden.

In einem Brief steht: ›Wie dünn ist Ihre Haut inzwischen?‹ Ich kenne die Handschrift nicht. ›Was für eine Anstrengung, obenzubleiben und nicht abzustürzen und sich nicht fallen zu lassen!‹ Auf dem Umschlag steht, in meiner eigenen Handschrift, ein Satz. Von Ingeborg Bachmann? Aber das kann nicht sein, von wem stammt der Satz? ›Keiner fällt tiefer als in die Hand Gottes.‹ Als wäre Sterben einfach nur ein Fallenlassen. Bei Ingeborg Bachmann heißt es: ›Jeder, der fällt, hat Flügel.‹ Ich habe nachgesehen, meine Schwester hat mir den Satz in einen Gedichtband geschrieben, ich muß wohl auch damals verzagt gewesen sein und weiß heute nicht mehr, warum.

Die Untersuchungsergebnisse werden besser. Erste Schritte. Eine Krankengymnastin kommt, ein Badagist kommt, eine Perückenmacherin kommt. Der Kopfverband wird entfernt, Fäden werden gezogen. Kühner trägt nun die Seidenmützchen, die ich derweil nach Maß gehäkelt habe, unter denen sich die Kalotte verbirgt, die den Kopf schützt. Die Zeit danach wird vorbereitet. Ich fürchte mich: Wie soll ich den Chefarzt, die Nachtschwester, die Pfleger, die Schwestern, die Diätköchin, die Putzfrau ersetzen? Wird man dich und mich rehabilitieren? Und wo?

Du erholst dich rasch, viel rascher, als zu vermuten war. Wir gehen zum Gottesdienst, in die größte – seit langem zu große – Kirche der Stadt, nur der Chor wird noch als Kirchenraum genutzt, das Kirchenschiff und die Emporen dienen als Konzertsaal, für Oratorien und Messen; nur am Heiligen Abend füllt sie sich mit Weihnachtschristen.

Die Gemeinde stimmt den ersten Choral an: ›Mir ist Erbarmung widerfahren . . .‹ Wir fassen uns bei den Händen, blicken uns nicht an, jeder bekämpft die eigenen Tränen, die des anderen könnte man nicht ertragen. Wir nehmen am Abendmahl teil, der Pfarrer kennt uns, wir kennen auch sein Schicksal, er hat seinen einzigen Sohn bei einem Sportunfall verloren, er hat sich den Verlust zu Herzen genommen, hat eine schwere Herzoperation überstanden, das liegt noch nicht lange zurück. Viele der Kirchgänger kennen uns. Am Altar verlieren wir noch einmal die Fassung. Es hat nicht viel gefehlt, dann wäre ein Schluchzen durch die Kirche gegangen, zu weinen hat jeder etwas.

Seit Jahren fällt mein Blick von der Straßenbahn, auch vom Auto, manchmal vom Fußgängerweg aus, auf ein Plakat. Vier Szenen sind darauf zu sehen. Als erstes ein spielendes Kind, darüber steht: ›Zu jung‹; daneben ein junges Paar, der Text dazu heißt: ›Zu verliebt‹. Das dritte Bild zeigt einen tätigen Menschen, darüber: ›Zu beschäftigt‹. Das letzte Bild zeigt dann einen Sarg: ›Zu spät‹. Die Stationen eines Menschenlebens; vier Gründe, weshalb der Weg nicht zu Jesus führen konnte. Ich betrachte das Plakat aufmerksamer als früher, ich weiß, daß es so nicht bleiben wird: Der Choral am Morgen, das Tischgebet, das Losungswort, die Bibellektüre vor dem Schlafengehen, das wird nachlassen. Keiner der vier Gründe trifft auf uns zu. Trägheit heißt der fünfte, der für alle zutrifft, die Zujungen, die Zuverliebten, Zubeschäftigten –.

Am Ende jenes Sommers haben wir mit den Freunden noch einmal ›beim Griechen‹ gesessen; er hat uns wieder den Tisch auf der Terrasse über dem Wasser gedeckt, hat uns ein Festmahl bereitet. Wir aßen und tranken, waren von Freundschaft umgeben. Die Sonne ging prächtig hinter dem Habichtswald unter, zehn Kilometer weiter links als im Frühsommer. Und wieder war es: wie verreist. Enten flogen vom See auf, ordneten sich zu glückverheißenden Zeichen, und der volle Mond ging auf. Wir standen mit unseren Gläsern auf der Holzbrücke, tranken den Uzo, den der Wirt spendiert hatte, warfen die geleerten Gläser über die Schulter hinweg ins Wasser. Was für ein Leichtsinn. Wir waren leichten Sinnes, umarmten einander, und die schöne junge Griechin sagte dir, nur dir, Lebwohl. Du sagtest: Chairete!

Am nächsten Tag war das Lokal geschlossen, für immer, der Wirt kehrte nach Griechenland zurück. Auch für ihn war es ein Fest.

Eine Frau, die ich zweimal, und jedesmal nur flüchtig, gesehen habe, schreibt mir hin und wieder einen Brief, in ihrem letzten Brief steht: ›Ich denke an das ungeschriebene Buch. Zu dritt mit Professor Pia, ein Buch, das nicht geschrieben werden kann.‹ Sie weiß von uns nicht mehr als das, was in dem Band ›Deine Bilder/Meine Worte‹ steht. Sie schreibt in Stichworten, schreibt: ›Leiden. Alleinsein.‹ Und fügt dann aus ihrem eigenen Leben ein paar Sätze hinzu: ›Meine Hand vermochte es nicht, ihn hierzuhalten. Zu spät. Aber in sechs Wochen Uniklinikum haben wir die traurigste und auch die glücklichste Zeit erlebt, wir waren uns nahe, Tag und Nacht, in vollem Bewußtsein dessen, was mit uns geschah. Das Wunder trat nicht ein - aber doch etwas, das mich getrost sein läßt über uns beide. Manchmal gibt er mir Zeichen, weht mir ein Blatt vor die Füße –.‹

Rehabilitation, für beide. Hat man euch endlich rehabilitiert? fragten die Freunde. Alle verwöhnten uns, Leben war etwas Besonderes, Festliches.

Nach einer langen Pause schrieben wir wieder, dann fing Kühner wieder an zu malen, wir reisten auch wieder. Alltag. Und manchmal sagtest du: Leben ist etwas Schönes. In einer zweiten Operation hatte Pia den Kopf mit einer Kunststoffplatte geschlossen. Du kämmtest das Haar über die Narben, die Kopfform war verändert, darüber ließ sich hinwegsehen, alle taten das.

Es vergingen einige Jahre, gute Jahre.

Die Wiederholung ist der Ernst des Lebens (Gießen II)

Die Freundin Heide erwartete uns auf dem Bahnhof in Gießen, keines der Kinder war mitgekommen. Sie verteilte uns und das Gepäck auf Klinikum und Hotel. Wir waren angemeldet, wir waren dort bekannt, das war erleichternd, das war erschwerend. Das Schlimmste am Schlimmen ist, daß es sich wiederholt. Oder auch Kierkegaard: ›Die Wiederholung ist der

Ernst des Lebens.‹ Ein anderer würde operieren. Professor R. ist berühmt wie sein großer Vorgänger Pia. Eine neue Generation der Neurochirurgen macht sich ans Werk. Die Untersuchungen ziehen sich hin. Man hätte vor Monaten bereits operieren müssen, der Befund ist größer, als man dem CT nach annehmen konnte. Man fragt nach den Ausfallerscheinungen. Zwischen den Untersuchungen sitzen wir auf den engen Fluren der alten Klinik, schweigend, weil alles gesagt ist. Ich mache Bekanntschaften. Eine Patientin kommt im Rollstuhl angefahren, sie gehört zu einer anderen Station, hat bei den Neurochirurgen nichts zu suchen, aber sie braucht Kontakte, jemanden, der ihre Leidensgeschichte noch nicht kennt, und stößt auf mich. Seit Jahren geht das so, die Beine bleiben gelähmt, man versucht immer neue Methoden, operiert immer wieder; sie erklärt mir alles, bis in die Details, führt mir vor, was sie kann, was nicht. Ein Autounfall. Ich umarme sie, ich bin erschrocken, sie ist noch so jung, jünger, als ich bei unserem Autounfall war. Dann rollt sie davon, bis sie wieder jemanden trifft. Hausieren nennt man das, aber etwas anderes hat sie nicht anzubieten als ihre Leidensgeschichte.

Du hast kein Einzelzimmer, diesmal nicht, es mußte alles so schnell gehen, alles noch vor Weihnachten. Du teilst das kleine Zimmer mit einem Bettnachbarn. Wir betreiben heiteres Beruferaten, du taxierst ihn, den Jüngeren, der einen akuten Bandscheibenvorfall hat, schlägst Studienrat vor, der randlosen Brille wegen, vermutlich. Und er sagt: »Stimmt, aber ich habe zu Hause eine Baumschule.« Wenn die Schmerzmittel bei ihm wirken, sind die Herren heiter, auch die sorgenvollen Ehefrauen wollen nicht nachstehen. Operieren - nicht operieren - doch operieren? Alle paar Stunden ändern sich die Vorhaben, dann bekommt ihr den gleichen Termin zur Operation. Zwei Lebenswege führen im OP zusammen. Später, nach Weihnachten, traf ich ihn auf einem Gang der Chirurgie, er ging mühsam an zwei Stöcken, aber er stand wieder auf seinen Beinen; wir freuten uns wie alte Bekannte, werden uns nie wiedersehen, waren uns aber für kurze Zeit nahe.

Am Tag vor der Operation traf der Schutzumschlag für die Neuausgabe der einbändigen Ausgabe der ›Poenichen-Romane‹ ein. Ich nahm ihn mit in die Klinik. Der Verlag hatte ein Bild ausgewählt, das du bald nach unseren Wanderungen in der Mark Brandenburg gemalt hast. Ein See, von Kiefern umstanden; du hattest Gefallen an den Bildern von Leistikow im Berlin-Museum gefunden, aber bei dir sind die Kiefernstämme nicht dunkel, sondern rot, du veränderst die Farben, hältst dich weniger an die Natur. Das Bild hat Fernwirkung, es gefällt uns beiden. Deine Bilder beschützen meine Bücher! Schutzumschläge - kam dieser Gedanke von dir oder von mir? Seit Jahren schon wählt man aus deinen Bildern geeignete für meine Buchumschläge. Zusammengehörigkeit. Nähe, etwas wie Glück.

In der Nacht vor der Operation hast du einiges auf einen Notizblock geschrieben, die Worte wirr durcheinander, im Dunkeln vermutlich, unter dem Einfluß von Beruhigungsmitteln. ›Verzeih mir‹, das kann man entziffern, und: ›Gott hilf mir‹. - Was gebe ich preis, ich werde dich fragen müssen, ob du das zuläßt. Sind unsere Lehrstunden für andere von Nutzen? Werden meine Leser verstehen, warum ich mich der schriftlichen Wiederholung aussetze?

Dienstag, also Dienstag. Früher bist du dienstags in deine ›Residenz‹ gegangen, um zu malen. Die Vorbereitungen haben eine Woche gedauert.

Ab acht Uhr sitze ich im Hotelzimmer und erwarte den Anruf von Professor R. Es kann Nachmittag darüber werden, das hat er mir am Vorabend gesagt. Kann, kann nicht. Es wird später Nachmittag. »Ich bin fertig«, sagt er mit matter Stimme. »Die Operation war größer, als wir erwartet hatten, den Rest machen jetzt meine Ärzte. Der Tumor war vermutlich gutartig. Ihr Mann bleibt vorerst in Narkose.« Wir verabreden uns für den nächsten Morgen. Vermutlich gutartig.

Morgen früh werde ich die ganze Wahrheit erfahren. Ich verlasse das Hotel, gehe an der Mauer des alten Friedhofs entlang, durch die fremde Stadt, die Geschäfte sind noch geöffnet, es werden Plastiktüten in parkenden Autos verstaut, Tannenbäume auf den Gepäckträgern festgebunden. Dann liege ich wieder auf dem Bett. Ich kann dich nicht retten. Kurz vor Mitternacht rufe ich auf der Intensivstation an, verlange den diensthabenden Arzt; es ist eine Ärztin. Ich nenne deinen Namen. Ich bin seine Frau. Mit frischer Stimme sagt sie: »Oh, wir werden ihn gegen Morgen wach werden lassen.« Wach werden, wach werden lassen, transitiv, intransitiv.

Am Morgen fahre ich zur Klinik, gehe mit Professor R. durch die Gänge. Seine Stimme ist ausgeruht, er wirkt frisch, er ist jung, vergleichsweise ist er jung. »Besteht Hoffnung?« frage ich. Er sagt: »Wir haben zehn Stunden operiert!« Er muß mir nicht erklären, daß eine Operation nur dann so lange dauert, wenn man sich Erfolg verspricht. Am Morgen begreife ich das, nachts ist mir dieser Gedanke nicht gekommen.

Er redet dich mit deinem Namen an. Du lächelst. Der Patient ist ansprechbar! Er läßt uns allein. Deine Augen bleiben geschlossen. Manchmal lege ich den Kopf auf den Rand der Bettkante, dann streichst du mir übers Haar, läßt die Hand eine Weile liegen. Wortlose Verständigung. Endlose Stunden der Dämmerung. Vorm Klinikgebäude steht ein Weihnachtsbaum; ich weiß nicht, ob die Lichter auch nachts brennen. Du kannst ihn nicht sehen, was siehst du überhaupt? Du liegst jetzt im ersten Stockwerk. Als man dich einlieferte, kamst du in das Mansardengeschoß, zwischendurch zu den Untersuchungen ins Untergeschoß, alles in demselben Flügel des Klinikums der Justus-Liebig-Universität, Ende des 18. Jahrhunderts erbaut, eines der wenigen schönen Gebäude der Stadt, baulich den modernen Anforderungen an eine Klinik nicht mehr entsprechend, rundum Neubauten, Baustellen, man erkennt die fünfziger Jahre, die sechziger Jahre, nichts paßt zueinander. Das Häßliche bleibt nicht auf der Netzhaut hängen, es teilt sich dem Körper als Unbehagen mit. Später, in der nächsten Klinik, wird es nicht anders sein.

Du beschränkst deine Antworten auf ja und nein, verweigerst sie oft, bei früheren Klinikaufenthalten hast du bereitwilliger danke gesagt: Danke, Schwester. Danke, Herr Professor. ›Laßt mich doch‹, sagst du manchmal, und manchmal sagst du: ›Was ist der Mensch?‹ – Du empfindest deine Hilflosigkeit. Man hat ein großes Stück Gewebe aus deinem rechten Oberschenkel in deinen Kopf transplantiert, das Bein schmerzt wochenlang, du wirst nicht auf der Seite liegen können. ›Was man nicht in den Beinen hat –‹ Unsere vertrauten Spiele gelten nicht mehr.

Nirgendwo in dieser verregneten Stadt wird soviel gelacht wie auf der Intensivstation. Das Lachen der Furcht? Reagiert man sich ab? Lautes Zurufen, die anderen Frischoperierten liegen noch in Narkose. Über das Lachen der Furcht habe ich als junge Redakteurin einer Frauenzeitschrift in Nürnberg einen Leitartikel geschrieben. In jener Redaktion habe ich gelernt, über alles zu schreiben, mit oder ohne Kenntnisse. Was ist seither an Lebenskenntnissen dazugekommen! Geblieben ist: das Lachen der Furcht. Nirgendwo wird soviel geraucht, soviel Kaffee getrunken. Alle sechs Stunden wechselt das Pflegepersonal.

Im Hotel finden abends die letzten Weihnachtsfeiern statt. Blockflöten, Vorträge, festliches Essen, festliche Kleidung. An einem Abend wird gesungen. ›Süßer die Glocken nie klingen als zu der Weihnachtszeit . . .‹ Aus Kinderweihnachtstagen kenne auch ich dieses Lied. Wer singt das, heute noch, in einem Hotel, in dem sonst Kongresse stattfinden.

Warum tragen so viele Krankenpfleger auf Intensivstationen zottelige Bärte, langes, strähniges Haar? Sind Ersatzdienstleistende darunter? Alle tragen die gleichen blauen Leinenanzüge, auch die Schwestern und die Schwesternschülerinnen. Hauben sind verpönt, den Patienten waren sie angenehm, es hingen ihnen beim Umbetten keine Haare ins Gesicht. Einer der Pfleger sieht, daß bei Kühner der Bart kräftig sprießt, er beneidet ihn. Man könnte Sie ja direkt beneiden! Alles vereinzelt sich an dem Kranken, man kann auch den Bartwuchs für sich betrachten; sonst gedeiht nichts an ihm. Ich sitze eine Stunde, zwei Stunden, du schläfst, ich werde ruhiger, höre auf zu denken, bin nur noch da, anwesend, angehörig, so steht es an der Eingangstür, die immer verschlossen ist: Nur für Angehörige. Ich habe mich in eine Angehörige verwandelt und meine Identität verloren. Türen für Angehörige, grüne Leinenkittel für Angehörige, Desinfiziergeräte für Angehörige. Oft bin ich die einzige Angehörige, die meisten Frischoperierten bleiben nur für Stunden hier, liegen zu mehreren in den Zimmern, du liegst allein. Man verschreibt mir Beruhigungsmittel, Schlafmittel, auch solche, von denen man mir nur eine Tablette aushändigt. Traut man mir nicht? Man hätte recht, ich würde eine Tablette nach der anderen schlucken, um für kurze Zeit schlafen zu können. In der Schublade meines Nachttisches liegt ein Neues Testament, mehrsprachig, Readers Digest-Verschnitt. Ich lese in den Offenbarungen des Johannes, verstehe nichts, begreife alles. Erleuchtungen, die sich wiederholen, wenn du in Bruchstücken von deinen Visionen sprichst. Du liest ganze Zeilen von der Zimmerdecke ab, und ich sehe, was du siehst, das Unsichtbare. Wenn du erwachst, bist du verstört von Träumen, mußt dich erst einordnen.

Ich verschenke deine Bücher, hoffend, daß man ein anderes Bild von dir bekommt. Ich blättere darin, lese das letzte Gedicht in dem Band ›Wozu noch Gedichte?‹. Eine Zeile ist herausgerückt, sie heißt: ›Er hat das letzte Wort.‹ Er, das ist der Tod. Die Frage ›Wozu noch?‹ verfolgt uns, bleibt unausgesprochen, wird von kurzen Augenblicken der Erkenntnis beantwortet.

Leben um jeden Preis. Wie soll er es schaffen? Wie soll ich es schaffen? Das ist kein heilender, wohltuender Schlaf mehr, das ist nur noch ein Röcheln, ich kenne das, ich habe an Sterbebetten gesessen. Ich bitte, den leitenden Arzt zu rufen, er kommt, beobachtet dich, beobachtet den Monitor, läßt sich die Krankenblätter geben und sagt: »Es ist ernst, aber nicht todernst.«

Du lächelst nicht mehr. Am Tag nach der Operation hat dein Lächeln, das von weit her kam, alle beglückt. Du besitzt nichts mehr, was dir gehört, keine Brille, keine Uhr, nichts. Man putzt dir die Zähne mit einer Einwegzahnbürste, die Zahnpasta ist bereits eingearbeitet, bei der Benutzung entwickelt sich Schaum im Mund. Einwegfieberthermometer, alle Stunde wird gemessen, Einweghandschuhe für alle Handreichungen, Einwegspritzen, Einwegtücher und -handtücher, der große Müllsack neben der Tür füllt sich täglich zweimal. Dein Körper ist von Einstichen und Blutergüssen verfärbt. Handtellergroße Hämatome. Seit Monaten schon bekommst du blutverdünnende Präparate, die eine weitere Thrombose verhindern sollen.

»Das Telefon hat geklingelt!« sagst du. »Eine Stimme sagte laut und deutlich: Kühner. Im gleichen Augenblick verlöschte das Licht. Ich habe dich bei deinem Namen gerufen.« Dann schweigst du wieder, die Augen öffnest du nicht.

Du legst mir beide Arme um den Hals. Ich sage: »Halt dich fest, halt dich ganz fest«, und du sagst: »Die Brandung unter mir, die Brandung!« Und ich höre die Brandung und spüre, daß ich stärker werde, daß ich ihn noch eine Weile halten muß und halten kann. Er sagt an diesem und an den folgenden Tagen noch mehrmals: »Wenn ich jetzt loslasse, dann stürze ich ab. Du bist der Fels.« – »Halt dich fest«, sage ich.

Wenn ich komme, läßt man eine der Bettwände herunter, damit ich seine Hand halten kann. Er sucht nach Worten, selten kommen ganze Sätze. Einmal hast du einen Traum erzählt, über die Alpträume kannst du nicht sprechen. »Du hast tapeziert«, sagst du, »du hattest viele Tapetenrollen unterm Arm und hast zu mir gesagt, daß du alle Krankenzimmer, in denen ich liege, mit dieser Tapete bekleben willst, damit ich mich überall zu Hause fühle. Du wolltest mich überraschen, aber ich habe deine Absicht erkannt. Es soll überall aussehen wie hier.« Die Meßinstrumente und die Computer, die in dem halbdunklen Raum abgestellt werden, hältst du für das Muster einer Tapete. »Graphisch ist das schön«, sagst du, schließt die Augen, entziehst mir deine Hand. Nach langer Zeit sagst du: »Man schiebt doch nur alles immer wieder vor sich her.« Zu wem solltest du das sagen, wenn nicht zu mir.

Lange Dämmerungen, im Flur brennt Licht, ein Schein fällt durch das Kontrollfenster. Wenn ich anwesend bin, wird die Tür geschlossen. Ich erzähle dir von einem Brief, den die Frau Rath Goethe an Christiane von Goethe nach Weimar geschrieben hat, in dem sie ihr von dem Rebhuhn berichtet, das sie in den Nachmittagsstunden bei sich haben möchte, wenn es still sein soll und sie sich entspannen und nichts weiter tun möchte als ein Rebhuhn streicheln. Jetzt ist so eine Stunde. Ich bin still und gefaßt, wenn ich bei dir sitze. Wir nennen diese Stunde seither die Stunde des Rebhuhns. Einige Tage danach sagst du: »So soll dein Buch mit den Aufzeichnungen heißen: ›Die Stunde des Rebhuhns‹.«

»Du mußt das Bild für den Schutzumschlag noch malen!«

»Verlang nichts von mir!«

Er lächelt! Das sagt man mir schon, wenn ich die Intensivstation betrete. Aber es ist wieder so ein Lächeln von weit her, es lag am Tag nach der Operation über deinem Gesicht, verschwand dann, mit Anstrengung holst du es manchmal hervor. Sprechen wäre noch anstrengender. Der katholische Priester, den wir schon von unserem ersten Aufenthalt her kennen, dessen Auftauchen mich damals ängstigte, kommt an jedem Nachmittag; jetzt kennen wir uns, reden leise miteinander. Er nimmt einen Band mit Pummerer-Gedichten mit, für die Weihnachtsfeiern in den einzelnen Stationen der Klinik. Er bleibt nur wenige Minuten, vermutlich will er sich überzeugen, ob dieser Poet, dessen Gedichte er vorlesen läßt, auch noch am Leben ist. Er nähert sich besorgt, verläßt den Raum erleichtert. Es gibt eine Reihe von skurrilen Gedichten über die Art und die Unart, das Weihnachtsfest zu feiern. Auch bei einer Klinikfeier darf gelacht werden. Er liest vom ›Mantel der Liebe‹, den der Pummerer aus dem Schrank holt und sich umhängt, damit er alle, die ihm so fremd sind, zu lieben vermag. Das Gedicht vom Wassertropfen im Transformatorenhaus, der einen Kurzschluß auslöst, so daß in der Heiligen Nacht ›O du fröhliche . . .‹ selbst gesungen werden muß und eine Mutter zu ihrem Kind in der Dunkelheit sagt: ›Fürchte dich nicht!‹ Zum Abschluß der Feier läßt er von einer jungen Schwester ›Ein Lächeln zum Weiterreichen‹ vorlesen, ein Lächeln, das morgens von diesem Pummerer, der Kunstfigur, die du erfunden hast, ausgeht, von einem Gesicht aufs andere überspringt und dann am Abend zu seinem Erfinder zurückkehrt. Ach, dein Lächeln ist zu schwach für Gießen, die Stadt wirkt in diesen Tagen vorm Fest hektisch und unfroh. Auf mich. Ich muß das einschränken. Am folgenden Tag berichtet der Pfarrer, wie deine Gedichte angekommen sind, und dann kehrt das Lächeln für Sekunden auch zu dir zurück.

Als die Freundin Heide sagte: »Ich kann dich doch an der Klinik abholen«, willigte ich ein, an jenem Tag war ich optimistisch. Wir gingen zusammen in ein Restaurant. »Laß uns Champagner trinken«, sagte ich. Sie hatte Bilder mitgebracht, fertige und unfertige, eine neue Richtung, sie muß mit jemandem darüber sprechen. Wir reden über Maltechniken. Später kommt ihr Mann dazu, sagt: »Das lenkt dich doch von dem Klinikleben ab!« Er hat einen Freund mitgebracht, den ich bereits kenne. Alle trinken wir Champagner, der Freund hat den Fahrer dabei. »Das tut dir doch gut!« – »Wir bringen dich zum Lachen!« – Man bringt mich zum Lachen, man lenkt mich ab, ich sitze neben mir, sehe der Frau zu, die sich auf small talk versteht. Im Hotel dann wieder in Tränen. Ich habe dich verraten. Man darf mich nicht ablenken, ich will nicht, daß man mich ablenkt, ich kann jetzt keine anderen Rollen übernehmen. Es ist schwer, sich verständlich zu machen, man bedauert mich, auch das will ich nicht. Ich bin dort, wo ich hingehöre, nirgendwo sonst will ich sein.

Er sagt, es gibt zwei Kontinente, zwei Rassen. Die Welt der Gesunden und die Welt der Kranken. Meinem ersten Roman hatte ich als Motto einen Satz von Thornton Wilder vorangestellt: ›Da ist ein Land der Lebenden und ein Land der Toten, und die Brücke zwischen ihnen ist die Liebe.‹ Gibt es auch eine Brücke zwischen den Kranken und den Gesunden? Ein guter Tag, vergleichsweise. Ich schalte das kleine Radiogerät ein, und Mozart dankt dem Patienten die Treue, er ist zur Stelle, ein Konzert für Bläser. Als der Sprecher ›Köchelverzeichnis‹ sagt, geht ein Lächeln der Befriedigung über das Gesicht des Leidenden. Die beiden haben einander erkannt. Wenige Tage später Arien aus Rossinis ›Barbier von Sevilla‹, er summt Melodien mit. Abends rufe ich alle Telefonnummern an, die ich mir mitgenommen habe. Ich verkünde euch große Freude, sage ich. Ich kann doch nicht nur Angst und Schrecken verbreiten. Und ich wußte ja auch nicht, wie vorübergehend diese guten Augenblicke waren. Mehrmals täglich wechsle ich die Kontinente. Seit jeher halte ich den Augenblick für die Ewigkeit, so wird es bleiben: So gut. So schlimm. Ich habe mir eine Zeile aus dem ›Ave Maria‹ ausgeliehen. ›Jetzt und in der Stunde unseres Todes.‹ Warum heißt es ›unseres Todes‹, wo doch der Tod das ist, was jedem allein zusteht, wo niemand folgen kann oder folgen darf. Du würdest, vielleicht, ohne mich weiterleben wollen, aber nicht können, weil ich die Lebenstüchtigere bin. Ich könnte vermutlich allein leben, auf erschreckende Weise habe ich immer alles gekonnt, aber ich will es nicht. Fragte man mich jetzt, heute, nach meinen Wünschen für die Zukunft, was man früher oft getan hat, dann würde ich sagen: dieser stille Platz auf dem Dorffriedhof, neben dem, den ich liebe, unter dem Granitblock, der noch die Namen meiner Großeltern trägt und den Stern Davids als Zeichen.

Wieder schickt man die Sträuße ins Hotel, in eine Intensivstation darf man keine Sträuße schicken. Ich wußte nicht, daß es so viele Blumen in Lila gibt, sie verdüstern mein kleines Zimmer. Ich bin durstig, nachts stehe ich immer wieder auf und hole mir eine kleine Flasche Perrier aus der Minibar, der Flüssigkeitsverlust ist groß. Ich bete nicht mehr um dein Leben, sondern um einen gnädigen Tod. In diesen Winternächten stehe ich oft auf dem kleinen Balkon im fünften Stockwerk des Hotels und weiß nicht: Wo bist du? Ich habe die Orientierung verloren, finde mich unter den Sternbildern besser zurecht als in den Straßen der Stadt. Wenn ich kein Taxi bekomme, nehme ich den Bus, fahre in die falsche Richtung und werde unfreundlich belehrt, als ob jeder Mensch in Gießen Bescheid wissen müßte.

Viermal täglich komme ich an einem Plakat vorbei, auf dem man mir ein leichtes Jahr wünscht: blauer Himmel und sprühendes Wasser, und jedesmal denke ich: Leicht, leichter möge es werden. Keine weiteren Wünsche.

Während ich frühstücke, lese ich die Überschriften der Lokalzeitungen, nur das Fettgedruckte. Das Fernsehgerät schalte ich nur für Minuten ein. Die Welt ist aus den Fugen geraten, die Nachrichten überstürzen sich, der Ostblock wankt. Ich verliere auch in der Weltgeschichte die Orientierung, beziehe die Kommentare von Oberkellnern, von den Taxifahrern, die mir ›einen schönen Tag noch‹ wünschen, wenn sie mich vor der Neurochirurgie absetzen. Erwarte ich denn Anteilnahme von Taxifahrern? Ich lasse mir die Haare schneiden, blättere in einem Magazin, um mich nicht unterhalten zu müssen, lese, was im Frühjahr 1990 todchic sein wird, und denke darüber nach, was denn am Tod ›chic‹ sein könnte. Das Hotel wird zu Weihnachten geschlossen, bis über Neujahr. Ich muß mir eine andere Bleibe suchen. Ich telefoniere. Nein, Telefonverbindungen kann man in den Festtagen nicht herstellen, nein, das Restaurant bleibt geschlossen, aber es sind nur Asylanten im Hotel, wenn Sie das nicht stört. Doch, es stört, ich kann nicht noch mehr Rücksichten nehmen. Man bietet mir ein Gästezimmer in einem der Klinikgebäude an, allerdings ohne Frühstück. Professor R. sagt: »Aber selbstverständlich kann man Sie auf der Station versorgen.« Ich beschließe, von nun an abends nach Hause zu fahren, morgens wiederzukommen. Fünf Stunden unterwegs. Unser Haus ist dunkel, kalt, aber es erwärmt sich rasch, die Weihnachtspakete stehen unausgepackt, auch das Paket aus dem Allgäu mit den Heiligen Drei Königen und dem Joseph, der sie beim Holzschnitzer abgeholt hat. Vor Monaten hatte ich zugesagt, bei der Weihnachtsfeier unserer Gemeinde zu lesen; der Pfarrer erkundigt sich, ob ich das unter diesen Umständen –. Ich frage ihn, ob er unter diesen

Umständen nicht predigen würde? »Doch«, sagt er. »Also!« sage ich.

Auf der Hinfahrt sehe ich Schafe zur Rechten, auf der Rückfahrt Schafe zur Linken. Traue ich denn den Weissagungen der Schafe? Habe ich denn einen Schafsglauben?

Der Winter bleibt ein November ohne Ende. Der Blutbeutel, der auf seinem Kopfkissen liegt, wird immer praller, sein Körper blasser und kälter. Neue Transfusionen sind nötig. Man erteilt einer Schwesternschülerin Anweisungen, beachtet dabei weder den Kranken noch die Angehörige. Was hört er? Ich höre alles, verstehe wenig. Dann ist die Schwesternschülerin allein, hantiert mit den Blutbeuteln, sagt, daß sie erst seit einer Woche auf der Intensivstation arbeite, blickt mich aus ihren Kinderaugen an und sagt: »Ich bin so beruhigt, wenn Sie hier sitzen, dann fürchte ich mich weniger.« Bin ich dazu da, das Pflegepersonal zu beruhigen? Müßte man denn nicht mir Zuversicht in die richtige Durchführung der Anwendungen geben? Ein Arzt kommt, kontrolliert die Verträglichkeit des fremden Blutes. Alles okay. Wessen Blut? Als junges Mädchen habe ich in den Nachkriegsjahren mehrmals Blut gespendet, ich lag dann unmittelbar neben dem Kranken, der mein Blut bekam, es verursachte einer alten Dame Schüttelfrost, darüber haben wir damals gelacht. Ich erhielt Lebensmittelmarken und von der Patientin eine Flasche Wein, sie besaß ein Delikateßgeschäft. Wein für Blut. Ich habe viel Zeit, mich zu erinnern.

Man hantiert an deinem Körper, handhabt ihn. Ich stehe vor den Ärzten und sage empört: »Die Würde des Menschen ist unantastbar!« Der Satz steht im Grundgesetz, gilt er hier nicht? Versteht man mich überhaupt? Wie oft habe ich in diesen Wochen gedacht: Die Würde des Menschen. Niemand sagt bei der Visite, auch nicht, wenn der Kopf verbunden wird: Wollen Sie lieber draußen warten? Im Flur würde ich anderes sehen, an anderen, fremden Körpern; die Türen zu den Zimmern sind weit geöffnet, nichts ist zu übersehen. Wer sich auf einer Intensivstation aufhält, darf nicht empfindsam sein.

Wenn du wach bist, lese ich manchmal vor, auch deine skurrilen Verse, weil ich denke, ich könnte dich erheitern. Meist unterbrichst du mich, sagst: Worte, alles nur Worte. Oder auch: Sprüche. Wir schweigen, lassen uns auch dann nicht los, wenn Pflegepersonal ins Zimmer kommt, ohne anzuklopfen, nur Ärzte klopfen an. Ich kann mir die Namen der Pfleger und Schwestern nicht mehr merken.

Ich lese dir meine griechischen Kardiogramme vor. Wir kehren miteinander in eine glückliche Zeit zurück. Kardios, das Herz betreffend. Für die kurze Lesezeit ist nicht mehr das physische Herz wichtig. Ich zögere, will eine Eintragung auslassen, aber du sagst: »Lies das auch!« Und ich lese: »›Ohne meinen Willen geboren, gegen meinen Willen gestorben. Für dich wird die Welt stehenbleiben, wenn ich sterbe. Für wie lange Zeit wird der Tod uns trennen? Für Wochen, Monate, Jahre? Du machst mich unsterblich. Die Welt wird nicht einfach weitergehen, ohne mich, unverändert, ungerührt: für dich nicht. Du wirst fremd sein in ihr ohne mich. Ist es das? Ist das ein Trost, daß ich in deinen Armen sterben werde? Ja, das ist ein Trost. Und ich werde bei dir sein, wenn du stirbst, und ein Teil von mir wird dann mit dir sterben, und du wirst unsterblich sein in mir. Ich kalkuliere den Tod mit ein. Mein Lebensgefährte, mein Gefährte zum Tode hin. Ich bin geborgen. Mir kann nichts geschehen.‹«

»Du hast damals schon alles gewußt, vor zwanzig Jahren«, sagst du.

Ich schreibe auf kleine Zettel, im Halbdunkel, wenn er schläft, ich werde kaum etwas entziffern können. Auch vor vier Jahren habe ich Notizen gemacht, eine ganze Mappe voller Zettel, die ich lesen wollte, wenn alles ein Ende hat. Das Schlimmste am Schlimmen ...

›Wie sind Dir unsere Leiden so süß, daß Du's nicht änderst!‹ Diesen Satz hast du auch früher schon zitiert. Wo hast du ihn her? Ich habe ihn in der Konkordanz zur Bibel nicht gefunden.

Professor R. hat sich verabschiedet, Weihnachtsurlaub, er wird erst im Neuen Jahr zurückkommen, dann sind wir nicht mehr hier. Die Ärzte wechseln, das Pflegepersonal wechselt, nur du hast einen 24-Stunden-Tag, eine Sieben-Tage-Woche. Keinen Weihnachtsurlaub, ersatzweise Neujahrsurlaub. Schon meine Frage, ob eine Narkose für Angehörige vorgesehen sei, stieß auf Unverständnis; ich spreche nicht die richtige Sprache. ›Guten Abend, gute Nacht, von Computern bewacht‹, sage ich. Vier Bänder laufen über die Bildschirme, man verbessert mich, es handelt sich um Kanäle. Was wird da aufgerechnet, dir angerechnet. Auf Datenbänken. Die Atmung wird sichtbar gemacht, bei jedem Herzschlag ein Piepton. Häufiger Alarm, Monitor-Alarm. »Meistens«, sagt die Schwester, »meistens ist keine Gefahr.« Aber wann ist meistens, Schwester? Sie klopft auf das Gerät, sagt: »Du spinnst wohl mal wieder?« Der Monitor reagiert auf deine unkontrollierten Bewegungen.

Es liegt hier ein Zettel, auf den ich in den Herbstwochen, als das Unheil sich über uns zusammenzog, geschrieben habe: ›Es mögen wohl Berge weichen und Hügel hinfallen, aber deine Liebe soll nicht von mir weichen.‹ Bei Jesaja heißt es ›Gnade‹, nicht Liebe; ich habe nachgeschlagen. Wen habe ich gemeint? Mit wem hätte ich in den Hotelnächten reden sollen? Mit wem reden die, die sich nicht unmittelbar an Gott wenden? In keinem Augenblick hatte ich das Gefühl, daß er mich nicht hört. Anhören ist damit nicht gemeint, auch nicht erhören. Er ist in Rufweite, ich rede laut mit ihm, gehe hin und her, der Platz reicht für vier Schritte hin, vier Schritte her. Bei Tag bin ich schweigsam. ›Das Unheil‹ sagen wir noch heute, fassen darunter Monate unseres Lebens zusammen.

Meine Gesprächspartner waren Krankenpfleger, Oberkellner, Taxifahrer. Zwei Tage vor dem Fest fuhr mich ein Iraner, dem Aussehen und Benehmen nach ein Herr. Unsere prüfenden Blicke begegneten sich, ein Gespräch war möglich. Er hatte in Gießen ein Diplom als Agraringenieur erworben, war in sein Land - Iran - zurückgekehrt, hatte dort gearbeitet und war dann, sechs Jahre später, geflüchtet. ›Das Regime‹, sagte er, diesen Ausdruck benutzen alle Asylanten und Vertriebenen und Aussiedler. Nun fährt er Taxi. Seine Frau ist psychisch krank, krank vor Fremde, paßt sich nicht an, lernt nicht die Sprache, zwei Monate lag sie in einer Klinik, täglich ist er hingefahren, zweimal 40 Kilometer, zum Zwölf-Stunden-Tag dazu. Sie klagt, sie klagt immer! Darum wird er die Festtage bei Schweizer Freunden verbringen. »Ach, Madame, die Gesundheit . . .« Der Satz bleibt offen. Er hat mir keine frohen Festtage gewünscht, wie es alle tun, er sagte statt dessen: »Ich wünsche Ihnen alles Gute, alles, Madame, alles!«

Wieder ein neues Gesicht auf der Intensivstation, ein kluges und aufmerksames Frauengesicht. Wir reden leise miteinander. Sie wird über Weihnachten und Neujahr Dienst tun, aushilfsweise, sie ist eine examinierte Krankenschwester mit langer Erfahrung, sie hat auf dem zweiten Bildungsweg Abitur gemacht, studiert jetzt Medizin, steht vorm Physikum. In der vorlesungsfreien Zeit arbeitet sie als Krankenschwester, sie braucht ja auch Geld. In einem anderen Gespräch sagt sie, daß sie ein Jahr lang in der Neurochirurgie gelegen habe, das kennt sie also auch, die Situation des Kranken. Wie wird sie sich verändern, wenn sie als Ärztin am Krankenbett steht? Wenn sie doch bleiben würde, wie sie jetzt ist, so ernsthaft, so aufmerksam. Ich sehe ihr gerne zu, höre ihr gerne zu, wenn sie Anweisungen gibt. »Ich kenne Sie schon lange«, sagt sie, nach Tagen erst, sie ist zurückhaltend. »Ich kenne Sie beide, ich habe doch ›Das glückliche Buch der a.p.‹ gelesen.«

Am Heiligen Abend holten mich die Freunde ab, sie hatten mich überredet, mit ihnen zu feiern, bei ihnen zu übernachten, in einem der Kinderzimmer. Die kleine Johanna lief mir im Treppenhaus der Klinik entgegen, mit Spangen im Haar und mit langem Rock. Wir setzten uns auf den Rücksitz des Wagens, eine halbe Stunde Fahrt über Land. Der Vater mischte sich nicht ein, wir sangen leise ein Weihnachtslied. Plötzlich sagte sie: »Du bist ja gar nicht bei mir, du bist noch bei Otto Heinrich!« Ich sagte: »Gleich bin ich bei dir!« Ich erklärte ihr die Sternbilder, die ungewohnt klar am Himmel standen, der Große Wagen übergroß, nahe am Horizont. Ich sagte leise: »Es waren aber Hirten in derselben Gegend auf dem Felde –« Und dann sagten wir zusammen Lukas zwei auf, keiner wußte, daß das Kind den Text kannte. Erneut unterbrach sie mich: »Du hast schon wieder an Otto Heinrich gedacht!« Ich drückte es fester an mich, dieses kleine empfindsame Mädchen, für das ich die Patenschaft übernommen habe. Was wird aus ihm werden? Das ist neu, daß ich Kinder mit Sorge und Angst betrachte. Was wird aus ihnen werden, so ein langes Leben vor sich und so wenig darauf vorbereitet. Wird sich Johanna später an dieses Weihnachtsfest erinnern, das ich mitgefeiert habe? Alle beschenkten mich, auch ein Gabentisch für Otto Heinrich unterm Christbaum, sie hatten alle an alles gedacht. Ein Kind nach dem anderen spielte Flöte, Geige, Klavier, wir sangen, beschenkten uns, aßen festlich, da war es schon fast Mitternacht. Von allem bekam ich das Beste, die größte polnische Bratwurst, das beste Bett. Es ist mir gutgegangen, aber ich konnte es so schwer ertragen, daß es mir gutging, daß ich dich mehrmals vergessen hatte. Ich zog den Rolladen hoch, lag auf dem Bett, sah in den Sternenhimmel. Man hatte alle Computerspiele weggeräumt, damit ich es still haben sollte, aber alle halbe Stunde kam ein Piepston und schreckte mich auf. Die Armbanduhr des Sohnes war auf dem Schreibtisch liegengeblieben.

Ich kaufe nun täglich eine Rückfahrkarte: Gießen–Kassel–Gießen, als wäre ich in Gießen zu Hause. Meist bleibt soviel Zeit, daß ich in der Bahnhofshalle aus einer Plastiktasse Kaffee trinken kann; neben mir stehen an der Theke Asylanten, das Notaufnahmelager Gießen befindet sich in der Nähe, ich benutze denselben Steg wie alle die Aussiedler und Umsiedler, die in Gießen eintreffen. Hat das Lager bereits seine Bedeutung verloren? Müßte ich es mir ansehen? Schließlich ist auch Maximiliane Quint auf der Flucht aus Pommern in diesem Lager gelandet, auf dem Weg zum Eyckel, der im Fränkischen liegt. Der Beamte damals, der ihr die Papiere ausstellen sollte, warf einen Blick auf die vier Kinder und auf das fünfte, das noch unterwegs war, und fragte: Glauben Sie denn an Wunder, liebe

Frau? Maximiliane hat mit ›ja‹ geantwortet. Ohne Wunder kommt man in Gießen nicht durch, das habe ich inzwischen erfahren. In dieser Bahnhofshalle habe ich mehrere Nächte des Januar 1944 verbracht, zu Hunderten hockten wir auf unseren Gepäckstücken, warteten, daß Züge eintrafen, mit stundenlangen Verspätungen. Einmal flog nachts eine Pute, die sich aus ihrem Sack befreit hatte, über unsere geduckten Köpfe hinweg, man versuchte, sie einzufangen, und reichte sie dann von Arm zu Arm, bis sie wieder in ihrem Sack verschwunden war und Stille einkehrte. Und einmal kamen Soldaten, fragten mich, wo ich denn hinwollte, und ich sagte: Nach Frankenberg, das nicht weit entfernt lag, 40 Kilometer vielleicht. Kommen Sie! Und andere Wartende sprangen auf und wollten auch in diese Richtung, aber die Soldaten sagten: Nein! Ich hätte mich fürchten müssen, tat es nicht, ließ mich auf einen offenen Lastwagen heben, der Motor wurde mit Holzkohle gefeuert, Funken stoben in die eiskalte Nacht, die Straße war vereist, wir fuhren mit abgedunkelten Scheinwerfern. Wären feindliche Luftverbände gekommen, hätten wir anhalten müssen. Man reichte mir Wehrmachtsdecken und etwas Heißes zu trinken. Wäre ich älter gewesen, hätte man mich nicht mitgenommen. Keiner der Soldaten wollte mehr als freundlich zu einem jungen Mädchen sein. Es war eine vergnügte Fahrt. Als der Lastwagen vor dem Haus hielt, in dem meine Schwester ein kleines möbliertes Zimmer bewohnte, wurde es gerade hell. Sie unterrichtete dort am Gymnasium, sie war schon Referendarin, und ich hatte gerade in Fulda ein Notabitur gemacht und arbeitete als Zweitköchin in einem Hotel im Vogelsberg. Zum Abschied schenkten die Soldaten mir eine Büchse mit Fleisch. ›Sag mir, wo die Männer sind, wo sind sie geblieben ...‹ Marlene Dietrich sang das. ›Über Gräber weht der Wind, wann wird man je verstehn ...‹

Und immer wieder Gießen. Zu Festen bei den Freunden, zur Premiere meines Theaterstücks, zu Operationen, Gießen, wo uns soviel Gutes widerfahren ist, behält seine Schrecken. Bei jeder Bahnfahrt in Richtung Frankfurt hält der Zug minutenlang in Gießen. Wenn ich den Ausruf ›Gießen‹ höre, erschrecke ich.

Dein Sohn kommt! Er ist auch vor der Operation für einen Tag angereist; er wohnt mit seiner Familie weit weg, am Rand der Schwäbischen Alb. Ich freue mich auf ihn. Er kennt sich in Krankenhäusern und mit Krankheiten aus. Ein Mann wie ein Baum. Ich werde einen neuen Zug an mir gewahr: das Bedürfnis, mich anzulehnen, an jemanden, der stärker ist und jünger ist. Dieser Mann ist mehr als zwei Meter groß, er hat die glückliche Fähigkeit, zu sehen, was du bereits kannst, ich sehe nur das, was du nicht kannst. Er hebt dich in einen Rollstuhl, ich fahre den Ständer mit den Ampullen hinterher, wir fahren bis ans Ende des Ganges an ein Fenster. Ich erkläre dir die Gebäude, die man sehen kann, was doch nicht nötig wäre, vor vier Jahren hast du hier ebenfalls gesessen. Ich mache vieles falsch. Von der Körperkraft und der Gelassenheit des Sohnes geht Beruhigung auf den Vater aus, auch etwas wie Gehorsam. Du tust, was er sagt, du ißt eine Mandarine, eine zweite, eine dritte, bisher hast du Obst verweigert.

»Es geht doch schon wieder ganz gut«, sagt der Sohn, als wir zusammen im italienischen Restaurant sitzen. Ich sage, was ich manchmal denke, daß er mehr und mehr auch mein Sohn würde. Er legt seine große Hand auf meine und sagt: »Das denke ich doch schon lange!« Man kommt sich nahe in Ausnahmesituationen. Vor einigen Jahren hat er dem Vater eine Uhr geschenkt, die er selbst gebaut hat, sie geht rückwärts, wenn man sie vor einen Spiegel hält, kann man die richtige, fortlaufende Zeit erkennen. Er schrieb dazu: ›So lebst Du länger!‹ Er hat einen ›Pummerer‹ zum Vater. Für einen halben Tag vertritt er mich; ich nehme einen früheren Zug, liege einen langen Abend auf meinem schwarzen Sofa, packe keines der Weihnachtsgeschenke aus, niemand weiß, daß ich zu Hause bin, das Telefon klingelt nicht, eine automatische Licht-Uhr täuscht meine Anwesenheit vor, ich richte mich nach der Automatik, die du eingestellt hast; von fern her bestimmst du, wann ich schlafen gehen soll, besser: zu Bett gehen. Ich streiche durchs dunkle Haus, stehe in deinem Schlafzimmer, deinem Arbeitszimmer, im Badezimmer hängen deine Handtücher. Die Freundin Rose hatte mir zum Geburtstag ein Nußbrot geschenkt, davon esse ich abends und morgens eine Scheibe, ein Stück Butter befand sich noch im Kühlschrank. Rotwein, Tee.

Der Freund Johannes, mit dem ich regelmäßig Briefe wechsle, schrieb, daß sein Arzt gesagt habe, eine zweite Kopfoperation überlebe man nicht. Oder hatte er ›in der Regel‹ dazugesetzt, Einschränkungen und Ausnahmen für möglich gehalten? Ich weiß es nicht, ich habe den Brief zerrissen, in immer kleinere Fetzen, die ich beim Weggehen in die Mülltonne geworfen habe; die übrige Post blieb ungeöffnet.

Das Schlimmste am Schlimmen –. Die Beiworte ›gutartig‹, ›bösartig‹ werden vermieden, auch von uns, wir sagen ›unartig‹.

Ein Mann mit einer Gehirnblutung wird eingeliefert, der Raum, in dem dein Bett steht, immer noch auf der Intensivstation, wird gebraucht, dein Transport nach Kassel wird in Eile vorbereitet; dein Bett wird in ein Nebenzimmer der Chirurgie geschoben, der Sohn wird dich betreuen. Ich fahre wieder zurück, damit ich dich in den städtischen Kliniken erwarten kann. Ich warte mehrere Stunden, stehe beim Pförtner. Als der Krankenwagen aus Gießen einbiegt, sehe ich für Sekunden deinen Kopfverband. Du wirst in ein großes Einzelzimmer gebracht, mit Balkon, mit Bad; das Zimmer kennen wir bereits, weder den Balkon noch das Badezimmer wirst du betreten. Du bist irritiert, die lange Autofahrt hat dich verwirrt. Einige der Schwestern kennen uns noch.

Ich versuche, den großen kahlen Raum, in dem die freundlichen Aquarelle des früheren Chefinternisten fehlen, mit Kalenderblättern zu verschönern. Der Tesafilm haftet nicht auf dem Ölanstrich, die Blätter lösen sich, fallen zur Erde, eine Schwester gibt mir Heftpflaster. Nur kein Aberglaube! Ein Wald, dessen Boden mit blühenden Anemonen bedeckt ist; daneben blühende Kirschbaumhänge aus dem Tal der Werra, dann ein blühendes Mohnfeld, in Waldeck fotografiert, wo ich herstamme. Vertraute Landschaften in ihren schönsten Jahreszeiten. Auch ich glaube nicht daran, daß du, daß wir das alles je wiedersehen werden.

Viel Platz für Blumensträuße, ich stelle Obstschalen auf. Meine Talente für Innenausstattung reichen nicht weit. Ich zerkrümele Weihnachtsgebäck auf dem Balkon, zweimal täglich kommt Colomba, eine Stadttaube, pickt und pickt, setzt sich für lange Zeit auf das Geländer und blickt dreist in dein Zimmer. Keine weiteren Besuche. Die Ärzte sind an Kopfoperationen nicht gewöhnt, wieder heißt es: Sie müssen doch Schmerzen haben. Warum muß ich das? Muß man Schmerzen haben? Man bringt Eisbeutel, legt sie auf die Wunde am Bein, die nicht heilt. Die jungen Ärzte und Pfleger und Schwestern kommen aus dem Weihnachtsurlaub, strahlend und gebräunt vom Skilauf; sie entschuldigen sich, spüren, wie fehl am Platz sie sind, machen Einschränkungen: Das Anstehen an den Liften! Ein Spaß ist das auch nicht, und dann die Schneeverhältnisse!

Die Stunde des Rebhuhns oder iatrogene Schäden

Kaum lagst du auf der Inneren Abteilung, bekamst du Koliken, heftige Leibschmerzen, dein Befinden verschlechterte sich. Was man aus Klinik-Statistiken weiß, bewahrheitete sich. Iatrogene Schäden, auch das kennen wir schon. Viermal täglich durchquere ich die Stadt, bringe mit, was du verlangst. Du verfügst nun wieder über eine Uhr, über ein Telefon, einen Notizblock, Zeichenstifte. Nichts kannst du benutzen, möchtest es aber um dich haben. Montags mußt du angeben, was du mittwochs zum Frühstück an Brotaufstrich haben möchtest, ob roten oder grünen Tee zum Abendbrot, das wachsweiche Ei, das du bestellt hast, ist kalt und hartgekocht, täglich lege ich ein Ei in die Teeküche, das man dir am nächsten Morgen kocht, doch, man gibt sich Mühe. Die Schwester trägt das Tablett aus dem Zimmer, fragt: »Hat es geschmeckt?« Nichts hast du angerührt. Sie trägt viele Tabletts aus mehreren Zimmern. Personalmangel, Überbelastung, Neujahrsurlaub, Vertretungen. Schmerzen und Übelkeit nehmen zu, Depression, weitere Fachärzte, man entdeckt die lange Narbe der Darmoperation. Vermutungen, Ängste.

Ich hatte g. t. in Berlin angerufen, noch aus Gießen, und gefragt, ob er kommen könne, und er hat nicht gezögert, ›sofort‹ zu sagen. Als ich aus dem Zug stieg, stand er bereits auf dem dunklen Bahnsteig, eine langstielige Rose in der Hand. Das Haus war geheizt, er hatte eingekauft. Von nun an brannte Licht, wenn ich aus der Klinik kam, war der Abendbrottisch gedeckt. Ich lag abends auf dem Sofa, er las mir vor, hatte sich überlegt, was mir guttun würde, oft schlief ich darüber ein. Keinen anderen Menschen hätte ich um mich ertragen können. Wir sind aneinander gewöhnt seit mehr als zehn Jahren, damals war er ein Schüler, der einen Aufsatz über eines meiner Bücher schreiben wollte. Es trennen uns Jahrzehnte, es verbindet uns die Sprache, auch der Glaube. Wir gehen nicht nur zusammen ins Theater, in Konzerte, wir gehen auch zusammen in die Kirche, ›gesund-beten‹, das gibt es doch, sagt er.

Auf einem der Zinnbecher, die wir zu unseren Picknicks mitnehmen, steht sein Name. Er schreibt für mich, schreibt über mich, wir haben uns auf ›Wahlsohn‹ als Familienstand geeinigt. Ohne Glanz mag auch er nicht leben, das hat er mit mir gemeinsam. Er ist bei uns wie zu Hause, weiß, wo der Schlüssel liegt. Zuneigung und Distanz. Einmal ist er mit in der Klinik gewesen, Kühner hatte darum gebeten, ich mußte derweil auf dem Gang warten: er hat ihm Aufträge, mich betreffend, erteilt. Als er aus dem Zimmer kam, sagte er: »Er ist ein Heiliger« und lief davon.

Der letzte Tag des Jahres. Die Stunde des Rebhuhns. Du sagst mir, wo deine wichtigsten Akten stehen, wo dein Manuskript liegt, die erste Hälfte, seit Jahren arbeitest du an ›deinem Eulenspiegel‹, immer wieder von großen Krankheiten unterbrochen. Vielleicht kann man das Manuskript so, wie es ist, veröffentlichen? Warum sollen wir nicht auch darüber sprechen? Das Wort ›Nachlaß‹ wird nicht benutzt, wir leben nicht zum ersten Mal in diesem Zwischenreich. Als du dann eingeschlafen bist, verlasse ich im Dunkeln dein Zimmer, vor dem Klinikgelände wartet das Taxi; ich fahre zu den Freunden, wo man mich mit heiterer Behutsamkeit umgibt. Ein kleiner Kreis vertrauter Menschen, auch g.t. ist dabei. Wir essen, wir trinken, alle trinken wir auf dein Wohl. Wir führen politische Gespräche, immer wieder: diese Deutschen, denen wir eine unblutige Revolution nicht zugetraut hätten. Wir sehen auf dem Bildschirm Bilder vom Brandenburger Tor, durch das Tausende, vom Osten her, vom Westen her, gehen wollen. Man liegt sich in den Armen, Sektkorken knallen, Jubel und lachende Gesichter. Daß diese Nacht in Klamauk und Vandalismus endet, wissen wir noch nicht. Die Zeichen stehen noch auf Freude. Und Freiheit.

Unsere kleine Silvestergesellschaft nahm vom Feuerwerk über der Stadt nicht viel wahr. Als die Glocken der Kirche läuteten, stand ich allein an einem Fenster, sechs Kilometer trennten uns, Luftlinie. Für dich war das Feuerwerk ein Inferno. Du konntest dich nicht wehren, die Fensterfront geht zur Stadt hin. Raketen, Knallkörper, über Stunden. Du bist ein Kriegsteilnehmer. Was bricht da auf, fällt über dich her. Ich kann dich nicht schützen.

Ich habe mich dann in das Jahr 1990 hineingeschrieben, ich benutzte Fotokarten, auf denen wir beide zu sehen sind, mit Sektgläsern in der Hand, ich brauchte nur ›Prosit Neujahr‹ zu schreiben. Leserpost.

Als wir Monate später in Berlin waren, war das Brandenburger Tor eingerüstet, die Quadriga zur Renovierung abmontiert. Schäden aus jener Silvesternacht, aber: Freude, daß wir nun ungehindert ›Unter den Linden‹ gehen konnten.

Nach einigen Tagen hatte Kühner sich an den weiten Ausblick über die Stadt gewöhnt, der auch mich zunächst ängstigte. Er sagte: »Ich wohne am Fuß des Lykabettos und blicke hinunter auf Athen.« Ich sah genauer hin und erkannte die Ähnlichkeiten: die Hochhäuser mit den flachen Dächern, die

Schornsteine, die Fernsehantennen. Die Berge des Habichtswaldes liegen in Smog und Nebel, das war in Athen nicht anders. Zur Linken, aber so weit reicht sein Blickfeld nicht, liegt die Akropolis. Es ist Jahre her, daß wir beide in Athen waren, nach einem längeren Aufenthalt auf der Insel Hydra. Beim nächsten Mal war ich ohne dich in Athen. Ich erzähle von jener Reise - warum bist du nicht mitgefahren? Stört es dich, manchmal, der Begleiter zu sein? Du hast oft gesagt, daß dir Halbschatten lieber sei als Sonnenlicht. Ich selbst fühle mich wohler, wenn wir nebeneinander vor dem Publikum sitzen, nebeneinander stehen und uns verneigen, wir sind dann mehr als nur Kollegen, wir sind ein Menschenpaar, so empfinden es wohl auch die Zuhörer.

Wir leben in deinem Krankenzimmer wie auf einer Isolierstation, vom Weltgeschehen nehmen wir nichts wahr. Keine Nachrichten aus dem Radio, keine Zeitung; manchmal berichte ich dir etwas, ohne zu wissen, ob du meine Mitteilung registrierst. Der Funke, den Gorbatschow entzündet hat, schwelt und wird entfacht zu großen Feuern. Keiner scheint einen Weltenbrand zu fürchten. Habe ich überhaupt von Rumänien gesprochen? Bei der großen Visite fragst du unvermittelt, wo man Ceausescu beigesetzt habe. Einer blickt den anderen an, wir wissen es alle nicht, bis dann eine Assistenzärztin sagt: »Man hat ihn an einem unbekannten Ort verscharrt.« Erst sehr viel später haben wir festgestellt, daß meine politischen Kenntnisse über jene Monate nicht viel genauer sind als deine, obwohl ich doch die Spätnachrichten einschalte. Ich höre und höre nicht zu, ich sehe und sehe nicht hin. Keine Musik mehr, sie verursacht dir Ängste. Aber ich lese dir vor, was du vor langen Jahren über Lappland und Island geschrieben hast und was ich über unsere Wanderung über die Höhen der Vogesen, den Odenwald, die Reisen durch Latium und die Toskana schrieb; für die Länge einer Buchseite verlassen wir das Krankenzimmer.

An einer Krücke und gestützt auf meine Schulter kannst du jetzt einige Schritte auf dem Gang tun. Die Weihnachtsbäume sind weggeräumt, Blumenarrangements. Ich habe die kleinen Mützen, die ich vor vier Jahren gehäkelt habe, mitgebracht, damit die anderen Patienten der Inneren Abteilung sich nicht erschrecken. Wir sprechen wieder von ›barmherzigen Mützchen‹, ich häkele ein weiteres mit schwarzem Garn, es ist Winter. Ein Pfleger erkundigt sich, ob du Jude seist, er muß das in ungutem Ton gefragt haben. Keiner der Besucher hat den Mut, sich die Narben anzusehen. Die Fußstapfen des Chirurgen. Noch immer diese großen Hämatome, die deinen Körper entstellen. Das Haar wächst wieder, es ist schlohweiß. Ich habe nachgeschlagen, woher das Wort kommt: Schloßen, das sind Hagelkörner.

Ultraschalluntersuchungen, Röntgenaufnahmen, Darmspiegelungen, ein deduktives Verfahren. Man weiß nun, was alles nicht die Ursache deiner Beschwerden sein kann. Bis dann ein Ulcus von beträchtlichem Ausmaß am Zwölffingerdarm entdeckt wird, eine Folge der Streßsituation bei großen Operationen, der Sohn hat das bereits am Telefon vor Wochen vermutet. Man teilt dir die Diagnose mit, und du sagst: »Ich kündige hiermit, ich bitte um meine sofortige Entlassung.« Von diesem Augenblick an hat ›unser Arzt‹ dich und auch mich betreut. Die Bilder der Anemonen, der blühenden Kirschbäume, des wilden Mohns habe ich von der Wand genommen und zurückgelassen. Es dauerte nur wenige Tage, dann sagtest du: »Vielleicht sehe ich die blühenden Kirschbäume noch einmal wieder. Wir wollen dann über die Grenze fahren, die keine Grenze mehr ist, über den Todesstreifen gehen, der keiner mehr ist. Wir werden uns von der Richtigkeit der Nachrichten überzeugen.«

An einem hellen Märztag haben uns die Freunde an einen Waldrand gefahren, wir sind an einem Frühlingsbach entlanggegangen, Primeln und wilde Veilchen blühten auf einer Waldwiese, Anemonen unter den Bäumen, wir holten die Prophezeiung der Kalenderbilder ein. Wir haben ein kleines Picknick veranstaltet, Tisch und Bänke standen bereit. Du hast den ersten Rotwein aus dem Zinnbecher getrunken, in den dein

Name, ›Pummerer‹, graviert ist. Wo ist dieser Pummerer geblieben? Einige der Freunde nennen dich noch beim Namen deines Ander-Ich, ich tue es nicht mehr. Es sind keine Pummerer-Zeiten. Eine Freundin hat am Telefon gefragt, ob bei uns auch mal wieder gelacht würde. Ich mußte nachdenken, dann habe ich gesagt: Nein, gelacht haben wir noch nicht wieder. Lachen, um nicht zu weinen. Es folgt eine Zeit des Weder-Noch. Freunde kommen aus Japan zurück, andere aus Mexiko. Ich sage nicht, was ich denke: Wir kommen von weiter her. Geht es ihm wieder gut? Die Fragen wirken suggestiv, verlangen nach einer zuversichtlichen Antwort. Besser, sage ich. Das Beste am Guten ist –.

Kühner sagt: Vielleicht haben wir noch zehn Jahre, zehn gute Jahre vor uns. Ich erschrecke bei der Vorstellung, sage zu rasch: Zwei Jahre, nehmen wir uns doch zwei Jahre vor. Noch am nächsten Morgen wirkst du verstört, du hast wenig geschlafen. Ich frage nach. Beim Frühstück sagst du: Für dieses Gefühl einer Wiedergeburt mußte ich wohl erst sterben. Für zwei Jahre diese ganze ungeheure Anstrengung?

Es ist leicht zu klären und zu erklären. Ich konnte immer nur in kleinen Portionen leben, von einer Jahreszeit zur anderen, allenfalls, lieber noch in Tagesrationen. Heute morgen, heute mittag, heute abend. Daher wohl auch meine Abneigung gegen Vorräte, Tiefkühltruhen, Sparkonten.

Andere Gedanken! Man will uns auf andere Gedanken bringen. Ablenkung, Zerstreuung. Sie brauchen doch Anregungen! Aber Anregungen wirken sich als Erregung aus.

In den ersten Monaten hatte man mir von glücklich verlaufenen Kopfoperationen berichtet. ›Sie lebt heute noch!‹ Später erfahre ich dann von jenen Operationen, die nicht gelungen sind, wo nicht überlebt wurde, wo Schäden geblieben sind. ›Heute ist er debil‹, schreibt man mir, es muß als Trost gedacht sein, aber wie könnte mich fremdes Elend trösten?

Im Vorjahr haben wir im März Kühner als alten Achtundsechziger gefeiert. Auf einer Fotomontage konnte man ihn unmittelbar neben Rudi Dutschke als Demonstrant sehen. Ein heiteres Fest mit geistvollen Reden. In diesem Jahr? Man schickt uns Sträuße, das kleine Haus wird zum Gewächshaus. Der OB macht einen verspäteten Krankenbesuch, der Hausarzt macht einen Besuch außer der Reihe. In Bern spielt man an diesem Tag in einem kleinen Theater die Bühnenfassung des ›Glücklichen Buchs der a. p.‹. Und in Warschau hat am selben Abend die Rede der Christiane von Goethe im Vorzimmer der Frau von Stein Premiere, zusammen mit einem Stück von Ingmar Bergman. ›Herbstsonate‹.

Täglich pflücke ich im Garten Veilchensträuße, sie welken rasch in der Heizungsluft. Neurologisch ist der Fall Kühner abgeschlossen, die Begleitkrankheiten werden in einigen Wochen geheilt sein. Wir machen Pläne, weit reichen sie nicht, unser Lebensradius hat sich verkleinert, auch der unserer Wünsche. Bei Wittgenstein steht: ›Die Lösung des Problems des Lebens merkt man am Verschwinden dieses Problems. Kann man aber so leben, daß das Leben aufhört, problematisch zu sein? Daß man im Ewigen lebt und nicht in der Zeit? Ist nicht dies der Grund, warum Menschen, denen der Sinn des Lebens nach langen Zweifeln klar wurde, warum diese dann nicht sagen konnten, worin dieser Sinn bestand.‹

Auf dem kahlen Dörnberg, nahe bei Kassel, blühen die Frühlingsschlüsselblumen. Primula veris, dottergelb, auch officinalis genannt, nahe bei den Veilchen, die versteckt unterm Schlehdorn blühen, sich zu kleinen Teichen zusammenrotten, veilchenblau sind und nur dort duften, wo sie Schatten haben; sie teilen ihre Fähigkeiten ein: leuchten oder duften. Eine Sommersonne bescheint die Frühlingslandschaft, alles ist seiner Zeit voraus. Die Laubbäume zeigen den ersten grünen Schimmer, lassen Durchblicke zu. Der weite Blick über das hessische Land, wo wir zu Hause sind, die Bergkegel und die Dörfer, die sich um den wehrhaften Kirchturm scharen und dann auswuchern in die Felder hinein, ohne Konturen. Parkplätze. In den Windschutzscheiben brechen sich die Sonnenstrahlen, blitzen auf, stören das ländliche Bild. Erleichterung, daß auch für uns ein Auto dasteht, in dem wir zurückfahren können. Ein heller Tag. Wir versichern uns zu oft, wie schön er ist. Der Duft, die Ausblicke, die Wärme. Wir dürfen solche Tage nicht so rasch vergessen, sie müssen doch wirksam sein, wenn bei Nacht die Lemuren kommen.

Wir gewöhnen uns nur langsam daran zu leben, weiterzuleben. Das wissen wir nun: Wenn eine bestimmte Grenze erreicht ist, fällt alle Todesfurcht ab. Viel zumuten können wir uns nicht. Wir suchen im TV-Programm nach Sendungen wie: ›Das Leben der großen Landschildkröten‹. Da kann nicht viel passieren. Einer fragt den anderen morgens, wenn wir zum Frühstück die Zeitung durchblättern: »Gibt es irgend etwas Neues über die großen Landschildkröten?«

Jemand sagt: Erfahrungen muß man am eigenen Leibe machen. Ich mache die Erfahrungen am Leib des Menschen, den ich liebe. Mehr als mich.

Kühner trägt die barmherzigen Mützen oder trägt die Baskenmütze, man ist gewöhnt, ihn mit der Baskenmütze zu sehen; wenn er sich entschuldigt, daß er sie in Innenräumen aufbehält, weiß der Befragte nichts anderes zu sagen als: Mich stört es nicht.

Prof. R., den ich gefragt habe, ob ich seinen Namen nennen dürfe, schrieb: ›Es reicht doch, daß der Patient eine Operation über sich ergehen lassen mußte. Daß hierzu auch ein »Täter« gehört, versteht sich ja von selbst. Ich habe nur das praktiziert, was wir von unseren Altvorderen gelernt haben, und zu denen gehörte ja auch Professor Pia.‹

Mit seinem Namen beende ich diese Krankenblätter.

Die Uraufführung der ›Donna Laura‹, dramatische Szene für Mezzosopran und 15 Instrumente von Viera Jánarčeková, fand am 23. Januar 90 in einer überfüllten Kirche statt.

In meiner ungehaltenen Rede der pestkranken Donna Laura an den entflohenen Petrarca heißen die letzten Sätze: ›Habe ich denn gelebt? Hast du mich nur erfunden?‹ Über einer der

Kritiken steht: ›An diesem Abend hat sie gelebt‹. Die Autorin saß in einem Lorbeerhain zwischen den Instrumenten und las ihren Text. Mein Ich, mein eigentliches Ich, saß noch in der Klinik, es war der Tag der letzten entscheidenden Untersuchungen, die Ergebnisse waren beruhigend, einige Gefahren schieden aus. Aber ich war nicht beruhigt. Ich bin nur noch schwer zu beruhigen.

Die Freundin Heide schenkt mir eine kräftigrote Koralle und beschreibt im Begleitbrief, auf welchen Umwegen sie von Neapel zu mir gelangt sei. In ihrer schönen Schrift liegt ein Text aus Ovids ›Metamorphosen‹ bei, über die Zweige und Blätter, die von Nymphen über die Wellen des Meeres verstreut waren: ›. . . sie werden hart, wenn die Luft sie berührt, und was in dem Meere Gezweig war, wird, enthoben dem Meer, zu starrem Gestein gestaltet . . .‹ Und ich denke mich zurück nach Ischia, der korallenfüßigen Insel, eine meiner abgeschriebenen Inseln, die mir gefährlich wurde. Die Koralle ist das erstarrte Blut der schönen, klugen und weisen Medusa, sie soll den Besitzer und Träger vor Unheil bewahren und ihm Kraft verleihen. Sie, die Medusa, ist die Sterbliche der drei Gorgonen; Unsterblichkeit verleiht sie nicht. Diese junge Freundin würde mir gern ein paar zusätzliche Lebensjahre verschaffen; so ist das Geschenk wohl gemeint.

Wie wird das Buch mit den Aufzeichnungen heißen? Auf solche Fragen antworte ich ausweichend. Der Titel ist wie ein Code, noch kennt ihn keiner, außer Kühner, noch gehört alles mir. Die Enteignung beginnt, wenn ich das Manuskript an den Verlag schicke.

Eines Morgens schlage ich die Zeitung auf und lese: ›Der Vogel des Jahres 1991 wird das Rebhuhn sein.‹ Ich erfahre, daß nicht die Jäger und nicht die natürliche Feindschaft der Greifvögel die Rebhühner bedrohen, sondern die Veränderungen der Anbauflächen; es fehlen die Hecken, in denen die Rebhühner Unterschlupf finden. Natürlich fällt mir ›Die letzte Strophe‹ ein, vielleicht mein letzter Roman; in dieser utopischen Altenkommune gab es einen stillgelegten Landwirt, der um das Unternehmen Pertes eine Hecke anlegen will und die Mitbewohner motivieren muß, Holunder und Schlehdorn und Haselnuß zu pflanzen. Für die Hecken habe ich bereits gesorgt, nun also: das Rebhuhn! Es ruft rep-rep-rep, daher sein Name. So ein Rebhuhn legt bis zu 24 Eier in sein Nest, brütet zweimal oder auch dreimal im Jahr, die Jungen sind Nestflüchter. Rebhühner leben in Familien zusammen, leben vegetarisch, das habe ich nun alles zusätzlich erfahren. Sechs Meter sollten die Hecken an den Wegerändern breit sein! Als Kind habe ich das gehört: Ein Huhn heckt. Etwas aushecken. Ich werde dem Verleger mitteilen, was ich aushecke und daß das nächste Jahr ein Jahr des Rebhuhns werden wird –.

Seitdem ich weiß, daß mein Buch ›Die Stunde des Rebhuhns‹ heißen wird, tauchen überall Rebhühner auf, als hätte man sie aufgescheucht. ›Das Auge des Rebhuhns = »Brut-Oeil-de-Perdrix«, so heißt ein kräftiger, leicht rosafarbener Champagner, bodenständig und originär, der den Charakter der Traubensorte (nur Pinot noir!) deutlich hervortreten läßt, er erinnert, daß auch der Champagner-Wein eine Heimat hat.‹ Ich habe wörtlich zitiert. Um keinen Fehler zu machen, habe ich bei Langenscheidt nachgeschlagen: perdreau = das junge Rebhuhn, perdrix = das Rebhuhn. Aber: oeil-de-perdrix = das Hühnerauge. Ist das nun der richtige Name für einen rosafarbenen Champagner?

Traum: Meine Freundin M.M. belädt einen Handwagen mit Brotlaiben. Ihr Mann kommt dazu, er ist ärgerlich, es gibt Streit zwischen den beiden, sie fährt mit ihrem Brotwagen davon. Am Telefon erzähle ich ihr den Traum, um sie zu erheitern, sie ist jemand, der mit vollen Händen verschenkt. Und was sagt sie? »Dann laß du deine Brote mal hübsch zu Hause.« Diese Freundin versteht etwas von Träumen, macht Unterbewußtes bewußt, beschäftigt sich seit langem mit Psychologie und Psychoanalyse, vor allem mit den Lehren von C.G. Jung. Ich selbst bin arglos, erzähle meinen Traum unbefangen. Nachdem das Buch ›Mein schwarzes Sofa‹ erschienen war, schrieb mir bald darauf ein Arzt: ›Meine Liebe, Sie sollten etwas zurückhaltender mit der Preisgabe Ihrer Träume sein!‹ Warum eigentlich? Ich habe mich zu Freimut entschlossen, ohne Vorbehalte.

Ich bin kein Fisch
Ich kann nicht untertauchen
Ich bin kein Vogel
Ich gehe nicht auf den Leim
Ich bin kein Baum
Ich habe keine Wurzeln
Aber
Ich gehe unter
Ich singe nicht mehr
Ich stand in Blüte
Ich verliere jetzt die Blätter

Eine 18jährige Schülerin war hier. »Die anderen haben alle Angst«, sagte sie. »Ich habe keine Angst. Ich glaube nicht an einen Atomkrieg in Deutschland. Und wenn er käme, dann sterben wir so tapfer wie Millionen Menschen vor uns auch. Aber wenn er nicht kommt, da haben die anderen sich ganz umsonst gefürchtet und konnten nichts Gutes und Vernünftiges schaffen.« Was habe ich ihr geantwortet? Ich weiß es nicht mehr, aber wie sie das Haar zurückwarf und das energische Kinn vorschob, das sehe ich noch vor mir.

Krystyna, meine Brieffreundin aus Warschau, schreibt: ›Stalin sagte, daß der Sozialismus so zu Polen passe wie ein Sattel zur Kuh!‹ Sie schickt mir das Rezept für eine Rosenkonfitüre; ich lese es mit literarischem und kulinarischem Vergnügen und sehe kommen, daß ich dieses Rezept so wenig anwenden werde wie andere Rezepte. Ich wecke nicht ein, ich mache nichts haltbar, keine größeren Einkäufe. Lebensunsicherheit kann sich auch auf diese Weise äußern. Sie schreibt: ›Man nimmt die Blätter der Rosen, den weißen Ansatz schneidet man ab, gibt soviel Zucker, wie die Blätter wiegen, dazu und zerreibt sie in einem Mischtopf. Man kann das auch in einem Malaxer machen. Wenn man die Blätter nicht mehr unter den Zähnen fühlt, gibt man ein bißchen Zitrone dazu, damit sie die schöne Farbe zurückbekommen, und tut sie ins Glas, das man mit dem Deckel zuschraubt. Im Winter ist das die schönste Konfitüre zum Pfannkuchenfüllen.‹ Eine Freundschaft unter Frauen: Wir tauschen Rezepte fürs Leben, für Konfitüre, auch für Literatur; sie hat einige der ›Ungehaltenen Reden‹ übersetzt, sie werden nun auch in Warschau gespielt. Sie ist jünger als ich, spricht mehrere Sprachen, die sie auch unterrichtet. Sie kann den Rollstuhl seit Jahrzehnten nicht mehr verlassen, kann die Seiten eines Buches nicht umwenden, benötigt dazu ein elektrisches Gerät. Ihren Mann, der einmal ein ›writer in prison‹ war, daher rührt unsere Bekanntschaft, und der unter den veränderten, aber noch wenig erfolgreichen politischen Verhältnissen in der Regierung sitzt, nennt sie einen ›Versandten‹. Ich verbessere sie nicht, nehme an, daß er ein Abgeordneter ist, in allen Ostblockstaaten greift man jetzt auf die Literaten zurück. Krystyna verschafft mir Zugang zu Polen, zu dem Land, zu den Menschen. Kennen-lernen, verstehen-lernen, lieben-lernen, immer in dieser Reihenfolge.

Da schreibt mir eine Frau aus Singen am Hohentwiel, deren Gesicht sich mir eingeprägt hat, ein klares, aufmerksames Gesicht mit ausdrucksvollen dunklen Augen. Sie schreibt: ›Unser lieber alter »Hauskaplan«, der Freund meines Vaters und Schwiegervaters, durfte die Schwelle zum eigentlichen Leben überschreiten. Am Abend vorher war ich noch bei ihm, er strahlte von innen heraus, war heiter wie lange nicht. In den vielen Jahren habe ich ihn nie unheiter oder mißgelaunt erlebt. An meinem Geburtstag wurde er zu Grabe getragen. Alle waren gekommen, und am Abend haben wir dann beides gefeiert: den Tod und das Leben.‹

Mit erhöhter Aufmerksamkeit lese ich vom Sterben. Ich bin dankbar für alle Mitteilungen, die man mir macht, besonders über die vom seligen Sterben.

Der 1. September 1989. Fünfzig Jahre nach Ausbruch des Zweiten Weltkrieges. Wir hatten Freunde eingeladen, mit denen wir Kühners Hörspiel ›Die Übungspatrone‹ hören wollten, eine Schallplattenaufnahme aus dem Jahr 1962, die Erstsendung fand 1950 statt. Die meisten unserer Gäste waren jünger als wir. F.W. Block, Stipendiat der Stiftung ›Kasseler Literaturpreis für grotesken Humor‹ und seit kurzem der Geschäftsführer, schrieb: ›Als ich heute nacht aus der Türkei ins kalte Kassel zurückkam, fand ich Ihre Einladung vor, die ich gern annehmen möchte. Der Krieg, wie ihn meine Eltern und Großeltern, wie Sie ihn erleben mußten, ist für mich glücklicherweise nur eine Fiktion, mit freilich starker Ausstrahlung. Stark genug für düstere Alpträume, für die Metapher bedrohter Existenz, für die Auflehnung gegen gewisse Werte und Tugenden der Vergangenheit, wie Kriegsdienstverweigerung, stark genug für die Sorge, aber auch für die Dankbarkeit, in einer nach wie vor kriegerischen Welt eine friedliche Insel bewohnen zu dürfen. Ich bin begierig, von Ihren Erfahrungen zu lernen.‹

In dem Hörspiel – es ist eines der meistgesendeten deutschsprachigen Hörspiele der Nachkriegszeit – geht es um die Todesstrafe, um die zehn Mann eines Exekutionskommandos, die in der Frühe zum Hinrichtungsplatz marschieren, um eine Todesstrafe zu vollstrecken. Aus den verschiedensten Gründen lehnen sich alle zehn innerlich gegen die Vollstreckung auf und nehmen sich vor, insgeheim beim Schießen danebenzuhalten. Dann aber erfahren sie, daß sich in einem der Gewehre eine sogenannte Übungspatrone befindet. Da sie die Gewehre nicht selber laden, kann jeder annehmen, er besitze diesen nichttötenden Schuß. Damit haben sie eine billige Möglichkeit, sich mit ihrem Gewissen zu vergleichen und keine Befehlsverweigerung begehen zu müssen. Durch einen unvorhergesehenen Vorfall wird ihnen dieses künstlich errichtete Gebäude der Selbstbeschwichtigung eingerissen, die moralische Hintertür zugeschlagen: Einer drückt nicht ab, und in seinem Gewehr befand sich die Übungspatrone. Im Klappentext der Schallplatte schreibt Kühner: ›Die Parabel des Hörspiels ist unverkennbar. Diese zehn Mann, das sind wir alle, und die Übungspatrone steht symbolisch für die Kompromißhaftigkeit des Menschen, aber auch für die unwahrhafte Konzession an das menschliche Gewissen.‹

Erst das Hörspiel. Dann lange Gespräche über Frieden und Krieg, nicht ahnend, daß wir wenige Wochen danach etwas erleben würden, was als ›die Wende‹ in die deutsche Geschichte und in die Weltgeschichte eingehen wird. Eine unblutige Revolution, die von Leipzig, Halle, anderen Städten, vornehmlich aber von Leipzig, ausgeht. Die Ereignisse entziehen sich mir vorerst. Ich brauche Distanz, noch kann ich nichts überblicken, ich werde weitergeben, was ich von anderen, näher Betroffenen erfahre. Wie sehr ich im Abseits lebe, wird mir bewußt. Ich werde meine Aufzeichnungen datieren müssen.

Am Tag nach der ersten und geheimen Wahl in der DDR, das war am 19. März 1990, schreibt g. t. aus Berlin: ›Sobald ich den Scheck auf die Sparkasse gebracht habe, werde ich mir einen Strauß Daffodils kaufen. Blumen müssen her! Während die ersten Hochrechnungen durch das TV verbreitet werden, saßen wir in der Staatsoper »Unter den Linden«. Als Lohengrin auftritt, singen alle: »Ein Wunder, ein Wunder ist geschehen.«

Die Stimmung im Opernhaus hätten Sie miterleben sollen, diese Begeisterung! Es ist ja eine sehr deutsche Oper, um die Macht in einem deutschen Land (und die Gefolgschaft zum Reich) kämpfen die hellen Kräfte des Neuen gegen die dunklen des Alten, und gleich in seinem ersten Auftritt singt König Heinrich: »Nun ist es Zeit, des Reiches Ehr' zu wahren, ob Ost, ob West, es gelte allen gleich!« – Daraufhin die Sachsen und Thüringer (so steht es bei Wagner!): »Wohlauf! Mit Gott für Deutschen Reiches Ehr.« Sie werden sich die atemlose Spannung vorstellen können, die im Haus herrschte und sich bei jedem Aktschluß in einen brausenden Jubel verwandelte. Und anschließend zur Wahlparty bei dem Regisseur; das war nur ein kurzes Vergnügen. Stabile Verhältnisse, das ist wohl das herausragende Ergebnis dieser Wahl. Bei soviel Instabilität auch ganz wichtig. Keine absoluten Mehrheiten, das freut mich ebenfalls. Das liberale Korrektiv ist wichtig. Es sieht fast so aus, als ginge diese ganze Revolution gut aus . . .‹

g. t. ist ein Berliner geworden, hat inzwischen sein Studium abgeschlossen, hat biographische Texte von mir unter dem Titel ›Hat der Mensch Wurzeln?‹ herausgegeben und auch ein Buch ›Über Christine Brückner‹. Er kennt sich in meiner Schriftstellerei besser aus als ich. »Wo muß ich suchen?« frage ich am Telefon; er dient mir als Gedächtnis. Wir schreiben die Briefe, die wir wöchentlich wechseln, auf die Rückseiten eines Kalenders. ›Lesefrüchte. Tägliches Brot für die Freunde der Dicht- und Lebenskunst‹. Immer findet sich ein Blatt, das passend ist. Seinen Brief vom 19. März 1990 hat er auf ein Kalenderblatt geschrieben, auf dem zu lesen ist:

Berlin, 24. September 1924

Sehr geehrter Herr Kraus!
Im Auftrage der Redaktion der wöchentlich erscheinenden Moskauer illustrierten »Krassnaja Niva«, der verbreitetsten literarischen Zeitschrift, die von Lunatscharsky (Kommissär für Volksaufklärung) und Stekloff (Redakteur der Zeitung »Iswestija«) redigiert wird, wenden wir uns in folgender Angelegenheit an Sie.

Die »Krassnaja Niva« hat zum Jahrestag der Oktoberrevolution eine Enquete unter den hervorragendsten Persönlichkeiten auf dem Gebiete der Kunst und Literatur unternommen, um auf diesem Wege festzustellen, was die russische Oktoberrevolution 1917 für die Weltkultur geleistet hat. Die Frage ist:
Welcher Art sind Ihrer Auffassung nach die Auswirkungen und Folgen der russischen Revolution 1917 für die Weltkultur?
Wir erlauben uns, Sie höfl. zu bitten, an der Enquete teilnehmen zu wollen und Ihre werte Antwort – zehn bis zwanzig Druckzeilen – wenn möglich mit Ihrem Bild und Autogramm, das gleichzeitig veröffentlicht wird, bis spätestens 10. Oktober an unser Büro einzusenden. Indem wir Ihnen im voraus herzlich danken, hoffen wir sehr bald im Besitze Ihrer w. Antwort zu sein, und zeichnen

hochachtungsvoll
Vertreter der »Iswestija« und
»Krassnaja Niva«. J. Gakin

Wien, 4. Oktober 1924

Sehr geehrter Herr Gakin!
Die Auswirkungen und Folgen der russischen Revolution für die Weltkultur bestehen meiner Auffassung nach darin, daß die hervorragendsten Vertreter auf dem Gebiete der Kunst und Literatur von den Vertretern der russischen Revolution aufgefordert werden, in zehn bis zwanzig Druckzeilen, wenn möglich mit ihrem Bild und Autogramm, das gleichzeitig veröffentlicht wird, also ganz im Geiste des vorrevolutionären Journalismus, ihre Auffassung von den Auswirkungen und Folgen der russischen Revolution für die Weltkultur bekanntzugeben, was sich manchmal tatsächlich in vorgeschriebenen zehn bis zwanzig Druckzeilen durchführen läßt.

Hochachtungsvoll
Karl Kraus

Ich sollte dieses Blatt fotokopieren und damit ›Umfragen‹ und ›persönliche Stellungnahmen‹ beantworten. Die meisten kommen allerdings per Telefon und überrumpeln mich. Warum ich keinen telefonischen Anrufbeantworter benutze? Ja – warum nicht?

In deinem Atelier hängt ein kleines Hufeisen über der Tür; woher es stammt, weiß ich nicht. Ein Besucher sah es und sagte, daß man ein Hufeisen so anbringen müsse, daß das Glück hineinfallen könne. Er sagte es besorgt und warnend. Später entdeckten wir dann, daß wir auch das Hufeisen jenes Esels, den wir gut gekannt haben, er lebte auf Ägina, falsch herum aufgehängt haben. Sollten wir das nun ändern?

Tröstungen: ›Die Operation liegt doch erst ein Vierteljahr zurück!‹ Dann: ›Ein halbes Jahr erst!‹ Ich mache das Gesicht, das man erwartet, und frage nicht: ›Wie viele halbe Jahre, Vierteljahre haben wir eigentlich noch?‹ Ich unterdrücke, so gut es geht, den Pessimismus, aber es geht nicht mehr gut.

Die Jungen lamentieren. Die Alten werden immer optimistischer, geben sich zumindest optimistisch, ich tue das auch.

Solange einer erfolglos ist, bleibt er jung, sagt man. Ist das so? Ich werde älter, rascher älter, werde als ›erfahrene Frau‹ angesehen. Erfahren und erfolgreich.

Reise ins ehemalige Drüben

April 1990. Eine Leserin aus Halle schreibt: ›. . . Aus Ihren Büchern weiß ich, daß Sie sich 1945 in Halle aufhielten und dort wohl auch das Kriegsende erlebten. Ich kam 1946 zum Studium (Pharmazie) nach Halle, mein Mann studierte auch in Halle (Theologie), und da er nach dem Studium nicht ins

Pfarramt ging, sondern das Archiv und später auch die Hauptbibliothek der Franckeschen Stiftung als Leiter übernahm und dies zu seiner Lebensaufgabe wurde, blieben wir in Halle hängen und so im Schlamassel der DDR gefangen. Der bauliche Zustand der einst so berühmten Franckeschen Stiftung ist erbarmungswürdig. Die ganze Stadt Halle ist am Zusammenfallen, manchmal kann ich den Anblick von Baufälligkeit und Schmutz kaum ertragen, und wir fühlen uns um 40 Jahre unseres Lebens betrogen. Der Dom darf nicht mehr betreten werden, weil eine Rippe abgebrochen ist. Die Marktkirche verdankt ihren inneren Glanz einem Unglück: Vor 20 Jahren barst ein Fernheizungsrohr und hüllte die ganze Kirche in Wasserdampf. Die Denkmalspfleger frohlockten, weil endlich Gelder aus der Versicherung flossen. Wo mögen Sie damals gewohnt haben? Ich bin übrigens aus Schlesien, mein Mann aus Ostpreußen. Ich schreibe Ihnen aus Uder, seit 7 Jahren verleben mein Mann und ich den Urlaub im Eichsfeld, in diesem Jahr erstmalig mit der Möglichkeit, die Grenzen in unserem Trabi zu überwinden. Sechs Jahre lang versuchten wir von einigen günstigen Stellen aus mit unserem Fernrohr (wir sind Hobby-Ornithologen) einen Blick auf die Dächer von Duderstadt zu erhaschen. Mein Mann - er wird erst 1992 Rentner - durfte ja vorher nicht in den Westen reisen. Er saß stundenlang auf einem Klappstühlchen und schaute sehnsüchtig hinüber. Wir konnten den Holzturm (»Grenzinformationsturm« genannt) bei Gerblingerode sehen und die Gaststätte daneben, die parkenden Autos, den Aufstieg der Besucher auf den Turm. Und mein Mann träumte davon, die Orte jenseits der Grenze kennenzulernen. Und jetzt ist es soweit!! Mit großer Bewegung fuhren wir in Duderstadt ein, besichtigten die Stadt und stiegen auf den Holzturm, der uns so lange unerreichbar blieb. Wir fuhren von Uder über Arenshausen, nach Hohengandern, nach Witzenhausen . . .‹

Morgens traf dieser Brief ein, nachmittags saßen wir im Auto der Freunde und fuhren in Richtung Osten. Wir sind in der Grenznähe, wo Wälder und Täler einsam waren, auch früher oft gewandert, aber diesmal ist das Ziel Hohengandern. Die Bewacher des ehemaligen Grenzübergangs blickten freundlich und nur der Form halber in unsere Pässe. Wir fuhren auf Landstraßen, die von blühenden Birn- und Pflaumenbäumen gesäumt waren, zum Hanstein, den wir so oft von fern gesehen haben. Auf mächtigen Buntsandsteinfelsen erhebt sich die wohlerhaltene Ruine, und wir blicken auf den kleineren Bruder hinab, den Ludwigstein, dazwischen die Werra. Am Berghang die Kirche mit den schiefergedeckten Doppeltürmen im Westwerk, weiß-schwarzes Fachwerk. Auf dem kleinen Friedhof sind die Gräber mit Stiefmütterchen bepflanzt, in einigen Gärten hat man bunte Ostereier in die noch unbelaubten Fliederbäume gehängt. Ein Wochentag. Keine Buden, an denen man Bratwürste essen könnte, Cola trinken. Täuschen wir uns, oder erobert bereits der erste Frühling den Todesstreifen, auf dem wir ein paar hundert Meter zu Fuß gehen? Und dann wieder hinunter ins Tal der Werra, die schwarz und träge dahinfließt, nichts blüht am Ufer, die Böschungen sind kahl. Dann Lindewerra, dorthin führten wir die Besucher aus dem Ausland, wenn sie diese heiße Grenze besichtigen wollten, dort ragt eine Brückenhälfte vom westlichen Ufer bis in die Mitte des kleinen Flusses, eine Pont d'Avignon in Hessen; der Grenzturm ist bereits abgerissen, in den Gärten und auf den Wiesenhängen stehen die Kirschbäume in voller Blüte, an den Häusern wird gebaut, als könne es nun gar nicht schnell genug gehen mit der Angleichung der thüringischen an die hessischen Dörfer. Man grüßt uns freundlich. Wir grüßen freundlich. Ein achtjähriger Junge begleitet uns auf dem Fahrrad; er gibt Erklärungen, ein begabter Fremdenführer. Er verkauft uns ein paar Betonstücke der ehemaligen Grenzpfähle, rotbemalt, schwarzbemalt, den goldbemalten schenkt er uns dann. Die schwarz-rot-goldenen Brocken liegen nun neben den Mauerstücken, die man uns aus Berlin geschickt hat, vom Tag nach der Öffnung der Mauer, als sich die ersten Mauerspechte ans Werk machten. Man wird die historischen Spuren unserer Vergangenheit nicht ausgraben müssen. Zwei Mark pro Souvenir. Der Junge spart für einen Walkman, elf Mark hat er schon zusammengespart. Wir haben diese Anschaffung gefördert.

Es roch nach Braunkohle, es roch nach schlechtem Benzin. Die Stiefmütterchen dufteten nicht, es blühten zu wenige in den Gärten. Die Berge sind hier höher als in Hessen, man zeigte uns den Weg zur Teufelskanzel. Woher der Name: Teufelskanzel? Wir kennen die Sagen und Legenden nicht, unsere Kenntnisse hören an dem Todesstreifen auf. Angehörige der Volksarmee waren dabei, die Befestigungsanlagen abzubauen, die das Land, dem sie noch dienen, schützen sollten. Mit welchen Gefühlen? Wieder aus Gehorsam? Vor den Häusern standen Trabis, aber auch die ersten Westautos. Wir waren im Eichsfeld, gar nicht so weit von Eisenach entfernt, aber an den Straßenrändern stehen Kruzifixe, hier ist man katholisch; man ist in diesem Teil Deutschlands auf andere Weise ein Christ, wenn man ein Christ ist.

Und abends, als wir von Eindrücken überwältigt und ermüdet waren und im ehemaligen ›Drüben‹ nirgendwo etwas zu essen bekommen hatten, saßen wir dann in einem Ausflugslokal bei Sooden-Allendorf und blickten hinüber wie früher so oft und machten uns klar, daß es kein Drüben mehr geben wird. Es ging uns der volle Mond über dem Thüringer Wald auf: der Ostermond. Er machte sich in hohem Bogen auf den Weg nach Westen; auch der Sonne hat man nachgesagt, sie gehe in den Westen, ein politischer Witz aus dem ehemaligen Drüben.

Der Raps fängt noch vor Ostern an zu blühen, das gab es noch nie. Welche Eile! Nichts geht mehr schnell genug; die Politik im Wettlauf mit dem Frühling. In den Spätnachrichten hören wir, daß die Kabinettsbildung bereits erfolgt sei. Unser Wahrnehmungsvermögen kann das alles nicht so schnell erfassen und speichern, es hat nicht einmal die Fähigkeiten eines veralteten Computers.

Gorbatschow strebe nach Macht, lese ich, lese die skeptischen und besorgten Kommentare. Von einer Gorbatschow-Diktatur ist die Rede. Wäre denn nicht auch ein guter Diktator denkbar? Der das Beste will und das Beste fest in der Hand halten will und nicht delegiert, alle Verantwortung übernimmt und trägt? – Es hat doch auch gute und mächtige Könige gegeben, nicht nur in den Volksmärchen.

Es kommen nur noch selten Briefe, die sich auf ›Poenichen‹ beziehen.

Eine Barbara, die annimmt, gleichaltrig mit mir zu sein, jetzt im Vogelsberg zu Hause ist, schreibt, daß sie die Polenverträge längst unterschrieben habe, aber das verzeihe sie den Polen nicht, daß man in der einstigen Kornkammer Deutschlands heute hungern müsse. ›Es soll kein Kind mehr, auch kein polnisches, seine Heimat verlieren, jedenfalls nicht durch mich, nicht durch einen Gedanken von mir.‹ Am Ende ihres langen Briefes steht: ›Kommen Sie, wandern Sie im Vogelsberg, die Gästebetten sind nicht immer alle belegt, es wird kein Foto eines Gefallenen auf der Kommode stehen, obwohl daran kein Mangel ist, in meiner Familie ist kein kriegsfähiger Mann aus dem Krieg heimgekommen, aber was sollten sie auf Gästekommoden?‹

Oder/Odra, die neue Grenze im Osten

Aus Briefen kommt mir das Wort ›Oder‹ als Echo zurück. Ich lese: ›Die Oder! Fluß meiner Jugend, Fluß meiner Heimat. Im Sommer standen wir – wie alle Kinder der Welt! – auf der (Hindenburg-)Brücke und spuckten in die Schornsteine der kleinen Schiffe; die großen Schiffe mußten ihre Schornsteine unter der Brücke umlegen. Bei Frost brauchten wir nicht lange zu warten, der alte Oderarm fror zu, und wir zogen die Schlittschuhe an. Im Frühling, mit dem Tauwetter, kamen die »Brieger Gänse« angeschwommen: Eisschollen. Ich habe die Jungen bewundert, die als Mutprobe von Scholle zu Scholle sprangen. Zur Tanzstundenzeit ging man auf die Oderterrassen und trank, ganz gesittet, eine Limonade. Im Krieg ging ein junger Fliegerleutnant mit mir an der Oder spazieren . . . Und im Januar 1945 ging ich das letzte Mal über unsere Hindenburgbrükke, bevor sie gesprengt wurde. Man wollte es den Russen nicht so bequem machen mit dem Drübermarschieren. Sie kamen trotzdem über die Oder. Armer lieber Fluß. - Ihr Satz löst so viele Erinnerungen aus!‹

Wir waren an die Oder gefahren, im Frühling 1990 war das wieder möglich. Die Oder ist nun die offizielle Grenze zwischen Deutschland und Polen, das müssen wir lernen. Oderbruch. Neuenhagen. Hohenwutzen. Wir gingen zu Fuß über den Damm, das Auto blieb am Dorfrand stehen. Am anderen Ufer des Flusses steht die ausgebrannte Ruine einer Fabrik. Sollte dort Niederwutzen liegen? Wir fragten Kinder, die auf dem Damm spielten, aber sie wußten nicht, wie das Dorf drüben heißt, kannten weder den deutschen noch den polnischen Namen. Ein alter Mann ging mit seinem alten Hund auf den Wiesen spazieren, er wußte Bescheid, wollte auch reden, von früher, von heute. Die Oder war sein Fluß, sein ganzes Leben hatte er mit dem Fluß und an dem Fluß verbracht. Er kennt das alles: Deichbrüche! Eisgang! Jetzt ist der Fluß tot, die Fahrrinne versandet. Sein Vater fuhr einen Eisbrecher, er war selbständig! Das sagt er mit Stolz. Seine eigenen Söhne -? Der eine ist gleich ab in den Westen, der bringt es zu was, der andere hat Angst, der ist geblieben, bei der Reichsbahn, er wird arbeitslos werden. Wir fragen, ob er weiß, wohin die Bahnlinie führt. Die neue Brücke ist auf unserer Karte nicht eingezeichnet, auch die Bahnlinie nicht. Ein Tor versperrt das eine Gleis, es hängt ein Vorhängeschloß daran. Keine Wachposten, keine Fahnen. Früher, sagt er, früher war das die Strecke nach Königsberg! Wir betrachten die Stümpfe der großen Brücke, die noch aus dem Wasser ragen. Stimmen die Auskünfte des alten Mannes? Königsberg! Er sieht es an unseren ratlosen Gesichtern und ergänzt: Königsberg in der Mark! Die Mark hörte ja nicht an der Oder auf, die war kein Grenzfluß, der Fluß muß sich nun den Namen Oder/Odra teilen. Und die Ruine, die man drüben sieht? Zellstoff, sagt er, die Nazis haben die Fabrik gebaut, und die Russen haben sie gesprengt. Aha, sagen wir und denken nun rascher. Zellstoff - Nitroglyzerin, eine Munitionsfabrik also, gesprengt von den nachrückenden sowjetischen Truppen. Die Gleise der neuen Bahnlinie sind versandet, vermutlich gehört sie ins strategische Netz des Warschauer Paktes, der nicht mehr gilt. Alles versandet im märkischen Sand, auch das Gedächtnis, auch das Vorstellungsvermögen.

Dürftige Vegetation auf dem Deich, der noch neu ist, die Russen haben Bomben auf die zugefrorene Oder geworfen, um das Eis zu sprengen. Da sind die alten Deiche gebrochen, alles - alles! - stand unter Wasser. Wann war das? Wann -? Nach dem Krieg.

Der Fluß fließt schwarz und schwer, kein Boot, keine Schlepper, keine Möwen. Am Rand des Ufergebüschs hat sich ein Angler niedergelassen, in einiger Entfernung steht sein Mercedes, mit einer Nummer aus dem Ruhrgebiet. Die Frau des Anglers geht auf dem Damm hin und her, Tag für Tag; die beiden verbringen im Dorf ihre Ferien, haben sich eingemietet. Nach fünfzig Jahren wirft der Mann dort die Angel aus, wo er sie als Kind ausgeworfen hat. Gibt es überhaupt noch Fische in der Oder? Die Frau zuckt die Schultern, gesehen hat sie noch keine, gegessen hat sie noch keine. Zum Einkaufen fahren sie alle paar Tage nach Berlin-West, weit ist es nicht, nicht mehr.

Der alte Mann fragt, was wir hier wollen, zu sehen gibt es nichts. Wir wollen die Oder sehen! Wie könnte ich ihm erklären, daß ich jenen Fluß sehen will, den Maximiliane Quint auf ihrer Flucht aus dem Osten nach dem Westen überqueren mußte, bei Nacht, als der helle Mond am Himmel stand, eine Brosche als Fährlohn. Ich versuchte, den Frühlingstag in einen Wintertag zu übersetzen, Frieden in Krieg. Und diese junge Frau mit ihren vier kleinen Kindern und dem Handwagen, was übriggeblieben war von dem Rittergut Poenichen in Hinterpommern. Eine Romanszene, in die Wirklichkeit übersetzt.

Ein trüber Tag, der Himmel lag schwer über dem Land und auf dem Fluß. Gegen Abend kam die Sonne durch, die Luft wurde leichter, silbern oder auch blau, und gegen Abend sang im Gebüsch ein Sprosser.

Ich werde mir nun wieder angewöhnen müssen, Frankfurt/Main zu schreiben, jetzt, wo es wieder ein Frankfurt/Oder in unserem deutschen Bewußtsein gibt. Ich habe ›a. M.‹ oft weggelassen, fahrlässig. Aber Marburg/Lahn habe ich immer deutlich von jenem Marburg an der Drau unterschieden, das seit Jahrzehnten schon Maribor heißt. Am Ufer der Drau haben wir uns erschöpft ausgeruht . . . Wir kamen vom Schwarzen Meer, und der schwarze 20. August 1968 war in Sibiu, dem früheren Hermannstadt, über uns gekommen. Wir wollten nach Ungarn, hatten Empfehlungen in der Tasche, Hotelzimmer waren gebucht, aber die Grenzen waren bereits gesperrt, die tschechischen Autos trugen Trauerflor, es war gewittrig, Krieg! Es würde Krieg geben, wir sahen Frauen, die an Bahngleisen arbeiteten, ich sah mich unter ihnen, Geld wurde nicht mehr eingetauscht, Straßenkarten gab es nicht, wir fuhren südwestwärts, Jugoslawien, die Grenze war noch geöffnet, fuhren Tag und Nacht, die Angst im Genick. Nachrichtenübermittler waren Tankwarte, Kellner. Panzer in Prag! Tote in Prag! Mobilmachung in Rumänien! Was wird aus Jugoslawien? Und dann dieser sonnige Nachmittag an den Ufern der Drau. Drawe, dort heißt sie noch Drawe. Die Angst ließ nach, bald würden wir im Westen sein. Österreich! Deutschsprachige Zeitungen, Nachrichten vom Bildschirm.

Der Prager Frühling war zu Ende. Unsere Reise nach Prag wurde auf unabsehbare Zeit verschoben. Jetzt wäre sie möglich. Wird man den neuen Versuch, die neue CSFR zu demokratisieren, später den Prager Sommer nennen? Ein Sommer ohne Ende –.

Dann Berlin: Presseempfang im Springerhochhaus. Journalistenclub. Der Blick aus den Fensterreihen im achtzehnten

Stockwerk geht nach Westen und nach Osten weit über die nicht mehr getrennten Stadtteile hinweg. Todesstreifen und Mauerreste sind noch sichtbar. Ein großartiger Sonnenuntergang lenkt ab. Jemand fragt mich: »Wo ist überhaupt der Osten?« Ich mache ihn darauf aufmerksam, daß man das am Stand der Sonne erkennen könne.

Sonntagmorgen in der Gedächtniskirche, ein Taufgottesdienst. Eltern und Großeltern und Paten sind aus dem Ostteil der Stadt gekommen, ihr Kind soll im Westen getauft werden! Aber das Kind protestiert schreiend, schon während der Predigt, es stört. Es wird auf die Namen Diana, englisch ausgesprochen, königlich also, und den Namen Melanie getauft. Die Namensgebung ist immer mit Hoffnungen verbunden.

Krystyna schreibt (am 18. Mai 90) aus Warschau: ›Du hast an der Odra gestanden, Christine? Ich kann mir vorstellen, wie die Ostdeutschen jetzt Angst haben. Die ganzen Jahre ging es ihnen sehr gut, niemand wurde von der Arbeit entlassen, alle verdienten ungefähr dasselbe, es genügte, das Maul zu halten, um von der Stasi nicht beunruhigt zu werden. Das bißchen Unfreiheit –! Aber dagegen die Arbeitssicherheit. »Ob du stehst oder liegst, die zweitausend gehören dir«, sagte man bei uns in Polen, es reimt sich hier sogar. Dasselbe dachten die Ostdeutschen. Und jetzt ist man frei, aber was soll man mit dieser Freiheit machen, wenn der nächste Tag so unsicher ist? Wenn man wilde Tiere füttert, verlieren sie mit der Zeit die Fähigkeit, sich allein zu nähren. So wird es auch mit den Menschen. In allen postkommunistischen Ländern taucht dasselbe Problem auf: Die Menschen warten, daß der Staat ihnen alles geben wird, und weil er sagt, daß er nicht geben wird und auch nicht kann, haben sie Angst. Und Angst ist ein schlechter Berater. Die junge Demokratie schäumt überall, aber man weiß noch nicht, ob daraus Essig oder Wein wird. Sei umarmt von Deiner Freundin Krystyna.‹

Vergessene Briefe an unvergessene Frauen. Der Titel dieser Anthologie, an der ich mich beteilige, heißt ›Es geht mir verflucht durch Kopf und Herz‹, er steht in einem Goethe-Brief an Charlotte von Stein. Ist ihm kein anderes Adverb eingefallen? Vielleicht hat er recht, Goethe hat ja immer recht. Der Kampf zwischen Kopf und Herz ist ein verfluchter Kampf. Ich bin vorsichtiger im Gebrauch von Adjektiven und Adverbien, vermeide sie meist. Als ich meinem Verleger nach langem Zögern endlich den Titel dieser Aufzeichnungen verriet, hatte er Bedenken. Zwei Hauptwörter, zwei Artikel, mehr nicht? Ich entgegnete: Die Leiden des jungen Werther! Er sagte: Das Adjektiv fehlt! Und dann spielten wir mit Adjektiven, ob das Rebhuhn nun rund sein sollte oder jung oder die Stunde lang oder spät. Heiteres Geplänkel. Einer meiner Lektoren pflegte bei Auseinandersetzungen zu sagen: Im Zweifelsfall hat der Autor recht. Aber: Mit Rechthaberei kommt der Autor nicht durch.

›Liebe Lektorin!‹ schreibe ich mindestens einmal in der Woche über einen Brief; mittlerweile haben wir fast 20 Titel miteinander lektoriert. Eine Berlinerin. Sie ist rasch, sie ist viel jünger, wir arbeiten gut zusammen; sie kontrolliert jedes Zitat, traut meiner Genauigkeit nicht. Manchmal macht sie ihre gelben Augen schmal, blickt mich abwartend an, und dann sage ich sofort: Streichen! Wir lassen das weg! Die Tilgung strittiger Punkte hat sich immer bewährt. ›Das ist gut, das lassen wir weg!‹ sagte einer meiner ersten Lektoren, bei dem ich viel gelernt habe. So galant ist eine Berlinerin nicht. Wenn ich mit ihr ein vages Projekt bespreche und meine Bedenken über Länge und Abgabetermin äußere, sagt sie: Ich werde das Manuskript am 1. April auf dem Schreibtisch haben, es wird ein 320-Seiten-Buch werden. Wollen Sie wissen, wann es ausgeliefert wird? Wie hoch die Auflage –? Dann lachen wir beide. Wenn sie auflacht, habe ich das als Lob zu werten. Wird sie bei der Lektüre dieses Buches lachen? Nicht oft.

Mit Ihnen hätte ich gern korrespondiert, Prinz von Theben! Gestatten Sie mir diese Anrede? Seit Jahren sehen Sie achtlos über mich hinweg, ich muß aufstehen, um in Ihr Blickfeld zu geraten. Horst Janssen hat Sie gezeichnet, hat Ihnen ein wenig Rot auf die Lippen gelegt. Ihr Blick ist ernst, geht in die Ferne. Chesterton blickt Ihnen über die Schulter, ob Ihnen das recht ist, ahne ich nicht, der Einfall stammt von Horst Janssen, der mir ein paar Zeilen unter das Bild geschrieben hat, das ist so seine Art der Korrespondenz. Ihre Art war es, Briefe mit kleinen Bildern zu versehen. Er hat eine Fotografie aus dem Jahr 1920 verwendet, da waren Sie etwa fünfzig Jahre alt, was Sie nie zugegeben haben: Ihr wahres Alter. Mit diesem Bild sind Sie in mein Haus eingedrungen, und jetzt gedenke ich, in Ihr Leben einzudringen. Seien Sie unbesorgt, ich bin nicht indiskret. Janssen hat Sie mit Ohrringen geschmückt, ein schöner Frauenkopf, alle Frauen geraten bei ihm schön, sonst würde er sich nicht mit ihnen abgeben.

Vorname: Else; Geburtsort: Elberfeld; geboren: 1869; der Vater: Bankier, Jude. Was für Hypotheken! Sie haben diese Hypotheken nicht abgetragen, sondern abgeschüttelt und sich ein neues Gewand übergestreift, das zu Ihnen paßte. ›Prinz von Theben‹, haben Sie behauptet, und man hat es Ihnen geglaubt, bis heute, und glaubt es vermutlich auch weiterhin. Welche Anstrengung muß es gewesen sein, sich täglich und stündlich zu verwandeln. Ihre Rückfälle ins Elberfelder Platt beleidigen mein Ohr und mein Auge, das paßt doch nicht zu Ihnen, einer Orientalin. Konnten Sie dieses Platt sprechen und schreiben? Es klingt mehr nach Rhein als nach Wupper. Das Elberfeld Ihrer Kindheit ist von den Landkarten verschwunden, offiziell bereits 1930, aber im Bewußtsein der Bevölkerung erst sehr viel später; ich weiß nicht, ob Sie diese Veränderung noch wahrgenommen haben. Sie dürften sich vorstellen, daß man Ihre Stadt nach Ihrem Fluß genannt hat. Wuppertal, ein Triumph der Poesie! Wollten Sie das überhaupt? In die Realität hineinwirken? Unterstelle ich Ihnen eigene Wünsche? Die Traumwelt galt Ihnen mehr, die Legende. ›Die Wupper‹, Ihr bestes, trotzdem selten gespieltes Schauspiel, hätte ich gern geschrieben, das ist das größte Kompliment, das ich zu vergeben habe. Schauplatz und Titelfigur sind eins: die Wupper, der Fluß Ihrer Kindheit. Ein episches, zugleich poetisches Theaterstück, voller Leben und voller Sehnsüchte.

Ein Blick auf die Zeittafel. Ich lese: Tod des Bruders, Tod der Mutter, Tod des Vaters, Tod eines Freundes, Tod eines weiteren Bruders, Tod der Schwester, Tod des Sohnes. Und dazwischen Heirat und Scheidung und noch einmal Heirat und Scheidung. Für uns, Ihre Leser, ist die Zeittafel Ihrer Werke, die rechts neben den Lebensdaten steht, wichtiger. Täusche ich mich, wenn ich vermute, daß für Sie ein neues Buch so wichtig war wie ein neuer Mensch? Das Mißlingen eines Gedichtes schlimm wie der Tod?

Sie sind sechsundsiebzig Jahre alt geworden, ein hohes Alter bei einer eher zarten Gesundheit und einer ungesunden Lebensweise. Noch bin ich die Jüngere.

Sie waren nicht schön, im üblichen Sinne, schön war Ihr dunkles Haar und Ihre dunklen Augen. Sie ließen sich nicht gern fotografieren. Ach – Prinz von Theben! Die Fotoreporter würden Ihnen heute auflauern, bei jedem Auftritt, und aufgetreten sind Sie gern, Sie trugen Ihre Verse am liebsten selbst vor, eine orientalische Erzählerin. Man würde die Objektive auf Sie richten und sichtbar machen, was Sie verschleiern und im unklaren lassen wollten. Wissen Sie, als ich für meinen ersten Roman einen ersten Preis bekommen habe, da waren Reporter und Fotografen neugierig auf diese unbekannte junge Autorin. Als abends spät noch ein Fotograf an der Wohnungstür klingelte, fragte ich: »Und wenn ich mich weigere?« Da hat er geantwortet, daß er dann schriebe, sie hat Allüren wie eine Greta Garbo. Ich ließ ihn eintreten, und er hat fotografiert. Ein wenig Widerstand leiste ich immer noch, aber ich passe mich doch auch an, mache wenig Schwierigkeiten.

In ein und demselben Satz schreiben Sie, daß Sie dichten,

um zu erheitern, und daß Sie sehr traurig seien. Das eine schließt das andere nicht aus, das weiß ich. Ihr Herz ging barfuß durch die Menge. Sie haben ›diese Menge‹, die eine unbestimmbare Größe ist, immer idealisiert. Sonst kann man nicht leben und nicht schreiben, wenn man die Menschen nicht besser macht, als sie sind. Und ich denke, wenn man sie behandelt, als wären sie besser, dann werden sie es - vielleicht. Zaghaft und auf Zehen, barfuß; ich sehe Sie barfuß vor mir, allenfalls ein paar Sandalen.

Sie blieben ein Kind, wollten nicht zuständig, nicht verantwortlich sein. Sie wollten spielen. Im Kino, das damals noch mehr ein Kintopp war, liebten Sie Wildwest-Filme, Expeditionen in den Dschungel, wie ein Backfisch sollen Sie geschwärmt haben. Über alles ging Ihnen der Zirkus. Ein alt gewordenes Sterntalerkind, das die Hände aufhält, gefüllt bekommt und wieder leert. Nach dem frühen Tod Ihres Sohnes Paul waren Sie niemandem mehr verantwortlich, nur Ihrem Künstlertum, das Ihnen über alles ging. Muß ich Ihnen überhaupt noch sagen, daß mir ein Mensch - das Leben - an erster Stelle steht? Man kann dann solche Höhen nicht erreichen, man würde sofort abstürzen. Subjektiv war alles, was Sie geschrieben haben, niemand hat jemals gefragt, ob denn stimme, was Sie behaupten. Sie waren selbstherrlich, und darum möchte ich Sie wohl doch beneiden, das Wort Selbstzweifel ist mir nirgendwo begegnet. Mit welcher Sicherheit sind Sie übers Seil gegangen, das manchmal zehn Zentimeter über den Erdboden gespannt war, und manchmal überspannte es Schluchten.

Sie benutzten lange Zigarettenspitzen? Kokoschka hat Sie so beschrieben. Als ich noch sehr jung war, habe ich eine schwarze Zigarettenspitze aus Ebenholz erworben und auch einige Male benutzt. Ich nannte sie ›meine Allüre‹. Allüren gibt es nicht in der Einzahl? Ich legte sie bald beiseite, ich rauche schon lange nicht mehr. Einer meiner Lehrmeister war Hans Weigel, der Wiener Literat und Kritiker, ein Förderer junger weiblicher Talente. Sie hätten ihn gemocht. Er erzählte mir von einer Frau, daß sie wie eine Bildhauerin lebe. Als ich ihn fragend ansah, sagte er: »Sie war keine.« Solche Äußerungen wären an Ihnen vermutlich abgeprallt. Warum vergleiche ich mich eigentlich? Sie wollten unvergleichlich sein, nehme ich an. Sie stammen aus einer Großstadt im Industriegebiet, ich stamme aus einem Dorf in Waldeck, jetzt wohne ich in einer Stadt, aber es drängt mich nach draußen, ins Freie. Ich brauche Erde unter den Füßen, Waldgeruch, aber ich brauche auch meinen Schreibtisch und mein schwarzes Sofa und brauche den Partner, diesen einen Menschen, dem ich mich vertraut gemacht habe. Und Sie! Sie leben in Cafés, sitzen in Kinos, immer mit Publikum rundum. Sie hatten ein Dienstmädchen mit Namen Hedwig, das Ihnen treu gedient hat, über die Scheidung hinweg, das Sie mit ›Frau Doktor‹ anredete, ehrerbietig. Da steigt etwas wie Neid in mir auf. Eine ständige Hilfe, die einkauft und Blusen bügelt?

Wie eine Exotin müssen Sie in Berlin gewirkt haben. Sie wollten anders sein, nicht alltäglich. Sie kehrten Ihr Inneres nach außen, stülpten sich um, wie man einen Handschuh umstülpt. Sie wirkten faszinierend auf beide Geschlechter, aber der Reiz, der von Ihnen ausging, war nicht erotischer Art und gewiß nicht das, was wir heute sexy nennen. Ein frecher Gamin, ein geschlechtloses Wesen, aber eines, das sich leicht verliebt. Den Prinzen von Theben stelle ich mir als einen Knaben vor, nicht Mann und nicht Frau, androgyn. Über ein solches Geschöpf habe ich einmal einen Roman geschrieben, ›Das eine sein, das andere lieben‹, es haben sich nicht viele Leser für Mario/Marion interessiert.

Nach dem Scheitern Ihrer zweiten Ehe sind Sie nicht wieder seßhaft geworden? Bedeutete Ehe für Sie Seßhaftigkeit? Heute leben viele Menschen allein, wir nennen sie Singles. Sie stellten in Ihrem Pensionszimmer Spielzeug auf, lauter Sächelchen, die man nicht gebrauchen konnte, die Sie aber brauchten. Ich räume alle Nutzlosigkeiten, die sich auch bei mir ansammeln, bald wieder weg – ein Stück der Berliner Mauer zum Beispiel –, damit dies hier ein Arbeitszimmer bleibt und kein

Spielzimmer wird. Aber es gibt ein Goethesches Wetterglas, und es gibt einen kleinen Krug mit Lavendelöl, den ich mir unter die Nase halte, wenn mir ein Telefongespräch zu lang wird. Hatten Sie kein Telefon? Ließen Sie sich im Café anrufen? Und das Finanzamt?

Sie fielen von einer Besitzlosigkeit in die andere. Sehen Sie, das lasse ich mir nicht durchgehen. Als ich eine junge Autorin war und noch wenig Erfolg hatte, behauptete ich, daß ich wie eine Lilie auf dem Felde lebte, aber eine, die eine Lebensversicherung abgeschlossen hat. Ich traue dem Erfolg nicht, habe meine Lebensumstände nicht geändert, um mich nicht vom Geld abhängig zu machen. Ich nehme an, daß andere sich darüber mokieren, ich bin nicht unabhängig von dem, was die Leute sagen.

Sie haben an Selbstmord gedacht? Der Gedanke an Ihr Kind hat Sie daran gehindert? Sie haben an dieses Kind mehr gedacht, als dafür gesorgt. Ist das richtig? Hätten Sie es nicht selbst erziehen und umsorgen sollen? Es wäre doch das Natürliche gewesen, wenn Sie Ihren kleinen Prinzen in der Nähe gehabt hätten. Sie sorgten für eine gute Schule, für ein Internat. Er wurde dann krank, bekam Tuberkulose. Das hätten Sie nicht verhindern können? Wahrscheinlich nicht. Sie lassen ihn in Ihren Gedichten weiterleben. Ich bin der Ansicht, daß sorgen ›für jemanden sorgen‹ bedeutet und nicht sich Sorgen machen. Zwischen Denken – Reden – Schreiben – Tun sollte keine zu tiefe Kluft entstehen. Vorsichtshalber benutze ich den Konjunktiv.

So geht es mir immer, auch in anderen Briefen: Ich denke an den, dem ich schreibe, nehme Bezug auf seine Briefe oder Bücher, und unversehens mache ich Mitteilungen über mich. Sie wissen ja nichts von mir. Ich habe allen Grund anzunehmen, daß Sie sich für mich nicht interessieren würden. Eine Frau, eine Realistin, eine Ordentliche, die nicht auffallen, aber doch auch nicht übersehen werden möchte; so eindeutig ist das ja alles nicht, auch bei mir nicht.

Hätte man Sie gefragt – heute sind solche Umfragen üblich –, welcher Berufsstand das höchste Ansehen genösse, hätten Sie ohne zu zögern ›der Künstler‹ gesagt, dem Künstler billigten Sie einen Status zu, der weit über dem eines gewöhnlichen Sterblichen lag. Sie redeten und schrieben Ihre Freunde mit ›König‹ an, mit ›Kalif‹ und erwarteten, daß sie sich königlich zu Ihnen verhalten möchten. Sie nannten sich ›Prinz‹ und nicht etwa Prinzessin; wenn schon Verwandlungen, dann auch im Geschlecht. Ein Prinz ist ein künftiger König, mit einer Prinzessin nicht zu vergleichen. Man sollte Sie behandeln wie einen künftigen König, wie einen verzauberten Tiger. Sie verkleideten sich; mehr als mit Gewändern verkleideten Sie sich mit Worten, machten jene Else aus Elberfeld, die alterte, unkenntlich. Wie haben Sie das durchgehalten, diesen Zauber? Ein Leben lang, unter welchen Umständen! War es leichter, ein Prinz oder ein Tiger zu sein als eine Jüdin?

Sie mußten fort aus Berlin, dem Nazi-Deutschland. Zuerst nach Zürich, später dann Palästina. Leicht war es nie. Sie machten es sich schwer und machten es den anderen schwer. Sie gaben den Königen und Großkalifen hohe Posten in Ihrem Reich, aber über eine ehrenvollere Anrede als ›Poet‹, als ›Dichter‹ verfügten auch Sie nicht.

›Niemandem meine Briefe zeigen‹, darum haben Sie gebeten. Heute, Jahrzehnte nach Ihrem Tod, kann jeder diese Briefe lesen und kommentieren und darüber staunen, daß eine Frau leben konnte, wie Sie gelebt haben, in unserem Jahrhundert. Ach! Ich hätte Ihnen ein Leben in Brokat gewünscht und nicht so ein Leben in Lumpen, daß Sie sich nicht hätten schämen müssen und mit kostbaren Worten behängen – oder haben Sie wieder maßlos übertrieben? Liebten Sie die Verkleidung als Bettlerin?

Ich war inzwischen in Berlin, mein Brief an Sie blieb liegen. Es ist nicht mehr das Berlin eines Prinzen von Theben, aber es ist wieder Berlin, nicht mehr feindlich in Ost und West geteilt. Ich habe versucht, mir vorzustellen, daß Sie im Garten des Cafés im Literaturhaus, Fasanenstraße, unter den hohen Bäumen säßen. Niemand saß dort, den ich kannte, niemand, der mich kannte. Waren es lauter Literaturagenten? Die Cafés waren Ihre Börse. Oder waren es Literaturliebhaber, Leser? Saßen Sie denn überhaupt gern im Freien? Wären Sie anschließend, wie wir, noch ins ›Bovril‹ gegangen, Kurfürstendamm 184? Viel Schickeria, der ich sonst aus dem Weg gehe. Extravaganz in der Kleidung, zu lautes Auftreten, man küßt sich zur Begrüßung, zum Abschied und auch zwischendurch, ganz ohne Verliebtheit. Die Gesprächsfetzen waren eher banal, ›cool‹. Cool, aber mit Küssen. Sehen, gesehen werden, eine Suppe am späten Abend, ein Glas Rotwein. Wir saßen nahe bei der Tür, wie Zuschauer. Gingen Sie in die Cafés, um der Einsamkeit zu entkommen? Auf der Suche nach Gesprächen, nach Liebe, oft auch nach Geld? Ich passe nicht dorthin. Wohin ich passe? An Waldränder, an Seeufer und abends auf diese kleine Terrasse, die unser kleines Haus ebenerdig mit dem kleinen Garten verbindet, in dem die Bäume längst in den Himmel gewachsen sind. Heitere Mahlzeiten mit vertrauten Freunden, im raschen Gespräch, mit Pausen des schweigenden Einvernehmens, in denen man den Schwalben nachblickt, der Amsel zuhört, die hoch in der Tanne sitzt und das Abendlied schmettert. Wissen Sie, ich koche gern, ich bewirte gern. Wenn es dann dunkel wird, trägt Hebe, unsere römische Göttin der ewigen Jugend, eine Kerze auf der ausgestreckten Hand, mein Mann hängt einen Lampion ins Geäst des Feuerdorns, immer nur einen, nichts, was einem Jahrmarkt ähnlich wäre. Liebten Sie wirklich Jahrmärkte? Sie Orientalin! Der Jahrmarkt an der Wupper, das ist eine sehr einprägsame Szene Ihres Schauspiels. Wollten Sie in der Menschenmenge untertauchen? Dabeisein? Ich tauche nicht gern unter. Es gibt Leute, die der Ansicht sind, daß ich gern im Mittelpunkt stehe. Entweder - oder! Allein oder aber in der Mitte - lachen Sie mich aus? Warum nicht? Ich blicke Ihr Bild an und sehe nicht die Möglichkeit eines Lachens, eines Lächelns. Ein dunkles, unerleuchtetes Gesicht: alttestamentarisch.

Vor meinem Fenster blüht ein großer Rosenstrauch, Rosa centifolia, hundertfältig, der Duft dringt in mein Zimmer, die

Tür zur Terrasse ist geöffnet. Es geht mir gut. Ich habe in diesem Augenblick wenig Sorgen. Ich schreibe einen Brief, das tue ich gern, mein Mann ist in seiner ›Residenz‹, so nennen wir das Atelier, es ist Dienstag, er malt Dienstagsbilder, er ist kein Sonntagsmaler. Ich vermute, daß er heute abend die ersten Entwürfe für den Umschlag meines Buches mitbringt, das im nächsten Herbst erscheinen soll. Aufzeichnungen. Und jetzt baden sich zwei junge Meisen in der Vogeltränke. Nichts ist erträumt, alles ist ganz real und ist doch so, wie ich es gern habe und wie ich es brauche. Schönheit und Harmonie im Alltäglichen. Die Welt, in der ich lebe, und die Welt, über die ich schreibe, grenzen aneinander. Ich versuche, die Realität des Lebens meinen Wünschen und Bedürfnissen anzupassen. Oder ist es umgekehrt?

Bei Ihnen scheint alles Wunsch, Sehnsucht, Traum zu sein. Aber es ist Ihnen gelungen und gelingt Ihnen bis heute, anderen die Tore zu Ihrem Theben, zu Ihrer poetischen Welt, einen Spalt weit zu öffnen, Sehnsüchte zu wecken, unruhig zu machen.

›Blauer Reiter‹, schreiben Sie, ›ich bin allein in der fremden Stadt. Kein Mensch kommt hier in den Himmel. Bitte gehe einmal über den Kurfürstendamm, bieg in die Tauentzienstraße ein, kannst du dir vorstellen, daß ein Dirbegegnender in den Himmel kommt? Sag mir, blauer Reiter, komm ich in den Himmel?‹ Ich habe die Tauentzienstraße überquert und mir daraufhin die mir Begegnenden angesehen.

Sie liegen begraben am Ölberg, wo man der Auferstehung so nahe sein soll. Wußten Sie das? Warum habe ich Ihr Grab nicht aufgesucht, ich war doch eine Woche in Jerusalem. Ich habe an vielen Gräbern gestanden, an Hemingways Grab in Sunset Valley, am Grab des Albert Camus in Lourmarin …

›Alle Menschen mit blauen Augen sind glücklicher.‹ Was für Behauptungen stellen Sie auf! Sieht man aus hellen Augen die Welt heller? Wenn helle, blaue Augen alt werden, lösen sie sich von den Rändern her auf, werden wäßrig, schwimmen in Tränen. Sieht man in helle Augen tiefer hinein? Tonio Kröger

– ist Ihnen die gleichnamige Novelle von Thomas Mann bekannt gewesen? –, er spricht in ähnlichem Ton, wenn auch mit dem Unterton der Verachtung, von den Hellen, den Blonden, den Einfachen. Wenn wir heute ›blauäugig‹ sagen, heißt das soviel wie arglos, töricht, gutmütig. In der Schule habe ich gelernt, daß Dunkeläugigkeit erbdominant sei. Gingen Sie heute durch Berlin, würden Sie nicht auffallen, man hielte Sie vermutlich für eine Türkin.

Bücher haben Sie gelangweilt, stimmt das? Sie wollten für Ihre Bücher kein Publikum? Nur wenige Menschen, von denen Sie verstanden wurden? Leser können sich ihre Bücher aussuchen, ein Buch kann sich seine Leser nicht aussuchen, aber das habe ich schon an anderer Stelle beklagt. Man sagt mir nach, daß ich Bücher wie Briefe und Briefe wie Bücher schriebe. Ich wende mich dem Leser zu, ich reagiere. Und jetzt schreibe ich als erste, das ist nicht meine Art, sonst antworte ich. Dies ist mein erster Leserbrief! Auf Ihre Antwort müßte ich lange warten. Ich besitze eine mir kostbare, sehr lädierte Ausgabe von ›Malik‹. Auf Umwegen ist sie zu mir gelangt. Ludwig Berger hat sie der großen Agnes Straub ›in Verehrung‹ geschenkt, das war am 13. April 1920. Fast auf den Tag vor siebzig Jahren. Und nun denke ich zurück an jene Wochen, die ich in der Agnes-Straub-Stiftung verbracht habe, im Pinzgau. So nahe an der Natur und so nahe an der Kunst. Was für verschlungene Wege.

Sie haben die Veröffentlichung Ihrer gesammelten Werke frühzeitig erlebt, im Cassirer-Verlag, darüber hätten Sie doch sehr glücklich sein können. Und was taten Sie? Sie schrieben ein Buch mit dem Titel ›Ich räume auf‹. Sie räumten mit Ihren Verlegern auf, das war mutig, aber es war doch auch sehr leichtsinnig. Paul Cassirer. Kurt Wolff. Große Namen. Ich bin weniger leichtsinnig, weniger mutig. Es fällt mir nicht schwer, zu Verlegern ein freundschaftliches Verhältnis herzustellen; je mehr Erfolg, desto freundlicher. Ob Erfolg und Freundlichkeit zusammenhängen?

Sie wehrten sich gegen alle Realitäten, sogar gegen die Realität Ihres Geburtsdatums. Sie wollten sich nicht auf einen Jahrgang einengen lassen, Sie wollten zeitlos sein, heute würde hinter Ihrem Namen in Klammern das augenblickliche Alter stehen. Else Lasker-Schüler in Klammern zweiundfünfzig. Daten werden heute gespeichert, da nutzt keine Heimlichtuerei etwas. Hatten Sie nie mit dem Finanzamt zu tun? Besaßen Sie keine Scheckkarten, kein Bankkonto? Trugen Sie das wenige Geld in einem Beutel am Gürtel?

Sie Glückliche! Sie waren verliebt in Ihre eigenen Werke und unbefangen genug, es auszusprechen. Keine falsche Bescheidenheit. Sie waren begabt, das Wort Begabung kommt von Gabe, diese Gabe wurde Ihnen zuteil, warum hätten Sie nicht darüber sprechen sollen? Die Germanisten haben längst herausgefunden, daß auch Ihnen nicht alles zugefallen ist, sonst gäbe es nicht mehrere Fassungen Ihrer Gedichte. Aber von der Mühe des Schreibens wird für den Leser nichts spürbar, als ›fleißig‹ wollten Sie nicht gelten. Ich werde gewahr, daß es ein paar, ganz wenige, Ähnlichkeiten gibt. Auch mir gilt das Mühelose mehr, das Prädikat ›eine fleißige Arbeit‹ würde mich kränken.

Vor mir liegt ein Zettel, auf den ich zwei Gedichtzeilen von Ihnen geschrieben habe.

> Pflanzte man in die Erde mich
> Eine Silberesche wäre ich –

Das ist kein guter Reim, aber die Silberesche paßt zu Ihnen, wie zu mir der Ölbaum paßt, unscheinbar blühend, alt werdend und Schatten spendend, Öl spendend: etwas bewirken wollen. Ich wünschte, Sie würden über Ihre Kollegin einmal lachen. Auslachen dürfen Sie mich!

›Die Vögel leben zwischen Luft und Gott, wir leben zwischen Erde und Grab‹, das haben Sie an Franz Marc geschrieben und die Vögel den Menschen vorgezogen. Prinz Jussuf, Tiger, Bruder und König von Theben!

Haben Sie je Briefe Ihrer Leser erhalten? Dieses Hin und Her von Worten und Sätzen, dieses Echo, das Vertrauen schafft, ohne das ich wohl nicht schreiben könnte. Von Jahr zu Jahr wächst Ihr Nachruhm, haben Sie damit gerechnet? Dehnten Sie Ihre Wünsche und Träume aus? Reichte Ihr Mut bis in die Zukunft? Sie mußten sich ein Ende der Nazi-Herrschaft vorstellen, ein Ende der brutalsten Feindschaft gegenüber der jüdischen Rasse, konnten Sie das? Von Jerusalem aus?

Gertrud Kolmar, Nelly Sachs, Hilde Domin, Rose Ausländer... Die Reihe der jüdischen Dichterinnen ist lang, eine von ihnen hat einen halben Nobelpreis erhalten. Hätten Sie einige Jahrzehnte später gelebt, wären Sie vielleicht eine Anwärterin gewesen. Aber: Ein Prinz von Theben vor dem Nobel-Publikum in Stockholm, das ist kaum vorstellbar. Sie nannten sich immer eine Dichterin. Heute gehen wir vorsichtig, oft mißtrauisch, oft auch ironisch mit dieser Berufsbezeichnung um, aber es gibt diesen Beruf auch heute noch. Sollte ich Ihnen einige Namen nennen? Wir anderen bezeichnen uns als Schriftsteller, Literaten, Autoren, ich lasse die geschlechtsbedingten Endungen weg, weiblich/männlich, das gilt mir nicht viel, eine Feministin bin ich nicht, waren auch Sie nicht. ›Herz über Kopf‹ hat eine vergleichsweise junge Lyrikerin ihren Gedichtband genannt, mit dem sie berühmt wurde. Sie sind auch so jemand, der sein Herz über dem Kopf getragen hat. Und dann sind Sie an Angina pectoris gestorben. Herzversagen. Es war ein strapaziertes Herz. Noch ein Zettel liegt hier:

O Gott und bei lebendigem Tage,
träum ich vom Tod.
Im Wasser trink ich ihn und würge ihn mit Brot.
Für meine Traurigkeit fehlt jedes Maß auf deiner
  Waage.

Für dieses Todes-Gedicht danke ich Ihnen.

›Frauenlyrik‹ ist eines der Etikette, die man Ihnen verpaßt hat, Sie müssen sich viele Etikettierungen gefallen lassen, da hat Ihnen auch die Verwandlung in einen gestreiften Tiger nichts genutzt.

Mein Brief wird immer länger, ich fange an, mich zu wiederholen, ich schweife ab, lasse mich von Ihrer Art, Briefe zu schreiben, anstecken. Ist das ein Zeichen dafür, daß Sie mich überzeugt haben, ein Beweis meiner Anpassungsfähigkeit? Sie sind die Stärkere. Das ist sicher, das wußte ich bereits, als ich den ersten Bogen in die Schreibmaschine gespannt habe. Mit vierzig Jahren bin ich seßhaft geworden, zunächst wußte ich das gar nicht, hielt auch dieses Haus für eine vorübergehende Adresse, ich kann das Unstete meines Lebenslaufs nicht nur der Nachkriegszeit anlasten, es muß auch in mir gelegen haben. Neue Anschriften, andere Berufe, andere Bezugspersonen, darf ich das so allgemein umschreiben? Aber nun stehen schon lange die immer selben Namen am Hausschild, es gibt den Hausarzt und den Buchhändler. Vor einem Wechsel würde ich mich scheuen. Ich bin nicht sehr mutig, das sagte ich schon; ich verberge meine Bangigkeit unter einer gewissen Weltläufigkeit. Und Sie? Sie streunten durch die Cafés, auch als Sie alt waren, in Zürich, in Jerusalem, die Cafés waren Ihre Börse, an der Sie schlecht gehandelt wurden und wohl auch nicht gut behandelt. Sie sind sechsundsiebzig Jahre alt geworden. Sie Nachtwandlerin! Traumtänzerin! Sie sind nicht aufgewacht und nicht abgestürzt, als Sie in die Emigration gehen mußten. Eine Vertriebene, aber vertrieben in das Land Ihrer Sehnsucht. Nicht Zionistin, nicht Jüdin, nicht Christin. ›Vielleicht denkt Gott der Ewige an mich, ich weiß nicht in meiner Menschlichkeit, wie ich an den Ewigen denken kann glauben?‹ So steht es in einem Brief aus Jerusalem. Sie stellten sich eine Versöhnung der alten und der neuen Kirche vor, eine ganz andere alleinseligmachende Kirche mit allen Reichtümern des Alten Testaments. Man hätte Sie auf den Namen Abigail taufen sollen, Sarah, Rebecca, Miriam, heute tun das Eltern, geben ihrem Kind jüdische Namen, als wäre bereits vergessen, daß Jüdinnen in Deutschland den Namen Sarah führen mußten; eine der geringeren Strafen.

›Ich bin Else Lasker-Schüler, leider, früher war ich ohne leider‹, schreiben Sie in einem Brief. Sie waren alt geworden, älter, als Sie zugeben wollten, Sie waren leidend, wähnten sich unverstanden, verzweifelt einsam. Sie trugen Ihre handschriftlichen Einladungen eigenhändig von Haus zu Haus. Sie hatten den ›Kraak‹ gegründet, noch immer das Bedürfnis nach Zusammengehörigkeit, Untereinandersein. Sie sammelten Wäsche und Kleider für die allerärmsten Kinder, schrieben Bettelbriefe für andere und auch für sich. Eine Bettlerin von prinzlichem Geblüt. Als Sie noch nicht dort angekommen waren, hielten Sie Palästina für den Vorhimmel des Himmels. Welches Land hätte Ihren Sehnsüchten standhalten können, nichts war, wie Sie es erträumten und gebraucht hätten, auch Ägypten nicht. Sie schliefen im Lehnstuhl, in dauernder Unbequemlichkeit, umgaben sich mit der Aura der Armut, die dem Dichter ja immer besser ansteht als Bequemlichkeit und Reichtum.

Als letzte Ihrer Veröffentlichungen ist dann Ihr ›blaues Klavier‹ erschienen. Dreihundertdreißig Exemplare wurden gedruckt. Inzwischen ist das blaue Klavier zur Metapher für Poesie geworden. Priesterin der Farben! Blau-blaues Wasser schreiben Sie. Eine Steigerungsform, die ich nur aus der italienischen Sprache kenne, dort sagt man azzurro-azzurro, wenn etwas sehr blau ist, das Meer zum Beispiel. Liladunkel. Das Erdreich glänzt purpurbelegt. Rotversunkener Mond . . . Ich zähle auf, was das Besondere an Ihrer Sprache ist, für mich, die zögernd die Adjektive wählt.

Sie benutzen Versmaß und Reim, das war auch zu Ihrer Zeit nicht mehr das Übliche. Sie bringen die Dinge dazu, sich zu reimen, das tun die Dinge ja nicht von allein. Man kommt Ihnen auf die Schliche, auch ich tue das. Die Leser sollen von Ihrer Mühe nichts gewahr werden. ›Wir wollen blühen, wir sind Gärtner‹, haben Sie gesagt, das ist sehr schön: blühen wollen im Garten der Worte. Worte wie abgefallene Blütenblätter. Aber so mühelos sind Ihre Gedichte nicht entstanden, was mühelos und wie zufällig auf den Leser wirkt, ist wieder und wieder überarbeitet worden, immer wieder in Trance.

Dagegen die Spontaneität Ihrer Briefe! Was für eine Achtlosigkeit im Umgang mit Grammatik und Interpunktion. Wo haben Sie schreiben gelernt? In Elberfeld? Woher rührt meine

Abneigung gegen Elberfeld? Während ich Ihnen schreibe, wächst diese Abneigung sogar. Ich bin sicher, daß Sie nicht an eine Veröffentlichung Ihrer Briefe gedacht haben, wie es Rilke und Thomas Mann, Ihre großen Zeitgenossen, taten, deren Briefe zum Werk gehören. Sie schrieben wie eine Verschwenderin, suchten sich allerdings lohnende Briefpartner, Frauen sind nicht darunter. Karl Kraus, Ben Chorin, Martin Buber, Franz Marc, Richard Dehmel . . . Sie haben um die Gunst der berühmten Männer gebuhlt, leidenschaftlich in Ihrer Zuneigung und leidenschaftlich in Ihrem Haß. Sie malten Ihre Briefe aus, verdeutlichten mit dem Pinsel, was sich der Schwäche eines Bleistifts und der Sturheit einer Schreibmaschine entzog. Sie gingen mit den Farben wie eine Magierin um. Blau und Schwarz sind die meistbenutzten Farben, die Farben der Nacht. Man könnte das auszählen. Was bietet Ihr Werk jungen Philologen an Möglichkeiten! Den Linguisten! Immer hatten Sie ein paar Pastellkreiden in der Handtasche, Wasserfarben, aber Sie malten auch mit Kaffee, Aquatinta und Kaffeetinta.

In der Bahn sitzend, sahen Sie einen Bach und verschenkten ihn, damit der, den Sie ›Indianer‹ nannten, barfuß darin plätschern konnte. Wie gehen Sie denn mit der Welt um? Verschenken Bäche, die weiterfließen und dableiben, erklärt haben Sie das weiter nicht. Ihre Art ist mir nicht ganz unbekannt, auch ich habe Parkbäume verschenkt und Parkbäume geschenkt bekommen; die Bäume sind alt geworden und zusammengebrochen; man tut besser daran, Bäche zu verschenken.

Ich hatte ein Konzept für diesen Brief, an dieses Konzept wollte ich mich halten, aber ich sehe, daß man Ihnen mit Konzepten nicht beikommen kann. Ich verliere die Fäden, verknote hier, löse dort den Knoten. Der erste Halbmond stiehlt sich bereits in mein Konzept. Demnächst werde ich meine Schreibmaschine überreden, es nicht bei Ausrufungszeichen zu belassen, sondern statt des Punktes doch bitte einen Stern oder eine Rose zu benutzen. Wird sich der Verlag daran halten? Ihretwegen vielleicht, meinetwegen gewiß nicht.

Sie haben Ihre Briefe auf Seidenpapier und auf Packpapier

geschrieben, haben Seiten aus Schulheften gerissen. Die Herausgeber Ihrer Briefe müssen Ihre Satzzeichen umständlich erklären. Über dem M eine Krone; ein Stern hinter dem J. Und in eckigen Klammern der Zusatz: folgt viel Gestrichenes. Manchmal schreiben Sie: ›Verzeihung!‹ Das allerdings tue ich auch, ich schreibe und verschreibe mich und korrigiere, oft mit einem roten Stift. Meine Briefe sind blau, man kann sie auf dem Tisch des Verlags oder der Redaktion leicht herausfinden. Manchmal benutze ich blaues Luftpostpapier, damit man das, was ich mitteile, so leicht nimmt, wie es daherkommt. Ich schreibe Ihnen das, weil Sie mich nicht kennen, und ich bezweifle noch immer, daß Sie mich kennenlernen möchten. Ich schreibe aufs Blaue, und jetzt schreibe ich auch noch ins Blaue. Ich benutze eine elektrische Schreibmaschine, ›Elektra‹ genannt; der Versuch, mich meinem Zeitalter anzupassen und eine elektronische Maschine zu benutzen, kann als gescheitert angesehen werden. Sie hielt den Abstand nicht ein, benutzte Versalien ohne jeden Instinkt für die Bedeutung eines Wortes; ich konnte ihr nicht beibringen, das Klingeln am Ende einer Zeile zu unterlassen. Wenn ich wollte, daß sie zwei Buchstaben auslöschte, ratterte sie von rechts nach links, löschte die ganze Zeile. Ich hatte keine Gewalt über sie. Wir mußten uns trennen. Ich hinke nun hinter meinem elektronischen Zeitalter her. Von Computern lassen Sie uns gar nicht reden. Ich will mich verständlich machen, darum die Maschinenschrift. Sie haben den Empfängern Ihrer Briefe viel zugemutet, ich riskiere das nicht. Wenn ein Manuskript soweit ist, gehe ich noch einmal über die Seiten und sammele Ausrufezeichen ein.

Bei Ihnen hat nichts scharfe Konturen. Um diesen Mut zur Undeutlichkeit beneide ich Sie. Ich betone immer wieder, daß es die Aufgabe des Schriftstellers sei, verständlich zu schreiben, sich auf die Seite des Lesers zu stellen, der weniger Zeit zum Nachdenken und zum Formulieren habe. Wissen Sie, ich bin eine vernünftige Frau, ich bin vorsichtig im Umgang mit Sternen, grabe selten nach den Wurzeln. Aber: Vor Jahren habe ich eine Frau erfunden, die machen konnte, daß die Sonne dreimal unterging, ihrer Kinder wegen, um ihnen auf der Flucht Mut zu machen. Diese Kinder haben an die Kraft ihrer Mutter geglaubt. In seltenen glücklichen Stunden lag sie auf der Erde und spürte, daß die Erde und sie sich drehten.

›Daß ich von mir spreche, geschieht aus übergroßer Gerechtigkeit, aus Gewissenhaftigkeit, nicht aus Selbstschätzung‹ – das haben Sie gesagt, nicht ich! Und dann fahren Sie fort: ›. . . nämlich, weil ich mich nur kenne und von mir Auskunft geben kann.‹ So ist es, genauso! Als Journalistin habe ich mich geweigert, ›man‹ zu schreiben, man höre, man staune. Jedes ›wir‹ ist mir fatal, ich kann nur meine Meinung wiedergeben. Das ›Ich‹ stammt aus der Redlichkeit und aus der Bescheidenheit, ob man uns darin immer versteht, weiß ich nicht. Jetzt habe ich zum erstenmal ›uns‹ geschrieben. Sie und mich in einem Wort zusammengefaßt. Aus Ihrem Herzen kam alles, was Sie dichten, haben Sie gesagt, aber Sie haben auch gesagt: ›Die Welt kann auch ohne die Gedichte der E. L.-Sch. auskommen.‹ Hat es viele Tage mit solchen Gedanken gegeben? Die Welt wäre um Ihre Reichtümer ärmer, keiner hat vorher oder nachher über diese Schätze verfügt.

Ich habe mir angesehen, was andere über Sie geschrieben haben, allein die Fußnoten! Sie würden sofort die Fußnoten in Ihre Interpunktion aufnehmen und vielleicht auch noch die Notenköpfe? ›Schlafen – schlafen in der Nacht‹, habe ich mir notiert, und dahinter habe ich acht Kerzen gemalt, so gut ich's kann. Im Mai wird auch die Rose zum Satzzeichen. Gottfried Benn hielt Sie für die größte Lyrikerin, die Deutschland je hervorgebracht habe; man hat ihm nie widersprochen, für ihn waren Sie die größte, eine Wertskala gibt es nicht. Sie werden auf dem Kunstmarkt nicht gehandelt wie ein van Gogh. Wer mag, kann Ihre Gedichte oder Briefsammlungen kaufen, Hardcover für den Bücherschrank, Taschenbuch für den Gebrauch. Doktorarbeiten werden verfaßt: ›Form und Struktur der Bildlichkeit bei Else Lasker-Schüler‹ – ›Die Symbolik des Mütterlichen bei Else Lasker-Schüler‹. Ihr sorgsam angelegter Irrgarten wird mit Wegweisern versehen. Eine philologische Obduktion. Klabund hat gesagt, Sie trügen Ihr Herz an einer großen Kette um den Hals, damit jeder es betrachten dürfe. Aber wenn Sie schreiben, verhüllen Sie mehr, als daß Sie enthüllen. Sie decouvrieren nicht, sich nicht und andere nicht, dafür bin ich Ihnen dankbar. Die Selbstentblößung und die erbarmungslose Entblößung anderer ist mir fatal. Vieles will ich gar nicht wissen. Eine junge Schriftstellerin, die in den siebziger Jahren damit großen Erfolg hatte, nannte ein Buch ›Häutungen‹, ich vermute, daß Sie bei diesem Wort ebenso erschrecken, wie ich es tue.

Ein Satz von Dürrenmatt ist mir aufgefallen. Er meint, daß Sie verflucht waren, in einer Zeit zu leben, die Philosophie treibt, wenn sie dichtet, und Wissenschaft, wenn sie mordet. Kann ich nach einem solchen Satz denn einfach weiterschreiben?

Bienek, Horst Bienek, der Kollege, meinte, daß ein Rest Geheimnis immer um Sie bleiben sollte. Habe ich das Wort Obduktion benutzt? Das war wohl doch falsch. Es haben sich immer nur jene Kritiker und Wissenschaftler mit Ihnen und Ihrem Werk befaßt, die Sie schätzten. Einer scharfen Kritik waren Sie nicht ausgesetzt. Die Zeiten sind inzwischen rauher geworden. Karl Kraus hat Sie geschätzt, so sehr, daß er den ganzen Heinrich Heine für Sie hingeben wollte. Sie hatten in ihm einen streitbaren Fürsprecher. Aber den ganzen Heine gäbe ich nicht her, das nicht!

Natürlich erkennt man aus dem Abstand von Jahrzehnten, daß Ihre frühen Gedichte die dekorativen Züge des Jugendstils tragen, aber warum denn nicht? Die Epoche des Expressionismus mußte nur noch erfunden und benannt werden. Sie gab es bereits, und Sie ließen sich ja auch nicht beirren, als der Expressionismus von einer Neuen Sachlichkeit abgelöst wurde; sachlich waren Sie nie. Und wir, die wir am Ende dieses Jahrhunderts Häuser bauen, Bücher schreiben, uns hat man das Etikett bereits zu Lebzeiten auf den Rücken geklebt: postmodern. Postmodern ist auch dieser Brief, der immer länger wird. Ich habe mich an den Umgang mit Ihnen gewöhnt, trage Ihre

Bücher und die Bücher über Sie in den Garten, wo ich im Liegestuhl lese, schichte sie abends neben meinem schwarzen Sofa auf. Und immer Ihren prüfenden Blicken ausgesetzt, die ernster und strenger geworden sind. Sie mögen mich nicht?

Am 15.1.1975 haben Sie die Briefmarkenreife der Deutschen Bundespost erlangt. Nur wenige Frauen haben das erreicht. Eine Briefmarke im Wert von fünfzig Pfennigen, dem damals gültigen Porto für einen Inlandbrief. Die Auflage betrug über dreißig Millionen. Die Marke ist noch heute gültig, würde allerdings nicht mehr ausreichen, einen Brief zu frankieren; der Sammlerwert hat sich nur unwesentlich erhöht. Welches Bild? Halbprofil, erinnern Sie sich? Sie legen die rechte Hand sinnend an die rechte Schläfe, tragen ein dunkles Kleid mit einem weißen Kragen, verkleidet als Bürgerin.

In der angesehenen und vielgelesenen Wochenzeitung ›Die Zeit‹ steht auf einer der letzten Seiten des beigelegten Magazins regelmäßig eine Rubrik, in der gefragt wird: ›Wer war's?‹ Man muß einen hohen Bekanntheitsgrad erreicht haben, bis man von Tratschke, dem Erfinder und Autor, in diese Sammlung aufgenommen wird. Im Jahr 1990 waren Sie in der Nummer 21 an der Reihe; zufällig habe ich das entdeckt. ›Sie war's‹, steht unter der Auflösung des Rätsels. Wieder tragen Sie auf dem Foto das Kleid mit dem braven weißen Kragen. Ihre Augen sind so dunkel und ausdrucksvoll, wie es von allen Zeitgenossen beschrieben wurde. Unter dem Bild steht: ›Die Frau, die sich so oft verliebte und sich von der Liebe Geborgenheit erhoffte, die sie aber in ihrem ganzen Leben nicht fand, war die Schriftstellerin Else Lasker-Schüler (geboren am 11.2.1869 in Wuppertal-Elberfeld, gestorben am 22.1.1945 in Jerusalem).‹ Schriftstellerin heißt es, ist Ihnen das aufgefallen? Es folgen einige bibliographische Angaben. In Meyers ›Großem Handlexikon von A bis Z‹ hat man Ihnen vier Zeilen bewilligt. Im sechsten Band der ›Geschichte der Literatur‹ (Propyläen) fällt Ihr Name in dem Aufsatz ›Antifaschistische Literatur am Beispiel Deutschlands‹ viermal.

Ich täusche mich doch nicht, wenn ich annehme, daß Sie

weiterwirken wollten? Hätte ich die Gesamtauflage Ihrer Werke erfragen sollen? Was nutzt das? Wie oft gedruckt, wie oft gekauft? Wichtig ist doch nur, wie oft gelesen und wiedergelesen und zitiert. Ich habe einige Anthologien herausgegeben, in keiner fehlen Sie. Ob Sie das freut? Ich möchte Sie erfreuen, warum sonst dieser Brief? Erinnern Sie sich an das ›Liebeslied‹ mit der schönen Zeile ›Komm zu mir in der Nacht auf Siebensternenschuhen‹? Ich habe das Gedicht in die Sammlung ›Botschaften der Liebe‹ aufgenommen, und in meiner persönlichen Anthologie, die ich ›Lesezeit‹ genannt habe, weil Lesezeit doch immer auch Lebenszeit ist, steht Ihr ›Gebet‹: ›Ich suche allerlanden eine Stadt, / Die einen Engel vor der Pforte hat.‹ Einmal, in Basel, habe ich in einer alten Herberge gewohnt, an deren Hausecke ein schön geschnitzter und bemalter Engel schwebte. Ich versuchte damals, noch einige Zeilen aus meinem Gedächtnis hervorzulocken, was nicht geriet, ich ging in eine Buchhandlung, aber dort gab es keine Gedichtsammlungen von Ihnen, nicht vorrätig. Mein Mann sagt in solchen Fällen: ›Freu dich doch, alle Bücher sind verkauft!‹ Einen solchen Mann habe ich an meiner Seite, ›causa fortunae‹, sagt eine Freundin, Ursache des Glücks. Waren Sie für die Ehe begabt oder doch wenigstens tauglich? Vermutlich nicht, zweimal haben Sie es mit der Ehe versucht, aber später blieb es bei jener Verliebtheit, die Ihrem Wesen mehr entsprach. Wie eine Nomadin sind Sie durchs Leben gegangen, barfuß. Als ich ein Kind war, hat man mir ›Zigeuner!‹ nachgerufen, im Dorf war man blond, und ich war eine Schwarze. Man drohte mir, daß die Zigeuner mich mitnehmen würden; mir klang es wie eine Verlockung. Angst hatte ich trotzdem, ich bin ängstlich, oder bin ich das erst geworden? Meine Phantasie nimmt alle Schrekken vorweg. War das bei Ihnen ähnlich? Wenn die Schrecken dann eintreffen, erweist sich die Lebenstüchtigkeit, die Vorarbeiten sind dann bereits geleistet. Wissen Sie, wie ich das meine? Haben Sie Antennen für die Andersartigkeit einer Frau, die ebenfalls schreibt? Oder haben Sie meinen Brief längst beiseite gelegt?

Sigrid Bauschinger, Professorin in Amherst/Mass., schreibt in ihrem umfangreichen Buch über Ihr Werk und Ihre Zeit am Schluß: ›Um der sechs oder acht Gedichte willen, die nach Benn allerhöchstens einem Dichter gelingen, haben wir Else Lasker-Schüler hinzunehmen, wie sie ist, und damit zu begreifen, was es bedeutet, Dichter zu sein in ihrer Zeit.‹ Soll ich Ihnen jetzt jene sechs bis acht Gedichte nennen, die ich auswählen würde? Wird nicht jeder seine eigene Auswahl treffen? Und dann werden es nicht sechs oder acht, sondern das Vielfache an Gedichten sein.

Und nun müssen Sie zurück ins Regal, lieber gestreifter Tiger und Prinz von Theben. An den Namen Else habe ich mich nicht gewöhnen können. Sie befinden sich in der Nekropole meiner Bibliothek, bei den Klassikern. Möchten Sie Ihre Nachbarn kennen? Zur Rechten, Haut an Haut, Halldór Laxness, der Isländer, ein Nobelpreisträger, und links Elisabeth Langgässer, eine Frau, das behagt Ihnen vielleicht nicht, sie war eine erklärte Katholikin, aber wäre Ihnen denn eine Lady Chatterley von Lawrence lieber?

Vergessen Sie es! Hüllen Sie sich in Ihre Gewänder und in Ihre Einsamkeit, die ich nun nicht länger stören will. Ich entferne mich wieder.

›A Dieu‹ pflege ich unter meine Briefe zu schreiben, und ich meine es auch so: mit Gott. Auch weiterhin

Mai 1990 Ihre c.b.

P.S. Ich habe nachgeschlagen, es gibt gar keine Silberesche! Vermutlich haben Sie an die schöne Silberpappel gedacht, eine Verwechslung mit der gelbrindigen Goldesche ist nicht wahrscheinlich. Ihnen nimmt man eine Silberesche ab, keiner wird Ihre Gedichte und Briefe auf ihre Genauigkeit hin prüfen. Ich dagegen werde von Lektoren, Kritikern, Lesern kontrolliert. Man hat herausgefunden, daß ich am Fuß des Lykabettos, nahe einer Quelle, im 6. vorchristlichen Jahrhundert drei Eukalyptusbäume wachsen lasse, wo doch der Eukalyptusbaum erst Jahrhunderte später von Australien her nach Europa gekommen ist! Die Silberesche. Ein Baum, den es nicht gibt, nur als verwandelte Else Lasker-Schüler.

Als ich dem Maler-Freund Till von meinem Brief an Else Lasker-Schüler am Telefon berichtete, sagte er, daß er ihr ein Denkmal errichten möchte. Aber nicht so ein übliches Denkmal aus Bronze oder aus Stein. Nein! Ein Haus möchte er ihr bauen, auf den Höhen über der Stadt, über der Wupper, ein Haus aus grauen Schieferplatten, und immer muß eines ihrer Gedichte auf einer Platte stehen, und wenn dann der Regen Wort für Wort ausgelöscht hat, schreibt ein anderer ein anderes Gedicht auf eine andere Platte. – Diesen Vorschlag sollte er den Stadtvätern unterbreiten, das Einverständnis der Dichterin könnte man voraussetzen.

Flaubert an George Sand: ›Wenn er mit zwanzig Jahren enthaltsam ist, wird er mit fünfzig ein gemeiner Lüstling sein. Alles rächt sich! Die großen Naturen, die die guten sind, sind vor allem verschwenderisch und fürchten nicht, sich auszugeben. Man muß lachen und weinen, lieben, arbeiten, genießen und leiden, das heißt in seiner ganzen Ausdehnung so weit wie möglich Schwingung sein.‹

Gelesen und beiseite gelegt am 15. Mai 1990, als die Sonne den Goldregenbaum erleuchtete und hoffentlich nicht nur ihn!

Sonntag, 7. Juli 1990. In einer Vorstadtgemeinde findet ein Abendgottesdienst statt. Die Kapelle ist auf vielfache Weise zu vergrößern, zu verkleinern, mehrfach zu nutzen. Durch die Laterne in der Kuppel fällt letztes Sonnenlicht. Es haben sich nicht viele eingefunden, aber doch so viele, daß unser Gesang kräftig klingt. ›Nun sich der Tag geneiget‹. Die Freundin Rose, die ihre warme Singstimme zu einer warmen Sprechstimme entwickelt hat, spricht das Hohe Lied Salomos. Sie hat aufmerksame Zuhörer. ›Ich bin eine Blume zu Saron und eine Rose im Tal.‹ Viele Zeilen kann ich auswendig, wende sie beim Schreiben und beim Leben an. ›Setze mich wie ein Siegel auf dein Herz und wie ein Siegel auf deinen Arm. Denn Liebe ist stark wie der Tod –.‹ Bei diesem Satz legt sich eine Hand auf meine Hand.

Der Sohn der Freundin spielt das Cello, ihr Mann spielt die Orgel. Zusammengehörigkeit einer Musikerfamilie. Ganz für sich sitzt unsere gemeinsame Freundin, die alt geworden ist, sitzt unter einer Glocke aus Alter und Einsamkeit. Ich finde keinen Zugang mehr zu ihr, sie antwortet nur noch mit ja. Manchmal verdoppelt sie das Ja. Sagt ja zu allem, sagt aber nicht ›ja und amen‹.

Und dann spricht die Freundin noch das 3. Kapitel aus dem Prediger Salomo. Ein jegliches hat seine Zeit. Weinen – hat seine Zeit. Lachen – hat seine Zeit. Klagen – hat seine Zeit. Tanzen – hat seine Zeit. Schweigen – hat seine Zeit. Reden – hat seine Zeit. Die Wiederholung ›– hat seine Zeit‹ wird monotoner, gleichzeitig eindringlicher.

Gebet und Segen und Kyrie eleison.

Als wir vor der Kapelle zusammentreffen und ich sie loben will, sagt die Freundin: »Hätte ich denn nicht hinzufügen sollen: ›Fußball – hat seine Zeit. Gottesdienst – hat seine Zeit‹?« Warum hat sie es nicht getan? Es wäre im Sinne des Predigers Salomo gewesen. Weltmeisterschaft im Fußball, Spielort Rom. Die Straßen sind leer, wir sind rasch wieder zu Hause, sitzen auf der Terrasse, die Schwalben sind noch unterwegs, die ersten Sterne. In den Gärten ist es still, bis dann das Hupkonzert einsetzt, Raketen hochgehen. Geschrei aus den Fenstern, von den Straßen. Zum dritten Mal Weltmeister im Fußball. Was für eine Nation!

Immer wieder steht in der schwarzen Kladde: ›Schöne Tage‹, undatiert, ohne Erklärung, demnach waren es grundlos schöne Tage. Das sind die besten.

Ralph Giordano, der ›Die Bertinis‹ schrieb, die verfilmt wurden, nennt sich einen glaubenslosen Humanisten. Er will niemanden bekehren, er wünscht auch nicht bekehrt zu werden. Er hat, sagt er, für sich erkannt, daß nicht Gott den Menschen geschaffen hat, sondern der Mensch aus seiner Bedürftigkeit heraus der Schöpfer Gottes sei. Diese Bedürftigkeit des Menschen nach Gott gebe es, seit der Mensch reflektieren könne. Giordano wörtlich im Gespräch: »Aber muß es Gott deshalb auch objektiv geben?« Hätte ich sagen sollen, daß Gott nie objektiv ist, daß es nur den subjektiven Gott gibt, meinen Gott, der über mir ist?

Früher sah ich den einzelnen, den besonderen Baum, jetzt sehe ich den Wald, das Ganze. Ähnlich geht es mir mit Menschen; ich kenne so viele, alle scheinen vergleichbar, ähneln einander, ich unterscheide oft nur noch zwischen ›jungen Leuten‹, ›alten Leuten‹.

Die FAZ zitiert im Wirtschaftsteil Kant: ›Der Mensch wird mehr froh durch das, was er tut, als durch das, was er genießt.‹ So ist es.

Der Verlag schickt mir einen Brief zu, der dort als FAX eingegangen ist. Darin steht: ›Ich habe eine Frage an die Autorin des Buches »Jauche und Levkojen« (folgt die ISBN-Nummer). Ich habe gelesen, daß sich das Schloß Poenichen in der geometrischen Mitte des Dreiecks Dramburg-Arnswalde-Deutsch-Krone befinden soll. Daraufhin kaufte ich mir eine Pommernkarte im Maßstab 1:200000. Dort habe ich das Dreieck mit der geometrischen Mitte eingezeichnet . . .‹ Dieser Mann hat den Ort aufgesucht, kennt sich dort aus, fühlt sich dort ganz wohl und schlägt vor: ›Vielleicht ließe sich auch eine touristische Vermarktung für die Leute, die diesen Roman lieben, einführen.

Ich könnte dabei gut behilflich sein, da ich schon etwas Polnisch spreche und dort eben Leute kenne.‹

An eine ›Vermarktung‹ von Poenichen habe ich nie gedacht, tatsächlich spreche ich aber, wenn auch in anderem Tonfall, von ›meinen Leuten‹. Hin und wieder werde ich gefragt, ob ich jetzt, ›nach der Wende‹, nicht einen weiteren Roman über die Quints schreiben möchte. Wenn ich einen guten Tag habe, keinen ungeduldigen, dann sage ich, daß ich ›Poenichen‹ und ›Die Quints‹ vererben würde, an einen einfallslosen, aber begabten jungen Schriftsteller.

Im Frühling hatte mir eine Freundin Ableger für den Garten geschickt, wohlverpackt, ›Blaublümelein‹ schrieb sie und versprach, daß sie robust seien und wenig Pflege brauchten; bald darauf fragte sie nach, ob die Blumen auch gediehen, sonst würde sie noch einmal Ableger schicken. Und so füllt sich das Gärtchen mit Liebesgaben. Und so füllt sich das Haus mit Geschenkartikeln, zu Geburtstagen, zu Weihnachten. Leuchter aus Messing, Zinn, Glas, nicht alles läßt sich dem Haushalt einfügen, aber vieles erinnert mich noch nach Jahren an den Schenker und erfreut mich; so sind Geschenke gedacht. Manchmal stelle ich einen Gegenstand auf das Mäuerchen, nach Möglichkeit unbeobachtet; wenn ich nach ein oder zwei Stunden vom Einkauf zurückkehre, hat er seinen Liebhaber gefunden.

Ein festlicher Geburtstag, eine Freundin wird fünfzig. Alle Familienmitglieder sind im Laufe der Jahrzehnte wohlhabend geworden, der Anfang war, soweit ich es weiß, bei allen schwer. Der älteste Gast ist neunzig, der jüngste im Krabbelalter. Es wird musiziert, es werden Lebensrückblicke angestellt, der wohlgeratene Sohn hält eine liebenswürdige Rede auf seine schöne Mutter, der Ehemann lobt seine tüchtige Frau, und auch ihr Vater hält ihr eine Rede. Man hat mich an seine Seite gesetzt, er ist ein Badener, sein Charme ist von französischer Art, er ist über achtzig, es gehe jetzt ein wenig langsamer, er höre etwas schwerer, sehe etwas weniger, spricht darüber aber mit Gelassenheit. Wir sind uns einig: So wird es gedacht sein. »Meine Tochter«, sagt er und blickt zu ihr hin. »Als meine Frau und ich eine kleine Auseinandersetzung hatten, morgens, als alle Kinder pünktlich in die Schule gehen mußten und ich zum Dienst, da hat sie uns mit dünner Stimme gefragt: ›Wenn ich aus der Schule komme, seid ihr dann schon geschieden?‹ Sie war schon damals eine sehr gute Lehrerin.« In dieser großen Familie hat es bisher keine Scheidungen gegeben, bei allen Festen, zu denen wir geladen waren, sahen wir dieselben Paare.

Viera schreibt: ›. . . Sie finden mich mittendrin in meiner Komposition für 8 Violoncelli und in Bedrängnissen, diese spätestens in einer Woche abzugeben. Ich muß fertig werden, da uns eine Reise bevorsteht. Wir möchten in die Tschechoslowakei fahren, nach 19 Jahren Abwesenheit werde ich meine Heimat wieder betreten. Können Sie sich meine Aufregung vorstellen? In meinen Träumen geschah es unzählige Male, mit allen Variationen vom Horror bis zum Glücksüberschwang.

So auch diese Nacht. Ich befand mich in Bratislava, konnte jedoch die Stadt nicht erkennen, alles war durcheinander neu gebaut, ein Bauwerk ragte hervor aus weißem Naturstein in verspielten, phantasievollen Formen, Türme und Rundtreppen, es sah orientalisch aus. Ich verirrte mich im Inneren, erinnerte mich trotzdem, schon früher dortgewesen zu sein; die verschlungenen Gänge gewährten immer neue Ausblicke. Es gab Hallen, Treppen, Räume, alles ohne Möbel. Ein Marmorbad. Eine Frau, in bunte bestickte Tücher gekleidet, kam auf mich zu, sprach in einer Fremdsprache zwei, drei Sätze, verstummte, erstarrte in einer Geste, schon kam eine zweite, venezianische Schönheit, sprach noch exotischer auf mich ein, erlahmte nach kurzem, da sah ich eine dritte, die sich an die ge-

genüberliegende Wand lehnte, langsam sich dann aufrichtete, den Arm hob, als ob sie mir etwas zeigen wollte – da erkannte ich, daß alles nur Automaten waren, Menschenpuppen als Fremdenführerinnen. Ich rief nach einer anderen Fremdenführerin, die wenigstens Slowakisch spräche, rief und rief, da kam tatsächlich eine, und ich war erleichtert, daß sich die Konstrukteure wenigstens die Mühe gegeben hatten, eine Slowakin herzustellen. Beim näheren Schauen sah ich dann, wie beim Sprechen die Augenlider zitterten – folglich war sie keine Puppe, hat eine solche nur gespielt.

Also Täuschung der Täuschung? Wird mich das erwarten? Eine erlösende? Ent-täuschende? Er-hellende? Vor-täuschende? Wie knüpft man an Gespräche an, die 20 Jahre unterbrochen waren? Wie werde ich angeschaut? Zu leicht gefunden? Schuldig? Beneidenswert? Wie sind meine Zeitgenossen geworden, was blieb und was ging, was wurde dazugewonnen? Wofür stehen die 20 Jahre? Was blieb auf der Strecke? Auf jeden Fall brauche ich nicht mit dicken Limousinen und Goldbehang zu protzen, da braucht keiner neidisch zu sein. Ich sage Ihnen, die Romane, die das Leben schrieb, sind nicht unbedingt die besten: An vielen, vielen Stellen ist es Pfusch, es mangelt an elementarer Logik, über die Entwicklung kann man nur den Kopf schütteln. Das schlimmste: keine Korrekturtaste. Ausgang: ungewiß.

Was alles bedeutet ein Satz wie dieser: »Sie wollten uns doch Prag zeigen?!« Das könnten wir besprechen! Werde ich Ihre Rosen noch in Blüte erleben? Die Natur gibt sich Mühe, die Kunst tut auch ihr mögliches. Ihre Viera‹

Im Tal der Jagst

›Das Fürstentum Hohenlohe ist einer der schönsten Edelsteine in Württembergs Krone‹, schrieb der in Langenburg geborene Schriftsteller und Philosoph Karl Julius Weber.

Ein der Größe des Landes entsprechender Philosoph? ›Der

Demokrit‹, sagt man bedeutungsvoll, und ich sage, was man erwartet: ›Aha!‹ Wieder zu Hause, schlage ich nach und erfahre, daß sein Werk 30 Bände umfaßt, das imponiert mir. ›Anekdoten- und zotenreiche satirisch-humoristische Schriften‹ hat er verfaßt. Was für ein Titel: ›Deutschland oder Briefe eines in Deutschland reisenden Deutschen‹! Will das denn kein Verleger wiederauflegen im Jahr der deutschen Einheit? Was für Briefe wären da denkbar! ›Demokritos oder hinterlassene Papiere eines lachenden Philosophen‹, hat es das in deutschen Landen je gegeben? Und einen solchen Philosophen hat man vergessen? Kröners ›Philosophisches Wörterbuch‹ führt ihn nicht einmal auf. Nur in den Reiseprospekten des Hohenloher Landes lebt er noch eine Weile weiter. Außerdem steht in dem Prospekt, daß Gottfried von Hohenlohe 1152 eine erste Urkunde zu Langenburg ausstellt. ›Vorher treffen wir ihn und seinen Bruder Konrad mit dem Kaiser in Italien.‹ Diese Prophezeiung hat sich nicht erfüllt, wir trafen keinen von beiden, blieben ja auch nur wenige Tage im Hohenloher Land, begegneten aber eines Abends, kurz vorm Büchsenlicht, auf den weiten Römerwiesen einem schönen, jungen, traurigen Jägersmann. War es ein Prinz aus dem Schloß? Fürchtete er um unser Leben, falls es zum Schuß kommen sollte, oder fürchtete er, daß wir das Wild verjagen würden? Er schlug uns vor, den Weg über die Wiesen zu meiden.

Kein anderes Wanderziel in diesen Hohenloher Tagen als ein Wirtshaus unter einem blühenden Lindenbaum. War das Ziel gefunden, sang der Freund: »Gibt's hier auch Wein?« Und Rose, eine ausgebildete Opernsängerin, entgegnete: »Freilich, freilich, Väterchen!« Gesangseinlagen aus ›Boris Godunow‹ unterm duftenden, summenden Lindenbaum. Und wenig später: »Ein Stündchen sanften Schlafs wird mich erquicken«, ›Rigoletto‹. Wir suchten den geeigneten Waldrand, Halbschatten ist erwünscht. Kamille und wilder Mohn blühen uns auch in diesem Sommer. Die weiße Feldrose rankt sich und verhäkelt sich im Gesträuch, ersetzt die rosafarbenen Heckenrosen, die verblüht sind, es ist Hochsommer. Die Gerste steht schon golden auf dem Halm, nur der Hafer hat noch das schöne Graugrün des Vorsommers.

Mal fließt uns im Tal die Jagst, mal der Kocher, mal die Tauber, wir müssen die schönen Ausblicke nicht teilen, alles gehört uns, andere Wanderer sind nicht unterwegs. Steile Steigen trennen die Hochebenen von den Tälern. Wir bleiben im Tal oder bleiben auf den Höhen, wo der Sommerwind über die Felder weht, machen der Schiller-Linde einen Besuch, bleiben lange auf dem jüdischen Friedhof, der weit von den Ortschaften entfernt liegt. Warum wohl? Wir lesen Namen und Daten, die letzte Beisetzung fand 1932 statt. Nur auf wenigen Grabsteinen liegen kleine Steine, wer soll noch kommen. Eine hohe Mauer beschützt den Friedhof, das Tor ist geöffnet, auf einer Steintafel am Torpfosten steht, daß Hirsch Steiner Tor und Mauer gestiftet habe, ›Schigago‹ steht darunter. Wie weit ist das weg, wie schreibt man, was in so weiter Ferne liegt? Wo haben sie denn gelebt, alle diese Juden, die hier beieinanderliegen? In Dünsbach? In Langenburg? Waren sie Viehhändler? Ladenbesitzer?

Wir suchten die Reichsveste Leofels auf, bespielten die Pappkulissen im Burghof, vier Hauptrollen, Publikum fand sich nicht ein.

Hoch oben an den Außenmauern der Burg hingen die steinernen Aborte, von denen der Prospekt behauptet, daß sie Windspülung hatten.

Das Dorf hielt Mittagsruhe, der einzige Gasthof war geschlossen, wir fragten eine Frau, die ihren Garten jätete, ob sie Lust habe, jedem von uns eine der überreifen Erdbeeren zu schenken. Sie hatte Lust, man mußte es ihr nur erst sagen: Sie füllte beide Hände mit Erdbeeren, reichte sie über den Zaun, fühlte sich wie der fröhliche Geber, den Gott lieb hat. Wir sagten grüß Gott und sagten ade.

Man hätte hier eine Krypta und dort ein paar wohlerhaltene romanische Fresken besichtigen können, wir verzichteten oft darauf zugunsten von Graswegen, die dem Lauf der kleinen Flüsse folgen, kreuzten den Main-Neckar-Weg, folgten dem

Wanderzeichen des grünen Baums, eine Linde, was denn sonst?

Tagelang ist die Jagst unser Fluß. Sie kommt vom Albrand her, befindet sich auf verschlungenen Wegen zum Neckar. Rauschende Wehre, alte Mühlen, die Ufer von Erlen und Pappeln und Ulmen beschattet. An jedem Abend haben wir gebadet. Natürlich muß man auf dem Rücken liegen! Man läßt sich treiben, schwimmt aus der Sonne in den Schatten der Bäume, und als ein Gewitterregen den Fluß mit frischem Wasser aufgefüllt hat, hängen die Zweige der Erlen griffbereit. Wasserschaukeln. Schilder haben uns vor den Gefahren an diesem Badeplatz gewarnt, verboten war uns nichts. Ein Reiher steigt auf, wird durch Zuruf begrüßt, und dann ein zweiter. Wir rufen uns zu: Zweireiher! Dieser Abend wird der Abend des Zweireihers genannt.

Damit wir nicht zu unbekümmert die Tage an der Jagst genießen, jagen Tiefflieger über uns hinweg, im Steilflug nach unten, nach oben, einige umrunden das Schloß, das hoch überm Flußtal liegt. Sie fliegen einzeln und im Verband, man weiß nicht wann, nicht wo und schon gar nicht warum. Warum teilt man der geplagten Bevölkerung die Flugpläne nicht mit? Wir ducken uns, schützen die Ohren, denken besorgt an schwangere Frauen, Kleinstkinder, Zahnärzte. Wir empören uns und beschließen, Protestbriefe an den Verteidigungsminister zu schreiben, ahnend, daß das nicht erfolgen wird. Sind wir nicht alle friedlicher geworden in Ost und West? Wo bleiben die Auswirkungen?

Wanderland und Wunderland! Wir sind im Land der Agnes Günther unterwegs. Wer ihren Namen nicht kennt, hat vielleicht vom Roman ›Die Heilige und ihr Narr‹ gehört, Generationen von Lesern haben darüber geweint. Die Autorin hat von ihrem Erfolg nichts mehr erfahren, sie war Pfarrfrau in Langenburg, hat die Burg der Fürsten von Hohenlohe samt der Umgebung unbekümmert als Schauplatz genutzt und heute, nach Jahrzehnten, gerät der Wanderer auf Agnes-

Günther-Wege und -Plätze. Brunnen und eine Tafel am Haus. Ein wenig ist es wie im Heidi-Land der Johanna Spyri.

Beim Dorf, in dem wir wohnen, baut man die im letzten Krieg zerstörte Fußgängerbrücke wieder auf, sie soll der alten überdachten Brücke ähnlich sehen, die Betonverankerungen stehen bereits, aber nichts wird werden, wie es einmal war. Warum keine moderne Fußgängerbrücke? Fällt den Brückenbauern des ausgehenden zwanzigsten Jahrhunderts nichts Neues ein? Immer nur Historismus? Immer weiter alte Fachwerkhäuser ausbauen? Darüber reden wir lange und unsachkundig beim Trollinger Wein.

Stundenweise hat man Zutritt zu den Burgen und Schlössern. Man staunt und bewundert, bedenkt allerdings auch, ob denn Aussiedler und Asylanten sich in dem kleinen Hotel zusammendrängen müssen. Waren nicht nach dem Krieg Evakuierte und Flüchtlinge in den Räumen des Schlosses untergebracht, für Jahre? Sind solche Maßnahmen nur nach großen Kriegen möglich? – Und dann besuchen wir ein burgähnliches Schloß, gehen an kleinen blühenden Gärten und hübschen Häusern, die modernisiert wurden und noch werden, vorbei, lesen auf einem Schild, daß es sich hier um einen Alters-Ruhesitz handelt. Kein Versuch, das Wort ›Alter‹ mit ›Senioren‹ zu umschreiben, hier will man alt werden und kann es unter sehr angenehmen Bedingungen, in Wohnungen oder in einem kleinen Haus; man kann tätig oder untätig sein, gesellig oder für sich. Man könnte reiten und schwimmen, einen Hund oder eine Katze mitbringen, das eigene Auto oder Mietauto benutzen, kann einkaufen oder sich bedienen lassen. Keine Altersbegrenzung nach oben oder nach unten. ›Die letzte Strophe‹? Die Ähnlichkeiten bestehen nur an der Oberfläche, eine Utopie wird hier nicht verwirklicht, das Menschenmögliche ist es noch nicht. An diesem Sommermittag, an dem alles in Blüte steht und der Burghof schattig ist und der Blick ins Tal des Kocher so lieblich, der Himmel so hoch, die Bewohner so heiter – da scheint alles ein gutes Ende zu versprechen. Hätten wir uns Prospekte aushändigen lassen sollen? Ist es noch zu früh? Wird es eines Tages für einen solchen Schritt zu spät sein? Wann ist man bereit zuzugeben: Jetzt ist es soweit?

Als die Sonne unterging, schwammen wir wieder in der Jagst und verjüngten uns. Natürlich muß man auf dem Rücken liegen ...

Wir schreiben wieder, du hast deinen ›Eulenspiegel‹-Roman hervorgeholt, malst wieder, kleine Reisen. Noch trägst du die Baskenmütze, aber eines Tages wirst du die Narben zeigen, und alle werden sie übersehen. Kein Wort mehr darüber.

Hanna S., schön von Angesicht, aber nun tiefbetrübt durch den frühen Tod des geliebten Mannes, dir verbunden durch das Lektorat deiner Bücher, schreibt: ›Es tut mir weh zu lesen, daß Sie sich entstellt fühlen. Das kann nicht sein, denn derlei Zeichen von Tapferkeit und Durchhalten sind schöner als die Linien, die das Leben zeichnet. Ich halte es in der Gegenwart ungezeichneter Menschen nur schwer aus. Vielleicht vergeht das wieder.‹

›Une rose seule est toutes les roses‹ –
mit anderen Worten: Alle die
Rosen, hundertfältig, Rosa
centifolia, ach, und Gloria Dei, zum
Lobe Gottes erblüht in der
Mitte des Sommers, jetzt in
der Mitte des Lebens, unverwelkt, aber
schön noch als Frucht:
Rosenapfel, Hagebutte, etwas
für Hecken und die Ränder
der Parks.

Viera schreibt am 7. Juli 90: ›... wo war die Heimat? Ich suchte sie im Touristenstrom auf dem stark frequentierten Weg zu den Naturschönheiten der Hohen Tatra, auf einem Weg, den ich zuletzt in einer Winternacht mit einem Freund allein in klarer Sternenluft gegangen bin; ich suchte sie in den klappernden Zügen, die noch wie gewohnt rochen, und schaute vor den Fenstern dem Wechsel zwischen Idylle und Verwüstung zu. Bei einem Konzert in Bratislava, während eine 90minütige Komposition von Marton Feldmann erklang, lag ich in der hintersten Reihe auf den Stühlen, schaute in das gotische Schiff mit den tiefsten Schatten der Unbeleuchtung, die zarten Klänge von pianissimi flackerten zwischen den Säulenrippen, und es war nichts da außer der Gegenwart, geballt in den Glücksmomenten des Angekommenseins. Ich war da, soviel ich nur da sein konnte.

Für das slowakische Ensemble »Veni« soll ich ein Stück schreiben, ein Honorar können sie nicht geben, so werde ich zwei Monate meines Lebens schenken, nur: Wird es hörbar sein in Lärm und Staub, die sich vervielfacht haben, öffentlich und privat?

Ich grüße Sie nun wieder vom Waldrand, vom Bach als Ihre unvernünftige, auf jenem Feld unverbesserliche, Ihnen demnächst von 8 Celli berichtenwerdende Viera‹

Es gehört mehr Mut dazu, sich zu Gott zu bekennen, als ihn zu leugnen.

Erfahrungen machen mich nicht klüger, sie machen mich ängstlich und unsicher.

Aus einem Brief: ›Einer meiner Alpträume ist es, in einem schönen Restaurant allein an einem Tisch zu sitzen und zu essen: allein. Wohin soll man dann schauen? Auf den Teller starren? Auf die Ober? Oder anderen, fremden Menschen ins Gesicht? Ganz zu schweigen, wie man es anstellen kann, vorher einen Tisch »für eine Person« zu bestellen. Das alles habe ich auf meinem ersten, noch naiv-frischgewagten Kurzausflug nach München erlebt. Die Restaurants waren voll besetzt, Tische für eine Person gab es natürlich nicht, und so zog ich mich mit drei Äpfeln um 9 Uhr in mein teures Luxusbett zurück. Seither bin ich nie wieder allein verreist.‹

Als Kind hatte ich eine Freundin im Dorf, sie war etwas jünger als ich, war rund und immer fröhlich. Ich soll zu ihr gesagt haben: »Lenchen, du mußt nicht nur lachen, du mußt auch denken!« Wenn doch einmal jemand zu mir sagte: Du mußt nicht nur denken –.

Eine Künstlerin aus der Noch-DDR

Von allen historischen Gebäuden in Kassel ist mir das Ballhaus das liebste, es paßt so wenig zu dieser ernsthaften Stadt. Am Rande des Bergparks Wilhelmshöhe, nahe beim Schloß, steht es rosafarben im Grünen, in schöner, heiterer Zwecklosigkeit. Es wurde vor Jahren sorgfältig restauriert und der Öffentlichkeit zugänglich gemacht, aber nun nicht wie zu Jérômes Zeiten als Ballhaus für heitere Feste und Empfänge, sondern für Ausstellungen besonderer Art. Die wenigen Besucher halten mit Filzpantoffeln das Parkett blank. Aus den Fenstern geht der Blick in den Park und zu den Höhen des Habichtswalds und über die Stadt, die sich in den Niederungen der Fulda breitmacht. Was für eine Pracht! Schwere rote Samtvorhänge, die Decke mit Fresken ausgemalt, Öfen in schönstem Empire, allerdings nicht heizbar. Warum gerät uns in dieser Stadt alles zum Museum? Warum wird in einem Ballhaus nicht getanzt, warum finden hier keine Empfänge statt? Wird man sich später nicht verwundern und nachforschen: Wo hat man in dieser Epoche des Wohlstands, Ende des zwanzigsten Jahrhunderts, Feste gefeiert? Wenn das Ballhaus für Bälle genutzt würde, heißt es, müßte man es häufig renovieren. Muß das denn sein, daß man nur Kriegsschäden restauriert?

Im Sommer 1990 hat man in diesem Ballhaus Arbeiten einer Gertraud Möhwald ausgestellt. Eine Künstlerin aus der Noch-DDR, ihr Name ist hier noch nicht bekannt. Aus Schamott und Scherben hat sie Neues und Schönes hergestellt, ohne die Herkunft des Materials zu leugnen. Man denkt sofort an Trümmer, Ruinen, Schutt, entdeckt glasierte Scherben, ein Stück Zwiebelmuster. Vielleicht aus Meißen?

Nichts ist glatt, nichts ist vollkommen, nichts so reich und elegant wie der große Raum des Ballhauses. Sie stellt Torsi her, das hat schon Rodin getan, an der Vollkommenheit der Kunst ermüdet. Die Körper haben weder Arme noch Beine, sie stehen auf tönernen Sockeln, und wenn sie Beine und Arme haben, fehlt ihnen der Hinterkopf oder ein Gesicht. Man ist nicht versucht, die Hand auf eine rauhe Schulter oder eine Hüfte zu legen. Als hätten diese kopflosen Körper, diese körperlosen Köpfe lange verschüttet in der Erde gelegen, wären ein wenig herausgeputzt worden und nun aufgestellt. Was nach Katastrophen übrigbleibt. Die Figuren sind hohl aufgebaut, das erfährt man aus dem Katalog, gelber und roter Schamott, verschiedenfarbige Scherben, Engoben, Acrylfarben, Papierfetzen wie angeweht, vom Regen angeklatscht. Der erste Eindruck ist hell, ist heiter. Daß dieser Eindruck entsteht, darin liegt die Kunst. Die Vasen sind nicht rund, sondern vierkantig, dreieckig, auch die Schalen sind nicht für den Gebrauch bestimmt, was man bei einer Töpferin doch annehmen könnte, nichts ist glatt, alles ist rauh. Wer möchte aus einer solchen Tasse Tee trinken?

Die Arbeiten von Gertraud Möhwald stehen in Staatlichen Museen, in Kunstgewerbemuseen, in Berlin, in Halle, Magdeburg, Leipzig, aber auch im Ludwig-Institut für Kunst der DDR, Oberhausen.

Wird diese Frau sich den Kunstmarkt des Westens, der Welt erobern können? Gilt sie nun als belastet? Geht ihr das, was sie sich aufgebaut hat, ganz wortwörtlich nun wieder in Trümmer? Haftet ihr das Etikett der Herkunft aus Dresden an? Sie ist in Trümmern aufgewachsen. Als die Ruinen Dresdens beseitigt wurden, verlor sie ein zweites Mal ihre Heimat, so drückt sie es aus. Sie ist zur Töpferin und zur Steinbildhauerin ausgebildet, sie hat in der Burg Giebichenstein eine der Werkstätten geleitet, Giebichenstein ist für das Kunsthandwerk ein Gütezeichen. Im ersten Nachkriegssommer war ich in Giebichenstein wie zu Hause, vielleicht rühren mich diese Arbeiten auch deshalb so an?

Sie hat nach Rom reisen dürfen und ist überwältigt zurückgekehrt. Ich weiß nicht, ob Bildhauer, die aus dem Westen stammen, in gleichem Maße zu überwältigen sind. Sie ist weit herumgekommen – die Auswirkungen sieht man. Sie muß in Kreta gewesen sein, sie muß etruskische Nekropolen gesehen haben, sie hat Arbeiten von Giacometti gesehen. Sie war privilegiert. Warum denn auch nicht? Sie ist begabt. Ich entdecke an ihren Kunstwerken nichts, was darauf hindeutet, daß sie einem Stasi-Staat genehm war und Zugeständnisse gemacht hätte. Man hat ihre Arbeiten angekauft; hier hätte sie sich auf dem Kunstmarkt durchsetzen müssen. Soll man ihr diese Erleichterungen denn nicht gönnen? Politik und Kunst – sie müssen sich fliehen? Ich weiß das.

Sie ist mit Kollegen durch Mittelasien gereist, bis nach Samarkand! Pompeji sieht sie, Ostia; man lädt sie nach Spanien ein. Ihre Biographie lese ich, jetzt, in dieser Zwischenzeit, mit ganz anderen Augen. Als letzter Satz steht da, daß sie an einem Memento für Dresden arbeite: drei Figuren, darunter ein liegender abgeschlagener Kopf. Die Nachdenklichkeit, den Tod, das Leben symbolisierend.

Da werden Scherben gesammelt, bewahrt, zusammengefügt, die Nachkriegszeit wird sichtbar gemacht und – kann sich sehen lassen in der Eleganz dieses Ballhauses, aus einer Zeit, die ja so großartig wie ihre Kunstwerke gar nicht war. Soll ich es symbolisch nehmen: östliche Armut, ausgestellt in westlichem Reichtum? Daß eines dem anderen nicht weh tun muß, daß etwas sichtbar wird, eines das andere verdeutlicht?

Aus einem Leserbrief: ›Mein Elternhaus steht in einem kleinen Ort, insgesamt 17 Häuser, in der Oberlausitz, an der Bahnlinie Cottbus-Görlitz. Mein Vater, ein Missionarssohn, in Labrador bei den Eskimos geboren, kaufte ein Lehmfachwerkhaus; es wurde 1919 abgerissen, ein massives Steinhaus wurde gebaut. Wir waren ja 10 Geschwister, die alle Platz benötigten. Das Haus wurde enteignet, ein kleiner Stasi-Mann nennt es nun sein eigen . . .

Es gab ein Wehr, und an dem Wehr standen dicke Erlen und Eichen. Wenn das Wehr geschlossen wurde, füllte sich der Mühlbach und trieb das große Mühlrad an. Die Mühle gehörte zum Dorf. Hinter unserem Haus waren Wiesen, anschließend Wald. Wenn die Dämmerung kam, konnten wir immer die Rehe beobachten. Wenn Nebel aufstieg, sah man die Rücken der Rehe, dann die äsenden Köpfe, die Beine, auch die Rehkitzchen. Wir hatten 11 Morgen eigenen Wald. Können Sie sich vorstellen, was für eine wunderschöne Zeit wir als Kinder hatten? Es ist meine schönste Zeit geblieben. Mein Vater unternahm in den Schulferien mit uns weite Wanderungen im Isergebirge, da schafften wir 40–50 Kilometer von morgens bis abends, kamen arg müde und hungrig daheim wieder an. Die Größeren hatten jeder einen Rucksack auf dem Rücken, Verpflegung hatte uns Mutter eingepackt. Oben in den Bergen kochten wir zwischen ein paar Steinen Kaffee. Wir sangen viel –.

Als mein Mann aus der ägyptischen Wüste heimkehrte, er war dort im Krieg, mußten wir ganz klein eine Existenz aufbauen, er wollte kein SED-Mitglied werden. Wir haben eine armselige Landwirtschaft gepachtet, ohne Strom, ohne Wasser, ohne Tiere, ohne alle die Dinge, die dazugehören. Wir haben mit Angora-Zucht angefangen, dann kamen große und kleine Ziegen dazu . . . Unser Söhnchen wurde geboren, eine Frühgeburt, ich hatte ihn nur wenige Stunden, noch heute tut es weh, ohne Kind zu sein.

Und dann kamen wir eines Tages zu Besuch an den Rhein und überlegten lange und sind geblieben und haben noch einmal neu angefangen . . .‹

Ein Brief aus Dresden: ›Letzten Sommer konnte ich den 3. Band der Poenichen-Bücher lesen, und ich war überrascht, wie oft Sie diesen Joachim Quint Gedanken äußern ließen, die so haarscharf zu unserer derzeitigen Situation passen. Als hätten Sie alles hier hautnah miterlebt, unsere Hoffnungen, Erwartungen und die vielen Zweifel . . .‹

Diese Frau heißt mit Vornamen Christliebe. Sie betreut als Gesundheitsfürsorgerin Krebskranke. Sie schreibt: ›. . . oft begleite ich die Kranken auf dem letzten Stück ihres Weges, und natürlich hängt man sein Herz an die, denen es besonders schlimm geht, und es bleibt immer ein Problem, loszulassen . . .‹

Einige Wochen später schrieb sie mir noch einmal, inzwischen war es Juni, Juni 1990: ›Vielleicht sagen Sie jetzt, die sind da drüben ganz verrückt geworden, aber vielleicht verstehen Sie es doch auch. Wir haben nach den Sternen gegriffen und sind abends mit einem Bus nach Paris gefahren; es war wunderschön und anstrengend. Leben möchte ich dort nicht. Alles ist größer, imposanter, voller und lauter als anderswo. Wir waren um 10 Uhr dort, haben eine Stadtrundfahrt von dreieinhalb Stunden gemacht, dann ging es zu Fuß und allein bis um neun Uhr abends weiter, kreuz und quer durch die Stadt, und dann hatten wir noch eine Lichterfahrt, ehe es um 23.30 wieder auf die Autobahn Richtung Heimat ging. Am nächsten Tag waren wir mittags wieder in Dresden. Es war so ein Wunschtraum, schon von ganz früher. Immer habe ich davon geträumt, als Hochzeitsreise nach Paris zu fahren. Nun hatten wir letzte Woche schon den 30. Hochzeitstag, da wurde es nachgeholt. Ich denke, nun legt sich das Reisefieber bald. Bisher durften nur meine Patienten, wenn sie invalidisiert waren, sich ein Stück von der Welt ansehen, aber um welchen Preis! Meist gab es sie schon bald nicht mehr. Ich habe sie beneidet. Jetzt bin ich dankbar, daß man reisen darf, ohne krank sein zu müssen. Erst hatten wir Geld und konnten nichts damit anfangen, nun wird es Zeiten geben, da wird man sich vieles nicht leisten können, aber es lohnt sich dann doch, für ein schönes Ziel zu sparen. Im

Augenblick ist vieles sehr schwierig, viele Betriebe stehen vor dem Ruin. Existenzängste und berechtigte Sorgen machen sich breit. Was kommt nach dem 2. Juli? Ich hoffe nur, daß alle einen kühlen Kopf behalten. Wenn ich den Kaufrausch und die Konsumgier sehe, werde ich recht besorgt. Die Rentner sorgen sich am meisten, sie verkraften das alles psychisch nicht mehr. Da müssen wir nun durch . . .‹

Je älter ich werde, desto mehr neige ich zu Vergleichen; es passiert mir, daß ich auch Unvergleichliches vergleiche. Das Ende des Dritten Reiches, das Ende der Deutschen Demokratischen Republik. Man trauert den Kindertagesstätten nach, der Vollbeschäftigung, den fast kostenlosen Ferienplätzen. Damals zählte man ebenfalls die Vorzüge der Diktatur Hitlers auf: Die Reichsautobahn! Kraft durch Freude!

Das große Unheil auf der einen, die kleinen Errungenschaften auf der anderen Waagschale.

Nestroy soll gesagt haben: ›Ich mach die Leut lustig, dann geben sie ihr Geld aus, und wenn ich Geld hab, bin ich lustig.‹ Das erzählt der Maler-Freund Till, als ich mich am 1. Juli in einem langen Telefongespräch über die Überbewertung des Geldes äußere. Fortan wird es nur noch eine Deutsche Mark geben.

Im vorigen Herbst, als viele junge Menschen über die deutschen Botschaften in Prag, Budapest, Warschau geflohen sind und wir sie zunächst auf den Bildschirmen zu sehen bekamen und dann auch auf den Straßen: voller Tatkraft, Unternehmungsfreude, Heiterkeit! Wenn wir in lachende Gesichter sahen, brauchten wir zur Identifizierung nicht die marmorierten Jeansanzüge. Die beiden, die vier, die sechs mußten aus der DDR sein! An lachende junge Gesichter waren wir nicht gewöhnt. Wo sind sie geblieben? In meiner Kladde steht: ›Eine Welle von Freiheit und Freude schwappt von Ost nach West, alles scheint friedlich weiterzugehen. Im Garten trinkt eine Katze friedlich aus der Vogeltränke.‹

Waren es Wochen oder Monate, in denen die Luft erfüllt war von Freude, Frieden, Freiheit, alles schien plötzlich möglich, alles würde von Dauer sein. Und in diesen Monaten hatte ich so viele eigene Sorgen, daß ich kaum etwas von Frieden – Freude – Freiheit wahrnehmen konnte.

Die Mitteilungen der Betroffenen sind mir wichtiger als Berichte und Kommentare der Beobachter. Ich lese: ›Wir in der Noch-DDR sind überrascht, wie groß die Kontaktbereitschaft der Bundesbürger uns gegenüber ist, denn durch das jahrelange Abgeriegeltsein fühlten wir uns schon abgeschrieben. Um so erfreulicher, daß sich die Menschen in Ost und West wieder näherkommen, haben wir doch so viele Gemeinsamkeiten . . .‹ Der Brief kommt aus Rogätz. Wo liegt Rogätz? Der Ausdruck ›Noch-DDR‹ wurde zum Kennzeichen für diesen neuen und vorübergehenden Status. An jedem Tag kommen neue, aufregende Nachrichten, aus Dichtern werden Präsidenten, aus Pfarrern Verteidigungsexperten. Wir blicken nach Ungarn, nach Rumänien, zum Baltikum, zur CSSR, die nun CSFR heißt. Die Freundin Krystyna aus Warschau schreibt: ›Es ist mir ganz klar, was für Freude die Vereinigung für Euch sein wird. Ich wünsche es Euch von Herzen, aber ich kenne auch die vielen Enttäuschungen, die Ihr noch erleben werdet und die von der Dauer und dem Einfluß des sozialistischen Systems auf die Menschen stammen. Die Ost-Deutschen werden die kapitalistischen Güter haben wollen, aber arbeiten werden sie sozialistisch wollen und es auch probieren. Und was für ein furchtbares Durcheinander in ihren Köpfen herrscht! Ich weiß nicht, ob die deutsche Ordnungsfähigkeit und Tüchtigkeit diese Auswirkungen ganz ausgleichen können wird. Unsere polnischen Probleme, die auch davon herkommen, sind furchtbar schwer zu überwinden. Vielleicht braucht man viel mehr Zeit dazu, vielleicht Jahre oder Jahrhunderte, die noch vergehen müssen.‹

Potsdam, 4. Juli 1990

Wir wohnen im ›Hotel Schloß Cecilienhof‹, wo man auch vor der Währungsumstellung in Devisen zahlen mußte; auf die Bezeichnung ›Währungsumstellung‹ hat man sich geeinigt, um keinen Vergleich zur Währungsreform des Jahres 1948 aufkommen zu lassen, damals trennte man das Geld in Ost- und West-Geld, nun soll wieder eine Währung gelten. Die Erinnerungen kommen trotzdem, ich habe vor wenigen Jahren darüber geschrieben. Das Hotelzimmer ist, der hohen Bäume wegen, düster, die Auspuffgase dringen in unser Zimmer, vor dessen Fenstern geparkt wird, auch von einigen Trabis. Es gibt ausreichend Personal an der Rezeption, aber keiner trägt uns den Koffer. Zum Frühstück holen wir uns die einzige deutschsprachige Zeitung, das ›Neue Deutschland‹, die doch nun ›Das neue Neue Deutschland‹ heißen müßte.

Im großen quadratischen Innenhof leuchtet der Sowjetstern, nie sah ich ihn so exakt und so rot wie hier: kleine rote Begonien, auch Apfelblüten genannt, wie lange wird der Stern noch leuchten, wird er verwelken und entfernt werden wie andere verblühte Blumen? Begonien, der beliebteste Grabschmuck.

Ein Sommertag in Potsdam! Die letzten Linden blühen und duften noch. Ein kleiner Wochenmarkt. Ich kaufe langstielige Rosen für die Maler-Freundin, deren Ausstellung in der Nikolaikirche ich am Abend eröffnen soll. Der Gärtner klagt, steht zwischen seinen Freilandrosen und klagt. Er hat keinen Absatz, alles verblüht, er wird Bankrott machen; da fällt auch mir kein Trost ein. Rosen können nicht warten, und noch entschließt sich keiner, eine Rose zu kaufen, wenn das Geld für zehn Rosen nicht ausreicht. Wohin hat er in früheren Jahren seine Rosen geliefert? Sollte ich ihn fragen? Will ich die Antwort hören? Ich möchte diesen Sommertag doch genießen. Der Gärtner sagt: »Wir haben das alles schon mal erlebt, wir gehören doch einer Generation an.« Er hält uns für gleichaltrig, ein Mann von Mitte Vierzig, falls wir uns nicht ebenfalls täuschen.

Es ist schön, mit einem Arm voll Rosen durch die Brandenburger Straße zu gehen, so heißt sie nun wieder. Die zweistökkigen barocken Wohnhäuser sind fast alle frisch getüncht. Es wird flaniert, es werden Auslagen betrachtet, man sitzt in kleinen Straßencafés, als sei dies ein südlicher Ferienort; man ist heiter. Straßenmusikanten! Es liegen nicht viele Münzen im Geigenkasten, aber man hört der Musik aufmerksam zu. Schon bald wird es vermutlich mehr Geld, aber weniger Aufmerksamkeit geben. Und dann der Park von Sanssouci! Die Weinstöcke und Feigenbäume auf den Terrassen sind herangewachsen. Was für ein schöner Gesamteindruck: preußisches Rokoko. Ein Putto, verschleiert mit hauchdünner Gaze, aus Sandstein, ich sehe ganz anderes als bei dem Aufenthalt vor vier Jahren. Ich nehme andere Düfte wahr. Sehe in veränderte Menschengesichter. Sollten wir noch zum Neuen Palais gehen? Oder nach Hermannswerder, das in meinem literarischen Leben eine so große Rolle gespielt hat, die schmale Halbinsel, die sich in den Schwilowsee schiebt? Wir bleiben statt dessen sorglos in Sanssouci.

Am Abend, nach der Veranstaltung, berichte ich belebt und beglückt von diesem Nachmittag. Und dann fragt mich jemand, wann wir in der Innenstadt gewesen seien. In der Brandenburger Straße? Am späten Nachmittag? Aber da fand doch eine Schlägerei statt! Polizei mußte eingreifen, Blut ist geflossen, ein Krankenwagen kam. – Sieht denn jeder etwas anderes? Wessen Eindruck ist der richtige? Der Mann, der seine Eindrücke schildert, ist Polizeipräsident in einer großen westdeutschen Stadt. Aber daran kann es doch nicht liegen, ich höre doch auch Martinshörner, erschrecke, wenn ich Krankenwagen sehe.

Immer war Potsdam die schönste Vorstadt Berlins, oft die zweite und manchmal sogar die erste Residenz der preußischen Herrscher, später der deutschen Kaiser.

Ich liebe Flußlandschaften! Seen, Kanäle, Inseln, die hier ›Werder‹ genannt werden. Slawen und Wenden und Germanen haben hier gesiedelt, später kamen Hugenotten dazu, man lebte vom Fischfang. Das ist lange her.

Wir haben auf der Freundschaftsinsel gesessen, sind zwischen wohlgepflegten Kräutergärten spazierengegangen, es gab viel zu bewundern. Wir machten erste Versuche zur Herstellung von Freundschaften und bemühten uns, nicht immer die reichen Westdeutschen zu sein, zu denen die Brüder und Schwestern aus dem Osten ›danke‹ sagen müssen, seit vierzig Jahren geht das nun so. Noch fehlt das Selbstverständliche. In meinem ersten Roman fragt der Bürgermeister eines Dorfes, von dem jemand erwartet, daß er in seinem Haus eine Geistesgestörte verbergen und vor der Euthanasie retten solle, seine Frau: ›Warum sollten wir das tun?‹ Und seine Frau antwortet: ›Weil wir es können.‹ So einfach die Frage, so einfach die Antwort, sie muß noch eine Weile gelten, sie ist übertragbar. Ich werde mich doch an meine eigenen Ansichten und Ausführungen halten können. Wer denn sonst?

Fontane nennt die Havel einen aparten Fluß, nennt ihn den norddeutschen Neckar. ›Von Potsdam aus wurde Preußen aufgebaut, von Sanssouci aus durchleuchtet.‹ Sanssouci hat auch uns durchleuchtet und heiter gestimmt. Ein Besuch im Fontane-Archiv schien uns angebracht.

Knobelsdorff hat für die barocken Bauten gesorgt, Schinkel war für den Klassizismus zuständig. Hofbeamte, Hofbedienstete, Offiziere und Soldaten. Von Friedrich Wilhelm I. heißt es, daß er seine Soldaten so sehr liebte, daß er sie nicht den Gefahren eines Krieges aussetzen mochte. Das gefällt mir! So viele großgewachsene Landeskinder gab es nicht, also warb er sie anderswo an: ein internationales Heer. Ich lese den Stadtführer plötzlich mit anderen Augen. Von den Preußenkönigen wurden die repräsentativen Bürgerhäuser erbaut, zwei- und dreistöckig, die Fassaden in preußischem Barock, und dann wurden diese Häuser den Bürgern geschenkt, mit der Auflage, sie gut instand zu halten. Wie einleuchtend das ist! Warum hat man in demokratischen Ländern solche absolutistischen Maßnahmen nicht beibehalten?

Im April 45 wurde dann auch Potsdam bei einem Luftangriff zerstört, man hatte gehofft, daß dieses Kleinod erhalten bleiben würde. Manches ließ sich wieder aufbauen, anderes nicht. Die Garnisonskirche ist weg, und weg ist das berühmte Glokkenspiel, und wo das Stadtschloß stand, ragen jetzt Hochhaustürme in den Himmel und verderben den Blick auf Seen und Inseln. Die Nikolaikirche mit der gewaltigen Kuppel, die von Schinkel entworfen wurde, steht wieder in voller Größe, Übergröße da. Täglich gehen an die 800 Besucher hindurch, und zum Gottesdienst füllt sich der weite Raum; ein wenig Hagia Sophia und ein wenig Santa Maria Maggiore auf karge preußische Art. Es kamen mir Zweifel: Habe ich überhaupt etwas geschrieben, das der Größe dieser Kirche standhält? Ich bitte den Pfarrer, in einem der unteren, kleineren Räume lesen zu dürfen. Der Brief, den ich postum an Fontane gerichtet habe, schien mir geeignet, ein Text, zu einem von Kühners Bildern geschrieben, nachdem wir auf Fontanes Spuren in der Mark Brandenburg gewandert waren. Ich habe Fontane mitgeteilt, daß zwischen Rheinsberg und dem Stechlinsee jetzt ein Atomkraftwerk liege, nicht auffällig, aber auch nicht versteckt. ›Den Hinweisschildern auf die Konzentrationslager Oranienburg und Sachsenhausen sind wir nicht gefolgt, diesmal nicht. Wir sind sehr belastet, lieber Fontane.‹ Anschließend habe ich dann aus den Tischreden der Katharina Luther gelesen, darüber lacht man in beiden Teilen Deutschlands. Kühner beendete den Abend mit seiner ›Neuen deutschen Nationalhymne‹, ebenfalls vor Jahren schon geschrieben. ›. . . Ich darf dich, wenn ich will, verlassen . . .‹

Mit großer Freundlichkeit hat man die beiden ›Wessis‹ aufgenommen; der Ausdruck ›Besserwessis‹ kam erst später auf, hätte nicht zu uns gepaßt.

Sorglos in Sanssouci. Eine Perle des norddeutschen Rokoko, sagen die Reiseführer. Ein König, der die Flöte spielt, der komponiert und philosophiert. Und nebenan, im östlichen Teil der Stadt, gibt es einen Politiker, der die Bratsche spielt, er ist hugenottischer Herkunft, vor den Sitzungen der Volkskammer gehe er in den Deutschen Dom, heißt es. Das ist doch alles nicht von ungefähr so! Die preußischen Tugenden: Pflichterfüllung, Einfachheit, Sparsamkeit, davon haben wir etwas wahrgenommen, bei dem Blumenhändler auf dem Marktplatz, bei dem Kellner im Straßencafé, beim Taxifahrer, beim Pfarrer von St. Nikolai und seiner Frau, der Ärztin, die mehrere Altenheime betreut.

Große Namen: Schleiermacher, Humboldt, Ludwig Tieck, der alte Theodor Storm, es war nicht nur die Stadt Fontanes.

Schloß Cecilienhof! Im Ersten Weltkrieg luxuriös für den Prinzen und seine Gattin erbaut und dann, nach dem Ende des Zweiten Weltkriegs, zu Weltruhm gekommen. Hier wurde von den Alliierten über die Zukunft des zerschlagenen Deutschen Reiches bestimmt. Ein vielbesuchtes Museum. Nahebei die Glienicker Brücke, über die man ungehindert mit dem Auto fährt, über die man zu Fuß geht, noch ist das nicht selbstverständlich, noch stockt der Atem. Eine halbe Stunde mit der S-Bahn von Berlin nach Potsdam? Von Potsdam nach Berlin –?

Wo ich auch anfange zu schreiben, unweigerlich lande ich im Nazi-Regime; sobald ich erklären will, warum etwas ist, wie es ist, stecken dort die Wurzeln. Ich versuche, private Lebensläufe zu erfinden, aber gegen die Übermacht der Geschichte richte ich nichts aus. Das Land Utopia ist mir verschlossen. Es bleibt dabei: Die Zeitgeschichte bestimmt die Lebensgeschichte. Schiller schreibt in einem Brief an Karoline von Wolzogen: ›Die Geschichte ist nur ein Magazin für meine Phantasie, und die Gegenstände müssen sich gefallen lassen, was sie unter meinen Händen werden. Ich werde stets eine schlechte Quelle für einen künftigen Geschichtsforscher sein, der das Unglück hat, sich an mich zu wenden.‹ Wilhelm Tell. Wallenstein. Hat er sich nie auf die Zeitgeschichte eingelassen?

Man muß weiter zurückgehen, noch weiter, am besten, man geht außer Landes. Jahrhunderte oder Jahrtausende zurück.

Das Verdienst und der Verdienst gehen selten Hand in Hand.

Beim Metzger stand eine Frau neben mir und sagte: »Ein Kotelett, bitte!« - »Fett oder mager?« - »Mager«, sagte sie und war selbst mager. Der Metzger fragte, ob sie nicht lieber zwei Koteletts nehmen wolle: »Wenn jemand zu Besuch kommt.« - »Dann teilen wir es uns«, sagte sie. Aber man sah ihr an: Es wird keiner kommen.

Unser Dorf soll schöner werden

In den Stadtteilen und umliegenden Dörfern finden jetzt Sommerfeste statt. Unser Ziel war ein hessisches Städtchen, lieblich an der Werra gelegen, nun nicht mehr Anlaufstelle für Besichtiger der Zonengrenze und des Todesstreifens - beides war von hier aus leicht einzusehen -, nun wieder ein gepflegter kleiner Kurort, mit Kurpark und Salinen und einer schönen Altstadt, in der man nach und nach die Häuser vom Putz befreit hat; sorgsam restauriertes Fachwerk am Marktplatz, an den Straßen: Bürgerstolz und Bürgereitelkeit werden sichtbar und von den Besuchern bestaunt und gelobt. Schon im August feiert man hier das Erntefest mit Festumzug, Kapellen, Erntekranz. Und am Abend tanzt man Triolet! Um das zu sehen und zu hören, sind wir gekommen. Der kleine Fluß teilt sich am Stadtrand und legt zwei magere Ärmchen um einen baumbestandenen Platz, macht ihn zur Insel. Dort tanzt man auf einem Tanzboden Triolet. Ein Tänzer, an jeder Hand eine Tänzerin. Die Kapelle spielt Walzer und Rheinländer und Foxtrott. Man ruft sich ›Tri-o-let‹ zu, tanzt dann zu sechst weiter, teilt sich wieder, verbindet sich neu, tanzt und singt ›Tri-o-let‹, und die Kapelle spielt rascher, und das Rufen wird übermütiger, schneller, noch schneller. Rundum beleuchtete Buden, Duft von frischgebrannten Mandeln, Bratwürsten nach Thüringer Art, Bierdunst. Die Lichterketten spiegeln sich im Fluß, die Häuser sind mit Lampions und Fähnchen geschmückt, überall Blumen. Schöne Bilder! Die Zuschauer kommen von weit her, man schiebt und drängelt sich, wer aus Hessen und wer aus Thüringen kommt, kann man weder sehen noch hören, die Dialekte waren nicht durch eine Grenze zu trennen. Die Tänzer sind laut und übermütig, auch lustig, aber warum sind sie, wo sie doch rundum Häuser und Gärten und Plätze geschmückt haben, nicht selbst hübscher? Warum putzen sie sich nicht zu einem Fest festlich heraus? Immer nur T-Shirt und Sweatshirt und Jeans, und alles locker und schlampig und knautschig, und die Turnschuhe sind auch nicht mehr hell. Sollte ich eine Vorliebe für Trachtengruppen bekommen? Für Uniformen? Wären nicht wehende bunte Röcke zum Tanzen schöner? Blusen mit weiten Ausschnitten? Kränze im Haar? Warum denn nicht Kränze, die jedes weibliche Gesicht verschönen, ob es nun drei Jahre oder dreißig Jahre oder fünfzig Jahre alt ist. Warum kein Sommernachtstraum auf den Wiesen an der Werra?

Tri-o-let! Tri-o-let! Wir verlassen den Festplatz, gehen zum Parkplatz, der Ruf begleitet uns, wird leiser; wir blicken von den Hängen des Meißners zurück. Unser Dorf soll schöner werden! Was einmal als Wunsch und Aufforderung galt, hat sich erfüllt – oder ist auf gutem Wege. »Erinnert ihr euch?« frage ich. »Erinnert ihr euch an die Frau, deren Leiche man am Dorfrand fand, ein Messer in der Brust und ein Schild daneben? Erinnert ihr euch, was auf dem Schild stand?« – »Du hast vergessen zu sagen, daß die Frau sehr häßlich war!« – »Was stand auf dem Schild?« – »Unser Dorf soll schöner werden!«

Bei jedem neuen Foto, das ich von mir zu sehen bekomme, sage ich abwehrend: Nein! Nein, das bin ich nicht, so sehe ich doch nicht aus! Man widerspricht mir: Doch, das ist ein sehr typisches Bild von Ihnen, sehr treffend. Ich bin nicht zu überzeugen, gebe aber den Widerstand bald auf. Nach Jahren habe ich mich dann an das Foto gewöhnt und gebe zu, daß ich so aussehe, und sehe doch gar nicht mehr so aus.

Krystyna schreibt Ende August 90 aus Warschau, nennt mich jetzt ›liebe Freundin andrerseits der gemeinsamen Grenze‹, nennt mich ›neue Nachbarin‹. Das müssen wir nun erst lernen, unmittelbare Nachbarn zu sein, links und rechts der Oder/Odra. Sie schreibt: ›In meinem Land herrscht immer mehr Durcheinander, Chaos und Kopflosigkeit. Der Idealismus der achtziger Jahre ist irgendwo verschwunden, nur die kristallreinen Menschen in der Regierung probieren, dieses Schiff voll von tollen Menschen zum Hafen zu bringen. Die Polen sind großartig und bewundernswert, wenn sie um etwas kämpfen, aber wenn sie es haben, da öffnet sich die polnische Hölle . . .‹

Ein mir und vermutlich auch anderen unbekannter Autor schickt mir seine Gedichte. Als Motto steht auf der ersten Seite eine Zeile aus einem italienischen Madrigal. ›Nato per godere il bello‹, geboren, um das Schöne zu genießen. Das Wort ›godere‹ kenne ich nicht, habe es nie gehört. Warum weiß ich nicht, was ›genießen‹ auf italienisch heißt? Dort, dort konnte ich es doch: die Stunden genießen. In seinem Brief schreibt er über seine prachtvolle Gesundheit, da er nicht rauche, sich gesund ernähre. Gesundheit als persönliches Verdienst. Ich habe dazu wenig zu sagen, das wenige versuche ich freundlich zu sagen. Würde dieser Mann erkranken, wäre er gekränkt.

›Dazusein / wie im Herbst / an den Bäumen / die Blätter.‹ Vier Zeilen. Ich las sie unvermutet, und es war gerade Herbst. Diese neun Worte lösten in mir Ruhe aus, von einem Atemzug zum anderen fühlte ich mich besser. Und dann erst las ich die Überschrift und las das Datum: Juli 1918, Weltkrieg. Das Gedicht heißt ›Soldaten‹, Ungaretti kann ja nur das Fallen der Blätter, das Fallen der Soldaten gemeint haben. Fast alle Gedichte Ungarettis tun mir wohl. Der Band heißt ›L'Allegria‹, die Heiterkeit. Was für eine wehmütige Heiterkeit das ist!

Die Redaktion der Tageszeitung, für die ich jahrelang Kolumnen geschrieben habe, bittet um eine kurze Stellungnahme zu der Frage: ›Den Deutschen ist die staatliche Einheit praktisch über Nacht in den Schoß gefallen. Sind Sie der Meinung, daß die nationale Frage damit endgültig zur Ruhe kommt, oder sehen Sie die Gefahr eines Wiederauflebens großdeutscher Machtträume?‹

Ich habe entgegnet: ›Wer ist gemeint mit »den Deutschen«, bin ich damit gemeint? Ein letztes Mal »wir Westdeutschen«? Ich werde nicht gern unter »wir Christen«, »wir Frauen« gruppiert. Nun gut: wir Deutschen. Den Menschen in Sachsen, Thüringen, Brandenburg . . . ist diese künftige staatliche Einheit nicht in den Schoß gefallen. Uns, die wir im bevorzugten Westen leben, erschienen die Ereignisse im Herbst 89 wie ein Wunder. Ein Märchen. Ohne Furcht geht es auch im Märchen nicht ab. Bevor wir uns eine »großdeutsche« Angst einreden und einschreiben lassen, sollten wir uns behutsam wieder an das gemeinsame Adjektiv »deutsch« gewöhnen. Wenn wir die erste Zeile der nun für alle geltenden Nationalhymne von den gewichtigen Hauptworten befreiten und daraus Tätigkeitsworte machten, dann hielte ich das für gut. Wenn wir uns einig wären! Das läßt sich lernen, in Gesprächen, Briefen, Besuchen, Zusammenarbeit. Und Recht? Das heißt doch recht tun, das Rechte tun, was Eigennutz und Profitsucht ausschließt. Und Freiheit? Wir genießen sie seit langem, sie ist uns selbstverständlich geworden, wird allenfalls durch Richtgeschwindigkeiten, Steuergesetze und Mietpreisregelungen ein wenig eingeengt. Wir, wir Westdeutschen, wir könnten Lehrmeister sein, vorbildlich, wir könnten beweisen: Die Sehnsucht nach der Zugehörigkeit zu einem demokratischen Land hat sich gelohnt, sie ist nicht nur materieller Art. Wir sollten Mut machen, um Nachsicht bitten und Nachsicht üben und bescheidener und geduldiger miteinander umgehen. Es ist ein Wunder geschehen! Es ist wie im Märchen! Ich weigere mich, auch nur an die Möglichkeit großdeutscher Machtträume zu denken. Es kann doch auch gutgehen. Es muß auch gut ausgehen! Es darf nicht mehr lange zwei Sorten von Deutschen geben. Die Mauer zwischen arm und reich muß so bald wie möglich fallen.‹

Wenn ich im Herbst 45 die russisch besetzte Zone nicht verlassen hätte –? Ich wäre dann wohl Bibliothekarin geworden, vielleicht auch Lehrerin. Wie stark war mein Drang zu schreiben? Wie hätte ich mich verhalten? Wie mutig? Wie ängstlich? Wäre ich geflohen, um das schreiben zu können, was mir wichtig erscheint? Hätte ich mich angepaßt? Ich neige zu Anpassung, zu Kompromissen. Keine Parteizugehörigkeit im Dritten Reich, das habe ich als Bonus, damit konnte man durchkommen. Ich laufe nicht so leicht weg. Ich kann diese Frage nicht beantworten, vorerst stelle ich sie mir nur selbst.

Ende September waren wir in Weimar, in der Noch-DDR. Man hatte uns ein Zimmer im ›Elefanten‹ reserviert. Ein Frankfurter Unternehmen schulte in diesen Tagen die Taxifahrer in westlicher Betriebsführung. Der Taxifahrer, der uns zum Hotel fuhr, sagte: »Die Genossenschaft macht bald pleite, und was dann?« Der Taxifahrer, der uns zum Bahnhof fuhr, sagte: »Ich mache mich selbständig, ich komme schon durch!« Man glaubte beiden, beide waren jung. – Als wir spät aus

Krombsberg zurückkehrten, wo man in einer restaurierten Schloßkapelle die ungehaltenen Frauen hatte reden lassen – Christiane von Goethe, geb. Vulpius, endlich nahe bei ihrem Gartenhaus an der Ilm –, da war das Hotelzimmer überheizt, die Heizkörper ließen sich nicht regulieren; wir zogen die schweren Samtvorhänge zurück. öffneten die Fenster, ließen den dicken Braunkohlegeruch ins Zimmer, gingen ins Foyer und dann den Klängen der Musik nach, kamen in die Hotelbar, wo vier mollige kleine Ostasiatinnen sanften Jazz spielten. Wir tranken bulgarischen Rotwein und: wir tanzten. Langsamen Foxtrott, Tango, auch Walzer. Am nächsten Morgen ein Spaziergang im Park von Tiefurt. Eine Kindergärtnerin war mit einer Gruppe sehr kleiner Kinder unterwegs, sie sammelten bunte Kastanienblätter zu dicken Sträußen, kugelten sich im Laub, jauchzten. Ich änderte sogleich meine vorgefaßte Meinung über Kinderkrippen: Wären diese Kinder einzeln, in der Obhut einer frustrierten Mutter besser aufgehoben? Ohne das Zusammenspiel mit Gleichaltrigen?

Noch ein melancholischer Spaziergang über den Jakobsfriedhof, und dann fuhren wir weiter. Nach der Rückkehr fragte man uns, ob wir im ›Elefanten‹ in jenem Zimmer geschlafen hätten, in dem Adolf Hitler, oder in jenem, in dem die Hofrätin Charlotte Kestner abgestiegen sei –? Ich holte ›Lotte in Weimar‹ aus dem Regal, las die ersten Seiten, vergnügte mich mit Thomas Mann, ärgerte mich über Thomas Mann, so geht es mir meist. Tief im September war die legendäre, altgewordene Lotte mit ordinärer Post vorgefahren und vom Portier überschwenglich begrüßt worden; uns hatte man allenfalls freundlich begrüßt. Lotte, geborene Buff aus Wetzlar, verwitwet, eine Matrone, Ende Fünfzig zumindest, ein wenig rundlich, die Haare in aschigem Grau. Und ich: Ende Sechzig, aber doch nicht grauhaarig und auch nicht rundlich, nicht mit Tochter und Zofe, statt dessen mit Kühner an der Seite. Wir logierten im zweiten Stock, Zimmer 228, und Charlotte Kestner logierte ebenfalls im zweiten Stock, allerdings in Zimmer 27, nebenan. Und auch diesmal war das Hotel voll besetzt. Name und Lage an der Südseite des Marktes sind noch dieselben, sonst erinnert nichts. Das Haus der Oberstallmeisterin von Stein ist eingerüstet.

Die Stadt wird zur Großbaustelle, mit westlicher Hilfe.

Als man mir in Wiesbaden den ›Hessischen Verdienstorden‹ verlieh, versäumte man, mir und den übrigen Ordensträgern – Politiker, Generale, Professoren der Medizin und der Philosophie, einige Künstler – mitzuteilen, was das für ›besondere Verdienste um das Land Hessen und seine Bevölkerung‹ gewesen seien, denen sie den Preis verdanken. Reich-Ranicki war erstaunt, mich unter den Preisträgern zu sehen: »Sie hier – ?« fragte er, und ich fragte zurück: »Sie hier – ?« Er zeigte auf den Lyriker Karl Krolow und verwunderte sich noch einmal, aber auch Reich-Ranicki war an diesem hellen Septembermorgen in Schloß Biebrich konziliant und fügte hinzu: »Lokomotivführer und Krankenschwestern sollten einen solchen Orden bekommen!« Zum ersten Mal sind wir einer Meinung. Warum haben ›Orden und Ehrenzeichen‹ die Form des Kreuzes? Eisernes Kreuz und Ritterkreuz, Grabkreuze, Kruzifixe. Dieser Orden ist dem Johanniterkreuz, achtzackiges Kreuz mit rotem Grund, nachgebildet. Warum nicht das schöne, immer gültige Symbol eines Ringes, in dem der hessische Löwe leicht zu plazieren wäre, tanzend, springend, als Schmuckstück brauchbar, zumindest für die wenigen ausgezeichneten Frauen, nicht auf blauem Samt. Im Etui aufzubewahren, für wen?

Am 1. Oktober 90 schreibt eine Leserin aus Eisenach: ›. . . wir alten »Revolutionäre« sind ständig gefragte Gesprächspartner. Neben der täglichen Arbeit in der Redaktion jetzt also Interviews, Gespräche, Rundfunk, Fernsehen; heute die »New York Times«, ich kann kaum noch atmen. Diese Stasi-Geschichte! Wir haben einen 24-Stunden-Protestmarsch gemacht, nachts war es lausig kalt, aber wir müssen doch die Vernichtung und die Auslagerung der Akten stoppen. Seitdem wieder Drohanrufe. »Die Einheit« wirft ziemlich dunkle Schatten, immer mehr Arbeitslose, immer mehr Betriebe schließen. Mich bedrückt vor allem, daß ich nun schon wieder »gegen« etwas bin. Fast mein ganzes Leben im Protest, dann für wenige Wochen wirklich »für« etwas, und nun schon wieder auf der anderen Seite. In einem Aufsatz habe ich geschrieben: »Die Andersdenkenden werden die Andersdenkenden bleiben.« Jubeln kann ich nicht, aber natürlich weiß ich, daß die großen Dinge wirklich groß sind: keine Grenzen mehr, kein Eingesperrtsein, die polnische Westgrenze festgeschrieben, ich könnte noch mehr aufzählen, aber alles geht im Alltagsstreß unter. Nun also der 3. Oktober, das Ende der Nachkriegsgeschichte. Wir werden in der Redaktion sitzen und arbeiten, aber zwischendurch auch feiern und sehen, was die Leute draußen treiben. Glockengeläut und Feuerwerk. Arbeit ist ein kostbares Gut geworden. Ob meine Zeitung überlebt, ist noch nicht gesichert . . .‹

Ich habe sie gefragt, ob ich diesen Brief in meine Aufzeichnungen aufnehmen dürfe, sie hat zugestimmt, aber gebeten, daß ich ihren Namen nicht nenne, auch nicht in der Abkürzung. Sitzt denn die Angst noch immer so tief?

Krystyna schreibt aus Warschau: ›Das sind die letzten großen Tage Bonns, und dann kommt das traurige Ende der vierzigjährigen Hauptstadt Deutschlands. Ich kann mir vorstellen, wie Ihr Euch auf die Vereinigung freut. Ich freue mich auch und hoffe, daß das der Anfang der Vereinigten Staaten Europas wird. Wird Polen zu diesem Europa gehören? Davon bin ich überzeugt. Vorläufig werden für die Polen die Grenzen durch Visa bewacht. Leider muß ich gestehen, daß ich nicht verwundert bin. Mein Volk ist nicht mehr ein zivilisiertes Volk, der Krieg und 45 Jahre Kommunismus haben die nicht zu dicke Schicht der Zivilisierung heruntergerissen. Das ist sehr traurig, das ist tragisch.‹

Ich muß diese Krystyna, die zugleich stolz auf ihr Land ist und unter dem Fehlverhalten leidet, fragen: Wie sah das Ende der Teilung Polens aus? Ich habe die Zahlen der polnischen Teilungen aus dem Geschichtsunterricht in Erinnerung, aber wie wirkte sich die Teilung aus, wie die Vereinigung? Hält Patriotismus Menschen denn über 150 Jahre innerlich zusammen?

Bei uns haben 40 Jahre genügt, den Patriotismus und den Nationalismus auszutreiben. Zumindest scheint es mir so.

3. Oktober 1990

Rede zum ›Tag der deutschen Einheit‹ in der Stiftsruine von Bad Hersfeld

Ludwig XIV. sagt: ›L'Etat c'est moi!‹ Wenn ich das jetzt ebenfalls sage, sage ich es mit anderen Gefühlen, mit anderer Betonung. Ich bitte mich zu verstehen, während der nächsten zehn Minuten bitte ich mich zu verstehen. Als vor wenigen Tagen jemand zu mir sagte: Der Bürger hat Rechte, der Staat Pflichten, habe ich mit Entschiedenheit widersprochen. Der Bürger hat Pflichten! Mit einem solchen Pflichtgefühl stehe ich hier. Ich will mich nicht vorenthalten, erst recht nicht als Frau. Heute bin ich eine Deutsche, und heute bin ich es gern. Das ist mein Ausgangspunkt.

Wenn diese Feierstunde in der Stiftsruine stattfindet, mag auch das symbolisch sein: eine Ruine, wohlerhalten, vielfach zu nutzen, für großes Welttheater, für große Oper, auch für eine große politische Stunde. In der Weiterverwendung von Ruinen haben wir Erfahrung, auch in der Herstellung. Wir haben kein Dach über dem Kopf.

Ich spreche für mich, ich werde nicht sagen: wir Deutsche. Ich selbst habe das Adjektiv ›deutsch‹ immer als ein besonderes Kennzeichen empfunden. Ich gehöre zu einer Generation, die bei der Machtübernahme Hitlers noch ein Kind war. Als Krieg und Terror ein Ende hatten, befand ich mich ›drüben‹. In Halle an der Saale. Ich habe mich im Herbst 45 auf den Weg gemacht, aus der russisch besetzten Zone in die amerikanisch besetzte Zone, dort hatte ich nichts zu verlieren, hier nichts zu erwarten, den Besitz trug ich im Rucksack bei mir. Ich war davongekommen! Das mußte doch einen Sinn haben. Ein neues Leben mit einer alten Schuld. Besonderes Kennzeichen deutsch, das erschien mir wie ein unsichtbarer Judenstern, den ich fortan zu tragen hatte. Ich war oft feige, ich habe im Ausland nicht immer zugegeben, eine Deutsche zu sein: Ich habe mich für das Land, aus dem ich kam, geschämt, dessen wachsendes Ansehen auf seinem wachsenden Wohlstand beruhte. Ein Land, dessen Einwohner von Jahr zu Jahr – mit Fleiß, ich weiß! – reicher wurden. Die Trennung zwischen Ost und West wurde spürbarer, schmerzlicher, war immer mit der Schuld verbunden, den besseren Teil erwählt zu haben. In vierzig Jahren war ich daran ermüdet, Pakete zu schicken. Geschenksendung, keine Handelsware, als außergewöhnliche Belastung steuerlich geltend zu machen. Meine ermutigenden Briefe klangen nicht mehr glaubwürdig. Aber: ich hatte mich gewöhnt, gewöhnt an die Grenzkontrollen und -schikanen, an den kleinen Grenzverkehr, den wir gelegentlich benutzt haben, um im nahen Thüringer Wald zu wandern.

Nach dem Krieg verging fast ein Jahrzehnt, bis ich anfing zu schreiben. Ein Schriftsteller ist ein Chronist; ich habe mich wieder und wieder mit der jüngsten deutschen Vergangenheit auseinandergesetzt. Das Dritte Reich und seine Folgen. Die Folgen! Dazu gehört der heutige Tag. Über das vergangene Jahr haben vorerst die Journalisten berichtet, das ging für einen Schriftsteller viel zu rasch, er braucht mehr Zeit. Ich habe über den ›Deutschen Osten‹ geschrieben, vornehmlich über den Verlust des Deutschen Ostens. Ein Jahrzehnt meines Lebens habe ich damit verbracht, die Poenichen-Trilogie zu schreiben. Wir können nicht so tun, als sei dieser 3. Oktober

1990 nur der Tag der Einheit aller Deutschen, ohne daran zu denken, daß es für viele der Schlußstrich unter eine hoffnungslose Hoffnung ist. Im dritten Band der Poenichen-Bücher gibt es einen gewissen Joachim Quint, er wurde in Pommern geboren, wuchs als Flüchtlingsjunge im Westen auf, studierte Geschichte, zog sich in die schwedischen Wälder zurück, schrieb Gedichte: ein Poet. Er kehrte zurück in die Bundesrepublik Deutschland, um sich in die Politik einzumischen, wie seine pommerschen Vorfahren. Václav Havel beweist, daß es nicht nur in der Literatur, sondern auch in der Realität möglich ist.

Man hat mich einmal als eine ›hellere Schwester der Kassandra‹ bezeichnet. Es gibt in den Poenichen-Büchern eine fiktive Bundestagsdebatte, in der jener Joachim Quint angegriffen wird. Er, als Betroffener, sollte sich zur Frage der Vertreibung aus dem Osten äußern. ›Sie sind ein Heimatvertriebener, ein Pommer!‹ – Pommer sei richtig, sagte Quint, aber er selbst habe nur über zehntausend Morgen Pommern zu verfügen, deren Erbe er sei. Wenn er damit zur Befriedung der Welt beitragen könne, sei er bereit, auf dieses irreale Anrecht auf Heimat zu verzichten. ›Bei unseren Gesprächen über Flucht und Vertreibung ist immer nur von Verlust die Rede‹, sagte er in heftigem Ton. ›Warum wird nicht deutlich erkannt und gesagt, daß die Ostdeutschen wesentlich zum Wiederaufbau des westlichen Teiles des zerschlagenen Deutschen Reiches beigetragen haben?‹

Man hat mir im vergangenen Frühjahr den Kulturpreis der Pommern von seiten des Vertriebenenverbandes verleihen wollen, für diese deutsche Chronik. Ich habe den Preis mit der Begründung: ›ICH habe in Pommern nichts verloren . . .‹ abgelehnt. Ich hoffe, daß man diese Begründung verstanden hat, ich hoffe, daß Sie diesen Satz verstehen. Wir können nicht auf etwas verzichten, was uns nicht gehört hat; das ist Sache jedes einzelnen. Die Betroffenen haben einen hohen Preis zu zahlen. Ich respektiere den Schmerz, den viele der Ostdeutschen heute empfinden werden.

In einem Aufsatz, den Joachim Quint Mitte der achtziger Jahre veröffentlichte (er bedient sich dabei der Überlegungen der Autorin), heißt es: ›Wenn sich ein Staatsmann des einen Deutschland mit einem Staatsmann des anderen Deutschland trifft, was selten vorkommt, dann fürchtet man in der westlichen und in der östlichen Welt, daß die beiden Deutschen sich wie Brüder in die Arme fallen und danach trachten könnten, wieder zueinander zu kommen. Die einzigen, die das nicht denken, sind diese deutschen Staatsmänner selber. Sie stehen sich nicht wie zwei Deutsche gegenüber, sondern wie Vertreter der feindlichen Machtblöcke. Aber es ist nicht nur die Mauer, die Berlin in eine westliche und eine östliche Hälfte teilt. Es ist nicht nur der Todesstreifen, mit dem sich das eine Deutschland vom anderen abgegrenzt hat. Es geht durch jedes Herz eine Mauer und ein Todesstreifen, die unüberwindlich scheinen ... Die Politik der Machtblöcke treibt das eine Deutschland immer weiter vom anderen weg. Das einzig Gemeinsame scheint zu sein, daß in einem Ernstfall das eine und das andere Deutschland zu einem gemeinsamen Schlachtfeld würden. Nur eine Katastrophe könnte beide vereinen.‹

Ich habe diesen Text, 1984 geschrieben, zitiert, damit Sie sehen: ›Eine hellere Schwester der Kassandra‹ bin ich nicht! Es ist Ungeheures inzwischen geschehen, Weltenbewegendes.

Im Herbst 1989 war ich so ahnungslos wie die meisten. Es hat mich, wie wohl alle, eine Welle der Freude, der Überraschung, des Mutes und der Hoffnung erfaßt. Eine Welle, die von Moskau ausging, Warschau bereits erfaßt hatte, auch Prag. Die Worte Freiheit, Frieden, Freude klangen von nun an anders. Lassen Sie mich das Bild der Welle noch etwas ausmalen. Die großen Wellen – wir sind dann rasch bei den Gezeiten. Es gibt gefährliche Springfluten. Es gibt Zeiten der Ebbe. Diese große Welle der Freude ist verebbt. Heute spüren wir ihre belebende Kraft noch einmal. Es gibt Haie, das haben wir nun schon wahrgenommen, es gibt kleine Fische. Man kann untergehen, es wird Strandgut geben, Schiffbruch, einige werden Schiffbruch erleiden. Ich will das Bild der Welle nicht überstrapazieren, suchen Sie nach weiteren Vergleichen, es werden Ihnen die Ratten einfallen, die das sinkende Schiff verlassen. Aber doch auch: ›Mit vollen Segeln voraus!‹ ›Den guten Wind nutzen.‹ An diese Welle der Freude wollen wir uns immer wieder gegenseitig erinnern!

Ernst Bloch sagt, es komme darauf an, das Hoffen zu lernen, es sei ins Gelingen verliebt, nicht ins Scheitern.

Ich habe im vergangenen Herbst, vermutlich zum ersten Mal, etwas wie Stolz empfunden, diesem Land anzugehören, Teil eines Ganzen zu sein. Diesen Stolz, den man in jenen Wochen und Monaten in Thüringen, Sachsen, Ostberlin, Mecklenburg verspürt hat, dürfen wir den Menschen nicht nehmen! Es gibt Stolz, und es gibt Würde, und beides ist von materiellem Besitz völlig unabhängig. Und wieder müssen sich viele für ihr Land schämen, für das, was dort mit und ohne ihr Wissen geschehen ist. ›Die Würde des Menschen ist unantastbar‹, steht in unserem Grundgesetz, das nun für uns alle gilt, an das wir uns halten wollen. Jetzt muß gelebt werden, was Politiker in einem ungeheuerlichen Kraftakt in Paragraphen festgehalten haben. Es darf nicht statt ›Ost‹ und ›West‹ ›arm‹ und ›reich‹ heißen. Wir müssen teilen. Teilen! Aber teilen wollen immer nur die, die nichts oder wenig besitzen. Bei der Erziehung des Menschengeschlechtes stehen wir noch immer am Anfang. Wir sind aber lernfähig! Vielleicht dringt nun wieder preußischer Geist ins deutsche Wesen, das täte uns allen gut. Bescheidenheit als Tugend! Und nun rede ich schon wieder von Pflichten. Erfüllte Pflichten verschaffen uns Rechte. Es gibt eine Befriedigung, die uns erwächst, wenn wir das Gefühl haben, unsere Pflicht erfüllt zu haben. Das hat dann gar nichts mit Profit zu tun.

Mein Mann und ich waren in der vorigen Woche noch einmal in der Noch-DDR, es herrschte Herbststimmung. Auch der Abschied von Sorgen, Angst, Mühen, von Liebgewordenem fällt schwer. Ich habe versucht, von der Freude des Risikos zu sprechen, ich habe gesagt: Sie müssen nicht allem zustimmen! Sie können in die Opposition gehen! Sie haben die

Wahl! Und wenn wir immer von Wahlpflicht sprechen, dann werde ich an dieser Stelle nachdrücklich von Wahl-Recht sprechen, wir haben ein Wahlrecht, und das muß uns etwas wert sein.

In Weimar, genauer, in Tiefurt, stand ich unter einem Ginkgo-Baum. Die ersten gelben Blätter wehte der Wind auf den Rasen, ich hob einige davon auf, nahm sie mit. Erinnern Sie sich an das Goethe-Gedicht vom ›Gingo biloba‹? Es war schon immer eines meiner liebsten Goethe-Gedichte.

Dieses Baums Blatt, der von Osten
Meinem Garten anvertraut,
Gibt geheimen Sinn zu kosten,
Wie's den Wissenden erbaut.

Ist es *ein* lebendig Wesen,
Das sich in sich selbst getrennt?
Sind es zwei, die sich erlesen,
Daß man sie als *eines* kennt?

Solche Frage zu erwidern
Fand ich wohl den rechten Sinn;
Fühlst du nicht an meinen Liedern,
Daß ich *eins* und doppelt bin?

›West-östlicher Diwan‹. Keines der Blätter, die ich in Tiefurt aufgelesen habe, ist zweigeteilt, doppelt, sie sind alle *eins*. Wie sollte ich das nicht symbolisch nehmen? Wir wollen und müssen nun beweisen, daß es möglich ist, zwei Welten, beide mit Vorzügen, beide mit Fehlern, zu einer besseren Welt zusammenzufügen. Mit Gottes Hilfe!

Am Ende des Romans ›Jauche und Levkojen‹ steht Maximiliane Quint mit ihren viereinhalb Kindern auf einem Bahnsteig in Berlin, unterwegs in den Westen. Herbst 1945, die Kinder toben, ein anderer Flüchtling, der in der Nähe steht, fragt: ›Habt ihr denn gar keine Angst vor eurer Mutter?‹ – Die Kinder rufen: ›Nein!‹ Der letzte Satz dieses Buches heißt: ›Etwas Besseres ist bisher über Maximiliane Quint nicht zu sagen.‹

Und wenn man in absehbarer und unabsehbarer Zeit von Deutschland, den Deutschen sagen kann, daß man keine Angst vor ihnen haben müsse, dann halte ich das für das Beste, was man über uns wird sagen können.

Ich weiß nicht, ob geplant ist, an diesem Abend unsere nun gemeinsame Nationalhymne zu singen. Kühner, mein Mann, hat vor zehn Jahren eine ›Neue deutsche Nationalhymne‹ geschrieben, er hat sie in Potsdam, Jahre vor der Wende, vorgetragen, als es gefährlich war; er hat sie nach der Wende in der ›Noch-DDR‹ vorgetragen, und jetzt werde ich zum Schluß meiner Rede den Refrain lesen, und Sie werden hören, daß sich die Bedeutung ein weiteres Mal geändert hat.

Ich darf dich, wenn ich will, verlassen,
Zu lieben dich ist keine Pflicht.
Ich darf dich sogar schmähn und hassen,
Und deshalb hasse ich dich nicht.

Was für ein Abend war das! Scheinwerfer leuchteten die romanische Stiftsruine aus. Der volle Mond tauchte in den hohlen Fensteröffnungen auf, verschwand wieder. Die Menschen standen dicht beieinander, sich wärmend. Ein großer Chor sang: ›Die Himmel rühmen des Ewigen Ehre‹; zum Schluß sangen wir dann gemeinsam ›die dritte Strophe‹. Zum ersten Mal habe ich wieder die deutsche Nationalhymne gesungen. Mein rechter Arm hing schwer herunter, ich erinnerte mich körperlich, daß ich, als ich jung war, immer mit erhobenem rechten Arm das Deutschlandlied hatte singen müssen und anschließend das ›Horst-Wessel-Lied‹.

Im vorigen Herbst, als der utopische Roman ›Die letzte Strophe‹ erschienen war, hatte ich allem das Adjektiv ›letzte‹ gegeben. Was für Veränderungen auch in meinem/unserem Leben. ›Die dritte Strophe‹, die letzte des Deutschlandliedes, ist an der Reihe.

›Blühe deutsches Vaterland!‹

›Der Tag der deutschen Einheit‹. Eine neue Geschichtszahl, ein neuer Feier- und Ferientag, aber: Wie weit ist Einheit von Einigkeit entfernt! Wir kommen uns nicht näher. Ungeduld auf der östlichen Seite und auf der westlichen Seite. Bleiben wir hier und dort ›Ehemalige‹? Ehemalige BRD und ehemalige DDR? Ich pflege Freundschaften und Briefschaften. Wo bleibt meine unbefangene Herzlichkeit?

Martin W. schreibt mir aus einem kleinen Ort im Erzgebirge: ›... die Vertreibung aus der Heimat war das negativste Erlebnis meines bisherigen Lebens. Das von Gertrude Stein an die Hemingway-Generation gerichtete Wort von der »verlorenen Generation« trifft voll und ganz auf die zu, die nach der Flucht oder Vertreibung aus den früheren deutschen Ostgebieten in die Sowjetische Besatzungszone und spätere DDR gerieten und hier geblieben sind oder hier bleiben mußten, wie es mir beschieden war. Bedingt durch die Entwicklung der letzten vierzig Jahre fühlen wir uns nun auch als eine »betrogene Generation« und werden es wohl auch bleiben. Bisher galt, wer die Macht hat, hat das Recht. Jetzt deutet sich für uns an: Wer das Geld hat, der hat recht. Wenn es denn wahr ist, was Sie Herrn Lüppers (»Nirgendwo ist Poenichen«) sagen lassen, daß Besitz das beste Mittel gegen Heimweh ist, so muß ich dem jetzt zustimmen. Das Gefühl, zu jenen zu gehören, die mit dem Verlust von Haus, Hof und Heimat die Hauptlast des verlorenen Krieges tragen müssen, bedrückt uns ...‹

Eine Antwort auf solche Briefe weiß ich nicht. Ich werde mich noch lange, vielleicht lebenslang, schämen, daß ich auf die andere Seite geraten bin, was doch zufällig war.

Mitte November. Krystyna schreibt am Ende ihres Briefes: ›Jetzt umarme ich Dich sehr herzlich. Heute wurde ein Pakt zwischen unseren Ländern unterschrieben, und noch in diesem Jahr, heißt es, wird man ohne Visa nach Deutschland fahren können. Stell Dir vor, es wird genügen, ins Auto zu steigen und nach Kassel zu fahren, um Dich endlich kennenzulernen. Ich freue mich sehr!‹

Ich bin es, die nach Warszawa reisen müßte; sie sitzt im Rollstuhl.

Im Hochsommer des Jahres 1945 ... Geschichten, die so beginnen, nennen wir: ›Es war in einer stürmischen Herbstnacht des Jahres 1782, als der Leuchtturmwärter am Cap Finistère –‹

Die folgende Geschichte hat sich im Juli 1945 zugetragen, sie ist durch ein Geburtsdatum und Ortsangabe genau festgelegt. Ein Marinesoldat wurde aus dem verlorenen Krieg in die Britische Besatzungszone entlassen; in einem Dorf an der Weser blieb er hängen, wurde aber freudig aufgenommen in einem Bauernhaus: eine willige Hilfskraft für die Erntearbeiten, als Ehemann für eine der Töchter hochgeeignet, Arbeitskräfte waren rar, heiratsfähige Männer noch rarer. Aber was tut dieser junge Mann, der Medizin studiert hatte und weiterstudieren wollte? Er kümmerte sich um eine Flüchtlingsfamilie, die auf dem Hof einquartiert war, vorläufige Endstation der Flucht aus Pommern; die junge Frau war hochschwanger. Er holte nachts, trotz strengem Ausgehverbot, mit dem Milchwagen die Hebamme, kümmerte sich um die Wöchnerin, spielte mit dem vierjährigen Jungen. Man feierte die Taufe, es gab ein Festessen, er wurde der Patenonkel. Er merkte natürlich, mit welchen Absichten man die Flüchtlingsfamilie gut behandelte und warum man ein Erntedankfest mit Tanz veranstaltete, aber: Statt mit den Töchtern zu tanzen, schaukelte er die Wiege. Er beschloß, die kleine Familie aus Pommern mit ins Erzgebirge zu nehmen, in das Pfarrhaus der Eltern, damit sie eine Bleibe bekämen. Es gab auch noch eine Großmutter, und die Großmutter sagte im Augenblick des geplanten Aufbruchs: Fahrt nicht! Bleibt hier! Am nächsten Morgen traf das erste Lebenszeichen des Vaters aus Frankreich ein. Der junge Patenonkel hatte seine Mission erfüllt, er reiste ab. Man hörte nie wieder etwas von ihm. Und jetzt, 45 Jahre später, erhält die Frau, die damals in der Wiege gelegen hatte, ihre Taufurkunde zugeschickt und erfährt den Namen und auch die Adresse ihres Patenonkels, der Arzt im Erzgebirge geworden war. Und sie entschließt sich hinzufahren, um ihm zu danken und auch, um festzustellen, ob er noch so hübsch ist, wie die Mutter ihn geschildert hat. ›Fünfundvierzig Jahre!‹ schreibt sie mir. ›Mein ganzes Leben, plötzlich war es wie nichts! Die Erinnerungen meiner Mutter wurden lebendig, als wären es meine eigenen! Ich war hellwach, als ich mit diesem Mann zusammensaß. Seine Frau schien mich nicht zu mögen. Wir machten uns mit Gesten und Blicken und blitzschnellen Erklärungen verständlich. Ein Hauch von Romantik wehte durch den Raum, Gedanken flogen hin und her, wurden aber nicht ausgesprochen –. Er muß meine Mutter geliebt haben. Mich und meinen Bruder und die Großmutter hätte er in Kauf genommen! Und dann ging die Tür auf, und sein Sohn trat ein und sah aus, wie sein Vater damals ausgesehen haben muß! Was für eine Entscheidung meiner Großmutter, zu sagen: Bleibt hier! Fahrt nicht! Ich wäre bis vor wenigen Tagen eine DDR-Bürgerin gewesen! Und meine Kinder –! Welchen Vater hätten sie –? So lange Gedankenstriche gibt es gar nicht, wie ich sie jetzt schreiben müßte – –. Hat meine Phantasie das Erinnerungsvermögen meiner Mutter weit überholt – –? Aber die leuchtenden Augen dieses Patenonkels waren doch eine Bestätigung für das, was ich dachte!‹

Ein Verein zur Rettung von Schloß Schönfeld wurde gegründet. Seit das Schlößchen nicht mehr als Hotel und Restaurant genutzt wird, verfällt es, steht aber unter Denkmalschutz, der es vor weiterem Verfall nicht schützt. Man braucht zahlungswillige und zahlungsfähige Mitglieder. Aus dem ehemaligen Jagdschlößchen, in dem für kurze Zeit Jérôme residiert hat, in dem die Grimms und Brentanos und Savignys aus und ein gingen, wurde, was an den dynamischen Vorstandsmitgliedern liegen muß, sogleich ein Schloß, es wuchs über sich hinaus. Die Planungen für die umfangreichen Restaurierungsarbeiten ziehen sich hin. Es wurde ein Frühschoppen im kleinen Kuppelsaal veranstaltet; die meisten der Fenster sind mit Pappe vernagelt, der Putz bröckelt, aber die heruntergekommene Schönheit ist doch noch sichtbar. Der Blick geht durch die restlichen Glasscheiben in den Vorfrühlingspark, in dem bald die hohen Kastanienbäume in Blüte stehen werden. Man gibt sich an diesem Sonntagmorgen heiter, auch festlich-elegant. Kleine Reden, ein wenig Musik, Getränke und Imbiß. Keine Sitzgelegenheiten, aber die schönsten Weissagungen auf spätere Annehmlichkeiten. In diesem Schlößchen haben wir eine Reihe von Buchpremieren gefeiert, das werden wir - vielleicht - wieder tun können. Eine Anwesenheitsliste liegt aus, man wird eindringlich ermahnt, sich einzutragen, deutlich lesbar mit Anschrift. Wer sich entschlossen hat, Mitglied des Vereins zu werden, der möge bitte ein Kreuz hinter seinem Namen machen. Ich gebe zu bedenken, daß er damit erkläre, verstorben zu sein. Gelächter - die zumeist männlichen Gäste befinden sich im besten Alter. Ein Kreuz machen. Drei Kreuze machen, das tut man, wenn jemand geht, den man nicht leiden mag. Man macht ein Kreuz, wenn man seinen Namen nicht schreiben kann. Auf meinen Einwand hin, entschließt man sich für ein ›x‹, und ich frage: »Statt eines ›u‹?«

Joachim Günther nachgerufen

›Es ist ja wie verreist‹, sagen wir, wenn wir in einem Lokal an der Kasseler Seenplatte sitzen und der Blick unverstellt über die Höhen des Habichtswaldes schweift, am ›Herkules‹ anhält und die Sonne uns an ungewohnter Stelle untergeht. Jedesmal denke ich dann an Joachim Günther, der seinen ›Berliner Spaziergängen‹ den Titel ›Es ist ja wie verreist . . .‹ gegeben hat. Das Buch liest sich unter den veränderten Umständen ganz neu. ›Steinstücken‹. ›Schloß Köpenick‹. ›Armes Brandenburger Tor‹. Was hat er, der Spaziergänger, in seinem letzten Winter von den veränderten Umständen noch wahrgenommen? Er war lange schon leidend, jetzt ist er tot. Wir nannten ihn ›Meister vom Kindelbergweg‹, er lebte in Berlin-Lankwitz. Als er schon alt war, hat man ihn mit dem Titel ›Professor‹ geehrt. Ich hätte mich gefreut, wenn das letzte der ›Neuen Deutschen Hefte‹, die sein Lebenswerk sind, ihm gewidmet würde, aber auch das hat er nicht gewollt, keine Todesanzeige. Barbara, mit der er so gern verheiratet war, schreibt: ›So will ich nun weiterleben, dankbar für 45 Jahre geistige Anregung, Reisen und Freundschaft-Schließen. Jetzt, wo ich etwas müde all der Anregungen bin und gern allein, um nach innen zu schauen, hat Joachim darauf Rücksicht genommen. Für alles bin ich ihm zutiefst dankbar. Ich habe nicht das Gefühl, er sei nicht da. Er ist so gegenwärtig wie immer, wie in seinen besten Jahren. Ein so lange gelebtes Leben kann doch nicht plötzlich einsam und leer werden.‹

Er hat eine Reihe meiner Bücher in den ›Neuen Deutschen Heften‹ besprochen; als seine Aphorismen erschienen, denen er den Titel ›Findlinge‹ gegeben hatte, habe ich darüber geschrieben, die Rezension liegt vorn im Buch. ›Joachim Günther, ein Siebzigjähriger, der sich zu seinem Alter bekennt: Germanist, Philosoph und Theologe ein Leben lang. Vor einem Jahr waren wir bei ihm zu Gast, saßen zu viert in den Kellerräumen seines kleinen Hauses in Lankwitz. Im Licht vieler Kerzen wurden die buchbestandenen Wände zu Mauern einer Katakombe. In der einen Hand hielt er das Rotweinglas, in der anderen das Manuskript; manchmal die Stimme, manchmal den schweren Blick, oft das Glas hebend. Wir hörten Sätze eines weise gewordenen Mannes. Eine prophetische unvergessene Stunde ... »Beim Aphorismus muß etwas stimmen, nicht er«, sagt Joachim Günther auf der ersten Seite und beendet diesen Satz sowenig mit einem Punkt wie die folgenden 700 Aphorismen, die er nach langem Beobachten, Erleben und Nachdenken gefunden hat und daher Findlinge nennt. Der eine Gedanke gilt einem Vogelruf, der nächste bereits dem

Tod; er rückt das eine nahe ans andere, rückt anderes auseinander, schafft Zwischenräume. Er überrascht, er entlarvt. Seine Aphorismen sind geistreich, aber nicht witzig um der Eitelkeit einer gelungenen Pointe willen; er geht behutsam mit jenen um, denen er nun seine Findlinge anvertraut. Er überreicht den Lesern das Kostbarste und Eigenste, was er zu geben hat. Die ewigen Themen: Alter, Tod, Gott. Nicht immer gibt er Antworten, oft sind es Fragen, aber seine Fragen weisen in immer dieselbe Richtung. Der Begriff des Nachdenkens, einem anderen nach-denken, wurde mir deutlich. Kein Auflachen, damit kann der Leser nicht rechnen, aber: Heiterkeit, eine tiefe und ernste Heiterkeit.‹

In einem zweiten Brief schreibt seine Frau: ›Ich mag mich noch nicht daran gewöhnen, mich als seine Witwe anzusehen. Einsichtig werde ich immer bleiben, was Gnade und Erlösung angeht, auch dankbar. Das bedeutet nicht, daß ich ohne verzweifelte Sehnsucht auskommen werde. Ich will nur zuerst an ihn und dann an mich denken.‹

Wenn dieses Jahr zu Ende geht, muß auch er umziehen in die Nekropole. Das Regal, in dem seine Bücher jetzt noch stehen, ist den lebenden Autoren vorbehalten. Wie viele Umzüge wird es geben? Irmtraud Morgner, Dürrenmatt. Wer kommt noch dazu? Dann werden wir noch einmal Abschied von unserem alten und über Jahre verehrten Freund nehmen. In seinen ›Findlingen‹ steht der Aphorismus: ›Ruhm ist auch ein Anfang des Todes. Aber es gibt kaum eine Möglichkeit, Ruhm oder Reichtum abzuwehren.‹

Kein ungutes Wort in den Nachrufen. Ein Literat und Kritiker, dessen Ansichten respektiert, nicht gefürchtet wurden.

Pläne! Matthus, Professor Siegfried Matthus, hat angefragt, ob er einige der ›Ungehaltenen Reden‹ veropern dürfe, seither sage ich: Wenn du gesungen hättest, Desdemona! – aber das schreibe ich ihm nicht. Wir sehen uns manchmal, korrespondieren, mögen uns, ich vermute, daß es beiderseitig ist. Er schreibt: ›Kennen Sie auch das merkwürdige Phänomen, daß an einem bestimmten Zeitpunkt einer größeren Arbeit die erfundenen und gefundenen Personen beginnen, unabhängig vom Willen des Schöpfers, eigene Wege zu gehen und ein Eigenleben zu führen? So geht es mir jetzt mit den drei ungehaltenen Frauen. Da ich sie nun einmal über Ihre Konzeption hinaus zusammengeführt habe, wollen die drei Damen nun unbedingt auch miteinander reden. Was sagen Sie zu dieser unverschämten Forderung? . . . Und dann habe ich einen theatralischen und inhaltlich großen Schluß gefunden. Dafür brauche ich aber keinen neuen Text, deshalb verrate ich Ihnen diese Lösung auch nicht. Wenn Sie sich schon zur Premiere ein neues Kleid kaufen, sollen Sie doch auch noch eine Überraschung erleben . . .‹

Alle Verhandlungen über die Rechte zwischen dem Komponisten der ehemaligen DDR und der Autorin aus der ehemaligen BRD werden von den jeweiligen Agenturen geführt, mir bleibt nur das Vergnügen am Umgang mit dem Komponisten. Seine Oper ›Judith‹ kenne ich von einer Schallplattenaufnahme, sie sagt mir zu.

Was für ein schöner erster Mai, den wir bei ihm an dem märkischen See verbrachten! Als ich ihn bei einem Arbeits-Spaziergang unter den Kiefern, auf dem Sandweg am See entlang fragte: »Wie heißt der See?«, sagte er: »Der See!« Wie andere Leute sagen, wußte er nicht. Seither rede ich ihn mit ›Herr von Matthus-See‹ an, er läßt es sich gefallen. Im Sommer, im Winter geht er frühmorgens die wenigen Schritte vom Haus zum Steg und taucht ins Wasser. ›Herzliche Grüße von dem Menschen vom Matthus-See‹, schreibt er. ›Danke für die poetische Zueignung, ich werde sie ins Grundbuch eintragen lassen! Ihr Angebot, auf Ihrer Terrasse zwischen Rosen, Goldregen und jungen Meisen mit Ihnen Wein zu trinken, ist sehr verlockend – leider lassen mich meine drei Damen nicht fort. Sollte es mir gelingen, einmal heimlich auszubüxen, dann komme ich gern auf Ihre Einladung zurück! Machen Sie sich keine Gedanken über den Satz »Wie behütet man Kinder«! Ich werde schon

Musikalisches darin finden (hoffentlich!). Auch die Fäkalsprache der Rebellin ist richtig. Und wenn es mir dann doch zu arg wird, dann komponiere ich eine große Trommel mit fortissimo darüber.‹

Monate später schrieb er dann: ›Wie finden Sie den Titel: »Desdemona und ihre Schwestern«?‹ Ich finde ihn gut, ich habe zugesagt, daß ich bereit sei, ihn mit DM 5,- zu honorieren; alles, was man mir an Ideen zuträgt, ist mir fünf Mark wert.

Die Schwetzinger Festspiele sollen mit seiner Oper eröffnet werden. Götz Friedrich soll Regie führen, an beiden Opern in Berlin, Ost und West. Es wird mir schwindlig bei diesen Plänen. Er komponiert in seinem Haus am Matthus-See, ich sitze hier und schreibe meine Aufzeichnungen. Gott wird die Welt schon nicht untergehen lassen. Allah vermutlich auch nicht. Was für ein Kraftakt, sich für eine Weile dem Weltgeschehen zu entziehen.

Brief an mein Patenkind

Johanna, liebe Johanna! Ich will Dir einen Brief schreiben, den Du zu Deinem Geburtstag bekommen sollst. Weißt Du, daß Du Glück gehabt hast, von Anfang an? Du hast eine Mutter, deren Wunsch es ist, vier fröhliche Kinder aufzuziehen; erst an zweiter Stelle steht der Wunsch, Bilder zu malen. Du hast einen Vater in angesehener Stellung. Wenn er Euch in den VW-Bus lädt, sagt er: »Wie die Zigeuner!« Es geht lustig bei Euch zu, oft auch drunter und drüber. Ihr genießt viel Freiheit, Eure Begabungen werden gefördert. Alle im Dorf kennen Dich beim Namen. Ihr habt ein hübsches Haus, manchmal wird es etwas eng, und dann entstehen Reibungsflächen, Ihr erprobt Eure Kräfte. Du hast frühzeitig gelernt, Dich bemerkbar zu machen. Du bist die Jüngste, Du wehrst Dich gegen das Überangebot an Zärtlichkeit, Du wirst abgeküßt von oben bis unten, von der Mutter, dem großen Bruder, den beiden Schwestern. Zwei Großmütter! Und dann hast Du ja auch noch mich als Patentante, die bei Deiner Taufe gelobt hat, mehr für Dich zu tun, als Dich zu Weihnachten und zum Geburtstag zu beschenken. »Du bist *meine* Tante!« sagst Du und meldest Deine Ansprüche an. Recht hast Du!

Deine Eltern haben Freunde, deren Häuser und Autos größer sind, es gibt Swimmingpools. Laß Dich dort verwöhnen, aber sei nicht neidisch, und erweck Du auch keinen Neid, indem Du prahlst. Es wird immer noch größere Autos und noch größere Häuser geben. Richte Dich nach jenen, die weniger besitzen, oft viel weniger als Ihr.

Paß gut auf, Johanna! Das sagen alle, aber Du sollst nicht nur aufpassen, wenn Du eine Straße überquerst, Du sollst aufmerksam alles beobachten, was geschieht. Du mußt sehen, wenn jemand fremd ist und eine Straße nicht findet, wenn jemand wenig Deutsch sprechen kann, dann mußt Du ihm helfen, weil es Dir leichtfällt. Man sagt ›danke‹ und denkt: ›Was für ein aufmerksames kleines Mädchen!‹ Und Du merkst, daß Du auch Dir selbst eine Freude gemacht hast. Freude springt hin und her, sie steckt an. Diese Freude muß von jemandem ausgehen, und wenn Du ›so jemand‹ bist, dann wird Dir alles leichterfallen im Leben.

Sei bereit zu helfen. Man hilft, und es wird einem geholfen, man gibt, und es wird einem etwas gegeben. Man erzählt und bekommt erzählt. Man hört zu, und der andere hört einem auch zu. Merkst Du, was ich meine? Es geht immer hin und es geht her. Erwarte nur das, was Du auch zu geben bereit wärest. Nur von Gott, von ihm darfst Du mehr erwarten. In der Bergpredigt – Du kennst sie noch nicht, aber Du wirst sie doch eines Tages lesen? – steht: ›Bittet, so wird Euch gegeben‹. Lern es, zu bitten! Es fällt oft schwer. Man wird auch Dich bitten. Laß niemanden stehen, der Dich um etwas bittet, es ist ihm vielleicht schwergefallen. Einen fröhlichen Geber hat Gott lieb, das hast Du sicher schon einmal gehört, aber Gott hat auch den fröhlichen Nehmer lieb, den, der dankbar ist und mit Freude auf das reagiert, was man ihm gibt. Sei und bleib Du ein Freudebringer!

Wenn Du Deine Schulaufgaben gemacht hast, gehst Du am nächsten Morgen ohne Angst in die Schule, das weißt Du nun schon. Wer den Tag über faul war, kann am Abend nicht zufrieden sein. Unzufriedene Menschen sind meist unzufrieden mit sich selbst, ohne es zu wissen. Laß keine Unzufriedenheit in Dir aufkommen. Wenn Du einmal denkst: Immer ich! Immer habe ich Pech! Warum denn ich –? Weißt Du, die Frage nach dem ›Warum‹, die können wir nur selten beantworten. Wenn Du denkst: Niemand ruft mich an! Niemand schreibt mir einen Brief! – dann geh selbst zum Telefon, dann schreib Du einen Brief. Tu den ersten Schritt, geh auf andere zu, das fällt Dir doch leicht, Du läufst doch auf alle zu, die Du lieb hast. Ich wünsche mir, daß es immer ein wenig heller im Zimmer wird, wenn Du es betrittst.

Wenn man Dich in der Schule gelobt hat, dann machen Dir die Schulaufgaben auf einmal Spaß. Du mußt aber auch loben! Gelobt werden und selber loben. Auch ein Lehrer ist manchmal entmutigt, weil Ihr Lärm macht, weil Ihr so langsam begreift, was er Euch erklärt. Wenn Du einmal ausrufst: Das ist aber interessant! Oder: Heute hat es mir richtig Spaß gemacht! – dann freut er sich. Du darfst das aber nur sagen, wenn Du es ganz ehrlich meinst und es nicht um einer besseren Note willen sagst. Sei ehrlich, Johanna! Du flunkerst, das tun alle Kinder, aber wenn etwas ernst und wichtig ist, dann muß man Dir glauben können. Ich habe als Kind phantastische Geschichten erzählt. Einmal, am Tag vor Heiligabend, da stand plötzlich die Tür zum Weihnachtszimmer, die immer verschlossen war, weit auf. Wer war im Zimmer gewesen? Ich sagte: Ich war es nicht! Und meine Mutter hat mir nicht geglaubt, daß ich diesmal die Wahrheit sagte. Ich habe das nie vergessen. Ich möchte, daß Du diese schlimme Erfahrung nicht machst.

Alle habt Ihr einen Paten, der eine andere Sprache spricht; Deine Eltern haben Freunde, die anderen Konfessionen angehören. Sie möchten erreichen, daß Ihr Euch in der Welt nicht fremd fühlt. Überall gibt es jemanden, den Ihr kennt. Lern diese fremden Sprachen, damit man Dich verstehen kann! Noch lebst Du wie ein Sterntalerkind. Es fällt Dir alles in den Schoß. Aber weißt Du denn auch, daß dieses Sterntalerkind alles, was es besaß, hergegeben hat? Tu niemandem weh! Sei kein Wegwerfer, zerstör nichts, was Dir anvertraut ist, noch sind es Puppen, eines Tages werden es Menschen sein, aber auch Tiere, auch Pflanzen. Geh sorgsam mit allen Dingen um, paß auf!

Eigentlich wollte ich Dir schreiben, wofür es sich zu leben lohnt, aber dann fiel mir ein, daß so viele Menschen sagen: ›Lohnt sich das denn?‹ Und: ›Was bringt mir das?‹ So sollst Du nie fragen, Johanna! Denk nicht zuerst an Dich! Du wirst viel von ›Selbstfindung‹ und ›Selbstverwirklichung‹ hören und lesen – denk daran, daß die Menschen neben Dir auch gedeihen wollen. Du wirst Rechte haben, aber Du hast auch Pflichten. Je mehr Rechte Du für Dich beanspruchst, desto mehr Pflichten wirst Du bekommen. Wenn man Ansprüche stellt, muß man Ansprüche erfüllen. So klug bist Du auch jetzt schon, daß Du das verstehen kannst.

›Das Kind muß lernen, seine Ellenbogen zu gebrauchen!‹ Hat das schon einmal jemand gesagt? Lieber wäre es mir, wenn sich Dein Fingerspitzengefühl entwickelte! Damit wirst Du ein empfindsamer Mensch werden, Du wirst allerdings trauriger sein als andere, aber auch glücklicher. Dein ganzes Leben wird dann reicher werden. Du wirst rücksichtsvoll sein, wenn Du auf dem Fahrrad sitzt oder am Steuer eines Autos. Ich erwarte ja nicht, daß Du vor lauter Rücksichtnahme nicht an Dich denkst, ich möchte nur, daß Du erkennst, wo die Erfüllung Deiner Wünsche und Pläne anderen schadet.

Sei mutig, Johanna, laß Dir keine Angst einjagen. Ich lebe schon sehr lange, und immer noch gibt es Tage, an denen ich aus vollem Herzen sage: Die Welt ist schön, und der Mensch ist gut! Du hast eine innere Stimme in Dir, das eine Mal sagt sie: Tu das nicht, Johanna! Das andere Mal sagt sie: Tu das, Johanna! Hör auf diese Stimme, paß auf!

Jan-Józef Lipski, Warszawa. Als ich ihm zum ersten Mal einen Brief schrieb, war er ein ›writer in prison‹, heute ist er Abgeordneter einer Woiwodschaft, ein Schriftsteller, der in die Politik gegangen ist. Von Schonung nach einer schweren Herzoperation ist nicht mehr die Rede. Von 9–22 Uhr ist er im Sejm tätig. Er schreibt deutsch, nicht fehlerfrei, aber gut verständlich. Ich bin beschämt, kaum ein Wort Polnisch zu können; Polen war unser Nachbarland, ist es nun wieder, jetzt mit Oder/Odra als Grenze. Er kümmert sich um die polnisch-deutschen Beziehungen, der Bundeskanzler hat ihm dafür gedankt. Er hatte auch eine Unterredung mit dem Bundespräsidenten, den er lobt, wie alle ihn loben. Am 1. 9. 89 fand eine polnisch-deutsche Konferenz in Krakau statt. Lipski vertritt die These, daß Kulturdenkmäler immer Eigentum des Kulturkreises bleiben, der diese Denkmäler geschaffen habe. ›Deutsche Kulturdenkmäler‹, schreibt er, ›Paläste, Burgen, Bürgerhäuser, Rathäuser, Friedhöfe, Kirchen, sind in unseren Händen nur Depositum. Wir haben Pflicht, diese Kulturdenkmäler zu schützen, nicht weniger als polnische Denkmäler. Wir sind heute sehr arm, darum ist es eine Unmöglichkeit, das gut zu machen. Warum bitten wir die Deutschen nicht, diese Kulturdenkmäler gemeinsam zu retten? Unsere Nationalisten wollen das nicht. Ich meine aber, daß auf diesem Gebiet eine Zusammenarbeit möglich wäre. Ich denke über eine polnisch-deutsche Stiftung nach. Das Problem liegt nicht nur am Geld, mehr noch ist es ein Problem der deutschen und polnischen Architekten, Kunstgeschichtler etc.‹

Hat er nicht recht? Man müßte gemeinsame Sache machen, jetzt, wo sich die militärischen Pakte auflösen. Könnte es nicht die Aufgabe der Vertriebenenverbände sein zu retten, was an deutschen Kulturdenkmälern noch zu retten ist? Nicht Ansprüche an ehemaliges Privateigentum zu unterstützen, sondern Verantwortung zu übernehmen, damit etwas bleibt. Es leben so viele in Wohlstand, die einmal mit mehr oder weniger, meist mit weniger, Wohlstand in Ostpreußen, Pommern, Schlesien gelebt haben.

Die Baudenkmäler aus der römischen Besatzungszeit fallen mir ein: die Porta Nigra in Trier, oder auch das Castel del Monte in Apulien. Die Italiener, als Nachfahren der Römer, werden sich nicht um die Porta Nigra gekümmert haben, die Nachfolger des großen Friedrich II. ebenfalls nicht. Aber die Welt weiß, daß es sich um römische und um fränkische Kulturdenkmäler handelt. Hätte ich als Beispiel das Straßburger Münster wählen sollen? Wenn es zu einer solchen Stiftung kommt, müßte ich mitmachen, im Gedanken an Poenichen.

Ein leuchtender Oktobersonntag. Wir fahren nach Thüringen, in jenes der fünf neuen Bundesländer, das uns am nächsten liegt. Der Parkplatz ist überfüllt, nicht immer gibt der Wagentyp Auskunft über die Herkunft des Besitzers, schon mischen sich Ost und West. Wir steigen auf die Teufelskanzel, sehen im Tal die große dunkle Schleife der Werra, sehen die klargezeichneten Umrisse des Meißners, lernen nun endlich seine Ostseite kennen. Die thüringische Mundart überwiegt. Man will das Sperrgebiet sehen, das jahrzehntelang unzugänglich war. Reste der Grenzbefestigung, herausgerissene Kabel. Die Buchen sind erst zur Hälfte entlaubt, man blickt in den Himmel. Bevor wir sie sehen, hören wir die Rufe der Kraniche, sie fliegen in 500 Meter Höhe, ungeordnet, unruhig, und dann übernimmt ein Vogel die Führung, die anderen ordnen sich zum Keil, die Form eines Trichters wird kenntlich. Sie fliegen der untergehenden Sonne zu, die den Himmel rosa färbt. Wer führt? Das stärkste Tier? Das älteste Tier? Im Herbst fliegen sie langsamer als im Frühling, wenn sie ihre Brutstätten aufsuchen. Sie erreichen eine Stundengeschwindigkeit von 75 Kilometern, bei Sturm und Nebel unterbrechen sie den Flug, instinktsicherer als der Mensch im Auto. Man bietet mir ein Fernglas an, aber ich lehne ab, ich will nur wahrnehmen, was ich mit eigener Sehschärfe erfasse. Die Abneigung gegen Vergrößerungen nimmt zu. Natürlich habe ich an Maximiliane Quint gedacht! Sie meinte, nie wieder Kraniche zu sehen, nachdem sie Pommern verlassen hatte. Der Titel der amerikanischen Übersetzung von ›Nirgendwo ist Poenichen‹ heißt ›Flight of Cranes‹, Flug der Kraniche, Flucht der Kraniche.

Die untergehende Sonne. Der Zug der Kraniche: ein Augenblick, ein Stück Ewigkeit. Die Auguren, die die Himmelszeichen deuteten, unterschieden eine linke und eine rechte Himmelshälfte. Der Zug der Kraniche wandte sich nach Südwesten, nach links, das ist die glückverheißende Richtung. Warum sollte ich solche Zeichen nicht konstatieren? Die Auguren erforschten den Willen der Götter. Wir sprechen über die Aufgaben der Auguren, und ich sage: Um Gottes willen! Wir steigen von der Felsplatte hinunter, machen anderen Besuchern Platz, halten an der Kirche von Wahlhausen an; wir haben sie oft von weitem gesehen, eine Entfernung von wenigen hundert Metern, aber unerreichbar. Sperrgebiet. Der Regen hat die ausgemalte Tonnendecke schwer beschädigt, aber es gibt noch viel zu besichtigen und zu bewundern. Wer zur Renovierung beitragen möchte, für den steht ein Pappkarton bereit, mit einem Schlitz für Münzen und Scheine: Spenden erbeten. Die Dahlien werden in der Nacht, die nun anbricht, erfrieren. Der heftige Wind reißt das Laub von Buchen und Eichen. Dies war der Abschied von einem Sommer, der es gut mit uns gemeint hat. Wir fahren schweigend zurück, ich bitte mir Kutschen-Tempo aus. Für die nächsten Monate wird uns unser Park genügen müssen.

Was für ein schöner erster Tag in einem neuen Lebensjahr. Das letzte dieses Jahrzehnts. Geburtstag am Geburtsort, nicht vielen Menschen ist das vergönnt. Auf der Fahrt fing es an zu schneien, der erste Schnee des Winters. Als wir am Gasthof eintrafen, wurde es bereits dämmrig. Wir gingen zur Kirche, die Pfarrersleute erwarteten uns bereits, stiegen auf die Empore, und Kühner setzte sich an die neue Orgel; ein Schild weist darauf hin, daß sie meinen Eltern gewidmet ist. Weitere Freunde kamen hinzu, mehrstimmig wurde gesungen. ›Tochter

Zion, freue dich!‹ Wir hatten soviel Anlaß zu Dankbarkeit und Freude. Kerzenlicht erhellte die kleine Dorfkirche, vor den Fenstern fiel der Schnee in dicken Flocken, das hatte ich nicht mehr gesehen, seit ich dort ein Kind war. Die Freundin Rose sang für mich ›Maria durch ein Dornwald ging . . .‹, und als letztes sangen wir im Kanon ›Dona nobis pacem‹ - nicht ahnend, daß uns ein Krieg bevorstand. Uns -? Auch uns. Wir tranken im Pfarrhaus ein Glas Sekt, in jenem Raum, der einmal das rote Zimmer meiner Mutter gewesen ist; dann stapften wir durch das verschneite, stille Dorf. Ein Gänsebratenessen! Auf unserer Einladung war eine fliegende Gans zu sehen, ich hatte daruntergeschrieben: ›Ihr letzter Flug‹ und angegeben, wo und wann sie auf unseren Tellern landen sollte. Später saßen wir im neuen Kaminzimmer des Gasthofs beim Rotwein; Kaffee und Torte gab es ebenfalls. Ernste Gespräche, heitere Gespräche. Der heilkundige Pfarrer führte uns seine Kunstgriffe der Akupressur vor. Als wir ein handgeschriebenes Schild an der Wand entdeckten, auf dem stand, daß die Gäste gebeten würden, die Füße nicht auf die Polstermöbel und den Tisch zu legen, nahm ich meinen Lippenstift und übermalte das große F mit einem großen S. Was für ein glücklicher Anfang dieses Jahres! Ich will das nicht vergessen. Es war der zweite Adventssonntag. Ich bekam den Schlüssel zur Kirche und eine Pfeife der alten Orgel zum Geschenk.

Mein Verleger brachte mir einen Bildband voller Engel mit, es ist Adventszeit. Als er abgereist war, blätterte ich, betrachtete Bilder, las die kurzen Texte: ›Siehe, ich sende einen Engel vor dir her.‹ Engel aus persischen Handschriften, Engel des Meisters Bertram, Hugo van der Goes, Simone Martini, Hans Memling! Ägyptische Seelenvögel, der Engelspfeiler im Straßburger Münster. Übergroße byzantinische Engel. Was für ein freudiges Wiedererkennen. Ich schlug die Doppelseite mit den schlafenden Drei Königen von einem Kapitell in Autun auf. Sie liegen nebeneinander unter einer Decke, den einen von ihnen hat der Engel bereits erweckt und ihm die Augen geöffnet. Es ist mir seit langem das liebste aller Weihnachtsbilder. Von den schlafenden, träumenden, vom Engel bewachten Königen geht Beruhigung und Trost aus. Wenn mein Blick auf das Bild fällt, das wochenlang in Sichtweite steht, denke ich an die schönen und lehrreichen Jahre zurück, in denen ich am Kunstinstitut in Marburg arbeitete. Lange vor der Weihnachtszeit stellte ich für Zeitschriften und Zeitungen Bild-Serien zusammen: ›Der Engel der Verkündigung‹; ›Engel mit dem Schwert‹, ›Die Flucht nach Ägypten‹. Viele Tage verbrachte ich über den Fotobänden, die im Bildarchiv ›Foto-Marburg‹ archiviert waren. Was für ein aufregendes Suchen und Finden. Vor einigen Jahren hat man mir, der ehemaligen Mitarbeiterin, vorgeführt, wie vereinfacht das Suchen ist, seit man mit Computern arbeitet. Man braucht nur wenige Angaben einzugeben: Zeit, Ort, Thema, und schon bekommt man die Ziffern für die Bestellung geliefert. Ob mir das nicht imponiert? Doch, es imponiert mir, aber mehr auch nicht.

Und dann brauchte ich ein Geschenk, eines, worüber diese Freundin sich wirklich freuen würde. Das Engelbuch, das war das richtige! Ich schrieb einen Begleitbrief, wollte das schöne Buch schön verpacken, und dann las ich den Titel: ›Bleibt, ihr Engel, bleibt bei mir . . .‹ – da habe ich das Buch behalten.

M.M., die Freundin, die uns so nahe stand und jetzt fern von uns lebt, schreibt: ›Ich lese Rilkes Sonnette, weil ich schöne Sprache lesen will. Wenn Du nur keine derart verzweifelten Schreib-Jahre bekommst wie er! Sonette schreibt man mit einem ›n‹? Es kommt nicht von Sonne? »Kleine Sonne«, das wäre doch hübsch, das würde doch genügen. Im Dezember.‹

Und g.t., der weiß, daß man mich in regelmäßigen Abständen ermutigen muß, schreibt: ›»Über die Lebenskraft des Fontaneschen Werkes entscheidet immer von neuem das Urteil des

Lesers, in seiner Teilnahme liegt das wesentliche Zeugnis, kein epitheton ornans aus zweitem Munde vermag sie zu ersetzen!« Ich fand diese Stellungnahme zweier Professoren in der kommentierten Ausgabe der Werke. Brauchen Sie die genauen Quellenangaben? Fontane gehörte zu meinen Prüfungsfächern.‹

dpa teilt mit, daß der Bundespräsident Richard von Weizsäcker die Weihnachtstage in Bad Tölz verbringen wird, er will sich mit Skilanglauf fit halten, so es möglich ist, ersatzweise stehe Wandern auf dem Programm. Die langen Abende nutzt er zum Lesen. Aus dem Bücherschrank nimmt er sich eine Cäsar-Biographie und Christine Brückners ›Jauche und Levkojen‹ mit.

Wie war das Wetter, Herr Bundespräsident? Wie weit sind Sie denn gekommen –?

Lieben, arbeiten, beten muß man gelernt haben, um es unter allen Umständen zu können. Bei wem sind wir in die Schule gegangen? Wer hat es uns beigebracht? ›Ein Lebemeister gilt mehr als tausend Lehrmeister‹, schreibt Meister Eckhart. Die Schule des Lebens, in die wir ein Leben lang gehen, die keine Ferien kennt. Wo finden wir die rechten Lehrer, die uns außer Arbeiten, Sportausübung, Freizeitgestaltung etwas beibringen? Etwas Rechtes.

Matthias Claudius. Ich besitze nur eine Auswahl seiner Werke, aber von diesem kleinen Band ›Gläubiges Herz‹, noch bei Kröner in Leipzig erschienen, mag ich mich nicht trennen zugunsten einer Gesamtausgabe. Man sieht dem Buch die häufige Benutzung an. Es gibt Anstreichungen, kurze Notizen, einige noch in deutscher Schrift. Diesmal lese ich: ›Die Zeit wird kommen, wo sie uns auch in Leinen wickeln und in einen Sarg legen. Laß uns tun, lieber Junge, was wir dann gerne möchten getan haben, und unser Vertrauen auf Gott setzen.‹ Es läßt sich nun nichts mehr aufschieben. Wann, wenn nicht jetzt? Das müßte ich mir, und dir, an jedem Tag sagen.

Bei Ausbruch des Bayerischen Erbfolgekrieges zwischen Österreich und Bayern im Jahr 1778 schrieb er ein ›Kriegslied‹. Zwei Zeilen hat er wiederholt: ›'s ist leider Krieg – und ich begehre / Nicht schuld daran zu sein.‹ Das habe ich so oft zitiert, das hat mir genügt: nicht schuld daran zu sein. Es ist zuwenig. Aber: was tun? Ich bin außerstande, mich an Gesprächen über das Für und das Wider zu beteiligen, ich sehe nirgendwo das Recht zum Töten, zum Zerstören. Ich verstumme. Ich gebe mich geschlagen.

Ein Krieg droht. Man droht uns mit Krieg. Wie nah ist uns der Nahe Osten? Wir sind an kalte Kriege gewöhnt, an Krisen, an Schein-Frieden. Ein Krieg mit dem Einsatz von Giftgas und Atomwaffen, der Bombardierung von Erdölfeldern ist uns unvorstellbar. Um was geht es denn? Am Ende doch um Öl? Das Gold unseres Jahrhunderts? Um Macht? Es gibt Verträge, es geht um Solidarität, ich weiß es, aber weder Kopf noch Herz können es begreifen. Hätte ich immer und immer wieder über den von mir erlebten Bombenkrieg schreiben müssen, nicht nur diese kargen Angaben über die Zerstörung des Elternhauses? Nichts habe ich über die aufgetürmten, zur Unkenntlichkeit verbrannten Menschen geschrieben; wenn man meint, blind geworden zu sein vom Phosphorrauch, wenn Wimpern und Brauen angesengt sind von den Flammen, und dann der tote Hund auf dem Trümmerberg, über den ich weinte, über die toten Menschen habe ich nicht geweint. Ich habe den zerschossenen Hürtgenwald gesehen, als der Krieg vorüber war. Ich habe mich immer gescheut, Schrecken zu verbreiten, Angst zu säen. Nie wird man mir einen Krieg erklären können. Hat das Clausewitz gesagt, daß eines Tages der Krieg den Krieg vernichten würde? Sieger ist immer der Tod.

Als aus der lange schwelenden Golfkrise der Golfkrieg wurde, befanden wir uns in Berlin. Die Nachricht erreichte uns erst nach dem Hotelfrühstück. Kühner äußerte den Wunsch, das höchste Gewächshaus der Welt im Botanischen Garten in Steglitz zu besichtigen. Einige Arbeiter topften Pflanzen um, beschnitten Büsche. Keine weiteren Besucher an diesem Vormittag. Der blaue Januarhimmel leuchtete hart durch die gläserne Kuppel. Urwaldstille, es war warm und feucht und dunkel unter den Bäumen; kleine Wasserfälle, Wassergräben, Brücken und ein Teich, in dem Schildkröten ungeschickte Versuche zur Paarung vorbereiteten.

Auf der Rückreise fragte ich: »Wo warst du am liebsten?« Wir hatten eine schöne Aufführung von Tschechows ›Kirschgarten‹ gesehen, wir waren endlich wieder in der alten Nationalgalerie, waren im Nikolaiviertel; die Verlagsgespräche gerieten in raschem freundschaftlichen Einvernehmen; an jedem Abend hatten wir einige Minuten in der Gedächtniskirche gesessen, stille Demonstrationen. Friedensgebete. Zu meiner Überraschung sagte Kühner: »Am wohltuendsten war es im Gewächshaus.« Ein Glashaus. Man wünscht sich ein Glashaus, in das nichts eindringt vom Weltgeschehen, keine Nachricht erreichte uns dort, nichts, nur diese stillen grünen Pflanzen, nicht einmal ablenkende Gerüche.

Wir hatten sein Manuskript ›Mein Eulenspiegel‹ nach Berlin gebracht, eigenhändig. Wir hatten die Bilder für die Schutzumschläge unserer Bücher nach Berlin gebracht. Der Verleger, die Lektorin und auch g. t. erwarteten uns auf dem Bahnsteig. Alle spürten: Es ist etwas Besonderes, daß wir zu zweit kommen, daß Bücher erscheinen werden, gesprochen wurde nicht darüber. Wir haben gelernt, das Besondere alltäglich zu nehmen, aber das Alltägliche, das ist das Besondere.

Heute kam ein Brief von Wolfgang Preisendanz, dem Philologen, vor ein paar Jahren hat er den ›Kasseler Literaturpreis für grotesken Humor‹ erhalten, er schreibt: ›Goethes »Gottes ist der Orient, Gottes ist der Okzident« hängt als Faksimile in meinem Arbeitszimmer mit anderen Talismanen des »West-östlichen Diwan«, aber als eine schiere Utopie.‹

Die schiitischen Perser haben den Namen des sunnitischen Kalifen in ihre Teppiche geknüpft, damit sie ihn jeden Tag mit Füßen treten konnten. Hat sich der Brauch überliefert? Das Bedürfnis gewiß. Könnte man den Namen Chomeinis, den Namen Husseins entziffern –?

Wir saßen mit Freunden zusammen. Das Gespräch wurde, wie so oft, politisch, ging zurück in die NS-Vergangenheit; alle sind in den zwanziger Jahren geboren, ins Dritte Reich hineingewachsen oder hineinerzogen worden. Jemand fragte: »Kennt ihr noch dieses Marschlied: ›Als die goldne Abendsonne / sandte ihren letzten Schein, letzten Schein . . .‹?« Wir kannten es alle, Text und Melodie. Einige hatten es als HJ-Jungen oder BDM-Mädels gesungen, ich hatte das nicht getan und fragte mich nun, auf welchen Kanälen alle diese NS-Lieder in mein Gedächtnis geraten sind. Wieso haben sie die Gedichte, die ich mit Freude und freiwillig auswendig lernte, verdrängt? Nach wenigen Zeilen des ›Prometheus‹ stolpere ich bereits, wenn ich Goethes ›Füllest wieder Busch und Tal . . .‹ deklamiere, gerate ich ins Durcheinander, kann aber Zeile für Zeile des Horst-Wessel-Liedes aufsagen. An jenem Abend diskutierten wir darüber, lachten auch, jetzt wird man doch über die Zeile ›Kameraden, die Rotfront und Reaktion erschossen‹ lachen dürfen, wo doch ungeklärt bleibt, ob im Nominativ oder Genitiv, aktiv oder passiv erschossen wurde. Erinnere dich! Vergiß mich! Beides verlangen wir und müssen doch fürchten, daß wir in fremden Gesprächen, Gedanken und vor allem in fremden Träumen auftauchen. Träum nicht von mir! Das Gedächtnis bedient sich mit Vorliebe des Traumes.

Eine Lyrik-Anthologie, die kürzlich erschienen ist, heißt im Untertitel: ›Dichtung im ausgehenden zwanzigsten Jahrhundert‹. Ich habe mich mit diesem zwanzigsten Jahrhundert eingehend beschäftigt, lesend, schreibend, vor allem lebend. Und nun geht dieses Jahrhundert aus, wohin geht es denn aus? Ich geh aus, und du bleibst da. Ein Jahrhundert geht aus, als wäre es schlecht eingefärbt. Ist das Rot ausgegangen, das Braun, das Grün? Was ist da alles eingefärbt und ausgegangen . . .

Über ein Floß schreiben –. Würde man mich fragen – warum fragt kein Fragebogen danach? –, auf welchem Gefährt ich unterwegs sein möchte, dann wäre die Antwort: ein Floß. Ich bin nie auf einem Floß unterwegs gewesen, ich habe nur selten ein Floß gesehen, manchmal auf dem Bildschirm; manchmal ist in Büchern von Holzflößern die Rede. Es kann nicht schwer sein, ein Floß zu bauen, ich könnte es versuchen, mit ein wenig Anleitung. Die nicht zu dicken Holzstämme wird man mit nassen Weidenzweigen aneinanderflechten. Ich müßte mit ausgebreiteten Armen auf meinem Floß liegen, es müßte meiner Körpergröße entsprechen. Eine Stange würde ich benötigen, um mich von den Ufern abzustaken und die Richtung zu korrigieren. Ich würde mich treiben lassen, ich würde nie gegen den Strom unterwegs sein. Ich würde in der Sonne liegen, es müßte Sommer sein, das empfindliche Rückgrat einem Baumstamm angepaßt, das wird es doch aushalten, mein Kreuz. In Augenblicken des Mutes würde ich stehen und übers Land blicken, das flach wäre, übersichtlich. Holz riechen, ich würde sonnenwarmes Holz riechen, Wasser riechen, Algen würden sich festsetzen. Ich kenne die Sprache der Flößer nicht, sie scheinen in Gruppen zu fahren. Ich brauche ein Floß für mich allein. Kein Gegenverkehr, niemand, der mich überholt. Das geht so sanft den Fluß hinunter –. Der Fluß müßte sich zu Seen erweitern und sich wieder verengen, an blühendem Schilf vorbei, an gelben Wasserlilien; es ist Juni, der Holunder blüht, irgendwo blüht jetzt Holunder. Libellen! In warmen Tümpeln laichen

Fische, gegen Abend läuten die Unken – und der Himmel über mir. Kehrtmachen kann ich nicht, die letzte Fahrt. Acheron. Irgendwo würde ich mein Floß verlassen und an Land gehen, und dieses Floß wäre nirgendwo registriert, keine Nummer, kein Name.

Jahrelang hatte ich diese Frau nicht gesehen. Wir gingen überrascht und auch erfreut aufeinander zu. Ich fragte: »Wie geht es Ihnen?« Sie blickte mich an, schien nachzudenken, sagte dann: »Ich weiß es gar nicht. Ich werde immer nur nach dem Ergehen meines Mannes gefragt.« Ein Lächeln breitete sich über ihrem schönen, ruhigen Gesicht aus, und dann fragte sie: »Und wie geht es Kühner?«

Ein Atomwissenschaftler! Er baut in seinem Garten biologisches Gemüse an, ist um das Wohl seiner Töchter bemüht, holt sie von Parties ab, fährt nie schneller als 100 km/h, lebt überhaupt mit größter Vorsicht, zukunftsbewußt, aber: mit tödlichen Projekten beschäftigt.

Wenn ich meinen Namen schreibe, setze ich das C in großem Bogen an, und dann verebbt der Schwung, das große B ist nur noch halb so groß, der Strich wird dünner, schwächer. Jemand, der mir zusieht, sagt: »Sie üben wohl nicht gerne Druck aus?«

In Jülich. Eine junge Frau hielt mir ihr schöngebundenes Tagebuch hin und bat mich, jenen Satz aus der Rechtfertigung der Klytämnestra ›Wer liebt, muß bleiben‹ einzutragen. Eine ältere Dame stand dabei, blickte erst die Leserin, dann die Autorin an und sagte: »Wer liebt, wird bleiben.« »Ja«, sagte ich. »Sie haben recht!«

Ich bin gewohnt, über das, was ich erlebe, beobachte, was man mir erzählt oder schreibt, nachzudenken und das Ergebnis weiterzugeben, das erleichtert mir vieles. Aber über den Tod, meinen eigenen Tod, das wichtigste und endgültigste Ereignis meines Lebens, darüber: nichts. Auch darüber berichten zu können würde mir den Tod erleichtern.

Ein Freund sagt, daß auch in seinem Betrieb Granaten hergestellt würden, die jetzt im Golfkrieg verschossen werden. Als er mein betroffenes Gesicht sieht, fügt er zur Entschuldigung schnell hinzu: »Von den Alliierten!« So einfach ist das. Für mich stellt es sich nicht so einfach dar.

Der Kalif Chasid zu Bagdad saß einmal an einem schönen Nachmittag behaglich auf seinem Sofa; er hatte ein wenig geschlafen, denn es war ein heißer Tag, und sah nun nach einem Schläfchen recht heiter aus... So fängt das Märchen vom Kalif Storch an. Ich ziehe den Band ›Alter Orient‹ aus dem Regal, betrachte Abbildungen, lese: ›Weibliche Figur, Irak, altfrühdynastisch, um 2800/2600 v. Chr.; sitzendes Paar, Irak, altfrühdynastisch, um 2700/2600 v. Chr.‹ Immer steht als Aufbewahrungsort dahinter: Bagdad. Ich betrachte eine Ringergruppe, ebenfalls Bagdad, und erinnere mich, daß ich vor wenigen Stunden in den Abendnachrichten Bilder von Nahkampfübungen der Alliierten Truppen auf dem Bildschirm gesehen habe. Ein Soldat rennt durch den Wüstensand mit aufgepflanztem Bajonett und sticht in einen Sandsack, immer wieder, wie oft muß man zustechen? Ich betrachte die farbige Abbildung der Hoffassade des Thronsaals aus Babylon, Irak, spätbabylonisch, Zeit Nebukadnezars II., 605–562 v. Chr. Vor wenigen Wochen haben wir die schreitenden Löwen in Berlin, auf der nun leichter zugänglichen Museumsinsel gesehen. Ich ziehe auch noch den Band mit der Kunst des Islam aus dem Regal, betrachte Grundrisse von Moscheen, Gefäße, Teppiche, Münzen. Ich kann mich nicht daran hindern zu denken: Wir haben zur Finanzierung des irakischen Heeres beigetragen, wir tragen zu Finanzierung des Kampfes gegen Irak bei, und wir werden von einem bestimmten Zeitpunkt an den Wiederaufbau Bagdads mitfinanzieren . . .

Besser, wir lesen weiter im Märchen vom Kalif Storch –.

Ich will nicht draufgehen
Ich will nicht vor die Hunde gehen
Ich will nicht eingehen
Ich will nicht in die Binsen gehen

Ich will hinübergehen

Krystyna schreibt aus Warschau: ›. . . Man sagt, daß der Krieg gar keines von den arabischen Problemen lösen wird, und doch, vielleicht ändert er etwas im Inneren der Menschen? Manchmal ist das Bewußtsein wichtiger als die äußerlichen Geschehnisse. Die Juden und die Palästinenser und die Palästinenser und die Juden. Ich erinnere mich immer an den Witz von dem Juden und der Ziege. Einst kam ein armer jüdischer Schneider weinend zum Rebbe und sagte: »Rebbe, so kann ich weiter nicht leben, du mußt mir helfen! Ich habe nur ein kleines Zimmer, in welchem lebe ich, meine Frau, meine 5 Kinder, die Eltern meiner Frau und steht auch die Nähmaschine, auf der ich arbeite. Sage mir, was ich machen soll, ich habe keinen Platz zum Leben, ich bin so unglücklich!« – Der Rebbe dachte eine Weile nach und antwortete: »Geh auf den Markt, kauf eine Ziege und geh zurück nach Hause. Nach einem Monat komm zu mir zurück.« – Der Jude ging und machte so, wie ihm der Rebbe befohlen hat. Einen Monat später kam er wieder weinend zum Rebbe und sagte: »Rebbe! Das ist nicht zum Aushalten, ich habe schon gar keinen Platz, niemand hat Platz durch die Ziege, was soll ich machen?« – »Geh und verkauf die Ziege!« – Nach ein paar Tagen, strahlend vor Freude, kam der

Jude zum Rebbe und rief: »Rebbe, du kannst dir nicht vorstellen, wie glücklich ich bin! Ich habe die Ziege verkauft, und alle haben so viel Platz!«

Vielleicht werden die Araber und Juden verstehen, daß ein Krieg das Furchtbarste ist und daß man doch zusammenleben kann? Das nächste Mal erzähle ich Dir eine Geschichte vom Skorpion. Gerade jetzt sehen wir, wie der Skorpion den Frosch sticht und mit ihm zusammen wahrscheinlich ertrinken wird. Rußland ist der Skorpion, und ein Skorpion bleibt immer ein Skorpion – –. Ich umarme Dich sehr herzlich. Deine Krystyna‹

Hin und wieder nenne ich jetzt den Titel, unter dem meine Aufzeichnungen erscheinen sollen, und jedesmal bedauere ich dann meine Indiskretion. Der Veranstalter, der mich überredet hat, aus dem Manuskript zu lesen, schreibt: ›Nun wünsche ich Ihnen gute Stunden fürs Rebhuhn. Nehmen Sie für die Abreibung vorher auch Muskatnuß und Rosmarin? Auch zwei Teelöffel Cognac sollen nicht schaden!‹

Ich habe ein Hörspiel von Günter Eich gelesen, wiedergelesen nach Jahren. ›Geh nicht nach El Kuwehd!‹ Zwei Sätze hatte ich mir damals angestrichen. Der eine: ›Die Gesunden durchschauen die Welt nicht.‹ Der andre: ›Allah schützt, wen er will.‹ Das ist auch der Schlußsatz des Traum-Hörspiels, das mich damals, als wir noch besser zuhören konnten, tief beeindruckt hat. El Kuwehd – Kuwait, der Krieg am Golf. Verhandlungen. Ultimaten. Der Krieg geht weiter. Bringt sein Ende eine Lösung, oder gilt: Der Krieg bringt immer den Tod. Mit dem Tod endet auch das Hörspiel von El Kuwehd.

Ich liege auf dem schwarzen Sofa, denke nach. Die Wintersonne ist untergegangen, es dämmert, ich sehe die kahlen Bäume im Garten, der Winter wird mir lang. Da klopft es leicht an die Tür, du kommst herein, hast die Haustür geöffnet und sagst: »Die Amsel! Horch, die Amsel singt zum ersten Mal!«

Ein fremder Traum, in dem wir beide die Hauptdarsteller waren. Die junge Sängerin, die vor einem Jahr ›Donna Laura‹ gesungen hat, erzählt uns ihren Traum: »Kühner sagte zu mir und meinem Mann: Nehmen Sie uns doch auf den Rücken! Dann können wir fliegen!« Die beiden taten es, nahmen uns auf den Rücken, flogen hoch, aber sie mußten aufgeben, wir wurden ihnen zu schwer.

Der Verlag hatte das Buch ›Mein schwarzes Sofa‹, das erschien, als meine Fünfzigerjahre zu Ende gingen, mit dem Satz ›Aufzeichnungen einer lebenserfahrenen und lebensbejahenden Frau‹ angekündigt. Mein schwarzes Sofa! Noch immer denke ich dort nach, erinnere mich, plane, entwerfe und verwerfe, lese, mache Notizen, aber etwas hat sich verändert: Manchmal gerät es mir, gedankenlos zu sein, ruhig zu werden. In der Stunde des Rebhuhns. Gelten jetzt, wo wieder ein Lebensjahrzehnt zu Ende geht, die Adjektive noch? Auch diesmal enden meine Aufzeichnungen mit einem Fragezeichen.

Kassel, im Februar 1991

Hinweis der Autorin für den suchenden Leser

Die längeren Texte dieses Buches habe ich mit Überschriften versehen. Sie sollen lediglich zur Orientierung dienen, unabhängig von den Markierungen, die Sie selbst anbringen.

Der Beitrag ›Mein Kopfgeld‹ (S. 100 ff.) wurde unter dem
Titel ›Worte sind meine Währung‹ erstmals veröffentlicht in:
Mein Kopfgeld
Die Währungsreform - Rückblicke nach vier Jahrzehnten
Herausgegeben von Heinz Friedrich
Deutscher Taschenbuch Verlag GmbH & Co. KG, München 1988

Der Brief an Else Lasker-Schüler (S. 253 ff.) wurde erstmals
veröffentlicht in:
Es geht mir verflucht durch Kopf und Herz
Vergessene Briefe an unvergessene Frauen
Herausgegeben von Gabriele Kreis und
Jutta Siegmund-Schultze
Hoffmann und Campe Verlag, Hamburg 1990

Bitte beachten Sie auch die folgenden Seiten

Christine Brückner

Mein schwarzes Sofa

Aufzeichnungen

365 Seiten, Leinen

»Immer spürbar die Liebe zum Leben, zu dem, was bleibt, wenn man Katastrophen und Probleme unserer Tage abzieht. Wer Antworten sucht, wer auch lachen kann, wenn er selber in schwieriger Lage ist: Er setze sich auf das ›Schwarze Sofa‹ und höre Christine Brückner zu.«

Hannoversche Allgemeine Zeitung

Über Christine Brückner

Aufsätze · Rezensionen · Interviews

Herausgegeben von Gunther Tietz

Von »Ehe die Spuren verwehen« bis zu den »Quints«: Christine Brückners Romane, ihre Erzählungen und »Ungehaltenen Reden« gehören zu den bekanntesten Werken der Gegenwartsliteratur. In diesem Materialienband werden sie einer gründlichen, auch kritischen Revision unterzogen; er vereint die wichtigsten Rezensionen und Interpretationen mit Gesprächen und Beiträgen namhafter Literaturwissenschaftler.

Ullstein
Taschenbuch
22173